lu

lu AR 2

CW00400559

Mises à mort

Du même auteur

Mauvaise graine, Éditions Jean-Claude Lattès, 1995
Le sang du bourreau, Éditions Jean-Claude Lattès, 1996
La petite fille de Marie Gare, Éditions Laffont, 1997
La guerre des nains, Éditions Belfond, 1998
Mises à mort, Éditions Robert Laffont, 1998
Et pire, si affinités..., Éditions Robert Laffont, 1999
Origine inconnue, Éditions Robert Laffont, 2001
Affaire classée, Éditions Robert Laffont, 2002
Nuit blanche au musée, Éditions Syros, 2004
Le festin des anges, Éditions Anne Carrière, 2005
L'ombre des morts, Éditions Anne Carrière, 2008
Les trois coups de minuit, Éditions Syros, 2009
J'irai cracher dans vos soupes, Éditions Jacob-Duvernet, 2011
Crimes de Seine, Éditions Payot & Rivages, 2011
Des clous dans le cœur, Éditions Fayard, 2012
  – Prix du Quai des Orfèvres 2013
Le jour de gloire, Éditions Payot & Rivages, 2013
Échanges, Versilio, 2014
Dérapages, Versilio, 2015
Énigme au grand stade, Éditions Syros, 2016
Tabous, Éditions Ombres Noires, 2016

Aux Éditions J'ai lu

Le festin des anges, n° 10771
Affaire classée, n° 10772
Échanges, n° 11005
Origine inconnue, n° 11056
L'ombre des morts, n° 11057
Dérapages, n° 11255
Et pire, si affinités..., n° 11271

DANIELLE THIÉRY

Mises à mort

À la mémoire d'André Lafon,
l'homme de la forêt...

1

Le petit homme couché sur le côté dans ses excréments tentait, depuis qu'il avait refait surface, de se souvenir de son nom, du pourquoi et du comment de sa présence dans ce lieu nauséabond. Du lieu en question, c'est tout ce qu'il percevait d'ailleurs : une odeur de chairs mortes et des relents fauves d'animal sauvage. L'obscurité était totale autour de lui. Il voulut se redresser mais ses mains étaient prisonnières et sa tête lui parut infiniment lourde, soudée au sol tel un bloc de fonte. L'effort inutile fit jaillir dans sa gorge un liquide acide qui lui brûla l'œsophage. Il vomit de la bile tiède en toussant à perdre haleine. Son crâne heurta le sol mou et il s'y laissa aller, épuisé, saisi d'une sensation de froid. Il se rendit compte qu'il était nu, il ne comprenait pas ce qu'il faisait là et il prit peur. Puis il eut la perception d'une chaleur diffuse près de lui, la conscience du glissement d'un corps contre le sien. Des fils infiniment doux et soyeux frôlèrent son visage, son cou, la partie exposée de son torse. Une peau tiède et lisse se colla à la sienne, le fit basculer sur le dos. Les fils de soie recommencèrent leur exploration sur

sa poitrine, son ventre, ses cuisses. La peau se
frotta à son sexe, deux formes rondes l'emprison-
nèrent, il tressaillit. Le corps de femme continua
son manège, d'effleurements subtils en contacts
plus précis. Un corps privé de mains et de souffle,
suspendu dans l'espace obscur et qui faisait réagir
le sien, repoussant très loin la peur et la douleur.
Le petit homme n'avait plus la tête embrouillée, ni
les mains entravées, plus froid, plus mal. Il lévitait
aux portes du plaisir, propulsé dans un grand ciel
étoilé. Le peau-à-peau cessa soudain et il se tendit
en avant. Un gémissement de protestation sortit
de ses lèvres sèches. La peau l'avait quitté et il en
ressentait une énorme frustration. Son sexe érigé
cogna contre ses mains liées, le froid le saisit de
nouveau. Il gargouilla quelques sons, entre sanglots et requête énervée : il lui fallait encore cette
peau, absolument.

Une autre chose se produisit, qu'il n'espérait
pas : le corps revint sur lui, contact chaud, précis,
autour de sa virilité sans défense livrée à un sexe
en creux qui s'emparait de lui. Il crut défaillir et
un râle lui échappa. Mais la peau s'agita très vite
sur lui en quelques mouvements crus, dépourvus
de douceur. Puis elle se raidit, trembla brièvement
et le petit homme perçut un cri ténu, identique à
celui d'un animal pris au piège dans la forêt. Mais
peut-être n'était-ce que le bruit de son propre sang
qui se ruait dans ses oreilles. La peau le quitta,
sans ménagement, le laissant au seuil d'un plaisir
qu'il avait un instant entrevu, éblouissant, au-delà
de l'humain.

— Non ! cria-t-il.

Aussitôt après ce fut l'horreur. Une lumière crue
violenta ses rétines à vif, transperça ses paupières

qu'il avait resserrées par réflexe. Une musique de castagnettes et de cuivres déchaînés outragea ses tympans, expédiant un torrent d'adrénaline dans ses veines. Le rythme de son cœur subit de graves désordres tandis que, de manière très incongrue, lui revenait la mémoire de son nom.

— Paul Demora, balbutia-t-il, je m'appelle Paul Demora.

Mais dans ce vacarme, qui pouvait l'entendre ?

Il fut tiré violemment en avant, bascula sur le côté, entraîné par son propre poids pourtant modeste. Une poigne autoritaire le redressa, il se retrouva à genoux, appuyé sur ses avant-bras, la face dans ses vomissures. Il resta ainsi longtemps, tremblant, les muscles tétanisés, la nuque contractée.

La musique se fit plus forte encore. Il entendit crier. Une voix de femme lui donnait des ordres auxquels il ne comprenait rien.

— Regarde-moi, Paul Demora ! crut-il saisir.

Mais sans doute se trompait-il. Comment cette inconnue pouvait-elle connaître son nom ? La drogue qui dérivait dans ses veines lui donnait la fièvre, le faisait délirer, lui brouillait l'esprit.

— Regarde ! hurla la voix.

Il releva la tête avec difficulté, entrouvrit les yeux. À contre-jour, il distingua une silhouette debout, immense, étincelante. La lumière vive se refléta sur elle en d'innombrables miroirs constellés de couleurs vives. Une comète éclaboussée de soleil qui se mit à tournoyer sur elle-même, les bras levés prolongés d'étranges objets. Paul Demora ne pouvait voir son visage mais il sut que cette comète portait la mort. *Sa* mort. La tête se mit à lui tourner plus fort tandis qu'une énième nausée secouait son corps mince.

Paul Demora vit l'étoile plonger en avant. Il ressentit un double choc dans le dos, juste au-dessus des reins et, avec un temps de retard, l'immonde brûlure des pointes qui le transperçaient. Fou de douleur, il hurla. Une seconde attaque de la comète le fit basculer sur le côté. Sa bouche s'ouvrit mais aucun son n'en sortit. Il reçut le troisième assaut par-derrière, sans rien voir de son agresseur. Aux portes du coma, il sentit le sang couler de ses plaies, inonder ses reins. Une fois de plus, le tueur auréolé de lumière lui intima un ordre mystérieux d'une voix aiguë d'adolescent muant.

— Regarde ! Regarde-moi !

Ses paupières se soulevèrent avec peine sur un ultime regard déjà voilé. Dans les mains de la comète, un long objet brillant accrocha la lumière. Paul Demora le reconnut sans peine. Il eut la vision brève d'enfants courant dans des prairies brûlées de soleil, d'une fillette aux longs cheveux pâles dansant sur un mur étroit. Son visage éclaboussé de sang se décalqua sur le mur blanc tandis que, quelque part, claquait une porte au milieu de cris affolés et d'insupportables beuglements. Puis le silence se fit, le noir aussi dans l'espace inconnu et le petit homme mourut sans comprendre.

2

Lyon. Groupe criminel de la PJ

La commissaire Edwige Marion épongea son front ruisselant à l'aide des bracelets de tissu-éponge qui encerclaient ses poignets. Il n'était encore que sept heures mais le soleil cognait dur sur les berges de la Saône où, en toutes circonstances et sauf cas de force majeure, elle accomplissait ses dix kilomètres quotidiens. Elle escalada un promontoire d'où la vue plongeait sur un parcours de golf encastré dans une des larges boucles de la rivière, ralentit pour contempler le spectacle de la nature requinquée par la fraîcheur nocturne. Des pans de brume se dissipaient lentement au-dessus de la chênaie aux fûts énormes et tourmentés. Elle en profita pour souffler et songea à la douche dont la perspective se rapprochait à chaque foulée. « Le meilleur moment du sport, disait-elle non sans ironie à tous les sceptiques qui s'étonnaient de ce besoin quotidien de se faire souffrir. Détrompez-vous, ce n'est pas du masochisme mais de la défonce : je me shoote, en réalité ! » Aux endorphines, ces petites hormones sécrétées par le cerveau pour faire un sort à toutes les douleurs en mettant du soleil dans la tête...

Sans accélérer, Marion parvint en vue du barrage qui contenait les caprices de la rivière et aperçut l'attroupement, voitures de police et de secours, barques et pompiers-plongeurs en combinaisons orange, silhouettes agitées autour d'une forme étendue à même le sol, en même temps que retentissaient les bips saccadés de l'avertisseur accroché à la ceinture de son short.

La commissaire Edwige Marion, que tout le monde, y compris elle-même, n'appelait jamais que Marion tout court, vérifia le numéro qui s'affichait sur l'appareil. Elle constata sans surprise qu'il s'agissait de celui du téléphone de sa voiture de fonction qu'elle distinguait d'ailleurs parmi d'autres, en contrebas du chemin. Elle dévala en souplesse les quelques centaines de mètres qui la séparaient encore du groupe et rejoignit la Renault. Accoudé à la vitre ouverte, Lavot était penché vers l'intérieur du véhicule dans lequel Talon, assis à la place du passager, attendait que Marion rappelle.

— Où est-ce qu'elle est *encore* ? marmonna Lavot en regardant sa montre.

— Ici ! s'exclama Marion en lui donnant une tape dans le dos. Salut les gars !

Talon quitta promptement sa place sans paraître s'apercevoir de la tenue de Marion tandis que le visage de Lavot se colorait légèrement. Il s'écria pour se donner une contenance :

— Déjà là, patron ? Vous avez des ailes !

— Non, de bonnes chaussures, rétorqua Marion en désignant ses Nike. C'est quoi ce cirque ?

Elle désigna l'attroupement sans quitter des yeux les deux officiers de police du groupe criminel de la PJ, « son » groupe, celui qu'elle dirigeait depuis bientôt trois ans et dont ils étaient, Lavot, le balèze armé comme un porte-avions, et Talon, le scientifique à l'air intello, deux pivots essentiels. Elle posait la question par habitude mais elle connaissait déjà la réponse : « on » avait trouvé un cadavre. C'était son lot, les cadavres, et la confrontation quotidienne avec la mort violente, la raison d'être de son équipe.

— Je crois qu'on l'a retrouvée, dit Talon en montrant du doigt la forme étendue par terre à quelques mètres d'eux.

Lavot remonta ses Ray-Ban sur son nez en acquiesçant. Encore essoufflée, Marion se pencha en avant, ses mains enserrant ses chevilles, le front collé aux genoux, pour récupérer et détendre ses muscles crispés par l'effort.

— C'est une devinette ? marmonna-t-elle, la tête en bas.

Pourtant elle connaissait déjà la réponse, c'était juste histoire de retarder le moment d'y aller et se donner le temps de reprendre son souffle.

Lavot s'avança, pouces dans la ceinture, les épaules élargies par le blouson de cuir trop chaud pour la saison, mais indispensable pour dissimuler son artillerie.

— Je sais pas comment vous faites ça, admira-t-il, moi, quand j'essaie, c'est un supplice, j'arrive à peine à toucher mes genoux.

— C'est à cause du bide, se moqua Marion en se redressant, les joues rouges et les cheveux en bataille.

— Merci, patron, murmura Lavot, la journée commence bien...

— Je plaisantais, coupa la jeune femme en secouant ses cheveux en désordre et détrempés.

De fines gouttes de sueur s'irisèrent dans le soleil déjà haut et frôlèrent les deux officiers de police avant d'aller se perdre dans l'herbe sèche.

Elle répéta, une lueur espiègle dans ses yeux noirs :

— Je plaisantais, mais vous devriez faire attention quand même...

Se retenant de rire, elle se dirigea vers les gens qui s'agitaient plus loin. Elle distingua parmi eux, une fraction de seconde, le Dr Marsal, le médecin légiste, penché sur le corps.

Son apparition fit sensation. Toutes les personnes présentes la connaissaient mais aucune ne l'avait encore vue se présenter sur une scène de crime vêtue d'un short et d'un tee-shirt trempé de sueur, dessinant avec précision le galbe de ses seins, le visage encore rose de l'exercice accompli. Marion s'amusa de leur stupeur tout en contemplant le corps nu étalé sur l'herbe, les chairs boursouflées aux teintes marbrées variant du jaune au brun en passant par le vert mousse et trouées, rongées, décapées par tous les petits carnivores rencontrés au cours de son séjour dans l'eau.

— Salut, toubib, dit-elle en se courbant en même temps que lui sur le visage de la femme dont les cheveux pendaient en mèches clairsemées, plaqués par paquets et maculés de boue, d'herbes et d'autres matières indéfinissables.

À cet endroit, la rivière s'élargissait à l'approche du barrage. L'eau et ses tourbillons avaient creusé des trous profonds grignotant les rives où subsistaient des arbres à moitié immergés dont les branches retenaient des débris flottants. Cette zone marécageuse était peu fréquentée, sauf par quelques pêcheurs qui s'y aventuraient parfois grâce à de petites barges à fond plat.

Le légiste examina le cadavre sans s'attarder, se redressa.

— Si vous voulez mon avis, dit-il en lissant son pantalon, il faut l'évacuer sans tarder, car avec la chaleur elle va gonfler et elle risque de nous péter au nez.

Marion eut un hoquet de dégoût. Malgré l'habitude, c'était chaque fois une épreuve, un impossible défi. Il lui arrivait de rêver pendant des semaines de cadavres décomposés, ses muqueuses olfactives douées de mémoire lui en restituant inopportunément la pestilence.

— Elle a une allure bizarre, vous ne trouvez pas ? murmura Talon derrière eux.

— C'est aussi mon avis, approuva le Dr Marsal en retirant ses lunettes pour s'éponger le visage avec un vaste mouchoir à carreaux.

Le médecin légiste se redressa :

— Il a dû lui arriver des bricoles à cette sirène... Je parierais qu'elle n'est pas morte de noyade... Et ça doit bien faire un mois qu'elle est là.

— Je dirais un mois et deux jours exactement, avança Talon après réflexion.

Marion détailla la chose informe étalée devant elle. Elle essaya d'y superposer le visage de la ravissante avocate entrevue au palais de justice lors du procès d'une affaire de troisième catégorie. Ses photos s'étaient étalées dans tous les journaux lorsqu'elle avait brutalement disparu, sans prévenir et sans laisser de traces, ou si peu. Marion revit sa silhouette fine et sa chevelure auburn flamboyante. Que pouvait-elle avoir de commun avec ce corps gonflé et à moitié dévoré par les carnivores aquatiques ? Pourtant, c'est à elle qu'elle avait pensé d'emblée en voyant l'attroupement de ce qu'elle appelait, les jours de déprime, les « bouffeurs de mort ». Elle murmura :

— Y a pas cinquante bonnes femmes qui ont disparu à Lyon au cours des deux derniers mois de toute façon...

Comme frappée par un détail capital, Marion s'accroupit près du corps qui commençait à exhaler de terribles odeurs. En haut de la cuisse droite, presque au creux de l'aine, elle repéra le tatouage miraculeusement préservé des prédateurs. Sur trois centimètres de haut et deux de large, une tête de taureau exhibait ses cornes effilées et ses yeux rouges. Même le petit anneau d'or incrusté dans la peau de la jeune femme au niveau du mufle de l'animal avait résisté aux dommages de l'immersion.

— Eh oui, patron, soupira Talon, c'est bien elle. Me Marie-Sola Lorca.

3

Luna ferma les yeux pour digérer l'excitation monstrueuse et laisser refluer la méchante vague. Ses doigts se crispèrent sur le cuir fatigué du fauteuil qui laissait échapper des boules de crin par les plaies de ses accoudoirs.

Elle s'y était assise, entièrement nue, le corps en surchauffe, inondée de sueur, épuisée, l'habit aux mille paillettes dorées posé en travers de ses cuisses.

Ses autres vêtements, éparpillés, gisaient en petits tas informes sur les carreaux de terre cuite aux joints couverts de moisissures verdâtres : la longue jupe noire effrangée, le bustier incrusté de pierres multicolores, les espadrilles rouges à lacets, la mantille de dentelle noire rebrodée de fils d'argent.

Des images se bousculèrent sous ses paupières closes. Des sons forts et brouillés investirent sa conscience.

Les clarines déchirent l'air torride tandis que la corrida défile devant elle. De sa montera *levée, le geste élégant, retenu, le* torero *salue la foule excitée. Il lance le couvre-chef en l'air derrière lui, sans se retourner. La montera tournoie dans l'air, retombe à l'envers avec un son mat, vacille un moment avant de s'immobiliser. Un coup d'œil furtif du maestro vérifie ce mauvais présage.*

Puis l'odeur puissante du toro *monte dans l'arène. Le mufle au ras du sol, l'œil vif à la recherche d'une proie, il court lourdement, lâché vers la mort. Le regard tendu du matador évalue son adversaire, mesure l'ampleur de l'armure, le nombre de piques qu'il faudra lui infliger pour le châtier. Le tournoiement des capes fait battre le cœur de Luna... Mauve, jaune, jaune, mauve... mauve, mauve... Sa tête tourne aussi, les sons s'éteignent, les mouvements se font lents.*

La pique plantée dans son morillo, le toro est encastré sous le caparaçon du cheval, le sang coule à gros bouillons jusque sur les sabots, jusque dans le sable blond. La terre vire au rouge. Luna, l'estomac au bord des lèvres, le cœur qui cogne contre les côtes...

L'homme assis près d'elle lui prend la main, la porte à ses lèvres. C'est un homme ordinaire. Il la désire. Elle se sent mollir sous ce regard enflammé. Elle pense en le regardant : « Je sais qui tu es et je vais te tuer. »

L'homme est là, derrière la porte. Il s'appelle Paul Demora et il est mort.

Luna réprima un hoquet, s'agita sur son siège, se souleva légèrement. Sa peau collée au cuir émit un bruit de succion en laissant sous elle une large auréole humide. D'autres images succédèrent aux premières comme dans un film au rythme saccadé.

Dans l'arène, l'excitation est à fleur de peau. Alors commence la danse subtile des banderilleros, *étirés* sur leurs pointes de pied comme des ballerines. Le toro râle dès la première paire de banderilles, secoue la tête avec fureur. Le sang coule toujours de son morillo. La foule exulte sa joie plus fort que la bête blessée dont les babines s'ourlent de bave. De longs filets visqueux luisent dans la lumière rasante d'une fin de journée brûlante. La musique surmonte tant bien que mal les cris et les sifflets.

Le maestro est seul dans l'arène avec sa muleta rouge. Il s'offre au taureau. Leur jeu est un jeu de mort. Sang contre sang, mort contre mort. Rouge, la muleta, comme le sang du toro, rouge comme le voile qui obscurcit soudain le paysage et le regard de Luna quand survient l'estocade.

L'homme est tout contre elle. Sa jambe collée à la sienne, il ne cache plus son désir. Il pose une main sur son sexe comme pour en éprouver la consistance, l'autre s'égare sur sa cuisse à elle, à travers la jupe noire.

Le toro s'agenouille et râle, haletant, la langue, énorme et pâle, hors des babines. Le torero cambre la taille fièrement. L'épée fichée jusqu'à la garde dans son dos, le toro nommé Cameron agonise. Les capes virevoltent autour de lui, son regard se brouille. Le maestro vise le bon endroit, entre les cornes, où il va planter le descabello. Le toro bascule dans un dernier sursaut, les pattes raidies haut levées vers la foule en transe et debout qui agite en hurlant des mouchoirs blancs. Le torero salue, tourne autour de l'arène pour accueillir les hommages des aficionados, les fleurs qui jaillissent des gradins, les chapeaux et les bérets qu'il relance à leurs propriétaires. Il est jeune, d'un blond ardent presque roux, une tache brune s'étale sur sa joue gauche.

« *Viens* », *dit Luna à l'homme assis près d'elle.*

L'homme est venu. Il est mort, couché derrière la porte.

Luna s'arrêta devant la lourde cheminée landaise en briques roses et bois sombre dont le manteau défraîchi se perdait dans le toit. Le plafond avait disparu, laissant apparentes une charpente encore solide et des tuiles arrondies qui filtraient la lumière en de multiples éclaboussures. Insolite dans le décor de la maison en ruine, un taureau de bois couleur châtaigne, lisse comme un galet, penchait la tête vers le sol, exhibant une armure magnifique, une paire de vraies cornes, recourbées vers l'avant et acérées comme des poignards.

Luna prit l'épée dans ses mains, la leva à hauteur de son visage, la tint un moment pointe en l'air, caressa comme par inadvertance son corps du pommeau ouvragé, depuis ses seins lourds jusqu'au pubis lisse et au sexe étroit. Quelques traces de sang rouge sombre maculaient encore la lame effilée et laissèrent une imperceptible traînée sur sa peau claire.

Elle se dressa sur la pointe de ses pieds joints, pivota brièvement. Le genou gauche légèrement décalé, elle éleva la lame devant son visage, un œil fermé pour viser.

Luna plongea le corps en avant et ficha l'épée jusqu'à la garde dans le cou du taureau de bois, juste derrière le morillo proéminent.

— *Entera en la cruz…*, murmura-t-elle, agitée d'images lointaines.

Puis elle poussa la porte du fond. Au seuil de la chambre, des odeurs complexes l'agressèrent. D'humidité, de sueur, de sang, d'émissions intimes mélangées. Sperme, urine, matières fécales. Elle fronça le nez mais s'avança dans la pièce noire, capitonnée de haut en bas, isolée du monde. L'ouverture de la porte laissa pénétrer une faible lueur qui éclaira le visage livide, immobile et froid de Paul Demora. Luna repoussa de son pied nu la forme recroquevillée au milieu de la pièce.

Elle prit une inspiration profonde et se pencha sur le cadavre qu'elle saisit par les épaules. Sa chair était déjà froide et il conserva sa position prostrée quand elle le traîna vers la porte. Sous le corps, une large tache rouge sombre avait imbibé la terre battue.

Avant de ressortir, Luna se tourna vers l'ombre de la pièce, en scruta longuement le décor noyé dans les ténèbres. La faible lumière de la porte entrouverte effleura une masse immobile dans un coin, un tas de chiffons aux formes vagues. Un sourire adoucit le visage de la jeune femme.

— Ça t'a plu, Stefano ? murmura-t-elle en se penchant vers le fond de la chambre.

Luna revint sur ses pas, se pencha, rassembla d'un geste vif la chemise, le pantalon et les espadrilles de Paul Demora et les jeta sur le tas.

— Tu vois, Stefano, je ne t'ai pas oublié. Je suis revenue.

Elle resta immobile en attente d'une réponse, d'une approbation ou d'un compliment. Elle n'obtint qu'un silence figé. Elle tourna les talons avec un imperceptible haussement d'épaules et referma la porte sans bruit.

4

Lyon. Institut médico-légal

Le compartiment réfrigéré n° 12 de la morgue se referma avec un claquement. Talon suivit des yeux l'assistant du médecin légiste qui revenait à la table d'autopsie pour la laver à grande eau au moyen d'une brosse et d'une douchette reliée à un flexible en caoutchouc noir. À l'arrivée de Talon, venu assister à l'autopsie de Me Marie-Sola Lorca, le « doc », ainsi rebaptisé par l'officier depuis son stage de police scientifique aux États-Unis, terminait la dissection d'un anonyme sous le regard attentif d'étudiants en médecine. Des garçons et des filles qui n'en finissaient pas de poser des questions et de prendre des notes, à la satisfaction du Dr Marsal, toujours heureux de pérorer au milieu de ses « allongés ».

Appuyé contre la table où l'avocate défunte attendait les ultimes outrages que subirait, à coups de scalpel, de scie électrique et de cisailles, son corps déjà dévasté, l'aide du Doc entreprit de raconter à Talon comment, quelques mois plus tôt, il avait perdu un cadavre au milieu d'une foule, sur un marché, en plein jour. Bien que familier des pratiques médico-légales et habitué au pire, Talon grimaça d'horreur. Réaction interprétée par l'assistant comme une mise en cause de l'authenticité de son aventure.

— C'est vrai, clama-t-il en tétant un vieux mégot de gitane maïs, j'emmenais un « client » qu'avait fait don de son corps à la science... Mais quand y sont trop vieux, les morts, la science elle peut pas en faire grand-chose, voyez-vous ! Alors je les emmène à la sécurité routière, vous savez, là où on fait les essais.

Le visage de Talon semblant exprimer de l'étonnement, il insista :

— Ben oui, quoi, les essais d'accidents ! Choc de front, choc latéral, choc arrière ! Y mettent un macchabée dans les bagnoles pour voir ce que ça fait comme fractures, avec ou sans la ceinture, des trucs comme ça, vous voyez. Bref, le hayon de l'ambulance était mal fermé, je freine à mort – sans jeu de mots, hein ! – pour éviter une vieille et son chien... Et vlan ! V'là le hayon arrière qui s'ouvre, le brancard – j'avais oublié de l'attacher – part en avant, bute contre le siège, repart en arrière. Avec les roulettes, vous pensez que ça file... V'là le macchabée sur la chaussée... Bien sûr, j'étais tout seul et il était lourd l'artiste, j'vous dis pas, lieutenant ! C'est un flic de la circulation qui m'a aidé à le rentrer ! Pas très content le gars, mais comme j'y ai dit, c'était pas de ma faute. Et les gens qui gueulaient « Assassin ! Assassin ! ». J'ai cru qu'y z'allaient me licher...

— Lyncher, murmura Talon, dégoûté.

Le Dr Marsal réapparut enfin. Tout en enfilant des gants de latex, réputés « sensitifs », un bonnet de chirurgien, un vaste tablier de plastique sur sa blouse verte trop grande pour sa petite taille et des lunettes en matière synthétique par-dessus les siennes, il interrompit l'histoire qu'il avait déjà entendue vingt fois.

— Suffit, bouffon ! maugréa-t-il, toujours la même rengaine ! Tiens, retourne-la sur le ventre, je vais commencer par examiner ses membres inférieurs...

Même Marion la connaissait, la rengaine du découpeur. Elle coupa Talon dans son élan quand, deux heures plus tard, il entreprit de la lui raconter à son tour.

— C'est un affabulateur, trancha-t-elle, un mythomane doublé d'un pervers. Si je comprends bien, j'ai échappé au pire.

Marion n'avait pas pu accompagner Talon à l'institut médico-légal pour cause de cérémonie de fête nationale à la préfecture. Cette réjouissance l'avait contrainte à revêtir son uniforme de commissaire que ses hommes avaient baptisé, non sans ironie, son « habit de lumière ».

Talon était venu l'attendre à la sortie mais avait dû laisser la voiture assez loin, le quartier étant inaccessible en raison de l'événement. Bien que débarrassée de son tricorne orné de liserés argentés, Marion crevait de chaleur. Ses chaussures réglementaires faisaient gonfler ses pieds et des ampoules en formation la faisaient claudiquer tandis qu'elle rejoignait le véhicule de service.

— Alors, dit-elle à Talon qui trottinait à côté, à l'aise dans son jeans, sa chemisette Lacoste rose et ses chaussures de cuir souple, à part les turpitudes de l'assistant de Marsal, vous ramenez quoi de l'IML ?

— Identification confirmée : la noyée est bien Marie-Sola Lorca. J'ai vérifié la formule dentaire du cadavre, ça coïncide avec la fiche remise par son dentiste. La photo du tatouage colle aussi parfaitement. Le Doc a prélevé le morceau de peau, il va le conserver dans le formol. J'ai fait prendre plusieurs clichés par l'IJ pour le cas où le produit décolorerait les encres. Nous aurons les résultats des analyses toxicologiques demain soir. Comme sa famille est loin, c'est son associé qui est venu l'identifier. Enfin quand je dis « son associé »… Il la connaissait à fond… si j'ose dire.

— Un homme qui a au moins deux fois son âge !

— « Rien n'est obstacle pour ceux qui s'aiment », déclama Talon la main sur le cœur. Me Lemoine connaissait l'existence du tatouage, puisqu'il nous l'avait décrit quand nous recensions les signes particuliers de la jeune femme. Il a également apporté une autre précision qu'il n'avait pas donnée à ce moment-là.

Talon ouvrit la portière de la voiture tandis que Marion ôtait sa veste d'apparat avec un soupir de soulagement. Elle jeta le vêtement sur le siège arrière.

— Laquelle ?

— Marie-Sola Lorca, dit Talon, avait subi une hystérectomie après deux grossesses extra-utérines. Il était à l'origine de la seconde. La première était très ancienne, semble-t-il, mais s'il en connaissait l'existence, il n'en a jamais su les circonstances exactes. Une histoire de jeunesse sans doute. À l'époque, elle avait pu sauver son utérus, ce qui n'a pas été le cas la deuxième fois, ainsi que l'autopsie l'a confirmé. Me Lemoine a identifié le corps. Il est tombé dans les vapes. Je crois qu'il tenait vraiment à elle.

— Et il l'a butée parce qu'elle allait le quitter ? suggéra Marion avec un soupir.

Elle mit en marche la radio de bord tandis que Talon démarrait. La voiture était un véritable four, Marion ouvrit sa vitre en grand pour tenter de respirer. La radio émit un message et elle dut refermer précipitamment pour entendre ce qui se disait.

— Et voilà, gronda-t-elle, on est condamné à mourir étouffé si on veut faire son boulot. Quelle misère ! Les Américains ont des voitures climatisées, je suppose ?

Talon acquiesça. Depuis son passage au centre de formation du FBI à Quantico, il était devenu incollable sur la police américaine.

— La « clime » est montée en série dans toutes leurs voitures aujourd'hui, précisa-t-il, comme le chauffage. Il ne viendrait à l'idée de personne de fabriquer des voitures sans chauffage, n'est-ce pas ?...

— Quand les administrations françaises seront capables d'une telle logique, les poules auront des dents. Alors notre noyée...

— La noyée n'est pas morte noyée...

— C'est ce que le toubib pressentait...

— Oui. Marie-Sola Lorca a subi de multiples traumatismes mais c'est une vaste hémorragie interne due à l'éclatement de son foie et de sa rate qui l'a tuée. Elle présente quand même deux fractures de la colonne vertébrale et une bonne vingtaine des membres inférieurs. En d'autres termes...

— L'histoire de la vieille folle est vraie ! s'exclama Marion. Elle est tombée du balcon de l'*Hôtel des Ducs* !

— En effet ! Vu le nombre et la gravité des lésions, le Doc estime crédible la chute d'un troisième étage. De l'*Hôtel des Ducs* ou d'ailleurs, en tout cas, elle a fait un beau valdingue.

Un mois et deux jours plus tôt, la Roulotte, une clocharde qui squattait sous un tas de cartons derrière l'*Hôtel des Ducs*, avait vu un corps dévaler la façade et entendu le bruit de l'impact sur les dalles de la terrasse encore fermée en ce mois de juin frisquet et pluvieux. Elle n'avait pas pu approcher de l'hôtel dont le jardin était protégé de la voie publique par un grillage. Elle était, par ailleurs, tellement imbibée d'alcool qu'elle avait fini par douter de ses perceptions lorsque, après être allée donner l'alerte, elle était revenue avec le directeur de l'établissement et la police du quartier. Il n'y avait rien sur la terrasse, pas de corps en bouillie, pas de sang, pas la moindre trace de chute. D'ailleurs la pluie d'un orage aussi court que violent avait tout lessivé. Les policiers avaient cherché partout et vérifié que tout était normal dans l'hôtel, les fenêtres côté jardin étaient fermées. Comme la Roulotte prétendait aussi avoir vu, avant la chute du corps et à plusieurs reprises, quelqu'un marcher sur la rambarde du balcon tel un funambule, ils avaient conclu à un délire éthylique de la vieille et embarqué la susdite en dégrisement pour la nuit, histoire de lui remettre les idées en place.

Marion réfléchissait, deux plis verticaux creusant son front.

— Ça signifierait que quelqu'un l'a aidée à sauter ou en tout cas se trouvait là quand c'est arrivé. Cette personne a refermé la fenêtre, la porte, emporté son sac et la clef de la chambre...

— Est descendue à toute allure, a ramassé la fille pendant l'absence de la Roulotte, effacé les traces de la chute et embarqué le corps en escaladant le grillage...

— On peut voir les choses autrement, rétorqua Marion, agacée par le persiflage de Talon. Le quelqu'un pouvait avoir garé une voiture sur le parking de l'hôtel qui n'est qu'à quelques mètres de la terrasse et se faire aider d'un ou deux complices. Dommage que personne, à part la clocharde, n'ait rien vu.

Talon secoua la tête. Il conduisait lentement, de façon à entendre la radio sans être obligé de fermer les vitres. Marion laissa son regard errer sur les vitrines.

Il y avait un peu plus d'un mois, Marie-Sola Lorca, avocate parisienne, séjournait à Lyon pour y assurer la défense d'un homme confondu dans une affaire d'association de malfaiteurs et d'escroquerie et traduit devant la justice pour quelques milliers de francs. Une affaire banale, n'eût été la personnalité de ce prévenu : Manuel Bianco, une ancienne gloire de la tauromachie que sa célébrité passée et sa déchéance actuelle mettaient encore une fois en vedette, loin des arènes qui l'avaient tant fêté et à six cents kilomètres de Dax où il vivait, dans la solitude, une retraite modeste. Le jour du verdict, ni Manuel Bianco qui comparaissait comme prévenu libre, ni Marie-Sola Lorca, son défenseur, ne s'étaient présentés à l'audience, à la surprise de toutes les parties au procès. Me Lemoine, l'associé de Marie-Sola Lorca, s'était inquiété, avec un excès démonstratif et suspect, de cette défection incompréhensible. Son émotion, attribuée un peu vite aux sentiments qu'il portait ouvertement à sa jeune consœur, avait toutefois été considérée sous un autre jour quand le corps de Manuel Bianco, nu et torturé, avait été découvert, dans une chambre d'un hôtel minable, à l'opposé géographique et qualitatif de celui où séjournait Marie-Sola Lorca. Saigné comme un poulet, après avoir subi une série de mutilations à la tête et dans le dos, exécutées à l'aide d'un objet tranchant. Dans l'instant, cette découverte ayant apporté un éclairage nouveau à la disparition de l'avocate, le groupe criminel de Marion s'était trouvé saisi des deux affaires : de l'homicide volontaire sur la personne de Manuel Bianco et de la disparition de Marie-Sola Lorca que nul dès lors ne songea plus à considérer comme un épisode anodin de la vie d'une jeune femme capricieuse.

Marion fut tirée de ses pensées par la voix de Talon.

— La vision de la Roulotte est invérifiable, en effet, dit-il. Il faisait froid, les gens étaient chez eux et l'arrière de l'hôtel n'est pas visible des immeubles voisins.

— Une fille qui danse sur la balustrade d'un balcon, rêva Marion. C'est peut-être tout simplement quelqu'un qui veut se jeter dans le vide et qui hésite...

Ils avaient discuté de l'affaire vingt fois, évoqué toutes les possibilités, sauf celle-là que l'absence de cadavre avait écartée d'emblée.

Talon s'arrêta pour laisser passer un bus.

— Si j'en crois Marsal, cela pourrait en effet être le cas... Le doc prétend que le nombre important de fractures sur le corps de l'avocate est l'indication d'une chute volontaire. Quand le sujet est sur le point de se jeter dans le vide et malgré sa détermination au passage à l'acte, il est la proie d'un stress violent. La contraction musculaire est alors telle que ses muscles tendus à craquer forment une gaine de compression, comme un fourreau très rigide qui rend les os cassants comme du verre.

— Une ultime manifestation de l'instinct de conservation... Comme le mal aux jambes et aux tripes que vous ressentez quand vous vous penchez au-dessus du vide... Cette démonstration est assez connue ! L'absence de souplesse des muscles provoque les fractures multiples, notamment celles des membres quand ils touchent le sol en premier, ce qui est le cas quand on saute...

— Sauf que la disparition du corps et les circonstances de sa réapparition indiquent qu'il y avait *forcément* quelqu'un avec elle. Quelqu'un qui l'a transportée depuis la terrasse de l'hôtel et l'a jetée à l'eau après l'avoir déshabillée. Et dans un lieu d'où le corps aurait pu ne jamais remonter. Pour faire croire à une fugue, j'imagine.

— Ou pour une tout autre raison, soupira Marion subitement morose.

La découverte du corps de l'avocate et les rebondissements qu'elle ne manquerait pas de susciter n'étaient pas de bon augure pour ses vacances canadiennes pourtant très proches. Benjamin, son amant du Québec, allait encore l'attendre. Ou pas. À force, les gens se lassent, même les hommes amoureux. Le silence de Talon indiqua qu'il pensait la même chose. Lui, c'est un stage de golf qu'il avait programmé, sa dernière lubie. Marion se demanda depuis combien de temps elle n'avait pas pris de vacances, des vraies, de détente avec des inconnus qu'on ne revoyait jamais, d'insouciance de jours qui coulent sans « flags » et sans cadavres...

« Encore des projets qui tombent à l'eau ! Serait-ce le destin des flics de passer à côté de leur vie ? » s'interrogea-t-elle tandis qu'ils abordaient la rue conduisant à l'hôtel de police, un bâtiment à l'architecture moderne, massif et insolite dans un quartier de banlieue pavillonnaire.

— Passez chez moi, dit-elle tout à trac, je ne vais pas finir la soirée dans cette tenue. Ensuite vous récupérerez Me Lemoine et vous le ramènerez au service. Je suis sûre qu'il a encore des choses à nous dire.

5

Luna transporta l'homme mort dans la forêt, plus facilement qu'elle n'aurait cru malgré son poids qu'aggravaient l'inertie et la rigidité du fardeau.

À l'aller, elle ne rencontra pas âme qui vive. Les phares de sa Jeep ne balayaient que des troncs de pins serrés les uns contre les autres, en un alignement parfait, impénétrable et oppressant. Elle dut traîner le cadavre en le tirant par les épaules, assez loin dans le bois pour qu'on ne l'aperçoive pas depuis le pare-feu où elle avait arrêté la Jeep. Les animaux le dévoreraient avant qu'on ne le découvre.

C'est au retour, alors qu'épuisée par l'effort elle s'était assise, adossée à un grand pin à quelques mètres de son véhicule, qu'elle le vit.

Toine.

Silencieux, il la contemplait, assis sur un vieux vélo de facteur déglingué et couvert de poussière, ses jambes maigres écartées, les bras croisés, l'air grave et vaguement curieux.

Les pensées de Luna dérapèrent. Des voix se chevauchèrent. Qui étaient donc ces gens qui lui parlaient sans cesse du fond de son enfance, du plus loin de ses souvenirs enfouis ? Qui réclamaient vengeance en voulant sortir de leur enfermement ?

À qui appartenaient ces voix ? À sa mère dont le regard glacé fauchait en elle tout élan ? Cette mère, Esmeralda, qu'elle méprisait et haïssait tout à la fois ? À Toine ?

— Laisse-toi faire, petite fille, laisse-moi faire, petite lune…

Sa mémoire s'envola, assaillie par le visage de Toine, ses traits purs, ses mains expertes. Ses rires et ses colères. Toine, le fils rebelle de Stefano qui lui prédisait un avenir de grand maestro… Luna rêva.

Toine court, elle décolle à côté de lui, sa petite main crispée sur les doigts du garçon dont le rire fait s'envoler un couple de crécerelles.

— Pas si vite ! Pas si vite, s'époumone la fillette. Je vais tomber.

Elle tombe, le nez dans l'herbe. Toine s'abat à côté d'elle. Il a le souffle court à cause de la course et du rire qui n'en finit pas. Ses doigts s'égarent dans les cheveux humides de la fillette, glissent sur son cou, palpent son dos de moineau, sa taille de libellule. Puis… le petit cœur s'emballe, prêt à jaillir de sa poitrine comme un oiseau affolé.

Toine pose ses doigts sur elle.

Luna revint à elle, reprit son examen de l'adolescent campé sur son vélo. La tête penchée de côté, il l'observait, le défi et la fierté à égalité dans ses yeux noirs. Mais pourquoi était-il là, dans ce fond de forêt oublié ?

Puis vint l'image du dernier jour.

Le pré des Chartreux à la lisière de la forêt paresse dans le silence des pins aux interminables troncs dépouillés. Le temps est suspendu au taureau immobile, à son regard sombre frangé de longs cils à contre-jour, à l'entre-cornes frisé qui cache le soleil rouge et se découpe en mèches stylisées dans la lumière déclinante. D'où est-il sorti, cet énorme mâle ? Pourquoi ne l'ont-ils pas entendu arriver ? Est-ce à cause de la porte ouverte au fond de l'enclos ? Qui a ouvert la porte ?

La petite fille a peur, elle sent qu'elle va se faire pipi dessus.

Elle serre la main de Toine. Le taureau incline la tête vers l'herbe rousse, gratte du sabot le sol aride. Un liquide tiède coule le long des jambes de la fillette qui lâche la main rassurante de Toine et presse les siennes entre ses cuisses violemment serrées l'une contre l'autre. Elle a honte, s'affole, rattrapée par la voix d'Esmeralda. « Pas se toucher, pas se toucher, c'est mal... »

Elle regarde Toine, silhouette élancée encore adolescente, mais il ne s'est aperçu de rien. Il fixe le taureau d'un regard halluciné, subjugué.

On dirait qu'il attend ce moment depuis longtemps. Il fait un pas en avant, excite l'animal d'un claquement de langue, s'immobilise avec grâce, amorce de sa main vide une passe parfaite.

— Ce n'est qu'un jeu, Luna, rien qu'un jeu. Regarde. Regarde-moi.

Luna regarde à se déchirer les yeux. Elle frissonne.

Ce qu'elle voit surtout, c'est Paul Demora qui a ouvert la porte de l'enclos et qui s'enfuit dans la forêt de toute la vitesse de ses jambes de cafard.

Paul Demora dont le corps va se décomposer dans la forêt...

Luna fut surprise de constater que Toine n'avait pas changé après toutes ces années. Puis elle se demanda comment il pouvait se trouver là puisque la dernière fois qu'elle l'avait vu, il était allongé dans un cercueil de bois clair, le visage blanc et glacé. Et comment aurait-il fait pour la suivre jusqu'ici sur un tel engin sans qu'elle s'en soit aperçue ? Il aurait dû s'enliser dans le sable mou, il...

« Bien sûr, songea Luna, il s'est accroché à la Jeep pour se faire tracter... »

Toine se tenait à l'écart des phares du véhicule mais il ne faisait rien pour qu'elle ne le voie pas. Il paraissait avoir attendu qu'elle ait terminé sa besogne sans songer à profiter de l'abri des pins alentour. Quand elle s'en approcha lentement, prudemment, les jambes molles et la tête en feu, il ne bougea pas. Elle tendit les mains pour le toucher, son cœur s'affola mais il n'eut pas plus de réaction qu'un des arbres de la forêt.

Ce n'est que quand elle fut tout contre lui qu'elle vit que ce n'était pas Toine.

6

Lyon. Hôtel des Ducs

Marion rejeta la tête en arrière, contemplant par en dessous les moineaux qui se chamaillaient bruyamment dans les branches des platanes géants de la place Bellecour. Le soleil couchant filtrait à travers les feuilles, la ville abattue par la chaleur cherchait une illusion de bien-être aux terrasses de cafés bondées. Tout à l'heure, alors qu'elle se changeait dans son studio sous les toits où régnait la fraîcheur des vieilles maisons, la commissaire avait hésité entre l'envie de s'installer pour la nuit sous une douche froide et celle d'aller dormir à la belle étoile, dans un coin de campagne. Loin de la ville, du bruit, de la poussière et de la canicule. Mais Me Lemoine l'attendait dans la voiture de service surchauffée. Elle et Talon avaient ensuite consacré deux heures à passer en revue, une à une, les questions que soulevaient les nouvelles données de l'enquête. Le résultat n'était pas à la hauteur de ses espérances. Elle avait voulu d'abord éliminer toute implication directe de Me Lemoine dans le double meurtre. Pour cela, explorer son entourage privé et professionnel, la vengeance d'une femme trahie, d'enfants craignant d'être lésés, de concurrents jaloux, de voyous mal défendus. Les complices de Manuel Bianco avaient aussi été examinés à la loupe. Du moins leur entourage et leurs relations car les intéressés eux-mêmes étaient détenus au moment de la mort de Bianco. Rien de déterminant ne sortait de centaines de vérifications, recherches dans les fichiers et autres enquêtes de voisinage. À peine des impressions.

Se traîner à la terrasse du *Cintra*, un bar fréquenté par le groupe criminel de la PJ, avait constitué la seule démarche volontaire dont Marion se fût encore sentie capable après ces épreuves de routine.

Talon sortit du cartable de cuir, qu'il trimballait sur son dos comme les écoliers, un micro-ordinateur portable, sa dernière folie payée de ses deniers personnels. Son « Mac », comme il disait. Le « jingle » de mise en marche fit se retourner les plus proches consommateurs et arracha un sourire à Marion qui l'observa en silence tandis qu'il manipulait l'engin avec aisance. Il leva la tête, perçut l'ironie dans le regard de sa patronne :

— Je peux stocker un très grand nombre de procédures dans cet outil, vous savez, se justifia-t-il.

— Et si on vous le vole, toute la ville sera au courant de son contenu. Et le secret des procédures et de l'enquête ?

— Il y a un code d'accès, protesta Talon, que je suis le seul à connaître… Si je le perds ou si on me le pique…

— La bande s'autodétruit dans les cinq secondes ! Enfin, de toute façon, c'est pas grave ! Aujourd'hui tout le monde « balance » à la presse, les flics et les juges en premier lieu. On devrait tout mettre sur la place publique, ce serait plus honnête...

Julio, le barman, s'approcha. Il lorgna l'officier et son ordinateur portable, se pencha vers Marion en désignant les gens au coude à coude aux tables voisines :

— Si vous avez à « travailler », vous seriez plus tranquilles à l'intérieur ! Et si vous voulez mon avis, il y fait beaucoup plus frais...

Marion acquiesça, se leva en étirant devant elle ses bras dénudés par un débardeur de coton blanc et se dirigea vers la salle du bar, de l'autre côté de la rue. Au moment où elle allait traverser, une voiture noire freina brutalement à sa hauteur, faisant hurler ses pneus. Elle se rejeta sur le trottoir tandis que Lavot s'extirpait en gesticulant du véhicule, le torse moulé dans un tee-shirt où apparaissaient de larges auréoles humides, les pectoraux dessinés par les lanières du holster qui laissait voir la crosse trafiquée de son 357 Magnum.

— Ça va, patron ? s'exclama-t-il. Vous voulez mourir ou quoi ?

— Non mais ! protesta Marion, vous avez vu à quelle vitesse vous déboulez ? Et planquez votre artillerie, s'il vous plaît, la guerre est finie...

Lavot reflua vers le véhicule, exhibant un deuxième revolver coincé dans sa ceinture, au-dessus des reins. Avec sa stature, il freinait toute mauvaise impulsion des voyous qu'il soumettait la plupart du temps d'un simple regard.

Il n'avait donc guère besoin de cette armurerie ambulante mais Marion avait renoncé, une fois pour toutes, à la lui faire abandonner tant elle faisait partie de lui. Des consommateurs se mirent à rire tandis que Julio se renfrognait subitement. Il aimait bien les flics de la PJ mais pas leurs démonstrations de force. Les clients rigolaient mais, il le pressentait, certains se plaindraient au patron, au maire ou au pape de ce que des hommes – et des femmes – en armes se prélassaient dans « son » bar. Il poussa un soupir excédé en rentrant en vitesse dans le *Cintra*.

— J'étais sûr de vous trouver là ! s'exclama Lavot en rajustant ses Ray-Ban qui glissaient sur son nez.

Marion eut l'intuition que son programme allait subir des bouleversements et ne put se défendre d'une légère excitation. Lavot fit durer le plaisir quelques secondes, le temps de voir le noir du courroux monter dans le regard de la commissaire. Il se hâta :

— Après l'article du *Progrès* de ce matin relatant la découverte du corps de Marie-Sola Lorca, nous avons reçu plusieurs coups de fil. Bidon pour la plupart mais ce soir, une femme a appelé. Une employée de l'*Hôtel des Ducs*.

Marion leva un sourcil tandis que Talon revenait sur ses pas, tout à coup intéressé. Lavot se rengorgea :

— Je sais pas ce que ça vaut. Elle s'appelle Conception Mirales et elle est de service jusqu'à vingt heures. J'ai pensé...

Marion s'était déjà engouffrée dans la voiture.

— D'où sort-elle, cette Conception ? s'étonna-t-elle une minute plus tard alors que Lavot abordait l'avenue flanquée de platanes derrière lesquels ils apercevaient la façade à l'architecture baroque de l'*Hôtel des Ducs*. Pourquoi ne se manifeste-t-elle qu'aujourd'hui ?

— Elle a vu la photo de Marie-Sola Lorca dans le journal, dit Lavot en garant le véhicule le long du trottoir.

— Il y a un mois, la photo est déjà passée dans le journal, objecta Talon. Plusieurs jours de suite.

— Si j'ai bien compris, répondit Lavot en franchissant la porte à tambour, elle était malade à ce moment-là. Hospitalisée, même. Je vous préviens, elle a un léger accent, ajouta-t-il en imitant les intonations hispaniques de Conception Mirales.

Marion évalua d'un coup d'œil le hall de l'hôtel du début du siècle aux dorures ternies et aux tapisseries et tissus de velours décolorés qui auraient supporté un rafraîchissement. Elle était venue plusieurs fois dans cet établissement au cours du mois passé sans y trouver autre chose qu'une ambiance affectée, désuète et oppressante.

Conception Mirales avait des rondeurs partout, un bon sourire, d'épais cheveux noirs et elle était effectivement pourvue d'un charmant accent. Les mains posées à plat sur ses genoux, les boutons de sa blouse rose tendus par un ventre replet, elle attendait que Talon soit prêt à enregistrer ses déclarations.

— Ça te démangeait de faire joujou avec ton... truc, marmonna Lavot qui ne décolérait pas depuis que Talon s'était équipé de ce micro-ordinateur, convaincu qu'il ne visait qu'à lui en mettre plein la vue et à épater Marion.

— Mon truc est un Macintosh... dit Talon entre ses dents sans lever les yeux. Et tu ferais bien de t'y mettre. C'est l'avenir.

Lavot haussa les épaules en retirant son blouson de cuir qu'il avait remis sur ordre de Marion. Il était en nage et il s'éventa d'une main en faisant rouler ses muscles. Conception Mirales le contempla, bouche bée, tandis que Talon se renfrognait, vaguement hostile : il ne s'habituait pas aux manières de son collègue même s'il admirait son courage physique, sa spontanéité et, pour des raisons plus obscures, sa virilité sans ambiguïté. Marion décela une nouvelle tension à travers cet échange désormais habituel entre ses hommes. Pour couper court, elle invita Conception Mirales à décliner son identité.

— C'est moi qui fais les chambres du troisième, poursuivit la femme de ménage après s'être exécutée. La demoiselle Lorca était au 315 depuis plusieurs jours... À cause de sa robe noire dans la penderie, je croyais qu'elle était juge. Un matin, je lui ai demandé, elle m'a dit qu'elle était avocate.

Il y avait de l'admiration dans la voix de Conception.

— Elle était très gentille, rêva-t-elle en hochant la tête. C'est triste de finir comme ça...

La femme triturait l'ourlet de sa blouse entre ses doigts aux ongles courts, les yeux brillants. Marion l'encouragea d'un signe de tête. Elle se lança :

— Le dernier jour qu'elle a passé ici, le 5 juin, je l'ai vue, l'après-midi. On a parlé dans sa chambre. Elle travaillait, il y avait plein de papiers sur la table. Elle était... comment je peux dire ?

— Préoccupée ?

— Oui ! Elle m'a demandé de lui faire monter du thé. Quand je lui ai apporté le plateau elle parlait au téléphone. Je ne voulais pas écouter mais elle m'a fait signe de rester. Elle avait l'air très mal, elle était pâle et sa voix tremblait.

— Que disait-elle ?

— Je ne sais plus très bien. Quelque chose comme « je ne vous crois pas » ou « ce n'est pas possible ». Puis elle a crié : « Puisque vous savez où je suis, venez ! » Elle avait l'air contrarié, et même plus...

Elle cherchait ses mots, traduire sa pensée de sa langue maternelle en français semblait lui poser un vrai problème.

— En colère ? suggéra Marion.

Conception hésita en glissant une main dans son corsage pour se gratter entre les seins.

— Non, plutôt...

— Bouleversée ! s'exclama Lavot qui suivait, fasciné, les mouvements des mains de l'Espagnole.

— C'est ça !

— Donc, résuma Marion, mademoiselle Lorca parlait au téléphone, elle avait l'air toute retournée et elle demandait à son interlocuteur de venir la voir. Elle vous a dit à qui elle s'adressait ?

— Non, quand même pas ! Et je n'aurais pas osé la questionner. J'ai seulement demandé si ça allait et j'ai servi le thé. Elle tremblait la demoiselle, elle en a même renversé sur la moquette.

— Et ensuite ?

La femme ouvrit de grands yeux :

— Rien ! Que voulez-vous de plus ? J'avais mon service à assurer, deux chambres à finir, les couvertures à faire...

— Vous êtes bien sûre ? appuya Marion, incapable d'imaginer que la femme assise en face d'elle n'ait pas eu l'occasion de voir à quoi ressemblait le mystérieux correspondant.

— Mlle Lorca a appelé son ami à Paris alors que j'étais dans sa chambre pour la couverture. À dix-neuf heures.

— Qu'est-ce qu'elle lui a dit ?

— Je ne me souviens plus. Des mots gentils en tout cas.

Elle se concentra.

— Ah, ça me revient ! Elle a dit qu'elle ne se sentait pas bien à Lyon, qu'elle avait hâte de rentrer et qu'elle n'arrivait pas à joindre quelqu'un. Elle a prononcé un nom mais je ne sais plus lequel.

— Elle n'a pas fait allusion au coup de fil précédent ?

Conception fit un geste de dénégation après un temps de concentration.

Marion regarda tour à tour ses deux équipiers. Talon leva le nez de son ordinateur, Lavot avait l'air décontenancé. Il marmonna :

— Je vois pas où ça nous mène ! La vie privée de Me Marie-Sola Lorca...

— Ça va, Lavot, s'énerva Marion, c'est peut-être sans intérêt mais ça peut aussi être important. Madame Mirales, essayez de vous souvenir de ce nom... Ce n'était pas Manuel Bianco, par hasard ?

— Excusez-moi ?

— Vous disiez que Marie-Sola Lorca...

— Oui, oui, s'impatienta la femme. Redites le nom !

— Manuel Bianco.

— Bianco, Bianco...

Son visage se déformait. Elle voulait ardemment apporter son aide aux policiers. Lavot retint un commentaire ironique. Il s'exclama en regardant sa montre :

— On perd notre temps, patron ! Cette femme ne sait rien et moi j'ai un rancard... On peut tout passer en revue si vous voulez, les parents de Marie-Sola, ses amis, jusqu'à ce cave de Manolito...

— Comment vous dites ? sursauta la femme de service.

— Manolito ?

— C'est ça ! s'écria Conception. Manolito, c'est ce nom-là.

Lavot rougit, partagé entre la confusion et le triomphe.

— On dit : merci Lavot ! marmonna-t-il.

Manolito était le nom de scène de Bianco ainsi qu'il est de coutume d'en adopter un pour les toreros soit parce que leur nom de baptême ne fait pas assez tauromachique, soit parce qu'ils souhaitent prendre celui d'un ancien, par admiration et déférence. C'est Me Lemoine qui avait donné quelques clefs de ce genre à Marion en évoquant le désir de Marie-Sola Lorca de défendre ce « has been », ainsi qu'il le nommait, partagé entre le mépris et la rancune. Manuel Bianco, Manolito pour les amateurs de corrida, était un ami d'enfance de José Lorca, le père de Marie-Sola. Il avait fait sauter la petite sur ses genoux et quand elle avait appris sa mésaventure, elle avait volé à son secours. Me Lemoine, qui connaissait mal la famille de sa maîtresse et encore moins les relations de ce père dont elle le tenait éloigné, avait exprimé un désaccord de circonstance mais cédé à la fin, tant était forte sa passion pour sa jeune consœur.

— Qu'a-t-elle dit, exactement ? insista Marion qui n'avait pas mémorisé la moindre allusion de maître Lemoine à cette conversation.

Conception haussa les épaules :

— Qu'elle ne pouvait pas le joindre, qu'elle le cherchait depuis le matin. Enfin je crois... Ah, et puis qu'elle avait peur qu'il soit reparti chez lui et que ce serait mauvais pour ses fesses.

— Tu parles, ricana Lavot. Un peu que ça a été mauvais pour lui.

— Ah bon ? s'étonna la femme de ménage, impressionnée.

— Il est mort. Si vous avez lu tout l'article du journal de ce matin, il en est question.

— C'est mon fils qui me l'a lu. Moi j'ai seulement reconnu la photo de la demoiselle.

Elle déglutit :

— Je crois que c'était pas beau sa mort...

— Pas très, non, éluda Marion. Mais vous semblez avoir un souvenir très précis de ce jour-là ?

Conception secoua vigoureusement ses courts cheveux noirs :

— Je m'en souviens parce que je suis entrée à l'hôpital dans la nuit.

Elle baissa les yeux avec une grimace contrite.

— Une fausse couche avec complications. Je suis restée deux semaines à Grange-Rouge et comme je ne lisais pas les journaux... je ne pouvais pas savoir.

— Bien, soupira Marion, c'est bien. Autre chose : vous connaissez la clocharde qui « habite » derrière l'hôtel ?

— Tout le monde la connaît. Mon fils m'a dit ce qu'elle raconte. Que mademoiselle Lorca est tombée par la fenêtre de la chambre. Moi j'en sais rien, j'étais partie quand c'est arrivé. J'avais fini mon service. C'est simple, je suis partie juste après l'arrivée de la fille.

Talon releva les yeux de son écran, Lavot cessa de jouer avec un élastique qu'il avait subtilisé autour du dossier, Marion se dressa :

— Quelle fille ?

— Une blonde. Elle est arrivée vers sept heures et demie. Mlle Lorca venait de commander un sandwich pour dîner. Le room-service a apporté le plateau, il est ressorti et quand je quittais la lingerie, la fille était devant la porte du 315.

— Vous êtes sûre ?

— Tout de même, s'offusqua la femme. Je connais mon étage ! La 315 on ne peut pas se tromper, c'est la seule côté jardin avec un balcon. Les autres donnent sur la cour ou sur l'avenue.

— Ensuite ?

— La porte s'est ouverte, la fille est entrée, c'est tout.

— Ça alors ! s'exclama Marion en proie à une nouvelle vague d'excitation. Si Marie-Sola Lorca a ouvert à cette fille, c'est qu'elle l'attendait...

— Ou qu'elle s'est fait passer pour la femme de service, répliqua Lavot.

— Elle mettait toujours la chaîne, expliqua Conception. Maintenant que j'y pense, c'était sûrement cette fille qui avait téléphoné et à qui elle avait demandé de venir. Mais je me trompe peut-être...

Elle faisait la timide, son regard de chien battu allant de l'un à l'autre des policiers.

— Non, non, dit Marion en se levant d'un bond, c'est tout à fait possible. Vous pouvez décrire cette fille ?

Elle était menue et plutôt jolie, avec une chevelure longue et très claire. Des cheveux presque blancs. Ce détail occultait tout le reste. Il en résultait un signalement vague quant à la taille, l'âge et les vêtements. Pourtant Conception Mirales en était sûre : la fille portait un vêtement de pluie, court, de couleur claire et une jupe longue. Sa mise modeste lui avait d'abord fait penser qu'il s'agissait d'un de ces rats d'hôtel qui s'introduisent parfois dans les étages en échappant à la vigilance des gardiens.

— Justement, s'étonna Marion, vous n'avez pas prévenu la sécurité en partant ?

— Mais pourquoi j'aurais fait ça ? Vous pensez que j'aurais dû ?

Elle était décontenancée, le regard chargé de culpabilité.

« Pauvre femme, se dit Marion, elle a dû être conditionnée toute petite. Au service des autres et coupable de tout, tout le temps. » Elle la rassura :

— Bien sûr que non. Vous ne pouviez pas savoir. Cette fille avait un sac, un bagage ?

La femme réfléchit de nouveau, les yeux mi-clos. Elle revoyait la silhouette fine et dansante, les cheveux pâles, un profil très agréable à regarder.

— Oui, s'exclama-t-elle. Enfin non, ce n'était pas un sac. Ça ressemblait à un sac mais plus long, plus… raide.

— Un sac polochon ? proposa Lavot.

La femme fit non de la tête.

— Un sac de marin ?

— Non, non, s'énerva Conception, une chose rigide pour mettre un instrument ou un bâton... J'en ai déjà vu, des trucs comme ça, mais je ne sais plus où.

Elle se tut, navrée. Pourtant elle se cassait la tête, cela se voyait aux rides verticales qui se creusaient entre ses sourcils.

— Une arme ? suggéra Marion, pleine d'espoir mais à court d'imagination. Un fusil ou une carabine...

La femme secoua ses joues rebondies puis tout à coup son regard s'éclaira. Les trois flics retinrent leur souffle.

— Ça me rappelle... Ça y est, je me souviens ! Mon frère avait un ami qui faisait de l'escrime. Il avait une boîte comme celle de la fille. Pour y mettre son épée. Une boîte à épée, c'est ça qu'elle portait la fille blonde !

7

Luna attendit longtemps dans la nuit que se calment les soubresauts désordonnés de son cœur. Traîner le corps du faux Toine, cette fille de la forêt forte comme un garçon, une vraie sorcière, une bête sauvage, avait miné ses dernières forces. Elle roula lentement vers la maison en ruine, tous feux éteints, sans bousculer la mécanique de la Jeep qui, parfois, pétaradait un peu trop fort. Elle avait beau connaître les chemins par cœur, plus d'une fois elle faillit rater un tournant, verser dans un fossé. Elle se trompa même à un embranchement et crut s'être enlisée pour de bon dans le sable d'un pare-feu. Quand la Jeep fut à l'abri dans la remise à moitié effondrée, elle revint sur le chemin, retira ses tennis et se mit à courir, courir à perdre le souffle pour laver son cerveau du stress et de la peur. Les pierres de remblai et les ronces écorchaient la peau de ses pieds nus mais elle ne sentait rien, rien que l'immense apaisement qui montait en elle après l'effort. Une libération d'après l'assouvissement des sens et de la pulsion de mort. Les voix qui se taisaient enfin, le calme revenu dans sa tête.

Elle courut jusqu'à ce que lui parviennent les premiers effluves de bois brûlé. Elle se laissa alors aller sur les pierres, s'allongea de tout son long, sur le dos, la tête dans les étoiles. La sueur, les larmes et un peu de sang coulé de son front se mêlèrent dans ses yeux.

Plus tard, Luna s'empara des ciseaux rouillés découverts dans la cuisine à l'abandon où Stefano préparait la soupe autrefois, avec les gestes lents des paysans taciturnes. Elle prit une de ses longues mèches pâles entre ses doigts qui tremblaient encore et la coupa d'un geste sec. Les cheveux fins tournoyèrent jusqu'au sol où ils se posèrent mollement. D'autres suivirent et d'autres encore. En grimaçant, Luna tâta la plaie qui ceignait le haut de son crâne. La fille sauvage qu'elle avait prise pour Toine s'était défendue comme une diablesse, projetant même sur elle, à la fin, son vieux vélo de facteur. Elle avait frappé, griffé, attrapé de toutes ses dernières forces Luna qui faiblissait et qui avait dû l'achever avec la Jeep. Rouler sur ce corps qui refusait de rendre les armes et l'écraser jusqu'à le faire disparaître dans le sable. À présent il allait brûler, comme celui de Paul Demora, se consumer avec les arbres jusqu'à se confondre avec le sable et la terre noire.

Luna coupa ses mèches jusqu'à la dernière.

Sa chevelure pâle gisait à présent sur le sol à côté des ciseaux rouillés.

Elle se contorsionna pour contempler sous toutes les coutures son crâne pelé. Des plats, des méplats ternes, des creux brillants que la lumière des bougies caressait en un ballet mouvant. Un rictus découvrit ses dents éclatantes. Elle n'avait jamais pensé qu'un crâne, son crâne, fût aussi bosselé.

« C'est les diables, dit la voix de Toine… Ne les laisse pas sortir de ta tête ! Pas avant d'en avoir fini. »

Elle s'attarda avec curiosité sur son image méconnaissable. Puis elle nettoya avec un peu d'alcool la plaie de son oreille gauche. Un des sept anneaux qui s'y trouvaient disposés en couronne avait été arraché par la furie. Luna n'avait pas cherché à le retrouver : dans cette immense zone sablonneuse, c'était peine perdue. Un coagulum s'était formé mais le sang suintait encore et Luna faillit s'évanouir sous la brûlure du liquide, plus abrasif que l'acide.

Au petit matin, elle sortit dans la fraîcheur qui hérissa la peau de son crâne dépouillé. Elle huma longuement les senteurs piquantes de résine et quelques relents de fumée froide et rentra dans la maison pour y prendre un grand chapeau de paille noire jeté entre les pattes du taureau de bois. Elle vérifia la solidité des contrevents clos et tira derrière elle la porte qui grinça. Les vantaux de bois remis en place, elle ferma d'un claquement sec le gros verrou, seul objet neuf au milieu de ce décor à l'abandon. D'un regard circulaire, elle s'assura qu'elle ne laissait derrière elle aucune trace de sa visite.

La rosée mouilla le cuir fauve de ses bottines en y laissant des marques noires. Le grondement de la Jeep fit s'envoler une colonie d'aigrettes occupées à picorer les vermisseaux que la fraîcheur avait fait sortir du sol par des trous minuscules. La barre sombre des pins semblait coupée en deux par une chape de brume au ras du sol. Les cimes immobiles effleuraient le ciel pâle, statues vigilantes et mornes.

À cinq heures, Luna quitta la vieille maison.

8

Lyon. Hôtel de police

— Dix-neuf heures trente, murmura Marion, c'est juste avant l'heure qu'a donnée la Roulotte. À une demi-heure près.

— À un litron près, spécifia Talon. Je vois où vous voulez en venir, patron.

— Tant mieux. La visite de cette fille blonde à Marie-Sola Lorca est probablement la clef de l'histoire.

Après la disparition de l'avocate, les enquêteurs avaient retrouvé tous ses effets personnels dans la chambre 315 à l'exception de son sac à main et de la clef de l'hôtel. La robe noire et sa cravate d'hermine, les vêtements et les papiers sur lesquels elle travaillait avaient été déposés dans le bureau de Marion, examinés avec soin et, depuis la veille, placés sous scellés après l'ouverture d'une instruction judiciaire par un juge lyonnais. Ils voisinaient avec les quelques affaires, elles aussi saisies et scellées, découvertes dans la chambre de Manuel Bianco et qui n'avaient pas encore été déposées au greffe du tribunal.

Marion déballa un des paquets entourés d'un élastique et déplia le vêtement de Nylon d'un blanc sale où était accrochée une étiquette jaune. Il y était indiqué qu'il s'agissait d'un blouson de femme de marque K-way, taille 36, usagé. Talon, en enquêtant auprès du fabricant, avait établi que ce vêtement de pluie était un modèle ancien que la marque ne produisait plus depuis 1983. Marion le présenta à Conception Mirales qui, son service achevé, avait consenti à les accompagner à l'hôtel de police.

La femme se montra indécise.

Marion s'éloigna de quelques pas, le vêtement tendu à bout de bras. Puis, comme Conception hochait toujours la tête sans répondre, elle l'enfila par-dessus son débardeur.

Le blouson la serrait un peu, elle fit quelques pas avec, tournant sur elle-même. Talon gardait le silence.

— Oui, c'est possible, murmura Conception. Je suis pas sûre. Où vous l'avez trouvé ?

Le visage de la femme de chambre ruisselait de curiosité. Elle prenait un plaisir manifeste à l'aventure même si l'absence de Lavot la privait d'un facteur d'excitation supplémentaire.

Marion ne répondit pas immédiatement. Que pouvait-elle dire à un témoin dont on ignorait encore s'il n'était pas impliqué ? Le K-way dans lequel elle transpirait avait été retrouvé dans la chambre de Manuel Bianco, abandonné au pied du lit. Avant d'être placé sous scellés, il avait été examiné, aspiré, décortiqué, le contenu de ses poches et des coutures exploré dans le détail. L'IJ y avait découvert des fibres, des matières géologiques, des poils et des résidus poussiéreux

56

colorés identifiés comme des grains de pollen, en abondance.

— Je ne peux pas vous le dire, soupira Marion en enlevant le vêtement. Talon, vous avez noté la réponse de Mme Mirales ?

Le lieutenant acquiesça en passant un doigt sur son front pour y essuyer quelques traces d'humidité. Il fit asseoir Conception Mirales en face de lui. Marion leur tourna le dos, saisit un à un les sachets contenant les pièces à conviction, récapitulant en silence ce que ces découvertes avaient pu apporter à l'enquête.

Le vêtement de marque K-way en était la pièce maîtresse. Mais il y avait aussi des éléments pileux en abondance, de provenances diverses. Plusieurs cheveux longs que les examens avaient attribués à un individu probablement de race blanche. Déduction tirée de l'examen microscopique de la section transversale du cheveu, ovale chez les Blancs, ronde chez les Jaunes... Les spécialistes ne pouvaient en tirer aucune indication de sexe mais par leur longueur, leur finesse et leur texture, il existait une probabilité de les attribuer à une femme. Ils possédaient une pigmentation très faible comme ceux d'une personne âgée ou d'un individu à la carnation très claire. L'absence de bulbes indiquait qu'ils étaient tombés spontanément et ne permettait pas l'établissement d'une formule génétique, pourtant largement utilisée par les techniciens. Le Dr Marsal l'avait consolée en prétendant que la technique des bulbes n'était pas encore très au point non plus, contrairement à la recherche faite à partir du sang, du sperme ou de la salive.

Elle se livra à un travail de mémoire tandis que lui parvenaient de loin les échanges entre Talon et Conception Mirales. Avant de mourir, Manuel Bianco avait consommé de l'alcool et une grande quantité de Témesta. On n'avait retrouvé aucun verre, flacon ou récipient, aucun résidu, aucune empreinte digitale exploitable dans sa chambre. Pas de témoin fiable dans les autres chambres de cet établissement pouilleux. Enfin, et ce n'était pas le moins intéressant, Bianco avait eu un ou plusieurs rapports sexuels avant sa mort. Marion ne put s'empêcher de rapprocher les deux séries de constatations effectuées sur les deux scènes de crime. Si les liens entre Manuel et Marie-Sola Lorca ne faisaient aucun doute, leurs morts paraissaient être également reliées par de mystérieux paramètres dont l'un au moins se dessinait sous les formes d'une jolie fille aux cheveux blonds.

Plus tard, dans le presque silence du commissariat en partie déserté, Marion se replongea dans la procédure. Malgré la rigueur et la méthodique exploitation des indices, il restait des points obscurs. Il manquait encore les conclusions des analyses du laboratoire de police scientifique quant au contenu des poches du coupe-vent. Une partie du personnel non policier était en grève depuis plusieurs semaines, retardant la remise des résultats. De plus, les recherches sur les pollens avaient dû être sous-traitées, faute pour le labo de disposer des moyens et de la documentation nécessaires. Les enquêtes effectuées par les gendarmes de Saint-Sever et les policiers de Dax dans l'environnement de Manuel Bianco et Marie-Sola Lorca n'avaient pas été déterminantes. Les conclusions en étaient sommaires comme si les enquêteurs locaux ne pouvaient imaginer relier à leur région ces morts survenues si loin. Marion en ressentait une insatisfaction tenace. Même si, dans l'immédiat, il était indispensable de questionner de nouveau Me Lemoine suite aux déclarations de Conception Mirales, de revoir quelques éléments de la vie et des fréquentations de sa maîtresse et de son étrange client, elle avait la certitude que la solution était ailleurs. Elle quitta son bureau, rejoignit Talon occupé à agrafer des procès-verbaux. Elle se planta en face de lui, massa ses tempes comprimées par la chaleur étouffante que la nuit n'apaisait pas.

— Talon ?

Sa voix était un peu cassée. L'officier leva la tête.

— Je me demandais… Qu'est-ce que ça vous inspire, à vous, la tauromachie ? La corrida ?

Talon haussa les épaules. Il ne savait pas. La fatigue accusait ses traits comme elle avait dessiné des cernes mauves sous les yeux de Marion. À cette heure de la nuit, Talon n'avait plus d'idée sur rien.

9

Les Landes de Gascogne

Abel Lafon arpenta d'un pas vif les quelques dizaines de mètres inaccessibles en véhicule qui conduisaient au carré de pins, source de ses soucis. Un fouillis de hautes bruyères, d'ajoncs et de ronces dans lequel un incendie s'était déclaré trois jours plus tôt, un feu vite maîtrisé mais dont Abel ignorait encore les causes. Mégot de cigarette, étincelle produite par un véhicule à moteur ?

Comme dans toutes les forêts de résineux, le feu était un casse-tête de chaque instant pour ce conseiller municipal chargé de veiller sur les quelques milliers d'hectares de forêt communale et domaniale, un petit morceau du parc naturel des Landes de Gascogne.

Parvenu au cœur du problème, l'homme se pencha, observant attentivement les résidus des arbres calcinés et les traces sombres des fougères anéanties par le feu et piétinées par les pompiers. Le périmètre concerné n'était pas très grand, deux cents mètres carrés peut-être, trois cents tout au plus, mais c'était plus fort que lui, Abel détestait ce spectacle de désolation. Cette terre, cette forêt où il était né, c'était lui tout entier, et chaque fois, le feu l'atteignait intimement, comme une offense grave à son amour pour ces arbres.

Abel souleva la casquette de marin qui ne le quittait jamais d'une saison à l'autre, s'épongea le front tout en remontant le cercle de troncs noircis.

Ira, sa jeune chienne pointer, incommodée par les émanations tenaces de bois brûlé, s'ébrouait à intervalles réguliers en faisant claquer ses muscles.

La chaleur de l'été avait jauni les fougères autour de la zone calcinée, mais plus loin, dans le sous-bois intact, les bruyères panachaient déjà leurs teintes délicates du blanc à peine rosé au violet profond.

« L'automne sera précoce », pensa Abel Lafon.

Il prit des repères, mesura quelques fûts, avec des gestes sobres, exécutés machinalement, constatant que cette partie de la forêt aurait supporté un débroussaillage. Il trouva l'épicentre de l'incendie et l'examina avec soin. La plupart du temps, la foudre était à l'origine du feu. L'éloignement du lieu du sinistre de toute zone habitée le conforta dans cette idée. Les orages avaient abondé au cours des dernières semaines, la foudre avait dû tomber par là, allumer un foyer qui avait couvé plusieurs jours avant de se déclarer, attisé par un coup de vent ou par la sécheresse persistante. Il chercha sans succès le pin « marqué » par la foudre pour preuve de son hypothèse, bouscula de sa botte quelques tas d'aiguilles et de pommes de pin amassées par les arrosages violents et massifs des unités de défense forestière contre les incendies. Si les pompiers avaient déserté les lieux après une surveillance continue de deux jours, c'est qu'il n'y avait plus le moindre risque de reprise du feu. Rassuré, il regarda sa montre. Midi. Son estomac gronda. Abel pensa au steak qui l'attendait, au petit vin blanc et à la tarte aux cerises qu'il avait vu sortir du four avant de partir en forêt. Il chercha Ira des yeux, l'appela. Le bois désert et silencieux ne lui renvoya que l'écho de sa propre voix. Il ne perçut aucun des mouvements familiers du pointer qu'il héla encore en se dirigeant vers son vieux Toyota tout-terrain garé sur le pare-feu.

— ... Ra... Ra ! Ici, ma fille ! On s'en va ! Viens, fille, viens !

Dérouté par le silence, il stoppa net. La chaleur gonflait l'air autour de lui. Il s'épongea de nouveau le visage, garda quelques instants à la main sa casquette avec laquelle il s'éventa en soufflant. Indécis, il embrassa d'un regard circulaire les grands pins maritimes reproduits à l'infini et figés dans la torpeur de la canicule. Le ciel était d'un bleu cru mais des nuages se formaient au ras des cimes, du côté de l'océan. Un autre orage était en route.

Irrité par les fugues à répétition de sa chienne, il revint sur ses pas, en direction de la zone où le feu avait été le plus intense. Il buta sur un obstacle dur enfoui sous des débris d'écorces et de fougères calcinés, siffla trois coups brefs et stridents pour faire revenir la vagabonde. Posant les yeux sur l'obstacle, il se pencha pour toucher ce qu'il prit pour un morceau de bois à la forme inhabituelle et torturée. Il eut un haut-le-corps en constatant que ce qu'il tenait n'était pas un bout de bois mais un pied.

Un pied humain noirci par le feu.

Le corps d'Abel se couvrit d'une sueur froide, la forêt aux couleurs tendres lui parut soudain sombre et hostile. Avec répulsion, il dégagea les débris qui recouvraient un corps noir marbré de couleurs allant du bleu sombre au vert, couché sur le dos, recroquevillé sur lui-même, les bras serrés contre le torse, les mains à hauteur d'un appareil génital mâle partiellement préservé du feu. La tête avait beaucoup souffert, le mort exhibait une bouche sans lèvres béant sur des dents charbonneuses et des globes oculaires vides.

Désemparé, Abel tourna un moment autour du cadavre en se remémorant des bribes de recommandations qu'il avait entendues à la télévision : il ne fallait pas détruire les traces, ne toucher à rien. Avec un haut-le-cœur, il pensa qu'il serait bien incapable de toucher à cette... chose. À court d'idées, il décida d'aller prévenir les gendarmes.

Loin de lui, beaucoup plus loin, le cri d'un chien jaillit des fougères. Un aboiement excité, un appel qui signifiait : « Viens voir ce que j'ai trouvé. »

« Elle a dû tomber sur un lapin ou un lièvre, se dit Abel à présent plus dérouté qu'agacé, ou peut-être un chevreuil », bien que l'heure rendît improbable cette dernière supposition.

Il savait que si sa chienne n'obéissait pas à ses injonctions, cela signifiait que l'animal détecté n'était pas « parti ». S'il n'allait pas lui-même la chercher, il pourrait l'attendre longtemps, aussi longtemps que le chasseur et sa proie resteraient face à face, à guetter la première défaillance de l'autre pour attaquer ou renoncer.

Bouleversé par sa découverte et pressé de se décharger de ce poids sur d'autres, Abel Lafon se mit en route à travers les hautes herbes où subsistaient des traces de foulage des pompiers. Il progressa rapidement, empruntant une coulée faite par les chevreuils dont les sabots pointus enfonçaient les herbes dans le sol au lieu de les aplatir comme l'auraient fait des pieds humains. Les jappements excités de la chienne le conduisaient vers un bouquet d'arbres, des feuillus drus, vert clair et or, anachroniques dans l'uniformité des pins.

Le deuxième cadavre gisait à vingt mètres de là, au bord d'un trou d'eau responsable de la coulée verte au milieu des résineux.

Nu, il était couché sur le ventre, les bras étendus dans l'eau verdâtre, les jambes maigres jointes et tendues en arrière comme celles d'un plongeur. La tête disparaissait presque sous les herbes de la rive dont les bords sablonneux et mous cédaient sous son poids. Un nuage de mouches grondait autour de lui, se disputant la place avec rage.

Incrédule, Abel Lafon resta d'abord pétrifié, puis jura tout bas. En état de choc, il se décida à faire quelques pas en direction de cet autre corps. Des bataillons de fourmis avaient investi les chairs molles dont la couleur, à cause de la chaleur et de la putréfaction, avait viré au brun clair marbré de sombre.

De la tête, en partie immergée dans une vase épaisse, ne subsistait que la peau du crâne aux cheveux ras et quelques lambeaux de chair autour d'une denture en bon état, découverte jusqu'aux gencives presque transparentes. Les insectes avaient envahi et vidé les cavités naturelles où des colonies de fourmis rouges luttaient pied à pied avec des armées de larves. Abel s'avança et se pencha, faisant fuir une grosse araignée. Un anneau minuscule brillait à ce qui subsistait du lobe de l'oreille gauche du cadavre. Abel, au bord du malaise, remarqua les hanches étroites et les fesses musclées, les jambes et la taille fines. Son regard remonta vers le buste, il murmura : « C'est pas vrai ! » en se redressant. Ce qu'il avait d'abord pris pour le dos d'un jeune garçon, à cause des cheveux très courts et des formes androgynes, dissimulait à peine des seins de belle taille. Des seins de femme sur un buste étroit d'adolescente.

Abel se gratta le crâne où perlaient sans relâche de grosses gouttes de sueur qui dégoulinaient le long de ses joues et dans son cou sans qu'il songeât à les essuyer. Il se demanda qui pouvait être cette jeune fille qu'il ne connaissait pas et comment il allait se débrouiller de ce double problème inattendu. Il trouva soudain saugrenue son idée d'être venu là ce matin, crétine sa conscience professionnelle de défenseur de la forêt. Il songea fugitivement, avec un léger remords à cause des deux cadavres oubliés dans la forêt, au repas dont la perspective venait de reculer brutalement.

La puanteur l'assaillit comme une vague, son estomac se noua et c'est d'une voix enrouée qu'il ordonna à Ira de le suivre. La chienne continuait à tourner autour du cadavre, aboyant sans discontinuer en une parodie de danse macabre.

10

Lyon. Hôtel de police

— Non, mais comment tu tiens ça ! C'est pas un balai !

Talon faisait face à Lavot et, souple sur ses jambes écartées, tentait de l'initier à un mystère que l'autre s'appliquait à reproduire. Ce qui lui donnait l'air d'un crapaud à l'affût ou d'un humanoïde très constipé.

— Comme ça ? questionna Lavot en tendant un peu plus les fesses en arrière.

Comme toujours maître de lui, Talon posa son propre club de golf et contourna Lavot pour se placer derrière lui. Il était beaucoup plus petit et il dut se coller à son collègue pour saisir le manche du club que celui-ci tenait maladroitement entre ses jambes raides. Ce contact arracha un sursaut à Lavot.

— Ça va ! maugréa Talon, t'excite pas ! T'es pas mon genre.

Lavot avança par réflexe le bas de son corps pour échapper à une sensation qui lui répugnait. Le bruit courait que Talon aimait les garçons et

Lavot songea qu'en vérité il ne lui connaissait pas de relations féminines. D'instinct, il gagna encore quelques centimètres.

— Mais non, ne te redresse pas !

Dans le même temps, Talon s'empara de ses poignets pour lui faire rectifier la position. Lavot frémit au contact de ces mains d'homme, moites et rêches.

Ils se tenaient au milieu du bureau 312, un de ceux du groupe criminel de la police judiciaire. Lavot avec ses cheveux noirs trop longs et ses Ray-Ban, son jeans trop serré et un tee-shirt blanc qui dessinait soigneusement son torse large et un léger empâtement au niveau de la ceinture, Talon avec ses lunettes rondes, ses cheveux coiffés avec soin en arrière et son polo Lacoste vert irréprochable.

— Fais chier, merde, marmonna Lavot.

Agacé, il envoya un coup de club rageur dans la balle qui gicla en direction de la porte au moment où celle-ci s'ouvrait. Le lieutenant Cabut aperçut le tableau insolite que composaient ses deux collègues en même temps que la petite balle blanche percutait violemment son épaule gauche. Il poussa un hurlement sauvage en refluant précipitamment vers le couloir.

— Bande de cinglés, cria-t-il en se massant l'épaule, vous voulez me tuer ou quoi ?

Alertée par le remue-ménage, Marion s'annonça sur le seuil du bureau voisin sur la porte duquel le brigadier Potier, responsable du matériel, avait, depuis peu, fixé une plaque : « Bureau du commissaire Edwige Marion ».

Marion avait trouvé l'initiative aussi ridicule que son prénom, caprice d'une mère qui cultivait la nostalgie de théâtres où elle n'avait jamais mis les pieds, mais Potier avait des choses à se faire pardonner depuis la mort tragique du lieutenant Joual[1] et elle l'avait laissé faire.

— Tiens, Cabut ! s'écria-t-elle, je vous croyais en vacances ! Vous en faites du bruit ! Il y a des gens qui travaillent ici !

— C'est la meilleure, s'offusqua Cabut dont le crâne dégarni avait pris une belle teinte de brique mal cuite, c'est moi qui vais me faire engueuler maintenant ! Ces deux... sauvages ont tenté de m'assassiner !

D'un ample signe de tête, il désignait l'étage, l'immeuble même tant il semblait scandalisé. Marion se pencha pour regarder dans le couloir désert, derrière le lieutenant affublé d'un pantalon gris débordé par une bedaine précoce qui tire-bouchonnait sur des chaussures de toile bordeaux.

L'été avait vidé les bureaux, il régnait dans l'hôtel de police un calme inhabituel. En tout cas Marion aurait juré qu'il n'y avait personne dans les parages.

— Dites donc, Cabut, dit-elle en mettant les poings sur les hanches, vous n'auriez pas abusé du soleil par hasard ?

— C'est ça ! se récria l'intéressé, je suis cinglé, alors qu'il y a là deux malades qui ont failli m'éborgner !

Dans le bureau, Lavot et Talon ne purent contenir plus longtemps leur fou rire.

— En plus ils se paient ma tête ! Vous savez ce qu'ils font, alors que vous les croyez en train de travailler ? Ils jouent au golf !

— Dans le bureau ? s'exclama Marion.

---

1. *Le Sang du bourreau*, éd. Jean-Claude Lattès.

Elle était elle-même tout près d'exploser de rire, à voir la tête de Cabut, sourcils en bataille dangereusement rapprochés, signe chez lui d'une grande colère.

— Ne faites pas cette tronche ! dit Marion en ouvrant la porte en grand. Ils sont pas mignons tous les deux ?

— Je suis mort de rire ! marmonna Cabut.

Lavot fonça sur son collègue à qui il plaqua un gros baiser sur son front bronzé :

— Tu sais que t'es beau, ma biche ?

— Imbécile ! s'écria Cabut en s'essuyant vivement le front.

Lavot se marra, tandis que Talon se hâtait de ranger sa panoplie de golfeur, gêné d'avoir été surpris en flagrant délit de récréation. Malgré la fenêtre ouverte, il régnait dans le bureau une chaleur suffocante, les chiches courants d'air ne parvenant qu'à plaquer de la poussière sèche sur les peaux moites.

De la cour de l'hôtel de police montaient les bruits habituels de portières de voitures, de deux-tons mourant dans l'air brûlant, et de coups de gueule énervés.

— Vous êtes déjà en roue libre tous les deux ? s'étonna la commissaire.

Talon bredouilla une explication en regagnant son bureau sur lequel une pile de paperasses menaçait de s'effondrer :

— J'aimerais bien ! dit-il d'une voix raffermie, presque agressive, en désignant les dossiers.

— C'est sûrement en golfant que vous allez en venir à bout, gronda Marion. Vous n'êtes pas sérieux !

Talon se rebiffa :

— On n'a pas arrêté depuis ce matin, même pas pris le temps de déjeuner...

— Même pas, appuya Lavot, et ça fait une semaine qu'on tire des sonnettes toute la journée. Si vous voyiez mes pieds !

— Merci non ! Cabut va vous donner un coup de main...

— C'est ça ! s'offusqua l'intéressé. Je passe dire bonjour – je signale pour ceux qui l'ignorent que j'ai encore une semaine de vacances à prendre –, « on » essaie de me tuer, « on » ne s'excuse même pas et il faudrait que je donne un coup de main. Pas question !

Au fond de la pièce, une sonnerie retentit. Talon se précipita vers un vieux fax coincé entre une étagère et deux plants de cannabis séchés, arrachés à une plantation clandestine quelques mois auparavant. Cabut alluma une cigarette en engageant une conversation animée avec Lavot. Marion faisait demi-tour pour rejoindre son bureau quand Talon l'interpella :

— Attendez patron ! c'est un fax du labo...

Il arracha le papier d'un geste sec et entreprit de le lire. Marion tendit la main :

— Je vous en prie, Talon...

Il lui remit le fax en soupirant et s'assit derrière son Mac à côté duquel trônait une imprimante flambant neuve, à peine plus grosse qu'une boîte à chaussures.

— Dis donc, apprécia Cabut, tu investis... J'ai pourtant entendu le patron dire qu'on aurait du matériel informatique à la rentrée.

Lavot se renfrogna :

— C'est bien ma veine ! Déjà que j'ai horreur des machines à écrire.

— Vous vous y mettrez, assura Marion sans lever les yeux du document. Comme Cabut avec les autopsies, c'est le premier pas qui coûte.

Le lieutenant marmonna qu'il n'avait pas plus envie de se mettre à l'informatique qu'au découpage de chairs mortes, deux activités qui lui répugnaient à égalité.

Marion les interrompit.

— On l'a attendu longtemps ce rapport mais ça valait la peine.

Le document détaillait les différents éléments découverts dans les poches et les coutures du vêtement de marque K-way taille 36, découvert dans la chambre de Manuel Bianco. Il y avait du sable, une sorte de fine poussière foncée, presque noire, très riche en fer. Un matériau sablonneux qui constitue la base géologique des Landes de Gascogne. Déduction tirée de la provenance de la victime, après comparaison avec d'autres sources géologiques. S'y trouvaient également des poils de chenilles, un parasite bien connu des résineux. Des *Thaumetopoea pityocampa* ou chenilles processionnaires du pin qui passent l'hiver dans des nids hermétiques, de vrais fours solaires, formés en septembre ou octobre, après la ponte du papillon *Dendrolinus pini*. Leurs œufs résistent à tout : aux chocs, aux écarts de température, entre − 80 °C et + 60 °C. Au printemps, elles descendent en procession pour s'enfouir dans le sol en chrysalides avant la nymphose. Au cours de leur passage à l'air libre, elles libèrent des milliers de poils urticants qui se dispersent à tous les vents. Cette transhumance se fait au printemps.

— Des chenilles processionnaires et des pins… C'est un arbre courant dans les Landes de Gascogne, il me semble.

— Bien sûr, confirma Talon, le massif forestier des Landes est le plus vaste d'Europe. Un million d'hectares. Essentiellement constitué de pins maritimes plantés à l'époque de Napoléon III qui en a profité pour créer un réseau d'assainissement de cette lande insalubre en faisant creuser des fossés.

— Bianco a dû apporter ce vêtement dans ses bagages, commenta Cabut, logique.

— Ou bien, c'est la fille blonde… dit Marion qui, devant l'air largué du lieutenant, se mit en devoir de lui fournir les explications qui lui manquaient.

— On peut savoir la suite ? s'impatienta Talon.

Marion se mit à lire à haute voix la seconde moitié du rapport du laboratoire de police scientifique sous-traité à l'Institut de paléontologie humaine de Paris, département palynologie, pour la partie relative aux pollens.

— *Parmi les éléments organiques poudreux examinés, trois types ont pu être isolés :*

1) Une très faible quantité de grains de pollen provenant de gymnospermes reconnaissables à la forme subsphérique de leur noyau flanqué de deux ballonnets. Taille : 70 microns en moyenne. Calotte épaisse à réseau fin. Ballonnets de forme globuleuse à mailles grandes et irrégulières parfois ouvertes. Il s'agit de pollen de Pinus pinaster, *communément nommé pin maritime…*

2) Une très importante quantité de grains de pollen de structure morphologique identique à la précédente mais de taille très inférieure : entre 40 et 50 microns. Le corps est de forme ellipsoïde aplatie, la calotte épaisse et non boursouflée. Les deux ballonnets ont une forme subsphérique, réseau régulier à mailles moyennes en surface. Il s'agit de grains de pollen de Pinus sylvester *communément nommé pin sylvestre.*

3) Des grains de pollen d'angiospermes. Grains ronds ellipsoïdes sans ballonnets. Trois sillons visibles sur la périphérie permettant la fécondation. Petites verrues protubérantes sur la surface. L'examen en coupe de la forme et la structure de la petite dentelle autour du noyau permettent de préciser qu'il s'agit d'une espèce à feuilles caduques. Taille moyenne des grains : 30 microns. Quercus pubescens *ou* Quercus rubra. *Communément nommés chêne commun ou chêne rouge d'Amérique.*

Marion releva la tête, perplexe. Les trois officiers se taisaient, attendant la suite.

— Quel charabia ! proféra enfin Lavot.

— En effet, admit Marion, mais nous sommes à présent fixés : les secrets de ce vêtement ne sont sûrement pas ici. Peut-être dans la région des Landes. Talon, vous annexerez ce rapport à la synthèse demandée par le juge. Je lui porterai le tout ce soir.

— Il me manque encore le rapport d'autopsie de Marie-Sola Lorca, objecta l'intéressé. Je l'ai réclamé deux fois au Doc, mais il paraît qu'il est débordé lui aussi...

— Merde, s'exclama Lavot en se frappant le front du plat de la main, j'ai oublié de vous dire, patron ! le... Doc a téléphoné. Il voulait que vous passiez le voir.

— Et ça remonte à quand cet appel ? demanda Marion, pincée.

— Ce matin !

— Qu'est-ce qu'il voulait ?

— Je l'ignore, il ne m'a rien dit. Il avait l'air tout excité.

— Excité ! rebondit Marion, c'est un scoop !

Lavot ricana :

— Il y a peut-être eu un accident d'avion et cent cinquante cadavres à découper ! Y a que ça qui l'excite !

Marion se dirigea vers la porte, suivie de près par Cabut, morose.

— Eh bien, lui dit-elle une fois dans le couloir, vous vous ennuyiez à ce point en vacances ?

Il se renfrogna, l'air chagriné. Trois semaines plus tôt, il était parti, enthousiaste, pour une croisière en Méditerranée, flanqué d'une jeune femme très amoureuse avec laquelle il avait entretenu, à Paris et avant sa mutation en province, une relation houleuse, sûrement masochiste, entrecoupée de scènes déchirantes et de retrouvailles torrides.

— Elle m'a quitté, dit Cabut sombrement, le regard sur ses chaussures. Pour le cuisinier du bateau. Un Black, en plus. Elle a terminé la croisière dans les cuisines. Et moi je ne pouvais même pas me tirer de ce fichu barlu... J'ai dû supporter le spectacle jusqu'au bout.

Marion ébaucha un sourire, entre tristesse et nostalgie. Elle évoqua fugitivement son fiancé canadien qu'elle n'avait pas vu depuis... une éternité. Benjamin Bellechasse était reparti pour le continent nord-américain. Il lui écrivait de longues lettres dans lesquelles il racontait les forêts d'érables, le grand Nord canadien. Il disait que son père adoptif avait sombré dans la sénilité après la disparition de sa femme. Que lui, Benjamin, avait dû reprendre l'affaire familiale de négoce de bois. Au départ, ce n'était que pour le temps d'y mettre de l'ordre et de la vendre. Mais il y avait trouvé un bonheur inattendu et voilà qu'il bâtissait des projets autour de cette nouvelle vie dans laquelle il incluait Marion. Elle allait partir là-bas pour un mois de vacances, ensuite... Elle savait qu'il ne reviendrait pas vivre en France, qu'elle devrait se décider, choisir. Partir ?

« Choisir, c'est renoncer... », murmura une petite voix qu'elle aurait bien aimé faire taire.

Elle se planta devant Cabut, le forçant à la regarder :

— Une croisière est une épreuve impitoyable, je vous avais prévenu. Mais il vaut mieux qu'elle vous quitte maintenant... Ne regrettez rien, Cabut, cette fille ne vous mérite pas. Oubliez-la !

— J'essaie, ronchonna l'intéressé, mais cette fois j'y croyais... Je projetais de la faire venir ici. Elle-même était d'accord, elle parlait de maison, d'enfants...

Il s'insurgea :

— C'est terrible de ne pouvoir dominer ses pulsions tout de même !

Marion le laissa un moment digérer son chagrin et sa colère. Il ne servait à rien de le raisonner : il avait cette femme dans la peau parce qu'elle était ce qu'elle était.

— Elle reviendra, affirma-t-elle enfin. Elle a besoin de sensations fortes, de danger. Plus elle vous manque et plus vous la voulez.

— C'est dur, murmura Cabut d'une voix tremblante.

— Ça ne sert à rien de vous lamenter. Ou vous attendez qu'elle en ait assez de son cuistot des îles ou vous allez la chercher par la peau des fesses.

Le teint de Cabut s'enflamma tandis que son regard prenait du champ. Il s'agita comme s'il s'y voyait déjà puis, tout aussi brusquement, il renonça, abattu :

— Ça ne marchera pas. C'est une panthère.

Marion entra dans son bureau, une pièce exiguë, sans aucun objet personnel, sans photos, sans tableaux sur les murs d'un jaune administratif pisseux mais encombrée d'un invraisemblable bric-à-brac qui débordait des tiroirs et de la bibliothèque à laquelle, faute de pouvoir s'en approcher, aucune main n'avait accordé le moindre coup de chiffon depuis des mois. Elle vit que Cabut l'avait suivie et se dandinait dans l'embrasure de la porte.

— Bien sûr, dit-elle, devinant ce qu'il allait demander, vous pouvez reporter votre dernière semaine de vacances... Il y a du travail ici...

— Merci, souffla Cabut sans bouger, mais...

Marion désigna du menton la pièce voisine d'où elle percevait le son étouffé des voix de Talon et Lavot.

— Ne vous en faites pas, je ne leur dirai rien...

Elle refoula d'un geste la reconnaissance de Cabut puis elle appela le médecin légiste.

11

Les Landes. Domaine des Chartreux.

Luna arriva à la *ganaderia* vers sept heures.
Le soleil déjà haut cognait sur les prairies des
Chartreux jaunies par la sécheresse. Elle arrêta sa
Golf blanche sur l'esplanade après avoir franchi
l'imposant portail surmonté d'un fronton en arc
de cercle sur lequel s'étalait le nom du domaine :
« Lorca ». Sur chacun des piliers, le fer de la
ganaderia, un « J » et « L » entrelacés, annonçait
la couleur du propriétaire. Deux têtes de bovins
réduites aux ossements indiquaient avec ostentation l'activité du *cortijo*. Le domaine...

Luna observa avec acuité la grande bâtisse
ocre aux contrevents de bois d'un rouge sanguin,
encore fermés malgré l'heure. Elle vit les selles
posées sur des trépieds devant la porte, sous l'auvent ombragé d'une vigne ancienne à laquelle se
mêlait une glycine touffue au tronc tourmenté.
Pas un mouvement, pas âme qui vive, seulement,
au loin, de brefs beuglements énervés et quelques
hennissements inquiets. Des appels d'animaux que
l'on a oubliés.

Luna noua le ruban noir qui maintenait en place le grand chapeau posé sur son crâne rasé et s'avança sous l'auvent, laissant grande ouverte la portière de la voiture.

Il faisait presque froid dans la maison silencieuse. Éblouie par le soleil de la cour qui rendait plus dense l'obscurité du vestibule, Luna heurta quelques objets. Elle jura en traversant le hall au fond duquel s'amorçait une volée de marches de pierre. Un bref regard à la tête naturalisée du grand toro noir dont le nom, « Catalan », gravé en lettres d'or sur un socle de bois, luisait faiblement, et elle pénétra dans la vaste pièce commune. Haute comme la nef d'une cathédrale, la salle était ceinte à mi-hauteur d'une galerie protégée par des balustres de bois ouvragé. Dans la partie haute, les murs disparaissaient sous les livres et les tableaux représentant des hommes sévères portant béret et moustache, des femmes brunes coiffées de bandeaux plaqués à leurs fronts austères. Et des taureaux, encore des taureaux. Solitaires ou en groupe, des photos de dépouilles sans oreilles devant lesquelles des matadors pavoisaient, des têtes naturalisées au regard vide, des articles de presse encadrés et jaunis relatant de triomphales corridas... Luna contempla la table monumentale qui, en bas, occupait presque tout l'espace. Elle était encore dressée, encombrée de bouteilles vides et des reliefs d'un repas qui avait dû rassembler une douzaine de convives.

Luna ferma les yeux pour les entendre.

Ils rient en commentant la tienta *de l'après-midi, à moins que ce ne soit une de ces corridas privées, interdites, qu'organise le maître parfois... Ils rient en buvant, ils rient fort et gras. Les hommes, les vachers, les péons. Les valets et les amis, excités par l'alcool et la chaleur, serrés autour du maître assis au bout de la table, un gros cigare entre ses doigts épais. Debout près de lui, une main posée sur son épaule, en une attitude amicale et déférente à la fois, il y a Manuel Bianco, dit Manolito, la tête levée, le torse bombé.*

Dans la galerie, entre la tête d'un frère de Catalan et une lointaine aïeule du maître, derrière le fenestron obturé d'un rideau de dentelle, les petites filles sont accroupies, serrées l'une contre l'autre, apeurées par les ombres du grenier qui craque dans leur dos.

Le maître. La femme à genoux devant lui, magnifique avec sa jupe de coton rouge et son caraco de dentelle tendu par des seins plantureux et blancs, ses longs cheveux défaits masquant un visage rosi par la boisson, ses hanches épanouies agitées d'une houle grandissante. Et les hommes qui rient plus fort, excités.

« Amusez-vous ! Profitez d'elle ! Elle est à vous », dit le maître. Un des hommes s'avance, des banderilles bleu et rouge à la main. Les fillettes ne distinguent pas son visage. Il danse, tourne sur lui-même, ivre et énervé. Il a sur la tête la montera des toreros. Entre ses cuisses moulées par le pantalon brodé, la bosse du sexe grossit. La femme crie, rit en même temps, retrousse sa robe. Les globes pâles de ses fesses tranchent sur le noir de sa culotte. Les cuisses épaisses étranglées par l'élastique des bas s'écartent tandis que l'homme à la montera s'approche en titubant, tendu vers elle. Dans le grenier, la petite fille ferme brutalement la bouche de sa compagne pour museler son cri. Elle sent encore

contre sa paume la tiédeur des lèvres et le léger choc des dents nacrées qui mordent sa chair, elle a sur la langue le goût de son propre sang tandis qu'elle lèche comme un petit chat les plaies minuscules.

Luna ne put réprimer un hoquet qui fit monter de la bile dans sa bouche. Elle frissonna et ouvrit les yeux, contemplant, hébétée, le décor vide autour d'elle. Les images oubliées revenaient de plus en plus souvent, à présent qu'elle était installée ici. Elles se mélangeaient aussi jusqu'à ce qu'elle ne puisse plus trier entre les souvenirs longtemps enfouis et les cauchemars qui la terrifiaient, chaque nuit ou presque. Et ces visages qui se cachent encore obstinément ! Ils reviendront, comme sont apparues les gueules de Manolito, de Paul Demora et de Marie-Sola. Cette seule évocation la fit trembler de haine tandis que se confondaient dans sa tête les voix qui réclamaient vengeance.

Luna se remit en marche, automate silencieux.

José Lorca, le maître, était assis au fond de la pièce, immobile dans son fauteuil de bois sombre sculpté à l'espagnole, la tête appuyée au dossier ajouré.

Luna s'approcha de lui à pas glissés, précautionneux. Elle nota qu'il portait sa tenue de cheval, les bottes de cuir brun, le pantalon noir et la chemise blanche sans col, à manches larges et plastron plissé, froissés et défraîchis après la nuit d'agapes, des cernes bistres sous les yeux. Elle s'arrêta près de lui sans qu'il parût s'apercevoir de sa présence, posa une main fine et légère sur la chevelure dense, blanche et bouclée. Le maître ne cilla pas mais un gémissement sortit de ses lèvres entrouvertes. Luna s'agenouilla devant lui, dénoua avec lenteur le ruban noir, retira son grand chapeau de paille qu'elle posa sur les carreaux de terre vernie. Le regard de José Lorca s'abaissa, il tendit la main vers la tête rasée, la caressa machinalement, s'arrêtant comme par mégarde sur les plaies où le sang avait séché en formant des excroissances, des aspérités douloureuses qu'il grattouilla d'un ongle distrait. Luna grimaça tout en le laissant faire.

Il parut chercher son souffle au fond de son large torse et Luna sut ce qu'il allait dire.

— Elle est morte, murmura-t-il.

Sa voix résonna étrangement fort dans la salle vide. Luna prit la main du maître, y frotta son museau, sa bouche aux lèvres pleines, son nez délicat, ses paupières aux longs cils sombres, huma sur elle l'odeur des bêtes et de la sueur rance.

— Marie-Sola, ma petite, dit-il encore. Elle est morte... Je les ai renvoyés, tous.

— Je sais, dit Luna en l'entourant de ses bras si minces et si forts.

— Où étais-tu ? demanda l'homme, d'une voix lointaine.

— Chez mon père, chuchota Luna. Viens !

Grisée par sa capacité à mentir, à s'inventer un père – mais inventait-elle vraiment ? – elle le souleva sans effort, l'entraîna dans les profondeurs de la bâtisse. Il se laissa conduire comme un enfant jusqu'au grand lit flanqué aux quatre coins de colonnes de bois où elle le fit s'allonger. Elle le dévêtit. Puis elle retira sa longue robe de coton noir sans un mot, le regard rivé sur l'homme nu, la gorge râpée par la jubilation.

Les yeux clos, le maître souffrait, le maître avait mal, mais il n'était pas encore au paroxysme de son calvaire.

Sur le ventre de Luna, entre le nombril minuscule et le mont de Vénus bombé et enfantin, les yeux de rubis du taureau doré émirent un bref éclat, tel un signal menaçant. La main du maître se propulsa en avant, crocha dans le sexe épilé. Luna gémit, prononça dans sa tête le nom de « Toine », plusieurs fois, comme lorsque, dans la solitude de sa chambre, après sa mort, elle essayait de retrouver les éblouissements magiques. Les doigts du garçon, légers comme des lucioles...

Une nausée lui emplit la bouche, âcre et sauvage. Luna serra les dents, si fort qu'elle les entendit grincer dans le silence de la chambre. Elle se laissa glisser pour échapper à la main qui la fouillait sans douceur et s'évanouit sur le carrelage.

12

Lyon. Institut médico-légal

— Seigneur tout-puissant, s'exclama Marion, quelle horreur !

Elle se laissa tomber sur une chaise et, en un geste familier, renversa la tête en arrière pour trouver un peu d'air. Ou effacer de sa mémoire ce qu'elle venait de voir. Le bureau du Dr Marsal, contrairement à la morgue et aux salles d'autopsie, n'était pas climatisé et il y régnait une température infernale alourdie par les relents de chairs mortes et de formol. Par la vitre qui séparait le bureau de la première salle, Marion aperçut l'assistant occupé à laver à grande eau les résidus d'une récente autopsie tout en lorgnant la jeune femme avec son habituel regard plein de sous-entendus. Marion le soupçonnait d'inavouables perversions tant il paraissait prendre de plaisir au contact des cadavres.

Marsal et Talon, nullement incommodés par l'atmosphère détestable, examinaient une série de clichés en échangeant quelques considérations techniques. L'homme représenté sur les photos était couché en position fœtale dans la nature. Marion ferma les yeux pour échapper aux gros plans du corps calciné, des blessures qui avaient provoqué sa mort et de celles qu'il avait subies post mortem. « Encore un, pensa-t-elle avec amertume, encore un corps martyrisé... »

— Ça ne va pas, commissaire ? s'inquiéta Marsal.

— Mais si, sursauta Marion, c'est cette chaleur... « On » aurait pu climatiser votre bureau, c'est insupportable !

— Manque chronique de crédits, rétorqua Marsal, abrupt. Alors, qu'en pensez-vous ?

Le visage pointu du légiste, agrémenté de lunettes aux verres troubles, luisait, de même que son crâne dégarni, parsemé de taches de rousseur et de quelques touffes de cheveux gris.

— Je pense que c'est moche. Très, très moche. D'ailleurs vous n'avez que des trucs moches à nous montrer.

— Mais commissaire, c'est votre destin ! Vous n'aviez qu'à faire un autre métier.

Il était dans un bon jour. Un de ceux où il avait trouvé un bel os à ronger, ce qui, dans sa position, ne manquait pas de saveur...

Au téléphone il s'était montré énigmatique, jubilant. À présent, à sa manière vaguement perverse, il jouait avec ses nerfs. Bien que dévorée de curiosité, elle choisit la stratégie du silence afin de ne pas renforcer le médecin légiste dans sa conviction déjà bien ancrée qu'il était un génie.

Elle se leva, passa les pouces dans la ceinture de son pantalon de toile froissé par la chaleur et la transpiration.

Marsal gratifia d'un regard perçant le décolleté de la jeune femme et ses bras musclés de sportive :

— Vous n'avez pas bonne mine, commissaire... vous êtes blanche comme une endive. Et trop maigre. Vous travaillez trop la nuit et vous ressemblez de plus en plus à mes allongés.

Marion ignora l'allusion.

— OK, docteur ! soupira-t-elle. Ça vous démange, alors dites-le-moi : c'est quoi, ces photos ?

— Peut-être l'occasion de vous faire prendre des vacances et des couleurs...

— Je suis censée partir dans une semaine, justement ! J'ai dix rapports d'enquête à terminer et je prie le ciel vingt fois par jour pour que les voyous de la ville soient tous allés se faire prendre ailleurs... Je vous en prie, Doc...

Marsal laissa un sourire étirer ses lèvres minces tandis qu'il pointait l'index sur les clichés du corps torturé :

— Cet homme a été découvert il y a moins d'une semaine dans le parc naturel des Landes de Gascogne. Vous connaissez la région ?

Marion s'exhorta au calme malgré l'agacement qui lui échauffait le crâne.

— Non, dit-elle presque doucement, et cette découverte ne figure pas dans mon programme immédiat. Je vais au Canada m'enivrer de grands espaces, respirer les forêts d'érables et les grands lacs et dormir, loin de vos... allongés.

— Vous avez tort, insista Marsal avec une drôle de mimique, c'est une région de France qui vaut le détour et où il fait beau aussi, en tout cas l'été. Il y a la mer, la forêt, le vin, la bonne chère...

— On dirait un dépliant touristique, vous êtes payé par l'office du tourisme ?

Ignorant la moquerie, Marsal précisa qu'il ne pouvait que bien connaître une région dont il était originaire.

— Je suis né à Hossegor, au sud du massif forestier des Landes.

Puis il sauta du coq à l'âne avec brusquerie :

— Où en êtes-vous de votre enquête sur l'ancien torero ?

— Je vous demande pardon ?

Marsal utilisait sa stratégie favorite : la dérouter avec ses sautes d'humeur, son caractère emporté et sa suffisance affectée. Pour montrer qu'il était le patron chez lui. « Quel vieux cabotin insupportable ! » songea-t-elle.

Il revint à la charge :

— Manuel Bianco, Manolito, si vous préférez. Vous avez progressé ?

— Mais enfin, Doc ! protesta Marion, sur la défensive. Qu'est-ce que ça veut dire ? Vous vous prenez pour le juge d'instruction, le directeur de la PJ ?

Talon ne pipait mot mais son regard vif allait du légiste aux photos.

— Ça y est, j'y suis ! s'exclama-t-il. Regardez !

Il rapprocha deux photos particulièrement éloquentes. Marion n'avait pas encore compris où Marsal voulait en venir, mais elle eut une intuition soudaine. Elle martela, la voix sourde :

— Manuel Bianco et l'homme des Landes ont été tués de la même façon ! Je ne me trompe pas, docteur ?

Marsal hocha la tête, une lueur d'intérêt perçant à travers ses lunettes. Il attrapa derrière lui une liasse de papiers enroulés sur eux-mêmes, un fax découpé à la hâte qu'il tendit à Marion sans un mot. Talon se pencha sur son épaule, elle sentit son souffle chaud dans son cou et sans qu'elle pût se l'expliquer, ce détail l'irrita. Elle se détourna avec brusquerie et se mit à lire, le dos appuyé à la paroi vitrée.

Quand elle eut terminé, elle passa la liasse à Talon, sans le regarder.

— Pigé, dit-elle sobrement. Alors ?

Les mains dans le dos, Marsal se mit à arpenter son bureau, slalomant entre les dossiers empilés dans tous les coins. Le légiste était réfractaire à l'informatique et une partie de la mémoire de son service était là, par terre, dans ces douze mètres carrés.

— Le cadavre que vous voyez sur les photos a été découvert à l'issue d'un incendie de forêt. Il n'est pas exclu de penser que c'est sa crémation qui a enflammé les résineux et que, sans un hasard complaisant et une intervention rapide des services de lutte contre l'incendie, on n'aurait retrouvé que des fragments épars de ses ossements. Dans dix ou vingt ans, peut-être, ou bien jamais. Les prédateurs à poil et à plume et les fourmis auraient nettoyé le chantier avant que quiconque n'ait eu l'idée de le chercher dans ce coin perdu de la forêt landaise. Premier constat : il a subi des mutilations relevées notamment sur les parties du corps non exposées au feu. Deux : ces blessures ont été pratiquées ante mortem. Les plaies sont rétractées et la présence de quelques caillots indique un début de coagulation. Trois : la crémation était destinée à faire disparaître un cadavre, autrement dit l'homme était déjà mort quand on lui a mis le feu. La blessure qui a entraîné le décès a été provoquée par un objet tranchant qui a pénétré dans le dos entre la 3ᵉ et la 4ᵉ côte, dans le quart supérieur gauche de la cage thoracique. La lame a éraflé la 4ᵉ vertèbre cervicale, provoquant une déchirure du tissu conjonctif... Elle a perforé le poumon gauche et sectionné l'aorte, déclenchant une hémorragie foudroyante. Le corps du sternum porte une large incision et le cartilage costal entre le sternum et la 5ᵉ côte a été partiellement tranché, ce qui démontre que le coup a été porté à l'horizontale ou quasiment.

« Dans la partie supérieure dorsale du tronc, protégée du feu par le sol sablonneux sur lequel il était couché, six blessures ont été localisées, identiques à celles que j'avais observées, sans en situer l'origine, sur votre ancien torero. Regardez !

Marsal extirpa, d'un épais dossier, d'autres photos, en noir et blanc et en couleurs. « Manolito » y exhibait ses formes empâtées par l'âge et le manque d'exercice, une peau jaunâtre, granuleuse et gonflée par les abus de table. Marion revit en un éclair l'autopsie de l'ancienne gloire de la tauromachie.

Le légiste tapota d'un doigt un cliché montrant le dos du cadavre et six blessures boursouflées dont il était difficile d'estimer par quoi elles avaient été provoquées.

— La logique de ces blessures nous a échappé puisque nous n'avons su en déterminer ni la nature ni la cause, reprit-il en s'éventant avec la photo, mais, confrontés au deuxième corps, nous pouvons émettre une hypothèse : elles ne sont pas le fait du hasard. Qu'observez-vous, commissaire ?

Marion passa outre le ton quelque peu pédagogique, plus intéressée par ce qu'il disait que par les formes qu'il y mettait.

Marsal avait placé la photo du torero à côté de celle du cadavre découvert dans les Landes. Marion se pencha :

— Même nombre de blessures, même forme, dit-elle, pensive. Blessures cruciformes de un à deux centimètres de profondeur selon les parties du dos plus ou moins charnues où elles ont été exécutées. Bords des plaies boursouflés, les chairs ont été arrachées, comme avec un tire-bouchon...

— Exact, approuva le légiste. Le torero a succombé à une blessure par arme blanche qui a transpercé son cou, sectionné la carotide avant de buter sur la deuxième vertèbre cervicale. Hémorragie massive et foudroyante. Les six blessures du dos ont saigné, elles ont donc été infligées avant la blessure décisive.

— Je vois quand même une logique dans ces six blessures ! remarqua Marion. Elles sont groupées deux par deux !

— Tout à fait d'accord avec vous ! Et c'est en comparant les deux séries de photos que cette logique devient évidente...

Marion observa longuement les clichés, essayant d'imaginer ce qui avait bien pu arriver à ces deux hommes. Le mort des Landes ne ressemblait plus à un homme, avec la boule noire qui lui tenait lieu de tête et ses membres squelettiques recouverts d'écailles sombres. Pourtant il avait eu une vie, un métier, des enfants. Elle se dressa : le Doc avait dit qu'on l'avait trouvé dans les Landes de Gascogne. Décidément !

Marsal, à présent, lui tournait le dos, devisant d'un sujet qui paraissait passionner Talon.

— Parfaitement, un ou plusieurs rapports sexuels... dit-il. Je ne sais plus si je vous l'ai dit, mais les examens du sperme de Manuel Bianco découvert sur son lit et les prélèvements effectués post mortem révèlent une azoospermie.

— Non, s'irrita Marion, vous ne nous l'avez pas dit !

Marsal haussa les épaules :

— Ça n'a sans doute pas une importance capitale pour la suite de votre enquête, mais savez-vous que...

Elle se surprit soudain à le détester.

— Laissez-moi juger de l'importance des informations, dit-elle un peu sèchement. Quant à cette absence de spermatozoïdes dans le sperme, était-elle naturelle ou provoquée ? Je veux dire : Manuel Bianco avait-il subi une vasectomie volontaire ?

Le regard de Talon, embusqué derrière ses lunettes rondes, allait de la commissaire au légiste et il se dit que Marion venait de bluffer Marsal. Ce dernier sourit, beau joueur, mais ne put s'empêcher de récupérer la situation à son avantage :

— Bravo, commissaire, je constate qu'à force de me fréquenter vous finissez par acquérir quelque savoir...

Comme Marion faisait mine de lui sauter à la gorge, il se hâta d'ajouter :

— Pas de vasectomie. Une azoospermie congénitale. Ce n'est pas un cas rare...

Il ricana :

— Et ce n'est pas héréditaire...

Marion leva les yeux au ciel.

— Et l'autre, celui de la forêt ? s'enquit-elle, sans relever l'humour vaseux.

— Impossible de démontrer s'il y a eu rapport sexuel avant la mort : il a été découvert plusieurs jours – entre quatre et cinq – après son décès.

La crémation et la putréfaction rendent caduque toute recherche d'émission séminale ante mortem. Et comme il y a tout lieu de penser qu'il n'a pas été tué à l'endroit où on l'a découvert...

Marion s'appuya contre le bureau encombré :

— Mais, dites-moi, Doc, comment votre confrère de Bordeaux a-t-il eu le réflexe de vous faxer ce rapport d'autopsie et de vous expédier ces photos ?

Marsal remonta ses lunettes sur son nez, l'air content de lui :

— C'est une idée à moi. Vous avez vos fichiers et vos banques de données criminelles. Les légistes n'ont pas l'habitude de ces méthodes et n'échangent que peu d'informations en dehors de congrès ennuyeux et de revues qu'ils entassent la plupart du temps sans les lire. J'ai tenté une expérience après le meurtre de Manuel Bianco.

— Vous avez décrit « votre » cadavre à votre collègue de Bordeaux et il avait justement le même qui traînait dans un frigo...

Marsal réprima un soupir irrité :

— Pas tout à fait... J'ai rédigé une circulaire à l'intention de mes confrères et je l'ai diffusée, pas seulement à celui de Bordeaux mais également à tous les autres. Cette mort et ce type de blessures m'intriguaient. C'est un cas original, peu commun. Quand le légiste de Bordeaux a autopsié son client de la forêt, il a réagi tout de suite. J'ai comparé les données observées au cours des deux autopsies.

— Et vous en concluez ?

— À mon avis, ces deux hommes ont été exécutés de la même façon...

— Par la même personne ?

— Ce n'est pas impossible, mais ce sera à vous de le démontrer. En tout cas, ces blessures ressemblent à une sorte d'exécution... rituelle. Vous avez noté la symétrie des blessures du dos dans les deux cas. Pour moi, elles ne sont pas le fait du hasard, de même que les mutilations qui, elles aussi, ont un sens. Ce que nous avons pris pour des maladresses ou de l'acharnement gratuit dans le cas de Manolito et l'œuvre des charognards et du feu sur celui des Landes procède en fait du même rite : on leur a *coupé* les oreilles, délibérément. On leur a planté des trucs dans le dos pour ensuite les arracher violemment. Ils ont dû souffrir terriblement avant d'être achevés d'un coup de rapière décisif.

— Je n'y connais rien, murmura Marion, mais ces blessures groupées par deux, ces mutilations et la mise à mort d'un coup de lame... Ça me fait penser à...

— La corrida.

13

Lyon. Hôtel de police

Marion fit pivoter son fauteuil de cuir décoloré, étendit les jambes devant elle jusqu'à toucher de ses pieds l'appui de la fenêtre ouverte. Elle se laissa aller au fond du siège, ferma les yeux. Un rayon de soleil levant, faufilé entre une cheminée et la méga-antenne des transmissions de la PJ plantée au-dessus d'un mât de 40 mètres, frappa son visage en y décalquant les croisillons de la grille, noire de poussière. Une torpeur agréable se glissa le long de son dos, détendit ses doigts, décrispa la tension dans sa nuque. Elle se rêva pieds nus, les chaussures à la main, les bas de pantalon relevés, au bord de vagues écumantes mourant sur un sable éblouissant, les cheveux agités par les alizés. Une porte claqua quelque part derrière le soleil, elle sursauta, au seuil de l'endormissement.

Une odeur de café frais l'éveilla tout à fait. Cabut, Lavot et Talon, alignés comme des petits soldats à la revue, attendaient son bon vouloir, des gobelets de carton à la main.

— Je suis crevée, dit-elle en bâillant.

Elle huma le liquide chaud dans le récipient posé devant elle en murmurant un « merci » inaudible.

— Ça va ? insista-t-elle devant l'absence de réaction de ses hommes.

Talon et Lavot se mirent à parler en même temps :

— Patron, on voulait vous dire. Le golf dans le bureau... C'était une connerie. On n'aurait pas dû.

— Je vous ai reproché quelque chose ?

Ils s'entre-regardèrent, ennuyés. Tranquille, Cabut sirotait son café tranquillement, savourant une petite vengeance facile.

Marion se leva. À cause des 35 degrés ambiants, elle avait exceptionnellement troqué son incontournable jeans contre une jupe courte qui dénudait ses jambes musclées quoiqu'un peu pâles encore. Lavot, qui triturait un coup de poing américain, une de ses récentes prises de guerre, ne put se défendre d'un regard connaisseur. Cabut s'offusqua en le traitant, entre ses dents, de « maquignon ».

La commissaire se planta devant la fenêtre, les mains dans le dos, le visage sérieux.

— Poursuivre l'enquête à Lyon ne nous mène nulle part, nous n'avons pas le moindre début de commencement de piste. Notre tueur n'est pas d'un genre connu par ici et en admettant que la mystérieuse fille blonde ait quelque chose à voir avec lui, elle est sans doute repartie depuis longtemps. Nous devons chercher ailleurs. Si j'en crois l'hypothèse du légiste, le tueur, cette fille ou quelqu'un d'autre, aurait pu sévir dans le sud-ouest de la France et le seul lien entre ces faits nous parle de tauromachie. Nous ne sommes pas en présence de meurtres de type compulsif mais d'une série d'actes obéissant à une logique rituelle. Puisque de toute évidence nous sommes bloqués, ce matin, j'ai vu le juge d'instruction ainsi que le directeur. Ils se sont rendus à mes arguments : l'enquête doit être poursuivie dans le Sud-Ouest. J'ai une commission rogatoire. *Je pars dans une heure.*

Elle marqua une pause pour évaluer l'effet de sa déclaration. Ses hommes observèrent un silence consterné.

— Je viens d'avoir un entretien téléphonique avec mon collègue de la PJ de Bordeaux, le commissaire Cadaux, de la brigade criminelle, qui enquête sur le mort de la forêt landaise. Le corps a été découvert dans une zone située au nord du parc naturel des Landes de Gascogne, au fond du bassin d'Arcachon, à cent kilomètres de Dax où vivait la victime, Paul Demora, qui avait disparu un dimanche après-midi à l'entrée des arènes dacquoises où allait se dérouler...

Elle s'interrompit pour ménager son effet. Le vrombissement d'une grosse mouche perturba un instant l'attention de ses vis-à-vis. L'insecte se posa sur le front couleur brique de Cabut qui l'envoya valser d'une claque.

— Une corrida ! termina Marion. Il s'y est volatilisé jusqu'à ce qu'on le retrouve calciné dans la forêt avec ses trous dans le dos et ses oreilles tranchées. Revoilà donc Dax où vivait Manuel Bianco avant ses exploits lyonnais. À proximité de cette localité, je vous le rappelle, la famille de Marie-Sola Lorca est implantée sur un millier d'hectares composés de forêt pour une partie, de prairies pour le reste. Le père, José Lorca, est éleveur-reproducteur de bovins et de chevaux. Après vérifications, j'ai appris qu'entre autres bovins il produit, devinez quoi ? Des taureaux de combat !

— L'enquête des gendarmes n'en a pas fait état, objecta Talon.

— Justement, et c'est bien ce qui me gêne. Je redoute qu'ils n'aient omis d'autres *détails* de ce genre.

— Ces choses-là font partie de leur vie, de leur culture, les défendit Cabut. Ils ne l'ont peut-être pas fait exprès.

— Raison de plus pour aller leur ouvrir les yeux.

Elle se tenait à contre-jour, et les trois officiers en pleine lumière lui livraient, sans pouvoir rien en dissimuler, l'intégralité des sentiments qui les agitaient. Elle se dirigea vers la porte :

— Cabut, vous m'accompagnerez. Faites préparer la voiture, plein d'essence, niveaux. Et n'oubliez pas le matériel d'usage : armes, matériel de transmission, boîte de réactifs « stupes », une trousse IJ de première urgence, etc, etc. De mon côté, je gère les paperasses et les formalités. Soyez prêt dans une heure.

La porte claqua derrière elle.

— Et nous, explosa Lavot, on sent le gaz ou quoi ?

— Plaignez-vous ! rétorqua Cabut. Vous allez partir en vacances, au moins !

— Et si elle a des problèmes, là-bas ?

— T'es pas le seul flic de la planète, si ?

— Peut-être pas, mais quand ça merde on est bien content de le trouver, Lavot !

Sans un mot, Talon fit demi-tour et quitta la pièce brusquement. Il n'était pas question que Marion parte seulement avec Cabut. Son stage de golf lui sembla tout à coup une idée stupide, onéreuse, et sans le moindre intérêt. Il quitta la pièce dignement mais, dès qu'il se trouva hors de la vue des deux autres, il se mit à courir pour rattraper Marion.

14

Bordeaux. Hôtel de police

Ils arrivèrent à Bordeaux en début de soirée, épuisés par la chaleur, excédés par la circulation délirante.

— J'espère qu'on va trouver autre chose à se mettre sous la dent que des casse-dalles de station-service, maugréa Lavot, j'ai jamais rien bouffé d'aussi dégueulasse.

— C'est le pire repas de toute ma vie, renchérit Cabut.

Marion se tourna vers le conducteur silencieux :

— Talon, dites-moi que vous êtes comme moi, que vous vous fichez de ce que vous mangez !

— C'est-à-dire que, là, je conduis, mais je ne dirais pas non pour un petit cassoulet...

— Pourquoi un petit ? se récria Lavot. Une énorme marmite de cassoulet !

— Par cette chaleur ! soupira Marion en consultant le plan de la ville déployé sur ses genoux. Et puis le cassoulet c'est à Toulouse qu'on le mange, pas à Bordeaux. Tournez à droite !

Ils s'engagèrent dans la rue Castéja, une artère étroite rendue plus sombre encore par les hauts murs de l'hôtel de police noir et massif.

— C'est là, dit-elle, on va se garer dans la cour.

— C'est pas gai ! constata Cabut. Cette ville est noire, vous avez remarqué ?

Marion tendit sa carte tricolore au planton en indiquant qu'elle avait rendez-vous avec le commissaire Cadaux.

— Ça m'étonnerait qu'il soit encore présent à cette heure, dit le gardien qui propulsait en avant une cinquantaine bedonnante et un fort accent régional.

— C'est à cause de la pierre ! affirma-t-elle tandis que le planton s'éloignait pour se renseigner.

De l'arrière du véhicule, Lavot et Cabut se figèrent, largués.

— La pierre, insista Marion, la ville est noire à cause de la pierre poreuse qui avale la pollution. On a beau la nettoyer, elle ne reste jamais blanche très longtemps.

— Vous êtes déjà venue ici ? s'exclama Cabut.

— Non, j'ai lu.

— En tout cas, c'est moche, conclut Lavot, définitif.

— Si vous n'arrêtez pas de râler, vous faites demi-tour, gronda la commissaire. Je veux bien vous emmener avec moi, pas vous traîner. D'ailleurs on reste à Bordeaux le temps de s'informer et ensuite on file vers le sud. Ce soir, nous serons dans la forêt...

Les hommes observèrent un silence prudent. Ils ne souhaitaient pas s'exposer à sa mauvaise humeur. Marion était taciturne depuis que, cédant aux arguments de Talon, elle avait décidé d'emmener toute l'équipe. Talon qui n'avait pu s'empêcher de l'énerver juste après, quand ils l'avaient trouvé sur le trottoir devant son domicile, disparaissant presque derrière deux gros sacs.

— Tu vas où comme ça ? avait ironisé Lavot. Tu t'es engagé pour le Camel Trophee ? T'as pas oublié les rations de survie, au moins ?

Sans un mot, Marion avait ouvert le coffre de la voiture, désigné tour à tour l'espace réduit réservé à Talon et le barda qu'il entendait y installer :

— Vous avez droit à un sac, le plus petit. Dépêchez-vous de choisir sinon on part sans vous.

Le choix avait dû être terrible car durant les cent premiers kilomètres Talon avait boudé, faisant et refaisant sans cesse l'inventaire de ce qui allait lui manquer : casquette, chapeau, crème antimoustiques, crème solaire…

— Vous pensez peut-être aller à la plage ? s'était offusquée Marion.

Le planton revenait sans se presser, son visage rubicond luisant de sueur sous la casquette. Il se pencha vers l'intérieur de l'habitacle :

— C'est bien ce que je disais, il est parti. Il faudra revenir demain matin, à partir de neuf heures.

Marion n'en croyait pas ses oreilles. Elle insista :

— Il y a sûrement un permanent ?

Le gardien hocha la tête :

— Il est sorti aussi, sur une affaire. Un racket, à ce qu'on m'a dit. Demain matin, vous les trouverez, madame la commissaire.

— Charmant accueil, marmonna Lavot, je sentais bien que c'était naze ! Chapeau, votre collègue Cadaux. Si j'osais, je dirais que ça ne doit pas en être un… de cadeau ! Et d'ici à ce qu'il n'y ait même pas de cassoulet…

— Bonjour la nuit dans la forêt, insinua Cabut.

— Je trouve ça quand même cavalier, s'en mêla Talon, nous donner rendez-vous et filer à l'anglaise...

— Ça suffit ! cria Marion, si fort que le planton sursauta, avant de faire demi-tour, pas concerné.

Marion sortit de la voiture, en colère. Elle l'apostropha :

— Eh vous ! Des collègues qui viennent de faire six cents bornes dans un four, ça vous dit quoi ? Rien ?

Le gardien revint sur ses pas, l'air ennuyé :

— J'y suis pour rien, patron, faut pas vous en prendre à moi ! Si vous voulez je peux vous indiquer un hôtel où je suis sûr qu'y a de la place.

Marion lui tendit sans un mot un bout de papier sur lequel il griffonna une adresse. Elle claqua sèchement la portière de la voiture sans le regarder. Au sortir de la cour presque déserte à cette heure, elle ne put s'empêcher d'imiter le gardien :

— Je suis sûr qu'y a de la place...

Ce qui fit hurler de rire les trois autres, les libérant, et elle aussi, de cette soudaine montée de stress. Lavot jura de se venger sur les spécialités culinaires, Cabut sur le vin de Bordeaux tandis que Talon essayait de repérer le chemin de l'hôtel, devant lequel ils cessèrent brusquement de plaisanter.

— Je suis sûr qu'y a de la place, murmura une fois de plus Marion en considérant la façade décrépite du *Cantabile*, un établissement quelconque situé en bordure de la rocade qui menait, par centaines à la minute, des automobilistes pressés sur l'autoroute des vacances.

Trop épuisés pour chercher ailleurs, les trois hommes s'entassèrent dans une chambre, laissant Marion s'installer seule dans l'autre. En compensation, elle prit la chambre sur rue, ce dont elle devait se maudire tout au long d'une interminable nuit où elle eut l'impression de camper au bord d'un circuit de formule 1.

Même la recherche d'un restaurant « typique » tourna au fiasco. Au bout d'une heure, affamés, ils se rabattirent sur une pizzeria où, faute d'une révélation culinaire, ils trouvèrent de quoi se nourrir. Lavot et Cabut se jetèrent sur le chianti, ce qui leur remonta considérablement le moral.

Marion était retombée dans un silence lointain, picorant distraitement dans son assiette. Elle leva tout à coup la tête :

— Je me demande si Cabut n'a pas raison quand il dit que Bianco a apporté ce K-way avec lui à Lyon.

— Un vêtement trop petit pour lui ? s'empressa Talon malgré la fatigue qui marquait ses traits. Pour quoi faire ?

Son expérience des hommes et de la vie en avait appris beaucoup à Marion sur leurs défauts, leurs travers, et pire encore...

— Je ne sais pas, dit-elle. Fétichisme. Superstition. Les gens se baladent parfois avec des doudous, des trucs incroyables, et je pense que les toreros sont très portés sur les porte-bonheur, les grigris. Ce vêtement a peut-être appartenu à une amie, une maîtresse, sa mère...

Talon n'y croyait guère.

— Le vêtement contenait des pollens et des résidus récents qui laissent à penser qu'il servait de façon habituelle et pas comme un objet qu'on transporte dans une valise pour le toucher de temps en temps ou l'avoir près de soi. Je vous rappelle aussi qu'aucun de ces éléments n'a été retrouvé dans les vêtements de Bianco, ni sur lui. Or le pollen, entre autre, on en traîne partout, dans les cheveux, par exemple.

— C'est exact. Mais j'ai du mal à croire que quelqu'un ait pu faire tout ce chemin pour tuer Bianco et probablement aussi Marie-Sola Lorca.

La vision d'une blonde vêtue d'un vieux K-way traversa la salle de restaurant. Marion repoussa son assiette. Elle avait trop chaud, pas faim. Quelque chose la dérangeait, une langueur insidieuse lui vrillait les reins et une oppression tenace lui bloquait la respiration. À l'origine, bien sûr, les contrariétés successives de la journée achevée en apothéose à l'arrivée à Bordeaux mais il n'y avait pas que cela. Elle s'était vue une heure plus tôt au milieu de la chambre décatie du *Cantabile*, à présent dans une pizzeria au décor bon marché, et elle se demandait ce qu'elle faisait là. Bien sûr il y avait eu la voix triste de Benjamin au téléphone quand elle lui avait annoncé la mauvaise nouvelle. « Je ne peux pas venir, une affaire inattendue... » Mais ce qui la dérangeait le plus, c'était sa propre réaction, plus proche du soulagement que du regret. « Je l'aime moins, se dit-elle, amère. En d'autres temps, elle n'aurait pas baissé les bras aussi facilement. Elle se serait arrangée, elle aurait trouvé une solution pour rejoindre son amant, coûte que coûte, même pour un jour, une nuit... Elle se prit à regretter que les couleurs de la passion pâlissent aussi vite et qu'un simple coup de fil sonne le glas de sentiments qu'elle avait crus inébranlables.

— Pourquoi pensez-vous que ce vêtement a transité par la région des Landes ? s'enquit Talon pour éloigner la nostalgie qu'il décelait sur le visage de sa patronne. Le pollen de pin, les poils de chenilles, on peut en trouver ailleurs. Il suffit d'un arbre, d'une chenille...

Marion n'était jamais abattue très longtemps, surtout quand il s'agissait de boulot. Elle grignota un bout de pizza froide en remerciant silencieusement Talon pour sa perspicacité.

— La quantité importante de pollen trouvée dans les poches, le contra-t-elle cependant, indique la proximité d'une grande quantité d'arbres producteurs de cette substance à la période de pollinisation. Un million d'hectares de forêt, cela produit un raz-de-marée jaune qui envahit jusqu'aux maisons landaises. Ces pluies polliniques durent plusieurs semaines, elles recouvrent tous les chemins d'une couche de poussière jaune de plusieurs millimètres. Il y en a en suspension dans l'air, des nuages se forment au-dessus des arbres, c'est très impressionnant.

— Quelque chose vous chagrine, patron, à propos de ce pollen !

— Justement, oui. Ce qui me chagrine ce n'est pas *le* pollen, ce sont *les* pollens. Le travail d'expertise est remarquablement complet... Les observations n'autorisent pas à conclure avec certitude mais les comparaisons effectuées nous permettent de formuler une hypothèse. Que dit le rapport ? Que plusieurs différences existent entre les deux espèces de pins, comme la structure de leurs grains de pollen et la période à laquelle ils fleurissent. Le pin maritime fleurit en mars, le pin sylvestre plus tard, vers mai-juin, ce qui explique qu'on ait trouvé ce pollen en abondance dans les poches du K-way. Sur la base de l'observation statistique de la taille moyenne des grains, il nous indique en effet la prédominance quantitative d'un pollen de pin sylvestre dans les poches du vêtement. Si celui-ci est bien venu des Landes de Gascogne, on devrait y trouver le pollen de pin maritime en majorité puisque la totalité du massif en est constituée. Or le pollen dominant découvert dans le vêtement provient d'une espèce de pins que l'on ne trouve pas dans cette région : le pin sylvestre pousse en grande quantité autour de Paris – Rambouillet, Fontainebleau – et en Sologne mais, je me suis renseignée, pas dans les Landes…

— Pourquoi ?

— Je l'ignore, c'est une des questions que nous poserons sur place… Le troisième pollen est un pollen de chênes. Il doit y avoir dans les Landes du chêne commun à feuilles caduques à profusion comme dans toutes les zones boisées. Ces espèces courantes poussent spontanément. Mais le chêne rouge d'Amérique est une espèce ornementale originaire du continent nord-américain qui a forcément été importée et plantée.

Talon réprima une mimique admirative. À l'évidence, Marion avait potassé le sujet et il se demanda à quel moment elle l'avait fait. C'était un de ses signes particuliers : faire les choses sans qu'on s'en aperçoive. Donner une impression de superficialité, parfois, et balancer ce genre de chose au moment le plus inattendu. L'officier sembla découragé, tout à coup.

— J'espère que nous n'aurons pas à explorer le massif forestier des Landes pour vérifier les affirmations du labo… Vous avez l'air de douter, patron, alors que, ce matin encore, vous étiez sûre que la solution était ici.

— Vous ne doutez jamais de rien, vous ? Moi, je ressens souvent l'angoisse de faire fausse route. Nous possédons quelques faits, des indices et une intuition. Ça ne fait pas lourd, comprenez-moi... Si nous ne trouvons rien dans la forêt landaise, nous chercherons ailleurs... J'ai hâte de *la* rencontrer.

Talon n'osa pas lui demander de qui elle parlait. De la forêt ou d'une mystérieuse jeune fille blonde. Elle s'était mise à dessiner distraitement sur la nappe de papier des arabesques, des étoiles et des soleils, lointaine et le regard absent.

15

Bordeaux. Hôtel Cantabile

Assise face au gardien du commissariat central de Bordeaux, Marion attendait que celui-ci décrochât le téléphone qui sonnait inlassablement. L'homme, vêtu d'une chemise d'un vert cru sans rapport avec l'uniforme réglementaire, fouillait dans le sac de Marion, le micro-ordinateur de Talon ouvert devant lui, sans prêter attention au téléphone ni à Marion qui ne trouvait en elle aucune force pour s'opposer. Les paupières lourdes de sommeil, les membres ankylosés, elle ressentait une incoercible envie de dormir et une soif pire encore. Incapable de résister à l'engourdissement qui la prenait, elle se laissa dériver.

Elle était nue à présent, exposée aux regards du policier bordelais qui persistait à l'ignorer. Une porte s'ouvrit quelque part, le flic toussota doucement, puis avec insistance.

Marion ouvrit les yeux sur le papier défraîchi de la chambre du *Cantabile*, la nuque douloureuse à cause du traversin dur comme une bûche, la bouche sèche. Elle fixa le plafonnier en verre dépoli, noir de crasse, effleura du regard le paravent délabré qui dissimulait un lavabo et une douche préhistoriques, tourna la tête vers la porte. Un homme s'y encadrait, un plateau chargé de vaisselle dans une main, un sac en papier dans l'autre. Grand, brun, les cheveux courts et le regard clair, la quarantaine athlétique, nonchalamment appuyé au chambranle de la porte, il contemplait Marion, la tête légèrement inclinée. La jeune femme lut dans ses yeux bleus une gourmandise qui lui fit subitement prendre conscience de sa nudité. Son rythme cardiaque s'emballa tandis qu'elle remontait d'un coup sec le drap sur son corps moite.

— Vous pourriez frapper avant d'entrer ! s'exclama-t-elle.

— J'ai frappé, dit l'homme en faisant trois pas dans la pièce exiguë, j'ai même essayé le téléphone. Une bonne trentaine de sonneries. J'ai cru que tu étais dans le coma...

Marion manqua d'air. Ébahie, elle détailla l'homme qui se courbait pour déposer le plateau au pied du lit, ouvrait le sachet de papier pour en extirper des croissants dont l'odeur de sucre et de beurre chaud parvint jusqu'à ses narines. Le geste calme et sûr de lui, il se mouvait avec une aisance pleine de charme. Un séducteur, songea Marion en revoyant, le temps d'un éclair, le veilleur de nuit qui les avait accueillis, sa peau noiraude grêlée et ses paupières tombantes. Rien à voir avec la chemise blanche impeccable, au col entrouvert sur une poitrine bronzée, le pantalon de toile beige retenu par une ceinture de cuir griffée « YSL » de l'homme qui, à présent, versait du café dans une tasse, une aimable expression sur sa belle gueule. Mais pourquoi diable cet inconnu la tutoyait-il ?

Elle se disposait à lui poser la question, quand il se redressa, la tasse à la main. Il la lui tendit avec un sourire qui dévoila une denture éclatante :

— Je devais me faire pardonner, chère... collègue ! Je me présente : Philippe Cadaux, commissaire principal à la PJ de Bordeaux. Bienvenue en Gironde.

Marion demeura sans voix. Bouche bée, elle suivit les mouvements du commissaire Cadaux qui s'asseyait en douceur sur le bord du lit et, malgré les précautions infinies qu'il y mettait, renversait un peu de café dans la soucoupe, marmonnait un juron. Cette grossièreté, tout à coup, la replaça dans son monde familier, celui dont elle connaissait les codes et le langage. Elle avait cru un instant se trouver face à un policier de salon, trop propre et trop poli. Soulagée, elle se laissa submerger par un fou rire qui finit par gagner Cadaux.

Quand ils reprirent leur souffle, il n'y avait presque plus de café dans la tasse, une large tache brune maculait le drap. Un silence se posa entre eux, troublé par les rugissements proches des voitures sur la rocade. Marion voulait poser des questions, exiger des explications, mais, le regard collé sur les pupilles bleues de Cadaux, elle se sentait enveloppée d'une torpeur délicieusement incapacitante.

Le principal se ressaisit le premier.

— Je t'attends en bas, dit-il en se dirigeant vers la porte.

Avant de sortir, il se tourna vers Marion :

— Hier soir, j'ai dû partir plus tôt que prévu, à cause d'une affaire... personnelle importante. J'avais laissé un message à la permanence à ton intention ainsi que l'adresse d'un hôtel un peu plus reluisant que celui-ci mais ces abrutis ont mangé la consigne...

Il désigna la chambre minable avec un rictus contrit. Marion ne put réfréner une mauvaise pensée quant à l'affaire personnelle de Cadaux. Une femme, sûrement, le commissaire devait en être couvert... Elle eut envie de le lui dire, tout à trac, pour rompre l'enchantement. Au contraire, elle se mit à bredouiller que cela n'avait aucune importance et qu'on ne pouvait se fier à personne.

— Je t'attends en bas, répéta-t-il avec un autre de ses sourires dont il semblait user sans réserve.

Marion accorda un peu plus d'intérêt que d'ordinaire à sa toilette, choisit avec soin un débardeur de soie bleue et un pantalon de toile assorti qui mettaient en valeur ses formes de sportive. Elle ne put pas grand-chose pour ses mèches rebelles qu'elle tenta cependant de discipliner, sans grand succès, de ses doigts écartés. Le miroir trop haut du cabinet de toilette lui renvoya l'image d'un regard noir, pétillant comme une coupe de champagne. Elle estima que la journée commençait bien et que Bordeaux devait être, en définitive, une ville pas si mal.

L'hôtel de police de Bordeaux ressemblait à tous les hôtels de police que Marion connaissait : un immeuble vétuste et sombre dans le centre-ville avec des pièces exiguës et surpeuplées, des bureaux disposés en quinconce, envahis de matériel informatique flambant neuf qui achevait d'encombrer un espace déjà insuffisant. Des flics en civil, vêtus de jeans, de chemises à manches courtes ou de tee-shirts, chaussés de Nike ou de Reebok et tous affublés de lunettes noires. Des

Ray-Ban ou des contrefaçons. Comme Lavot qui, pour se distinguer et quand, exceptionnellement, il ne les avait pas sur le nez, les portait accrochées par une branche à une chaîne en or.

« Tout est ici comme ailleurs, songea Marion en regardant autour d'elle. Les commissariats et les flics… »

Tous, sauf Cadaux. Elle le suivit des yeux alors qu'il donnait des ordres pour leur faire apporter, sur une table installée dans un coin de son bureau à peine plus spacieux que les autres, le dossier réclamé par Marion. C'était incontestablement un magnifique spécimen de la race, un de ces hommes avec lesquels les fées se sont montrées d'une générosité telle qu'elle en paraît suspecte.

« Y a forcément un lézard, une ribambelle de fiancées suspendues à son téléphone ou à sa porte. Ou une tare bien cachée. » Elle avait examiné rapidement le bureau du commissaire principal en y pénétrant. Pas de photo de femme ni d'enfants comme la plupart des hommes se plaisent à en exposer sur leur lieu de travail. Marion s'en demandait souvent la raison. Exhibition ? Besoin de se rassurer ? Peur de les oublier ? Dans le cas de Philippe Cadaux, l'absence de photos ne voulait rien dire : il avait sûrement une famille mais il préservait sa part de mystère. Marion se sentit agacée par une curiosité inopportune et des questions dont elle connaissait d'avance les réponses.

Qu'il fût sportif ne faisait aucun doute. Le sac Adidas posé sous la fenêtre et d'où dépassait le manche d'une raquette de tennis en témoignait de même que quelques photos d'un petit voilier de régate où l'on distinguait un skipper en combinaison rouge couché au ras de l'eau, hors du bateau, dans des postures invraisemblables. Des coupes argentées, disposées dans une vitrine, prouvaient, avec un rien d'ostentation, que le commissaire ne faisait pas que poser pour les photos.

Philippe Cadaux était bien élevé, prévenant, tenait la portière de la voiture à Marion, l'aidait à en descendre, détails insignifiants auxquels elle n'était pas habituée et qui n'avaient pas échappé à son équipe. Lavot, d'emblée, avait pris l'homme en grippe. Les deux autres, bien que plus nuancés, faisaient preuve à son égard d'une excessive réserve.

Ils avaient supporté la mélancolie maussade de Marion toute la soirée, et voilà qu'à présent elle était survoltée, ils l'avaient immédiatement compris, par la présence d'un homme qui, non content d'être beau, était de surcroît commissaire principal. Ils avaient aussitôt flairé le danger. Marion avait déjà entendu Lavot le traiter de « bellâtre », à titre préventif.

Le commissaire posa devant Marion deux grosses chemises cartonnées tandis qu'elle observait les mines renfrognées de ses hommes et les allées et venues faussement fortuites de ceux de Cadaux qui pointaient leurs baskets à tour de rôle pour voir la tête de cette « patronne » venue de l'autre bout de la France.

Marion s'étonna :

— Pourquoi deux procédures ?

— Deux morts. Deux procédures, résuma Cadaux avec un art consommé de la litote et une aisance dans le geste qui firent lever les yeux de Lavot au ciel.

— Comment ça, deux morts ?

Cadaux ouvrit d'un geste précis les sangles des deux chemises, s'assit face à Marion, posa sur les documents ses avant-bras bronzés, aux poils blondis par le soleil.

— Le cadavre de Paul Demora a été découvert par un habitant de Salles qui venait constater les dégâts d'un incendie de forêt. Son chien a trouvé le second à quelques dizaines de mètres du premier, au bord d'un trou d'eau.

Cadaux fit un bref résumé de la journée terrible qu'avait vécue Abel Lafon, le conseiller municipal sallois chargé de la forêt.

— Les gendarmes du secteur sont intervenus les premiers sur les lieux, ajouta-t-il. Ils ont procédé aux constatations et aux premières investigations. Mais le procureur a estimé que l'affaire était trop compliquée et les gendarmes trop imbriqués dans le tissu social local, ce qui, parfois, nuit à la qualité de leurs enquêtes. Il a décidé de saisir la PJ de cette double affaire.

Marion approuva en se souvenant de l'enquête des gendarmes à Dax et à Saint-Sever dans l'environnement de Manuel Bianco et Marie-Sola Lorca. Survolée et frustrante.

— Quel rapport y a-t-il entre les deux corps ? demanda-t-elle en ouvrant le dossier que lui tendait Cadaux. S'il existe, bien sûr…

Le commissaire fit la moue.

— Difficile à établir. Céline Duroc avait seize ans. Retirée à sa mère alors qu'elle était bébé, elle a été placée par la Ddass dans des foyers et des familles successives avant d'atterrir, voilà six ans, chez les Ronquey, des gens implantés dans la région des Landes de Gascogne depuis trois ou quatre générations. Le père est employé à La Cellulose du pin, comme la moitié des habitants du coin.

— C'est quoi, ce truc ? questionna Lavot, du bout des lèvres.

— Une usine qui transforme le bois en papier, sourit Cadaux, pas dupe de l'hostilité de l'officier. Celle-ci se trouve à Facture-Biganos, elle produit du papier d'emballage. C'est une véritable institution dans la région et ça fait vivre beaucoup de monde.

— C'est elle ? enchaîna Marion en se penchant sur les photos de l'IJ montrant le cadavre de Céline Duroc dans diverses positions, au milieu de la forêt, puis à la morgue, enfin sur la table d'autopsie où de nombreux gros plans s'attardaient sur ses blessures.

Talon se posta derrière Marion pour examiner plus à l'aise les clichés. Une fois de plus, cette proximité la dérangea et d'instinct, elle propulsa le buste en avant. Par-dessus son épaule, elle lui tendit les photos d'un geste sec. L'officier comprit le message et recula.

— C'était une fille un peu... spéciale, dit Cadaux avec un geste de la main à hauteur de sa tempe. Pas stable, imprévisible, rétive à toute scolarisation, très difficile. Une personnalité déstructurée, une sorte de sauvageonne qui sillonnait inlassablement la forêt sur un vieux vélo. Elle parlait peu, ne savait ni lire ni écrire. Une jolie fille aux allures de garçon manqué, incasable sur le marché du travail. Les quelques tentatives d'insertion ont été des échecs. Complètement asociale.

— Y cause bien, le mec, marmonna Lavot entre ses dents à l'intention de Cabut.

L'attitude de Lavot commençait à indisposer Marion. Elle demanda, pour faire diversion, s'il était possible de se faire apporter des cafés. Cadaux se leva avec empressement, un sourire éblouissant sur son visage hâlé.

— Je vous préviens, Lavot, gronda Marion à voix basse dès qu'il fut sorti, si vous ne mettez pas un bémol tout de suite, je vous renvoie à Lyon. Séance tenante et à vos frais. Je ne supporterai pas vos conneries une seconde de plus. Tenez-vous-le pour dit et c'est valable pour vous deux aussi.

— Je le sens pas, ce type, se justifia Lavot à voix basse, sans laisser aux deux autres le temps de réagir. Il lui manque que les pompes bicolores et une grosse gourmette. Je suis sûr qu'il a une chaîne en or sur la moquette, ajouta-t-il en montrant sa propre poitrine sans l'ombre d'un poil.

— Non mais je rêve, siffla Marion avec un coup d'œil éloquent sur la croix d'or qui scintillait dans l'ouverture du col de l'officier. Et je me fous de votre avis, c'est clair ?

Lavot piqua un fard, ouvrit la bouche pour répondre, bravache. Mais déjà Cadaux revenait. Il reprit sa place, ses yeux allèrent de l'un à l'autre des protagonistes :

— Ah, la famille... dit-il en fixant Marion d'un air compatissant. Le café arrive.

— Merci. On peut continuer ?

— Quelles sont, selon vous, les circonstances de la mort de Céline Duroc ? s'empressa d'attaquer Talon qui avait feuilleté les procès-verbaux ainsi que le rapport d'autopsie et examiné les photos.

— Vous avez lu le rapport du légiste et les constatations, dit Cadaux. Causes de la mort : strangulation et rupture des vertèbres cervicales.

Selon moi, l'auteur s'est servi d'un objet conton-
dant, probablement une manivelle car, outre la
marque d'un objet rigide, il y avait de la graisse
sur son cou. Elle portait aussi des traces de choc
aux jambes, des blessures provoquées par un
contact avec un véhicule automobile. L'impact et
l'emplacement des hématomes font penser à un
véhicule haut sur pattes, genre 4 × 4. À hauteur
des cuisses, elle porte aussi la trace des roues,
transversalement. Mon hypothèse est qu'elle a été
heurtée plusieurs fois par un véhicule qui lui a
ensuite roulé dessus. Accidentellement ou délibérément. La fille n'était pas encore morte, l'auteur
a paniqué et il l'a achevée en l'étranglant. Elle
ne s'est pas laissé faire, elle s'est même débattue avec force car elle avait sur les avant-bras et
les mains des blessures de défense, hématomes,
griffures. Les traces relevées sur ses talons, des
plaies qui n'ont pas saigné, indiquent qu'elle était
morte lorsqu'on l'a traînée jusqu'à une sorte de
mare, un point d'eau à moitié envasé, au milieu
des bois. Bien qu'elle ait eu la tête dans la vase,
elle n'avait pas d'eau dans les poumons ni aucun
résidu organique, ce qui confirme ce que je viens
de dire. Elle avait les ongles rongés, on n'a pas
pu réaliser de curage.

— Et le rapport avec l'autre mort, le calciné ?
insista Marion qui attendait toujours la réponse
à sa question.

— Nous n'en avons pas établi, admit Cadaux
en s'écartant pour laisser une jeune femme très
brune déposer sur la table un plateau chargé de
tasses fumantes. Merci, Janita.

Lavot suivit des yeux la superbe fille, vêtue
d'une longue chemise blanche et d'un jeans, qui

sortait de la pièce, sans se presser, avec un déhanchement provocant et un regard incendiaire sur les hommes présents.

— Paul Demora, poursuivit le commissaire à qui tout cela semblait parfaitement naturel, était installé à Dax depuis toujours. Il est né dans la région. Trente ans, marié, deux enfants. Sans problème. Comme il était employé dans une exploitation forestière, il lui arrivait de venir jusqu'à l'usine de Facture mais il ne semble avoir eu aucun lien avec la famille de placement de Céline. Néanmoins, on a tout examiné, y compris l'éventualité qu'il ait connu Céline ou sa mère naturelle. Quoique… Celle-ci a plus de cinquante ans, elle est internée depuis dix ans dans un hôpital psychiatrique de l'est de la France et n'a jamais mis les pieds par ici. L'autopsie a démontré que Céline n'était plus vierge mais qu'elle n'avait pas eu de rapport sexuel récent. Cela écarte l'hypothèse d'une rencontre fortuite et intime qui aurait mal tourné entre Demora et elle.

— Sauf s'il a pas pu se la faire, s'exclama Lavot. Il a peut-être essayé…

Philippe Cadaux avala d'un trait le contenu de sa tasse. Il reprit, les yeux dans ceux de Marion :

— Je ne crois pas. L'homme a été tué ailleurs, transporté dans la forêt et incendié à l'endroit où on a retrouvé Céline Duroc qui, elle, a été abattue sur place. Il est très improbable que l'un des deux soit le meurtrier de l'autre. Et quand bien même, il y a forcément un troisième intervenant.

Cadaux avait l'air sûr de lui. Marion se plongea mentalement dans ses propres affaires, les exécutions de Marie-Sola Lorca et de Manuel Bianco. Il lui vint à l'esprit qu'elle cherchait une jeune femme, celle qui avait rendu visite à Marie-Sola Lorca, qui avait peut-être tué Manolito après avoir fait l'amour avec lui et oublié dans sa chambre un K-way usagé. Elle attira à elle une fiche signalétique de Céline Duroc : 1,70 m, 55 kilos. Des mensurations qui n'entraient pas dans la taille 36 d'un vêtement de pluie. Pourtant, telle que la décrivait Cadaux, Céline Duroc, la sauvageonne, devait être assez forte pour charrier le corps de Demora dans la forêt. Marion se concentra sur cette hypothèse : Céline Duroc était la mystérieuse visiteuse de Marie-Sola Lorca. Pour des raisons qui restaient à établir, elle l'avait tuée, ainsi que Manolito. Paul Demora avait été la victime suivante et tandis qu'elle amenait son cadavre dans la forêt pour le faire disparaître, quelqu'un l'avait surprise. Peut-être au moment où elle y mettait le feu. Quelqu'un du coin qui avait essayé de l'en empêcher, un forestier, un défenseur de la forêt. L'affrontement avait mal tourné, ensuite, paniqué, il avait caché le corps et disparu sans rien oser dire.

— Qui a signalé l'incendie ? s'enquit-elle d'une voix qui parut déconnectée de ce qui l'entourait.

— Pardon ? fit Cadaux, médusé.

— L'incendie de forêt ! Quelqu'un a bien dû avertir les pompiers...

— Ah, bien sûr ! Un groupe de randonneurs qui rentraient d'une balade en 4 × 4 après une journée du côté de La Teste a aperçu la fumée de loin. Pourquoi cette question ?

Marion décida de garder son idée pour elle, pour l'approfondir de son côté, avec les éléments dont elle disposait et que son collègue ignorait encore. Elle n'éprouva aucun remords à l'égard de

Philippe Cadaux qui lui ouvrait ses dossiers sans réserve. « Une enquête c'est comme un concours, se dit-elle, c'est le premier arrivé qui gagne. »

— Pour rien, dit-elle à voix haute, simple curiosité.

— Céline Duroc, qui rôdait toujours dans la forêt, a dû surprendre quelqu'un, reprit Cadaux, pas un instant abusé par l'air innocent de Marion. L'auteur du meurtre de Demora, par exemple. Ce dernier n'est pas venu dans la forêt par ses propres moyens. Sa voiture est restée à Dax près des arènes et aucun véhicule abandonné n'a été retrouvé dans les parages. Quelqu'un a dû l'amener là. Pourquoi ? On n'arrive pas à le savoir. On ne lui connaît pas d'autre passe-temps que la corrida et encore, de loin en loin. Sa femme dit qu'il n'y était pas allé depuis longtemps mais là, il avait gagné une place à un concours et reçu le ticket chez lui, par la poste. C'est un mari et un père de famille exemplaire, ses copains sont unanimes, il n'a pas de maîtresse, ni de vice caché. Son entreprise n'exploite pas dans la forêt de Salles. Et il n'avait aucune raison de se retrouver à plus de cent kilomètres de chez lui. Aucune.

« La corrida encore… songea Marion ramenée à sa conversation avec le Dr Marsal. La corrida, par ici, c'est comme le rugby ou la palombe : on n'y échappe pas. »

Un peu de sueur perlait à sa lèvre supérieure. En le constatant, Marion prit brusquement conscience de la chaleur effrayante qui envahissait la pièce et de l'incroyable torpeur qui la lui avait fait oublier.

Cadaux la dévisagea alors qu'elle se penchait sur les dossiers. L'expression hostile de Lavot, qui avait surpris son regard d'homme à femme, le força à atterrir : les choses n'allaient pas être faciles avec ce chien de garde.

— Un détail intéressant, reprit-il en faisant un effort pour revenir au sujet qui avait amené Marion dans son espace vital. On a découvert le vélo de Céline Duroc à plusieurs kilomètres de son cadavre, près de la voie de chemin de fer. Tordu, esquinté comme s'il avait été, lui aussi, heurté par un véhicule. De toute évidence, il n'est pas arrivé là tout seul.

— Je suppose que vous avez exploré les environs ?

— À cet endroit, nous n'avons relevé aucune trace d'un accident ou d'une bagarre, alors que dans la forêt, elles pullulent. Il faut dire que tout le monde y a mis du sien : les pompiers, les gendarmes, nous. Et à commencer par Abel Lafon, celui qui a trouvé les deux corps.

— Et qui roule en 4 × 4... insinua Talon après avoir lu le rapport de synthèse.

Cadaux haussa les épaules.

— On a vérifié l'état de son Toyota. Ce n'est pas un engin neuf et il ne porte aucune marque récente de choc, d'éraflures ou de frottement. D'ailleurs, il est rouge, et les résultats du laboratoire concernant le vélo font état de traces de peinture verte dont rien n'indique cependant qu'elles aient le moindre rapport avec les faits qui nous occupent. Nous n'avons pas trouvé le constructeur automobile susceptible d'utiliser cette peinture qui ne paraît être commercialisée nulle part.

— C'est peut-être un ancien modèle, objecta Marion. Je suppose que les 4 × 4 sont des engins très utilisés par ici ?

— Exact. Tout le monde en a. Des 4 × 4 ultra-modernes ou des vieilles Jeep de l'armée.

— Et les traces de roue sur le corps de la fille, ça donne quoi ?

— Une partie de l'empreinte déposée par le caoutchouc est assez nette. On y distingue les structures d'un pneu usé jusqu'à la corde, sûrement très ancien lui aussi. Aucune identification à ce jour et cela ne correspond en rien au Toyota d'Abel Lafon qui, je devance ta question, n'a pas, depuis l'affaire, changé ses roues ou ses pneus. À mon avis, c'est un modèle de Jeep Willys comme il en traîne encore pas mal dans le coin.

— Ah ?

— On a entrepris de les recenser dans un rayon de cent kilomètres autour de la zone de feu. C'est un travail de titan car il faut chercher partout, y compris dans les granges où certaines d'entre elles ont été abandonnées. Mais je ne désespère pas. Autre chose encore : sur la poignée du frein gauche et le haut du guidon, nous avons retrouvé quelques traces de sang.

— De groupe AB, rhésus négatif, compléta Talon qui avait lu les rapports.

— Intéressant, murmura Marion.

La tête dans les mains, elle se plongea dans une récapitulation minutieuse de ce qu'elle venait d'entendre en mettant ces éléments en perspective avec ceux de Lyon.

— Qu'est-ce que tu suggères ? demanda-t-elle enfin à Cadaux qui attendait patiemment.

— Que tu termines la lecture des pièces. J'ai quelques coups de fil à donner et des dispositions à prendre pour la suite de *notre* voyage.

Le cœur de Marion s'offrit une petite arythmie. Les trois officiers oublièrent de respirer. Le temps parut soudain suspendu aux lèvres du beau commissaire qui précisa, naturel et décontracté :

— J'avais prévu de prendre quelques jours de congés, pour faire comme tout le monde. Sans projet précis ni obligations...

Il appuya délibérément sur les deux mots et Marion imagina qu'elle était sans doute devenue son projet le plus immédiat. Elle ressentit un vertige à la pensée que tous les projets se heurtent tôt ou tard à des obligations. Son malaise s'éleva d'un cran. Dans la confusion, elle perçut la voix de Philippe Cadaux :

— ... Et je me suis dit que ton enquête m'intéressait puisqu'elle a peut-être un lien avec la mienne. Je ne serais pas fâché de trouver une piste car, pour ne rien te cacher, je piétine. Et pour toi, je crois qu'il sera intéressant de visualiser les lieux, dans la forêt, même si cela ne te concerne pas directement. Qu'en penses-tu ?

Marion savait que, cette décision, Cadaux l'avait prise au pied levé. Sûrement à la minute où il l'avait vue ou juste après. Cette enquête commune, ainsi que la vie de même nature qu'elle suggérait, n'était pas une bonne idée. Elle pressentit l'hostilité de son équipe. Et son trouble face à cet homme la déconcertait. La pensée de son amant canadien l'effleura. Elle le trouva terriblement loin, de plus en plus flou, immatériel. Elle avait vécu avec lui une histoire magnifique. Longtemps après son départ, il lui suffisait de fermer les yeux et de se concentrer un peu pour retrouver les sensations, les mots et les gestes, l'émoi et le plaisir. Le rêve ne suffisait plus, son corps renâclait, la vie et sa nature impétueuse exigeaient autre chose que des amours télépathiques. Benjamin appartenait au passé. Le beau Philippe, lui, était bien présent, en chair et en os. Elle n'avait qu'à tendre la main et...

— Est-ce bien nécessaire ? murmura-t-elle faiblement.

— J'en suis persuadé, affirma Cadaux. Nous gagnerons du temps.

Il se dressa, rajusta machinalement sa ceinture :

— Ne te presse pas pour lire les procédures, dit-il. Je vais réserver l'hébergement dans le Sud. Après je t'emmène déjeuner.

Déjà il hélait, depuis la porte, la jeune femme qu'il avait appelée Janita et qui avait servi le café. Elle apparut, libérée de sa chemise blanche, moulée dans un jeans et un tee-shirt rouge sang, largement échancré sur une poitrine scandaleusement bronzée. Il y avait du défi dans le regard de braise qu'elle posa sur Marion. Celle-ci se trouva, en comparaison, fade, blanche et maigrichonne. Cadaux poussa Janita dans la pièce :

— Le lieutenant Moreno nous accompagnera. Dans l'immédiat, elle va s'occuper de tes hommes. Les emmener boire un verre et manger un morceau. Ça vous va, les gars ?

Cabut et Talon restèrent collés à leurs chaises. Lavot, qui bouillait depuis que Cadaux avait annoncé son intention de se joindre à eux, changea d'attitude à l'entrée du lieutenant Moreno. Il se leva avec empressement et, empourpré comme un jeune coq, lui baisa légèrement le bout des doigts.

Le sourire ironique dont Cadaux gratifia la scène conforta Marion dans l'idée que le commissaire avait identifié en Lavot le noyau dur du groupe et trouvé le moyen de le neutraliser.

« Et pour cause, pensa-t-elle, ils sont identiques, ils se sont repérés au premier coup d'œil.

Des chasseurs à l'affût. » Angoissée, elle se dit que Lavot avait raison quand il sous-entendait qu'un seul type d'hommes l'attirait : ceux qu'elle ne pourrait jamais garder.

16

Les Landes de Gascogne
Domaine des Chartreux

Son regard doré luisant de haine, Luna contempla le maître endormi. Elle était revenue à elle et il l'avait possédée sans précaution ni tendresse, avec la violence qui lui était naturelle. Ensuite, c'est lui qui avait hurlé son plaisir comme un porc à l'abattage.

— Tu es ma drogue, disait-il arc-bouté sur elle, son corps massif agité de spasmes, tu es à moi. Tu m'appartiens, tu ne partiras jamais. Jure-le !

Elle jurait, l'encourageait de mots crus, stimulait son désir jusqu'au délire. D'autres fois, pendant l'amour, les larmes du maître inondaient son visage et son corps, se mêlaient à la sueur de leurs ventres soudés. Elle jubilait de cet asservissement. Elle attendait le jour où elle lui jetterait la vérité au visage. L'estocade qui le foudroierait comme l'animal dans l'arène. Parfois, l'odeur forte du maître, une odeur bestiale décuplée par le désir, déclenchait chez Luna une séquence intempestive. Ses souvenirs émergeaient, elle plongeait dans l'arène, dansait avec les banderilleros, agonisait avec le toro, tournait, tournait avec les capes jusqu'au vertige. Mauve, jaune, mauve, jaune. Rouge, rouge sang. Rouge terreur. Alors, elle hurlait dans le pré des Chartreux où Toine finissait sa vie sur la corne d'un mâle de cinq ans. Le maître se méprenait sur ses cris, s'acharnait plus fort et plus vite sur son corps tout à coup passif, s'abandonnait à la jouissance en d'amples soubresauts ridicules que Luna percevait à peine, anéantie par les images indésirables.

Elle se fichait pas mal du maître et de ce qu'il lui faisait. Elle jouissait de l'interdit absolu de sa relation avec lui. Pour le reste, une seule chose la guidait, une seule pensée soulevait en elle des vagues de plaisir : rêver à ce qu'il ferait le jour où il saurait.

Elle le détailla tel qu'il était, le corps lourd et pâle couvert de poils gris, englouti dans la petite mort d'après le rut, anéanti, dévasté pour de longues minutes qu'elle mettait à profit pour s'enfuir.

Elle se vêtit en silence, sortit dans la touffeur d'une fin de matinée qui, comme les précédentes, ne laissait présager aucun répit, aucune fraîcheur. Elle partit à pas rapides en direction de l'enclos des *sementales*, les taureaux reproducteurs qui cohabitaient avec les vaches et les *cabestros*, ces bœufs inoffensifs que les toros de combat suivaient docilement en toutes circonstances... Elle s'attarda à les contempler, calmes sur leurs antérieurs écartés, agités dès que le parfum d'une femelle en chaleur effleurait leurs naseaux. Alors ils se mettaient à beugler, à sauter, à courir en tous sens. Elle crut entendre les chocs des piétinements énervés et ne put refouler l'image du corps de Louisa enfoui dans cette terre brune foulée par ces mâles énormes qui la fixaient de leurs yeux rapprochés. Elle s'ébroua vivement pour chasser la vision puis partit vers la gauche, longeant la haie de lauriers-roses mêlés de pieds d'hibiscus hybrides aux lourdes fleurs blanches qui masquaient la clôture au-delà de laquelle les courbes de l'arène de tienta agressaient le regard de leur blancheur éblouissante. Elle atteignit l'écurie désertée par les chevaux que les vachers avaient conduits au pré. Les chevaux de taureaux, ceux qui les connaissaient le mieux, savaient prévoir, anticiper chacun de leurs mouvements, qui ne les quittaient jamais, sauf le dernier jour, à la porte de l'arène.

Luna accueillit le silence et la fraîcheur comme un bienfait céleste. Elle longea les boxes vides, impeccables, où flottait encore l'odeur pénétrante de paille souillée et de crottin séché. Avant qu'elle n'atteigne le dernier, une tête blanche se propulsa par-dessus le bat-flanc tandis qu'un hennissement heureux l'accueillait.

— Salut ma Brise, murmura Luna en frottant le chanfrein de la jument d'une main tendre, s'attardant sur la soie des naseaux frémissants.

L'animal releva ses lèvres sur des dents immenses et jaunes. Luna frotta son visage contre les joues si douces, accompagnant les mouvements brefs de la tête de l'animal qui s'agitait de haut en bas pour exprimer un plaisir touchant. Brise portait ses vingt ans avec aisance malgré sa robe d'andalouse racée à présent entièrement blanche, et ses rhumatismes qui l'éloignaient des pâturages. Comme tous les vieux chevaux, elle était devenue

sensible aux écarts de température et on la maintenait au frais dans l'écurie.

Elle était aussi un peu sourde et elle y voyait
moins bien qu'avant. Pourtant, quand Luna était
entrée dans l'écurie, trois mois plus tôt, elle avait
manifesté sa joie et son émotion avec tant d'enthousiasme et de fébrilité que le doute ne pouvait
être permis : le temps avait gardé sa mémoire
intacte. Elle avait senti et reconnu sa maîtresse.
Le maître ne pouvait bien sûr pas comprendre les
raisons de cette soudaine excitation. Il avait levé
les sourcils, les mains sur les hanches.

« Voilà quinze ans que je ne l'ai pas vue comme
ça, avait-il commenté, perplexe. C'est une bonne
bête, elle a fait huit poulains, mais elle était devenue plutôt mélancolique… » Le maître n'était pas
allé au bout de sa phrase, à l'évidence dérangé
par des images ou des souvenirs qu'il avait chas-
sés de la main avec la brusquerie que Luna avait
retrouvée, elle aussi, intacte. Puis il avait entraîné
la jeune femme au-dehors pour lui faire les hon-
neurs du domaine.

Luna murmura de longues phrases mystérieuses
à la jument qui semblait l'approuver de ses hoche-
ments de tête puis elle se sépara de l'animal et sortit de l'écurie sans se retourner. Elle savait qu'un
jour Brise serait couchée sur la paille de son box,
incapable de se relever, avec, dans le regard, le
voile de résignation des vieux qui savent qu'ils
vont mourir.

Alors qu'elle traversait la cour en sens inverse,
Luna perçut les mouvements du domaine dans
son dos. Les employés étaient revenus, elle les
sentait, là, les yeux dardés sur elle. Elle n'aimait
pas ces regards qui la détaillaient, ni ces hommes

dont les mauvaises pensées transperçaient sa robe. Elle ne tourna pas la tête.

Elle contourna la maison du maître sans un regard, pénétra dans une construction basse, enfouie sous une vigne chargée de raisins encore verts. Il régnait à l'intérieur une obscurité épaisse comme la nuit. Luna cligna des yeux pour lutter contre l'éblouissement du soleil qui continuait à imprimer sa rétine. Elle referma sans bruit la porte, avança, bras tendus devant elle pour éviter les objets et les meubles qui encombraient l'unique pièce. Au fond trônait un lit bas protégé par un ciel de lit bleu et or, comme les maisons landaises en disposaient autrefois pour se protéger du froid, des poussières et des insectes, avant que l'on ne découvre les vertus des plafonds.

Luna s'approcha du lit dans le noir, sans ouvrir les contrevents ni donner de la lumière. Elle tira brusquement les rideaux. Un vertige la saisit : le lit était vide ! Même pas défait, sans un pli au couvre-lit assorti aux tentures.

Se retournant vivement, elle aperçut le dos du fauteuil avec, en haut, la couronne de cheveux blancs, immobile face à la fenêtre fermée.

Luna vint lentement se placer en face de la personne âgée tassée dans le fauteuil Voltaire tapissé de velours. Noir comme les vêtements de la femme endormie, le menton abandonné sur la poitrine, les mains jointes, à l'abandon sur ses maigres cuisses écartées. Une phrase d'Esmeralda, sa mère revêche et pieuse qui n'aimait pas la vieille dame, lui revint en mémoire : « Vieillesse qui dort est proche de la mort. »

Sous le fauteuil, une flaque malodorante tachait les carreaux de terre. Luna fronça le nez, étonnée que la mère Quitterie se soit laissée aller, elle si pointilleuse, si maniaque, si exigeante... Puis elle comprit d'un seul coup. Le maître avait dit que, la veille au soir, il avait renvoyé tout le monde. Elle, Luna, étant occupée ailleurs, personne n'avait pensé à coucher la vieille femme qui avait passé la nuit dans son fauteuil. N'eût été le léger soulèvement de sa poitrine décharnée, Luna aurait pu croire qu'elle était morte.

Elle la réveilla sans douceur, apporta de l'eau dans une cuvette pour la nettoyer et éponger le liquide puant répandu au sol. Puis elle défit le chignon serré sur la nuque, ramena vers l'avant la longue chevelure neigeuse et mit dans les mains de la vieille un court peigne métallique aux dents écartées.

Sans un mot, à gestes mesurés, saccadés, déclenchés par un invisible mécanisme, Quitterie se mit à coiffer ses longues mèches blanches sans rien perdre des allées et venues de la fille. Celle-ci s'activa un moment dans la pièce, ouvrit une fenêtre, entrebâilla un contrevent, laissant pénétrer un peu de la chaleur torride du dehors avant de refermer. Puis elle interrompit les mouvements que la grand-mère semblait pouvoir répéter à l'infini, le visage presque invisible derrière les mèches clairsemées. Luna recomposa le chignon en y enfonçant sans précaution des épingles argentées, tourna le fauteuil du côté du téléviseur, un modèle révolu composé d'une énorme caisse d'acajou et d'un tout petit écran. Quitterie leva sur elle un regard indécis, l'iris de ses yeux autrefois d'un noir d'ébène troublé par le voile bleuté de la vieillesse. Il s'y mêlait de la crainte, de la rancune, du désespoir et tant d'autres sentiments indéchiffrables que Luna en fut interloquée :

— Qu'est-ce qu'il y a ? Tu as faim ?

Quitterie n'eut aucune réaction, se contentant de dévisager Luna avec toute l'acuité dont elle était encore capable.

Luna, tout d'abord, se méprit sur la signification de ce regard dans lequel elle percevait de l'hostilité et, aussi, de la peur. Elle fit le tour de la pièce, s'arrêta sur une canne de bois sombre surmontée d'un pommeau d'argent, usé et poli par des années d'usage quotidien. Elle la flanqua entre les mains craquelées de la vieille avec brusquerie.

— Tiens, dit-elle, méprisante. Si ça peut te faire plaisir ! Je me demande pourquoi tu y tiens tant à cette canne puisque tu ne marcheras plus jamais. Tu n'es qu'une épave, un rebut. Tu ne sers plus à rien.

Quitterie ne referma pas ses doigts noueux sur la canne qui glissa contre sa jupe de lainage noir. D'un geste délibéré, elle laissa aussi échapper le peigne qu'elle tenait à la main. Le cliquetis du métal sur le carrelage arracha un sourire aigre à Luna qui se pencha pour observer la vieille de plus près. Puis elle la prit par les épaules, la secoua sans ménagement, jubila de son expression affolée.

— Je sais ce que tu veux me dire, dit-elle lentement. Tu m'as reconnue ! C'est ça ? Hein ? Tu m'as reconnue ?

Quitterie ne broncha pas mais ses paupières clignèrent brièvement. Avec les gestes lents et mécaniques du coiffage, c'était le seul mouvement qu'elle pouvait accomplir.

— Tu m'as reconnue, répéta Luna comme une litanie. Tu sais qui je suis... Vas-y, dis-le !

Les lèvres de Quitterie s'arrondirent. Elle consentit un effort désespéré pour émettre un son, mais ne proféra qu'une bulle silencieuse.

Luna éclata d'un rire strident.

— Tu le sais ! Mais tu ne pourras le dire à personne. Surtout pas à ton fils chéri, hein ! En admettant qu'il revienne un jour jusqu'ici. Personne ne viendra plus, sauf moi. J'y veillerai. Tu as compris ?

Elle se pencha un peu plus vers la vieille femme, les mains en appui sur les accoudoirs du Voltaire. La bouche tout près des oreilles ridées, elle murmura, mauvaise :

— Tu as compris, hein, chère… grand-mère ? Tu sais que je vais tous vous tuer. Tu le sais, n'est-ce pas ?

17

Salles. Landes de Gascogne

Marion contempla la maison à deux étages enfouie dans les arbres. Elle n'était jamais venue dans cette région et ne put se défendre d'une pensée pour le Dr Marsal qui lui en avait fait la réclame. Les pins alignés en rangées successives, reproduites à l'infini, laissaient pénétrer une lumière brouillée qui se fragmentait en échappées mouvantes à travers leurs branches immobiles. De hautes fougères déjà dorées luttaient avec les bruyères rose et mauve pour étendre à leurs pieds un tapis de parade. Ils paraissaient poser pour l'éternité avec hauteur, rectilignes et majestueux, immuablement verts. Cette uniformité procura à Marion une étrange émotion et un apaisement inattendu. Elle s'imagina en train de courir au milieu de cette nature magnifique, se promit de le faire dès le lendemain, à l'heure où résonnent les cris des oiseaux encore éraillés par la nuit et où les premières éclaboussures du soleil incendient la rosée.

Ou alors, ce bien-être, elle le devait à la présence de Philippe Cadaux.

Pour rallier Salles, il avait d'autorité installé Marion à bord de sa Jeep Cherokee blanche, sous prétexte que celle-ci était climatisée. Janita Moreno avait pris place avec les trois officiers dans leur voiture, à la grande joie de Lavot. Cabut, échaudé par son passé douloureux avec une belle fille torride et un peu folle, se tenait à distance de celle qu'il avait surnommée « la bombe », métaphore qui n'arracha à Talon qu'un haussement d'épaules blasé.

En cours de route, Cadaux avait commenté son terroir avec humour. Son accent du Sud-Ouest ensoleillait les anecdotes, les affaires qu'il avait traitées, ou dont il avait eu à connaître, depuis qu'il y était affecté. Là, le braquage de la poste, ici le démantèlement d'un réseau d'indépendantistes basques, plus loin un meurtre encore non élucidé. Marion l'écoutait sans rien dire, tout au plaisir de ce tête-à-tête qui se prolongeait depuis le restaurant où la magie des yeux bleus et du bon vin lui avaient tourné l'esprit au point qu'elle redoutait d'aborder des questions plus personnelles, de peur de rompre le charme.

C'est lui qui avait dégainé le premier. Au dessert, il avait désigné de sa petite cuiller l'annulaire gauche de Marion qui, comme ses autres doigts, était vierge de toute bague, de tout anneau.

— Tu n'es pas mariée ?

Marion s'en était tirée par une pirouette :

— Je ne porte jamais de bague. À cause des sports de combat. Un jour, à l'entraînement, mon alliance m'a entaillé le doigt après un méchant coup de pied... C'est moi qui l'ai coupée avec une pince.

— Ah !

— J'ai enlevé l'alliance et divorcé !

Philippe Cadaux avait ri et les choses en étaient restées là. Marion n'avait pas commenté plus avant cet épisode de sa vie. Elle avait également tu l'existence de Benjamin et leurs projets d'avenir mis à mal par la tragédie à laquelle lui et son jumeau, perdu puis retrouvé, avaient été mêlés. Peu de gens dans la grande maison connaissaient l'histoire de Ben[1] et son incroyable destin. Marion tenait à conserver le secret tant il s'y attachait, pour elle, de mauvais souvenirs.

La maison à la façade claire arborait des volets gris-bleu et des encorbellements ouvragés, de la même teinte passée, écaillée par plaques. Elle était située à l'entrée du bourg de Salles et trônait au milieu d'un airial soigneusement entretenu. Une grange, typique de la région, précédée d'un vaste préau soutenu par de grosses poutres, s'appuyait contre la forêt et plusieurs petites constructions de bois éparpillées dans l'enclos cachaient des bûchers, resserres et autres fours à pain, enfouis sous des vignes grimpantes, des glycines centenaires mêlées à des bignones ou à des rosiers anciens. Sur le devant de la maison, une galerie donnait accès aux chambres. Deux hamacs s'y balançaient mollement, attachés aux piliers de bois autour desquels s'enroulaient des chèvre-feuilles encore pourvus de fleurs odorantes.

— Ravissant, murmura Marion en posant son sac à ses pieds.

Ils avaient déposé le reste de l'équipe devant l'unique hôtel du village où Cadaux avait réquisitionné les quatre dernières chambres. Puis il avait

---

1. *Le Sang du bourreau, op. cit.*

expliqué à Marion que, pour eux deux, la seule solution possible en plein mois de juillet dans une région au fort développement touristique, était d'aller loger chez l'habitant. Et trouver un habitant prêt à les recevoir au pied levé ne semblait pas lui poser plus de problème que de s'installer à la terrasse d'un café pour commander une bière.

Une femme sortit de la maison. Brune, petite et plus sèche qu'un sarment de vigne, elle montrait une soixantaine montée sur ressort, un regard extraordinairement vif qui évalua Marion avant de se poser sur Philippe Cadaux dont la vue parut la réjouir. Elle s'approcha de lui, l'étreignit avec une joie démonstrative. Malgré la chaleur, elle portait une robe à manches longues, d'une coupe désuète, de même couleur que les peintures de sa maison, des bas de coton marron et des chaussures fermées. Cadaux se tourna vers Marion, épatée par la scène :

— Marion, je te présente ma tante Victorine. Tantine, je te présente Edwige Marion, une collègue.

Marion lança à Cadaux un regard offensé. Qu'avait-il besoin de révéler son prénom ridicule ? Et d'abord comment le connaissait-il puisqu'elle ne le disait jamais à personne ?

— Bonjour mademoiselle, dit la tante Victorine, la tête un peu penchée sur le côté, ses lèvres minces étirées sur des dents gâtées. Vous savez, ici, c'est la bonne franquette. J'espère que vous vous plairez. Si vous avez besoin de quoi que ce soit… Vous connaissez la région ? Vous n'êtes jamais venue par ici, je parierais ? Et vous êtes d'où donc ? De Paris, sûrement, avec ce teint ! Et vous faites aussi ce métier ?

Philippe Cadaux leva les mains :

— Eh là ! doucement, tantine ! Ne te laisse pas faire, Marion, elle est en train de te soumettre à un interrogatoire serré.

Marion se demanda quand et comment Philippe Cadaux avait passé commande à sa chère tantine de deux chambres voisines, presque identiques avec leurs poutres brunes assorties aux meubles régionaux : lits à rouleaux et baldaquins, commodes en pin, petites lingères basses décorées d'oiseaux sculptés et de paniers pleins de fleurs. Les carreaux des rideaux et du ciel de lit étaient bleus et blancs chez Marion, rouges et blancs chez Cadaux. C'était la seule nuance de taille. Une unique salle de bains, décorée de céramiques multicolores, séparait les deux pièces.

— Vous vous arrangerez, dit Victorine d'un air entendu.

La pensée vint à Marion que cette situation n'était pas originale, sans doute la vieille Landaise l'avait-elle vécue cent fois avec des compagnes sans lendemain de ce neveu pour lequel elle éprouvait un faible manifeste.

Victorine lorgna les bras pâles de Marion avec circonspection, se hissa jusqu'à l'oreille de Philippe Cadaux :

— J'espère que tu vas la mener à la plage, cette petite, elle en a bien besoin, pardines !

Le commissaire rit, les mains sur les hanches. Ses dents brillaient dans le soleil, ses yeux bleus étincelaient de malice.

— Je ne savais pas que tu étais de la région, dit Marion un peu plus tard alors qu'ils se dirigeaient vers la mairie.

— Ma famille maternelle est de Belin-Beliet, le village où naquit Aliénor d'Aquitaine. C'est tout près d'ici. Après des études à Bordeaux, ma mère était revenue s'y établir, comme professeur de français au collège et parce qu'elle fréquentait un garçon.

— Elle l'a épousé et ils eurent plein de beaux enfants…

— Non, elle ne l'a pas épousé. Il est mort broyé par une machine dans une exploitation forestière mobile où il travaillait. Au fin fond de la lande, personne n'a rien pu faire pour lui.

— Oh ! Désolée…

Il affecta l'insouciance :

— Ça fait bien longtemps. Ma mère est restée vieille fille puis à trente-cinq ans elle est « montée » à la capitale pour suivre mon père, un Parigot à l'accent pointu qui était venu traiter des affaires dans la région. Plus âgé qu'elle de trente ans. Je suis fils unique…

Marion hocha la tête en le dévisageant :

— Ben dis donc, pour un gosse de vieux, t'es plutôt réussi…

Il grimaça :

— Je n'y suis pour rien, tu sais.

Puis il ajouta, malicieux :

— Tes parents devaient être très vieux aussi…

— Les tiens vivent toujours à Paris ? s'enquit-elle pour casser le sortilège.

— Mon père est mort quand j'avais onze ans. Ma mère est revenue à Belin-Beliet. Elle est très chiante mais je l'adore. Je te la présenterai, tu verras.

Marion ne moufta pas. La sensation que le beau Philippe lui sautait dessus, l'emprisonnait, investissait sa vie, sans lui demander son avis, la dérangeait. Par chance, ils arrivaient à la mairie.

Après la fraîcheur de la Cherokee, la température extérieure lui parut accablante, une chape flamboyante qui montait du sol le long de ses jambes attaquait son dos avant de lui brûler la peau du crâne. Elle se hâta vers la bâtisse précairement protégée de la canicule par de grands arbres et quelques massifs de fleurs. Talon était déjà dans le hall en grande discussion avec un homme plutôt costaud, la soixantaine alerte, vêtu d'un jeans et d'un polo vert, une casquette en drap bleu à la main. Son visage jovial réagit à la vue de Philippe Cadaux :

— Monsieur le commissaire va bien ? Pas de poisson pilote aujourd'hui ?

Cadaux lui tendit la main en se tournant vers Marion :

— Je te présente Abel Lafon. Il connaît la forêt dans ses moindres recoins et va nous y accompagner. Le poisson pilote, c'est l'adjudant-chef de la gendarmerie de Belin-Beliet. Chaque fois que je viens dans le secteur pour l'enquête, il ne me lâche pas d'un pouce... Aujourd'hui il n'est pas libre, il a arrêté deux petits casseurs...

— La grosse affaire, alors ! s'amusa Abel Lafon. Un événement, par ici ! D'habitude, c'est plutôt calme, vous savez !

— Personne ne va s'en plaindre, conclut Cadaux. Et vous ne perdez pas au change. Je vous présente la commissaire Marion.

Marion voulait se rendre sur les lieux sans tarder et elle s'installa d'autorité dans le vieux Toyota rouge, à côté d'Abel Lafon, qui, malgré la chaleur, avait remis sa casquette de marin sur sa tête. Cadaux embarqua Talon, sans enthousiasme. Afin de limiter le déploiement de forces, Lavot et Cabut étaient restés en compagnie de Janita pour renifler l'ambiance du bourg. Marion se prit à regretter la tournure que prenaient les événements. Elle aurait préféré conduire son enquête comme elle voulait, avec ses hommes et ses méthodes. Puis elle temporisa en se disant que si elle se trouvait là, à bord d'un 4 × 4 avec un vieux loup de mer sur la route de la forêt landaise, c'était dans le cadre de l'enquête de Cadaux qui consentait à lui en livrer quelques éléments pour faire avancer la sienne.

Ils roulèrent un moment en silence, franchirent un pont sous lequel des dizaines de personnes revêtues de gilets de sauvetage orange descendaient de canoës en s'éclaboussant joyeusement.

— C'est l'Eyre, dit Abel Lafon. Autrefois on disait la Leyre et beaucoup de gens d'ici l'appellent encore ainsi. Elle se jette dans le bassin d'Arcachon après un parcours superbe entre des murailles de verdure. Son delta est célèbre, c'est une des plus belles rivières touristiques de France. Vous devriez faire la balade, ça vaut le coup...

Il avait accéléré sur une ligne droite qui s'amorçait après le supermarché situé à la sortie du bourg et, à cause du bruit du moteur, il devait hausser le ton.

Ils passèrent les dernières maisons, un camping avec une piscine toute neuve sur la gauche et partout, la forêt était là. Le moindre mètre carré de la terre ingrate des Landes avait été ensemencé, il y avait des pins jusque dans les cours des habitations, aussi loin que le regard pouvait porter. Il y en avait aussi en tas sur le bord de la route, empilés et marqués de signes rouges mystérieux. Quand les voitures tournèrent pour s'engager sur une voie communale, un énorme engin de débardage obstruait la route. Abel Lafon dut passer sur le bas-côté pour l'éviter, s'enfonçant dans une terre molle et fine qui fit gonfler derrière eux un nuage grisâtre. La Cherokee de Cadaux suivit sans difficulté. Le sable retomba sur les véhicules, s'engouffra dans le Toyota. Marion se mit à tousser.

— Nous vivons dans le sable, s'excusa Abel Lafon, on en mange, on en emporte dans son lit ! Ici, c'est tout ce qu'il y a, du sable. Et des pins, des pins, encore des pins…

Ils atteignirent de nouvelles maisons, des constructions neuves alignées le long d'une route étroite, puis de très anciennes posées sur des terrains plus grands, des « enclos » enserrés au milieu de la forêt.

— Nous sommes à Bilos, commenta Abel Lafon. C'est un quartier de Salles, ce qu'ailleurs vous nommeriez un hameau. Salles, de même que les communes voisines, est composée de plusieurs quartiers satellites, comme celui-ci. Avant le développement des moyens de communication, chacun avait son école, ses installations propres. Aujourd'hui, presque tout est recentré sur le bourg, les quartiers sont avant tout résidentiels.

D'autres tas d'énormes billes de bois jalonnaient la route qui, passé les dernières maisons, s'enfonçait dans les pins. Marion s'en étonna.

— Cette partie de la forêt, dit Abel Lafon, a disparu au cours d'un incendie gigantesque en 1945, en plein mois de juillet. Plus de dix mille hectares de pins ont brûlé et détruit le quartier de Bilos. Le feu est notre hantise, ici, et rien ne brûle aussi facilement que des résineux. À la fin de la guerre, les moyens de lutte étaient inexistants, on ne pouvait compter que sur le dévouement de l'homme. La forêt a brûlé comme un tas de paille, de même que des maisons, des granges et du bétail. On a replanté des arbres mais il faut cinquante ans pour faire pousser un pin exploitable. Aujourd'hui, ils sont arrivés à maturité et le temps est venu de les couper.

Marion contempla les énormes trouées.

— C'est impensable de détruire ainsi cette forêt, reprocha-t-elle.

— Ces parcelles sont privées à 90 % et les gens d'ici n'ont rien d'autre pour vivre. Autrefois, lorsque a débuté l'exploitation du pin, c'était pour produire de la résine. Elle se vendait à prix d'or puis les choses ont changé, les cours ont chuté en raison de l'apparition de la concurrence d'autres pays et des produits chimiques. La forêt a fait vivre beaucoup de monde, à présent nous devons en quelque sorte la manger pour subsister.

— Mais on pourrait les faire devenir plus vieux, ces arbres !

— Les usines de traitement du bois de plus de cinquante ans n'ont pas la capacité d'exploiter de trop gros bois. Mais n'ayez crainte, on sème de nouveaux plants, la forêt se reconstitue sans cesse. On élabore des plans de gestion pour échelonner de façon plus rationnelle la repousse. Tenez, regardez !

Il désignait un champ de petits arbres d'un mètre à peine, aussi impeccablement alignés que leurs aînés.

— Ces semis ont trois ou quatre ans. Le pin maritime pousse vite. C'est un arbre frugal qui vit de peu, il est très adapté à ce sol pauvre.

— Quand même, hurla Marion pour couvrir les rugissements du moteur, c'est tellement beau, les grands arbres. Dites-moi, il n'y a que des pins maritimes dans cette forêt ?

— Quasiment. Un peu de chênes et quelques espèces isolées, acacias, châtaigniers, peu nombreuses en fait.

— Et d'autres espèces de pins ? insista Marion. Comme le pin sylvestre, par exemple ?

De grosses gouttes de sueur descendaient en rigoles dans le cou d'Abel Lafon, trempaient son col. Il s'épongea d'un mouchoir blanc tiré de sa poche :

— Non, dit-il, le pin sylvestre est plus gourmand que le pin maritime, donc il pousse plus lentement. Il n'aurait pas une rentabilité suffisante par ici. Pourquoi cette question ?

Marion n'eut pas le courage d'expliquer son intérêt pour les pins sylvestres. Elle avait trop chaud et les bruits de ferraille martyrisée du vieux Toyota limitaient la qualité de la conversation.

— Comme ça, se contenta-t-elle de lâcher.

Ils laissèrent sur la gauche le fossé de Gayac et dépassèrent un panneau à moitié dissimulé par des fougères, indiquant que l'on entrait dans la forêt communale de Salles. Abel Lafon ralentit devant un carré dénudé, entre de vieux pins immenses qui paraissaient caresser le ciel de leurs cimes aplaties et de hautes herbes jaunes raidies dans l'air immobile.

— Vous avez là le seul endroit de Gironde où l'on trouve encore des bleuets sauvages. L'été dernier il y en avait cent seize pieds, cette année il n'y en a plus que cinquante.

— Vous les avez comptés ?

— Pardines ! C'est une espèce en voie de disparition, elle intéresse les botanistes. Et moi je donne un coup de main à la science, j'ai le temps, je suis à la retraite.

Un héron s'éleva mollement, à quelques mètres devant eux, les ailes arrondies. Sur une ligne électrique qui s'enfonçait au loin dans une passe, des hirondelles étaient rassemblées.

— L'automne sera précoce, dit le conseiller qui les avait vues aussi.

— La forêt change tout le temps, reprit-il après un long interlude. Vous venez plusieurs fois dans la journée, tout est différent à chaque moment.

Il pila pour laisser passer une cane colvert et sept canetons qui traversaient sans se presser la passe de l'Escourte. Une buse, dérangée par la visite inopportune d'humains et de leurs engins bruyants, poussa un cri rauque et s'enfuit en vol rasant sous les pins. Marion leva les yeux pour suivre le mouvement du prédateur. Elle aperçut au loin, au-delà des cimes, un panache de fumée. Elle s'alarma :

— C'est un feu de forêt, là-bas ?

Abel Lafon sourit, indulgent :

— Non. C'est l'usine de Facture-Biganos. Elle est implantée à dix kilomètres d'ici, à vol d'oiseau. Par vent d'ouest, on ne fait pas que voir la fumée, on la sent aussi, croyez-moi ! Les résidus de la cellulose dégagent une odeur très... particulière.

Derrière eux, la Cherokee de Cadaux s'impatienta d'un bref coup de klaxon.

— Que se passe-t-il ? cria le commissaire en passant la tête par la portière.

— Rien, répondit Marion, une petite famille en promenade.

Elle montra du doigt les derniers canetons qui disparaissaient dans les touffes de molinie et d'avoine sauvage sur lesquelles s'agitaient de nombreux papillons noirs.

Ils reprirent leur route, sans à-coups. À cet endroit la piste devenait plus dure, couverte d'herbe rase, plus étroite aussi entre les fossés de drainage. Cent mètres devant eux, un jeune chevreuil bondit par-dessus la piste, s'enfuit dans les arbres en piétinant une énorme touffe d'onagre dont les fleurs jaunes vacillèrent.

Marion s'extasia, mais le conseiller tempéra son enthousiasme :

— Malheureusement les chevreuils prolifèrent un peu trop vite. Ils détruisent les jeunes arbres, mangent les semis.

— Vous ne les chassez pas ?

Abel Lafon n'eut pas à répondre. Ils venaient de s'engager dans un grand pare-feu et, tout de suite après, le Toyota s'arrêta. Abel coupa le moteur.

À cet endroit, la base des grands pins disparaissait sous une broussaille abondante, composée de hautes bruyères dont on tirait la brande, et d'ajoncs hauts comme des hommes.

— Cette partie de la forêt sera nettoyée l'année prochaine, expliqua Abel Lafon. Après, on coupera les pins.

Cadaux et Talon approchaient. Le commissaire désigna les lieux d'un ample mouvement.

— Ça s'est passé ici.

Du théâtre d'un double meurtre ne subsistaient que des bandes de plastique jaune où le mot « police » s'étalait en lettres noires tous les dix centimètres. Bien visibles à vingt mètres du pare-feu, elles délimitaient l'espace où avait été retrouvé le corps de l'homme calciné. Marion s'y dirigea.

— Le feu a été mis volontairement, dit Abel Lafon. Du moins, ce n'est pas la foudre qui l'a provoqué.

— Comment le savez-vous ? interrogea Marion en zigzaguant entre les touffes de bruyère.

— Il n'y a aucun pin marqué.

— Pardon ?

— Quand la foudre tombe sur un arbre, intervint Cadaux, les traces qu'elle laisse sont incontestables. Cela n'a pas été le cas ici. En revanche le Lips[1] de Toulouse, compétent sur ce secteur, a mis en évidence des traces de carburant dont le corps de Demora a été arrosé, après sa mort. Selon toute probabilité, il a été tué quelque part, transporté jusqu'ici et incendié.

Marion regarda autour d'elle. La forêt avait son apparence habituelle en dehors d'une surface où des traces noirâtres maculaient encore les arbres situés à l'intérieur de la bande jaune. Marion s'était imaginé quelque chose de plus spectaculaire. Elle fut presque déçue de ne constater que ces marques, somme toute infimes, et déjà en voie de disparition. Absorbées par une nature qui s'imposait à l'homme, le dépassait, le dominait dès qu'il la laissait vivre sans chercher à la contraindre.

— On suppose que la bagarre a eu lieu ici, reprit Philippe Cadaux en revenant sur ses pas et après qu'ils eurent examiné une nouvelle fois l'épicentre de l'incendie.

Il montrait, sur le pare-feu, légèrement en avant du point où étaient arrêtés les 4 × 4, une zone

---

1. Laboratoire interrégional de police scientifique.

de quelques mètres de diamètre repérée par le même plastique jaune entourant le sable mou dont on pouvait penser qu'il avait été labouré tant les traces de roues enchevêtrées avaient par endroits creusé de profonds sillons.

— Et le deuxième corps ? s'enquit Marion en regardant autour d'elle.

Philippe Cadaux tendit le bras vers la gauche, là où la forêt paraissait plus épaisse encore. Abel Lafon prit la tête de la troupe, s'enfonçant entre les ajoncs très hauts et d'épaisses touffes de brande en forme d'arbustes, le tout composant un sous-bois presque impénétrable au milieu duquel le conseiller se dirigeait aisément. Marion peinait, derrière lui, à éviter le contact des épines et des ronces qui griffaient ses bras nus. Après une bonne centaine de mètres d'une progression épuisante, ils parvinrent au trou d'eau. Là aussi une bande de Rubalise délimitait l'endroit où Céline avait fini sa jeune vie.

— J'ai du mal à imaginer comment quelqu'un a pu traîner un corps jusqu'ici, à travers cette végétation, dit Marion, essoufflée.

— En effet, admit Cadaux, mais je ne vois pas d'autre explication. Il n'y avait aucune trace de véhicule et de toute façon seul un bulldozer pourrait se frayer un chemin dans un tel fouillis.

Marion observa avec intérêt les grands feuillus aux teintes claires qui tranchaient sur le vert sombre des pins figés en arrière-plan. Elle perçut les pépiements des oiseaux en même temps que l'environnement s'assombrissait soudain. Elle constata qu'il était déjà presque dix-huit heures.

— La nuit tombe vite en forêt, fit remarquer Abel Lafon surprenant le coup d'œil de Marion à sa montre.

Elle chercha Talon pour entendre son avis sur les lieux du double crime et les éventuelles questions qu'il ne manquait jamais de poser en pareil cas, mais elle ne le trouva pas. Elle en conclut qu'il était resté en arrière, sur le pare-feu où il avait peut-être repéré quelque chose.

Cadaux la reluquait, une lueur énigmatique dans le regard. La commissaire y lut de la convoitise et de l'impatience. Il condescendait, en quelque sorte, à cette visite des lieux parce qu'elle y tenait et uniquement pour lui être agréable.

— On peut y aller maintenant ?

« Ça y est, songea Marion, agacée. Il continue à décider de mon emploi du temps ! »

— Qu'a donné l'enquête de voisinage ? demanda-t-elle, ignorant sa proposition.

Sourire contraint, mouvement des épaules impatient :

— Le voisinage, tu sais... Les premières maisons sont à plusieurs kilomètres d'ici.

— Oh, intervint Abel Lafon, ne vous y trompez pas, il y a toujours quelqu'un pour voir quelque chose. Même ces pins pourraient parler si on les interrogeait.

Marion apprécia que le conseiller prenne position pour elle et ne la traite pas en citadine comme Cadaux. Elle s'enhardit :

— J'aimerais savoir d'où ont pu venir ce véhicule et ce mort. Est-ce qu'ils ont pris le même chemin que nous ? Il y a une autre issue, un autre moyen de venir jusqu'ici ?

Le conseiller s'empressa :

— Il y a une autre piste en effet. Vous voulez la voir ?

Marion acquiesça avec empressement. Ils revinrent sur leurs pas et trouvèrent Talon à quatre pattes dans les herbes qui faisaient la transition entre le sable du pare-feu et les premiers bosquets du sous-bois. Malgré l'annonce d'un départ imminent, il poursuivit ses investigations solitaires.

Abel Lafon désigna d'un geste, à cent mètres sur la droite, l'amorce d'une ouverture dans la forêt que Marion n'avait pas encore remarquée.

— Le seul autre accès, c'est cette piste. Une voie forestière privée où la circulation est interdite sauf pour quelques personnes dont je fais partie. En raison de mes fonctions à la DFCI.

— Elle conduit où ?

— Nulle part. Enfin, c'est une façon de parler. Elle s'arrête à l'aplomb de la voie ferrée Bordeaux-Bayonne. Au bout, il y a une maison qui, autrefois, avait une activité liée à la forêt, à la recherche agroforestière précisément. Puis cette maison a été louée par la commune à des particuliers et abandonnée. Elle tombe en ruine et personne ne circule plus sur ce chemin, sauf les gens de l'Inra[1], de temps à autre. Je vais vous montrer ça si vous voulez...

Talon se redressa. Il s'étira en grimaçant, une main à hauteur des reins.

— Mauvaise pêche ? se réjouit Cadaux.

— Pas tant que ça, dit l'officier, d'un calme olympien.

Il sortit un sachet en plastique de sa poche et entreprit d'y glisser quelque chose. Marion s'avança dans la chaleur étouffante qui laissait craindre un orage imminent :

_____

1. Institut national de la recherche agronomique.

— Qu'est-ce que c'est ?

— Des cheveux. Une jolie mèche. Dans l'herbe, là.

Il désignait un point, un mètre derrière la bande de plastique jaune.

— On ne ratisse jamais assez large, commenta-t-il à l'usage de Cadaux qui se rembrunit. Si vous voulez mon avis, il faudrait revenir demain pour chercher plus avant. Je suis sûr qu'il y a encore des trucs à trouver par ici.

— On a fouillé toute cette zone pendant deux jours avec les gendarmes mais on peut aussi ratisser la forêt, bougonna Cadaux, mécontent. Il nous faudra seulement un an ou deux. Faites voir.

Il s'impatientait, toute bonhomie disparue. Marion exulta :

— Des cheveux ! Talon trouve toujours des cheveux, c'est dingue ça !

Il y en avait une dizaine, longs, emmêlés, en apparence clairs. Talon commenta :

— Ils ont leurs bulbes, ils ont dû être arrachés. Vu la longueur et la finesse, je dirais que ce sont des cheveux de femme... On pourra peut-être faire une recherche d'empreinte génétique...

Cadaux les examina.

— On verra, marmonna-t-il sans y toucher.

Il montra le ciel assombri.

— Inutile de rester plus longtemps ici, on va se prendre la foudre. On reviendra demain si le temps le permet...

— Pas de crainte, dit Abel Lafon, ce n'est qu'un nuage, il n'y aura pas d'orage ce soir.

Il ne précisa pas comment il tirait cette conclusion de l'examen des nuages, pourtant inquiétants, amoncelés au-dessus d'eux. Marion adressa un clin d'œil à Talon. Ces quelques cheveux étaient une façon de garder l'avantage sur le beau Philippe Cadaux. Elle remonta dans le Toyota, à côté d'Abel Lafon.

— On fait un métier formidable, s'exclama-t-elle, vous ne trouvez pas ?

Pour toute réponse, le conseiller murmura que Philippe Cadaux passait dans le secteur pour un garçon un peu trop sûr de lui.

— Il est marié ? interrogea Marion.

— Pas que je sache. Il n'a jamais été capable de choisir. C'est un papillon, un enfant gâté.

Marion s'étonna de ce jugement définitif.

— On dirait que vous lui en voulez ?

Ils s'étaient engagés sur la piste forestière après avoir levé et refermé derrière les deux véhicules une barrière qui offrait une protection symbolique.

— C'est un dispositif à vocation dissuasive, expliqua Abel Lafon. On ne peut pas cadenasser ces portes car les pompiers doivent pouvoir intervenir librement, très vite et en tous lieux.

Ils roulèrent un moment sur la piste empierrée. La forêt s'assombrissait de plus en plus, le soleil avait disparu derrière une grosse montagne de nuages menaçant de s'écraser sur les pins. Marion attendait qu'Abel Lafon commente le parcours sentimental de Cadaux.

— Il a fait beaucoup de malheureuses, fit-il seulement, après un temps et sur un ton qui signifiait qu'il n'en dirait pas plus.

Ils débouchèrent bientôt sur une clairière où des arbres gigantesques pourvus de larges feuilles dentelées d'un vert profond et brillant remplacèrent les immuables pins. Au fond, une vieille baraque abandonnée disparaissait presque sous les ronces et d'autres plantes grimpantes tout aussi sauvages.

Au milieu de l'airial, l'émail blanc d'un appareil ménager rouillé détonnait, incongru dans le paysage sauvage.

Les 4 × 4 s'étaient arrêtés à proximité de la voie ferrée qui longeait le côté de la maison, au nord. Marion descendit, contempla la bâtisse qui, malgré son délabrement avancé, montrait par ses proportions et une harmonie de formes qu'elle avait été belle en d'autres temps.

— Personne n'habite plus là depuis au moins dix ans, dit Abel Lafon.

Marion ressentit une forte envie d'aller jusqu'à la maison, de traverser l'airial planté de ces immenses arbres qui, l'automne venu, allaient se parer de couleurs éblouissantes dans toute la gamme des jaunes, orange, rouges, jusqu'à flamboyer. Quelque chose la retint, mais elle n'aurait su définir l'impression étrange qui la mettait mal à l'aise.

— Ces arbres sont immenses, remarqua-t-elle.

— Ce sont des chênes américains. Des plants importés à titre expérimental. Pour la recherche et l'ornement.

Son ton exprimait le très léger mépris des gens de la terre pour des arbres, certes décoratifs, mais inutiles. Marion tendit l'oreille :

— Il y en a beaucoup par ici de cette espèce de chênes ?

Abel Lafon, surpris de son intérêt pour des arbres qui précisément n'en avaient aucun à ses yeux, affirma qu'on en trouvait un peu partout dans le massif landais de même qu'une espèce d'érable dont les gens truffaient leurs jardins.

— Cet endroit s'appelle Baque-Morte, reprit-il alors que Marion semblait perdue dans ses pensées.

— Drôle de nom, murmura la commissaire.

— C'est du patois d'ici, ça veut dire « vache morte » et dans l'esprit on se réfère à un animal auquel on tient, pour lequel on a du respect car les animaux de ferme, comme les vaches, ne meurent pas. Ils crèvent.

Marion ne saisissait pas trop la nuance et Abel se lança dans un complément d'explication d'où il ressortait que les animaux utilitaires n'avaient d'autre intérêt que leur fonction. Un chien fidèle ou tout autre animal de compagnie meurt, on l'enterre au fond du jardin. Une vache à lait crève, on la fait enlever par l'équarrisseur et on la remplace par une autre vache à lait tout aussi anonyme. Comme on remplace sa voiture quand elle est hors d'usage. Marion fit signe qu'elle avait compris.

Cadaux avait suivi Talon le long de la voie ferrée, ils regardaient au loin, là où les voies se perdaient sous les caténaires en ogives.

— C'est là qu'ont eu lieu les premiers essais de vitesse du TGV, dit l'officier, pas le moins du monde incommodé par ce que dégageait la vieille bâtisse. Ces voies toutes droites s'y prêtaient parfaitement. Trois cents kilomètres à l'heure. Un exploit technique.

— Et comment ! approuva Abel Lafon. Je vous proposerais bien de venir prendre l'apéritif à la maison ? Ma femme doit être morte de curiosité à l'heure qu'il est...

Il émit un petit rire de gorge. Cadaux, son regard bleu vissé sur Marion, se récria qu'il était tard, qu'ils avaient d'autres projets – elle se demanda bien lesquels – et qu'ils étaient trop nombreux pour déranger Madame la Conseillère sans préavis. Abel Lafon ayant balayé la dernière objection, et pour ne pas céder à l'empressement exaspérant de Cadaux, Marion décida d'accepter et lui suggéra d'aller chercher le reste de l'équipe. Le commissaire sembla sur le point de lui sauter à la gorge mais elle lui tourna le dos, dédiant à Abel Lafon un sourire d'acquiescement.

Il faisait presque nuit quand ils s'éloignèrent de Baque-Morte.

Telle une armée disciplinée et impavide, la barre noire des pins fermait l'horizon.

— Tu veux prendre un verre ? Profiter de la fraîcheur ?

La voix de Philippe Cadaux s'était faite caressante, confidentielle. Il désigna un hamac, invita Marion à s'y installer. La galerie était vide, la maison plongée dans l'obscurité, à l'exception d'une lanterne qui émettait une pauvre lumière jaune. Victorine avait disparu, couchée ou embusquée dans un coin pour voir comment son neveu chéri s'en tirerait avec cette nouvelle proie. Marion secoua ses boucles avec un petit rire nerveux :

— Je crois qu'on a assez bu, non ?

Les apéritifs s'étaient succédé, chez Abel Lafon, généreusement servis par le conseiller et madame, une petite femme à l'œil vif et à l'élégance discrète, presque citadine. Ils racontaient leur pays, leurs souvenirs, les grandes et petites histoires d'un terroir semblable à d'autres. Les verres se remplissaient et se vidaient, avivant les couleurs de Lavot et de Cabut qui n'avaient pu résister à une partie de canoë et en avaient récolté de furieux coups de soleil. Déjà bronzée, Janita Moreno s'en tirait bien mais, comme les hommes, elle buvait sec. Au deuxième whisky, Marion avait déclaré forfait : elle voulait être en forme le lendemain.

Puis il avait été question de manger un morceau. Cadaux, déjà renfrogné, avait protesté, sans doute parce qu'il voyait ses projets sombrer pour de bon. Marion n'avait pas faim, mais Abel Lafon avait su se montrer convaincant :

— En compagnie les oies se baignent...

Cabut, Lavot et Talon avaient sauté sur le foie gras et le confit d'oie sortis du grenier. Lavot, scotché au décolleté de Janita, plus suggestif d'heure en heure, picolait. Malgré un mal de tête invasif, Cabut faisait de même, en silence. Fidèle à lui-même, Talon posait des questions intelligentes.

Philippe Cadaux ne buvait pas, mangeait peu. Marion avait lancé la conversation sur une des passions des habitants de cette région : la corrida. Le commissaire bordelais, de plus en plus agacé, avait levé les yeux au ciel puis regardé sa montre. Marion n'avait pas l'intention d'aborder cette question avec lui. Elle voulait garder pour elle l'idée que la tauromachie pouvait être le fil rouge de ces affaires, en apparence si diverses. Elle avait bien l'intention de visiter les lieux qui avaient vu grandir Marie-Sola Lorca, se faire et se défaire la carrière et la gloire de Manolito et de résoudre le mystère de leur mort presque simultanée. Abel Lafon avoua ne pas être très intéressé ni compétent en la matière mais sa femme se montra intarissable. Leur fille était une véritable *aficionada*, et lui communiquait sa fougue malgré quelques aspects du spectacle qui la dérangeaient. Elle montra des photos, proposa quelques livres d'initiation que Marion s'empressa d'accepter. Les autres jacassaient entre eux. Janita riait des blagues approximatives de Lavot. Cadaux s'ennuyait.

— Un peu de champagne ? insista-t-il alors que Marion s'appuyait sur le bord du hamac, lui imprimant un léger balancement.

— Non merci, dit-elle fermement en se demandant quand même d'où sortirait ce miraculeux champagne. À moins de l'avoir préparé sur commande de son neveu, la tante Victorine n'était pas du genre à en garder en réserve dans son réfrigérateur. Marion se trouva du coup encore plus mal à l'aise au milieu de ce ballet de séduction trop prémédité. Philippe Cadaux semblait s'attendre à ce qu'elle change d'avis, aussi précisa-t-elle fermement :

— Je ne veux rien boire. Je vais me coucher. J'ai l'intention de me lever tôt pour courir dans les bois. Le matin, ça doit être superbe...

— Sûrement, murmura Cadaux en s'approchant d'elle.

À cet instant, elle sentit l'ennui lui tomber sur les épaules. Cadaux menait son affaire sans se rendre compte qu'il était à côté des clous. Elle ne ressentait plus rien du trouble qui l'animait le matin, plus rien de cette émotion sensuelle que lui avait fait éprouver cet homme pendant quelques heures. Son impatience, la mauvaise humeur qu'il avait manifestée, en enfant gâté à qui tout avait toujours été facile, anéantissait le charme.

« Être beau peut être un handicap, finalement, se dit-elle en le regardant se pencher vers elle. Il ne fait aucun effort de conquête, ne cherche pas à faire rire, à épater. » Lavot aurait dit à sa façon délicate : il donne un coup de pied dans l'arbre et trente minettes en dégringolent, la culotte à la main... S'il n'y avait pas d'intensité dans le désir de l'autre, cette rencontre ne serait qu'une partie de jambes en l'air.

— Je veux aller à Mont-de-Marsan, dimanche, dit-elle en se redressant.

Il était presque contre elle, concentré sur la naissance de ses seins qu'il devinait dans la pénombre. Il releva la tête :

— À Mont-de-Marsan ? Quelle idée ?

— Il y a une corrida.

— Je rêve ! Tu veux voir une corrida ?

— Oui. Tu as une objection ?

Se sentant agressé, Cadaux recula :

— Aucune. Je n'ai rien contre la corrida. Mais je trouve que c'est un spectacle sans intérêt. Sans moi.

Marion faillit rétorquer que cette décision la soulageait.

« Je suis injuste, se reprit-elle, en se remémorant tout ce qu'il avait mis en œuvre depuis le matin pour lui faciliter les contacts. Mais aussi, et ça il ne fallait pas l'oublier, pour la mettre dans son lit. A moins qu'il n'ait eu en tête de la laisser bosser pour avancer dans une enquête où il pataugeait. Marion le devinait peu motivé, paresseux, superficiel. Autant de défauts qu'elle ne pouvait tolérer chez un homme qui prétendait la conquérir.

— À vrai dire, dit-il en changeant imperceptiblement d'attitude, je me fiche de la corrida et de tout le reste. J'ai juste envie de te prendre dans mes bras.

Sa voix s'était assourdie. Il tendit la main, son sourire carnassier revint sur son visage hâlé, plus sombre dans la galerie à peine éclairée. Il effleura

158

du bout de l'index une longue estafilade rouge qui ornait le bras droit de Marion et qu'un ajonc agressif avait dessinée, une ligne mystérieuse, de vie, de chance ou de cœur. Elle s'écarta :

— Écoute, Philippe... Je vais sûrement te décevoir, mais je vais me coucher... seule.

— Je ne comprends pas.

— Il n'y a rien à comprendre. Tu es beau mec, tu dois avoir un tas de nanas prêtes à se coucher en travers de ta porte...

— Ce n'est pas vrai, je t'assure... Et toi, c'est différent. Tu me plais...

— Pourquoi ? Il t'arrive de draguer des filles qui ne te plaisent pas ?

Elle ne lui laissa pas le temps de riposter :

— Peu importe, d'ailleurs. Je ne crois pas que ce soit une bonne idée. Et pour tout dire, je préfère descendre seule dans les Landes, continuer mon enquête avec mes gars. Nous sommes trop nombreux, c'est toi qui l'as dit ce soir dans la forêt.

Elle se mit en marche en direction de sa chambre. Les mains dans les poches, muet, mécontent de lui et d'elle, Cadaux la laissa partir sans esquisser un geste.

Elle venait de se laisser glisser dans une onde bienfaisante, ce presque abandon qui précède le grand plongeon dans le noir de la nuit. À cause de la chaleur, elle était allongée nue, directement sur le coton rugueux du drap, les bras le long du corps. Elle perçut quelques vagues mouvements autour d'elle, un léger rêve captura son esprit, la fit dériver plus loin et plus vite dans une forêt lumineuse et claire. Des ombres bienveillantes l'entouraient, effleuraient ses cheveux, son visage, agaçaient son cou, un souffle tiède caressait sa joue. Puis des mains se posèrent sur elle, s'enroulèrent autour de ses seins. Elle sursauta légèrement au sortir du rêve naissant comme lorsque l'on croit trébucher sur une pierre, une marche d'escalier ou le bord d'un trottoir et son corps se tendit sous la caresse qui le dessinait aussi précisément. Elle voulut repousser les mains et protester mais un doigt léger se posa sur ses lèvres tandis qu'une autre main descendait le long de son ventre.

Des lèvres douces et savantes remplacèrent les doigts sur sa bouche. Les mains l'investirent. Elle ne résista plus.

18

Salles. Landes de Gascogne

— La nuit a été bonne, madame la commissaire ?

Abel Lafon posa sa question avec une innocence que démentait l'éclat mutin de son regard.

— Moyenne ! s'exclama Marion sur le même ton. Mais le footing à six heures dans la forêt, un vrai bonheur !

Elle se retourna vers l'arrière du Toyota où, en l'absence de sièges, Lavot et Talon s'étaient installés, à même le sol, entre une trousse à outils et divers objets à la fonction moins claire. Cabut s'était sacrifié pour prendre place dans la Cherokee de Cadaux, se résignant à la compagnie de Janita Moreno dont Lavot semblait vouloir éviter la proximité à tout prix. Les genoux sous le menton, coincé contre la porte arrière, il avait la gueule de travers, les délices suggérés par la pulpeuse lieutenant ayant visiblement tourné court.

« Chou blanc, mon pote », s'était-il contenté de répondre au coup d'œil interrogateur de Cabut lors de regroupement des troupes.

Alors qu'ils s'engageaient sur une piste en mauvais état, un cahot précipita les deux officiers l'un contre l'autre. Leurs fronts s'entrechoquèrent, leurs visages se touchèrent.

— Putain, hurla Lavot hors de lui, tu vas pas me rouler une pelle, en plus ?

— Ça risque pas, riposta Talon sans se démonter. Faudrait que tu te rases d'abord !

— Elle est belle, hein ? hasarda Abel Lafon.

— Elle a du chien, osa Marion qui redoutait de mal comprendre, un peu vulgaire, vous ne trouvez pas ?

— Je parlais de la forêt, se rebiffa Abel Lafon, outré.

La tension à l'arrière n'avait pas décru.

— Une pouffe et un merlan frit ça va bien ensemble, s'énerva Lavot. D'ailleurs je suis sûr qu'il se la tape *aussi*.

— Écrase ! dit Talon entre ses dents. T'es pas drôle.

Marion fit la sourde oreille mais elle sentait peser sur elle le regard lourd de sous-entendus de ses hommes. La tante Victorine les avait conviés au petit déjeuner et, d'un coup d'œil, Marion avait évalué la situation : l'air fermé de Janita Moreno, toujours sur ses grands chevaux et plus aguichante que jamais, pas la tête d'une femme chavirée par une nuit d'amour, la lippe renfrognée de Lavot qui, abrité derrière ses Ray-Ban, affectait un air de dogue à qui on a refusé son os. À l'évidence, la belle s'était couchée seule et Lavot avait mal dormi. Marion s'était demandé quelle tête elle avait, elle, malgré le footing et la douche glacée.

« On dirait des maris jaloux, s'offusqua-t-elle en douce. Jaloux de quoi, d'ailleurs ? Ses ébats avec Cadaux avaient été comme elle les avait pressentis : peu inspirés. Et il avait été parfait en beurrant ses tartines : détaché et professionnel, presque lointain. Au point qu'elle s'était demandé si elle n'avait pas rêvé pour de bon cette nuit d'amour tiède. Il avait même expliqué aux officiers quel intérêt il y avait à retourner gratter dans la forêt pour y découvrir quelques possibles indices oubliés. Sidérée, Marion l'écoutait dire le contraire de ce qu'il affirmait la veille quand il prétendait avoir ratissé les lieux de fond en comble. Son regard bleu posé sur elle n'exprimait alors qu'indifférence polie.

— Elle est belle, reprit Abel Lafon, mais dangereuse, mystérieuse. Envoûtante.

Il en parlait vraiment comme d'une femme. Marion s'étonna.

— Il est vrai qu'elle est exigeante, possessive et que, quand on se prend à son jeu, elle ne vous laisse pas en repos. Jamais. Vous n'avez pas rencontré les lutins ce matin ?

— Quoi ?

Marion le regarda à la dérobée. Il énonça, sérieusement :

— On est superstitieux dans la forêt. On croit à tout un tas de légendes, de superstitions.

— Il y a des messes noires, des sacrifices humains ? intervint Talon en criant pour se faire entendre.

— Pas à ce point, non. Mais pas loin… Autrefois, il se passait de drôles de choses et comme on ne savait pas expliquer certains phénomènes naturels, on préférait croire à l'intervention divine. Ou à celle du diable. Les fées et les loups-garous alimentaient les histoires à la veillée. Bien sûr, tout cela n'est plus aussi fort maintenant, mais il reste encore de nombreuses traces de ces anciennes pratiques.

Il ralentit et Marion remarqua qu'ils n'avaient pas pris le même chemin que la veille. Lavot contesta, en ronchonnant, que l'on soit capable faire la différence entre des chemins et des pistes qu'il trouvait d'une extrême similitude et, de surcroît, d'une affligeante banalité.

— En effet, je vous fais emprunter une passe qui donne un autre point de vue sur la forêt, répondit le conseiller. Et puisqu'on parle de croyances et de légendes, on a le temps de faire un petit détour ? Je voudrais vous montrer quelque chose.

Il tourna sur la gauche à travers une zone forestière dense et touffue puis ils longèrent une parcelle où une coupe récente avait laissé des traces terribles.

— Après les coupes, expliqua Abel Lafon, on laisse le terrain reposer trois ou quatre ans pour donner le temps aux parasites du pin de disparaître. Ensuite, on nettoie et on réensemence sur un sol propre.

Ils dépassèrent un étang enfoncé sous les arbres et les vestiges d'une construction qu'Abel Lafon désigna comme les ruines d'une ancienne forge. La pauvreté des minerais de fer, quoique abondants dans les landes environnantes, avait sonné le glas de leur extraction et condamné les exploitations.

Ils roulèrent encore quelques centaines de mètres, dans un décor de plus en plus touffu et sombre, puis Abel Lafon arrêta le Toyota.

— On ne peut pas aller plus loin, il faut continuer à pied.

Cadaux jaillit de sa Cherokee grise de poussière.

— Mais qu'est-ce que vous fabriquez à la fin ? vociféra-t-il. Ne me dites pas que vous les amenez à la Pierre du Diable ?

Des traînées de poussière maculaient le contour de ses yeux et de sa bouche. Janita Moreno, descendue à son tour, époussetait ses vêtements avec des gestes secs, énervés. Marion avisa Cabut qui paraissait sorti tout droit d'une mine de charbon pour incarner Lantier dans *Germinal* ou les chauffeurs de locomotives de *La Bête humaine*. Elle croisa le regard de Lavot et tous deux éclatèrent de rire.

Cadaux retourna s'asseoir dans sa Jeep, vexé. Il s'écria :

— Allez-y sans moi, je connais par cœur. J'ai fait trente fois le pèlerinage, chaque fois qu'on a une visite, on amène les amis ou la famille ! Ça et l'église du vieux Lugos, c'est à peu près tout ce qu'il y a à voir par ici.

Ils escaladèrent un monticule au milieu d'une végétation épaisse : des ajoncs hauts comme des églises, des fougères aux larges feuilles luttant avec des ronces aux ramifications tourmentées, une zone de lande qui ressemblait à de la friche dense émaillée de quelques pins.

Ils s'arrêtèrent au sommet, entourant, dubitatifs et déçus, une large pierre plate, d'un mètre quarante de côté, épaisse de cinquante à quatre-vingts centimètres, posée sur le sol, à l'horizontale. Une pierre du pays, formée des mêmes ingrédients que toutes les autres parmi lesquelles elle avait pris corps : du quartz et des petits cailloux qui pullulent dans les sables, des éléments ferrugineux et du calcaire agglutinés et cimentés par l'eau et l'humidité. De l'alios noir aux reflets bruns ou rouges, une pierre de terre, profonde et grave, bien loin des pierres marines, blanches et constellées de fossiles de coquillages que l'on rencontrait aussi dans la région.

— On évalue son poids à deux tonnes, dit Abel Lafon. Elle a été cassée par les chercheurs qui pensaient y découvrir Dieu sait quel secret…

Il désigna, sur la face exposée au soleil, des signes tracés profondément dans le matériau. Talon se pencha.

— C'est pour voir *ça* qu'on a transpiré ! maugréa Lavot.

— Ces signes représentent une main à sept doigts, reprit le conseiller, imperturbable. L'annulaire mesure quarante-cinq centimètres, il est plus long que le médius, et la paume fait dix-sept centimètres sur vingt-six. Et là, vous voyez, il y a une autre main plus petite.

— Celle de la femme du diable ? se moqua Cabut qui soufflait comme une vieille haridelle.

— C'est ce que dit la légende en effet, confirma Abel Lafon.

Marion regarda autour d'elle.

— On sait comment cette pierre est arrivée là et à quoi elle servait ?

— Les spécialistes ont longuement polémiqué. D'aucuns ont supposé qu'il s'agissait d'un dolmen mais on n'a pas retrouvé d'autre morceau d'un tel objet, incomplet tel qu'il est là et vestige préhistorique qui plus est. Un autre a avancé l'idée d'un tombeau édifié en 788 et recouvert du sceau de Charlemagne, puisque la route qu'empruntaient les armées du roi pour aller en Espagne est toute proche d'ici. Cette hypothèse est contestable car Charlemagne interdisait que le peuple vénère les pierres, les arbres et les fontaines et après de nombreux conciles tenus entre 452 et 681, il rendit un décret frappant d'anathème et d'excommunication quiconque leur rendrait un culte. On peut également envisager un hommage funèbre à un croisé, inhumé au lieu même où il avait trépassé. La main indiquerait alors, pour les autres, le chemin qu'il avait envisagé de suivre pour aller au loin combattre l'infidèle. Plus tard, on évoqua l'idée de « pierre de sacrifice ». La main à sept doigts, mystérieuse et monstrueuse, serait la copie de celle d'un géant qui vivait par ici, un de ces colons venus d'ailleurs et qui aurait transporté la pierre lui-même.

— Deux tonnes ! s'exclama Marion, il devait être sacrement balèze.

— Les Gaulois d'alors étaient gigantesques. On aurait fait de ce mégalithe un lieu de culte rituel, la grande main servant aux hommes, la petite aux femmes.

— La discrimination sexuelle est donc préhistorique...

— Aucune explication n'a été donnée à l'existence de ces mégalithes, poursuivit le conseiller. On en trouve en assez grand nombre dans la France entière. La légende qui se raconte depuis des siècles dans la région fait intervenir le diable. C'est plus commode. Les sacrifices et les incantations au démon se déroulent ici les nuits de pleine lune, entre les loups-garous et les chimères, les lutins et les elfes...

167

— Vous inventez, là ! protesta Marion qui avait du mal à comprendre, même venues de la nuit des temps, de telles pratiques. Les deux pieds bien ancrés au sol, elle ne pouvait concevoir le pourquoi de ces mystérieux rituels.

Abel Lafon se pencha, fouilla sous les herbes hautes, en retira une plaque de pâte molle constellée de sable et de déchets organiques.

— Regardez ! s'exclama-t-il.

— Qu'est ce que c'est ?

— De la bougie ! Et ce n'est pas vieux.

— Vous voulez dire…

— Certains viennent encore ici pour tenir des messes noires ou lancer des incantations au diable.

— Ou organiser des rave-parties, émit Talon avec un pragmatisme qui ne se laissait pas facilement démonter.

Marion se préparait à expliquer à Abel Lafon ce qu'étaient ces gigantesques boums noyées dans l'alcool et l'ecstasy, quand des coups d'avertisseurs impatients déchirèrent l'air brûlant, faisant taire les stridulations des insectes et des cigales guettés par les nombreux oiseaux qui squattaient la colline. Cadaux les replongeait dans la réalité et un quotidien moins magique où les ordinateurs remplaçaient les fées mais où la cruauté restait intacte.

En coupant par les pare-feu pour gagner du temps, ils rejoignirent les lieux du double crime. Cadaux et Janita Moreno se faisaient la gueule et Marion soupçonna un drame en marche. Lavot ne se départait pas d'une moue désabusée, ne cessant de demander ce qu'ils pourraient découvrir encore dans cette succession de carrés de pins, tous semblables. Marion pointa le doigt en direction de parcelles où poussaient des arbres de hauteur, de couleurs différentes, sous un ciel lavé de tout nuage annonçant une canicule encore plus insupportable que la veille. Immobiles sur le bord des passes, les herbes légères tendaient leurs têtes jaunies vers une pluie qui ne viendrait pas.

— À quoi servent ces sachets suspendus aux jeunes arbres ?

— Du sang de bœuf séché, répondit Abel Lafon comme si la chose allait de soi.

Marion se moqua :

— Pour éloigner les fées ? Ou les loups-garous ?

— Non, les cervidés. Ils sont friands des jeunes pousses de pin et l'espèce est protégée, donc nombreux. Les forestiers ont découvert que le sang de bœuf est un répulsif efficace. On ferait mieux de canaliser le développement anarchique de ces bestioles, ce serait plus efficace et plus réaliste. Mais ce n'est pas l'avis des écologistes qui savent tout sur tout et arrivent à imposer des positions absurdes.

Il s'exprimait comme à son habitude, sans hausser le ton, regardant sans les voir les écharpes de fumée de l'usine de Facture mêlées aux traînées blanches laissées dans le ciel par des avions de passage. La fin de sa phrase pourtant résonna différemment. Il connaissait la forêt mieux que quiconque et souffrait de ne pas être toujours compris et écouté.

Puis chacun reçut son petit carré de forêt et commença à s'activer, le nez au ras du sol. Seule

Janita Moreno ne broncha pas. Les mains dans les poches de son jeans, les bras resserrés contre sa poitrine moulée dans un tee-shirt de la couleur du ciel, elle semblait perdue dans la contemplation du commissaire Cadaux.

Marion capta son expression, presque douloureuse. Philippe Cadaux, indifférent à la proximité de Janita, s'avança dans le sillage de Marion devant laquelle il s'arrêta un instant, relevant d'un doigt léger une mèche qui cachait son regard :

— Tu es belle dans le soleil, murmura-t-il avec un petit sourire, et, Marion l'aurait juré, un coup d'œil éclair en direction de Janita.

Sensation désagréable pour Marion, tension soudaine du côté du lieutenant.

— Tu n'as pas pu résister, hein ? lança celle-ci quand Cadaux passa près d'elle.

Le principal broncha à peine, désigna la forêt d'un geste vague :

— Mets-toi au boulot, on ne va pas passer la nuit là !

— Évidemment... Il y a mieux à faire, la nuit ! Je te préviens...

Il l'attrapa par le bras, proféra sèchement :

— Tu ne me dis pas ce que je dois faire, tu me lâches !

Il s'écarta avec brusquerie, ses doigts laissèrent une trace blanche sur la peau hâlée de la jeune femme. Interloquée, Marion vit l'officier Moreno lever la tête, respirer un grand coup et se mettre en route, des larmes plein les yeux.

Abel Lafon leva à hauteur de son visage ruisselant de sueur un objet si petit que, d'où elle se trouvait, Marion ne l'identifia pas. Elle se précipita vers le conseiller tandis que Cadaux s'approchait à son tour et se penchait en prenant appui, l'air de rien, sur l'épaule de Marion. Elle s'écarta d'un mouvement sec, cherchant malgré elle la présence de Janita Moreno dans les environs. Elle ne la vit nulle part et revint à Abel Lafon, rejointe par les trois hommes de son équipe.

Ce que le conseiller tenait à la main était un anneau d'or minuscule. Talon sortit la trousse IJ de son sac à dos. Il en extirpa une pince à épiler avec laquelle il saisit l'objet et une loupe au manche articulé qu'il déplia pour l'observer. Puis il introduisit l'anneau dans une pochette de plastique translucide.

— Il y a du sang là-dessus. Très intéressant... Bravo monsieur Lafon !

Philippe Cadaux tourna le dos au groupe, furax.

Ils poursuivirent leurs recherches pendant une heure encore. Midi était passé, l'attention se relâchait et Janita Moreno était toujours invisible. Une question taraudait Marion : pourquoi, alors qu'il avait des vues sur elle, Cadaux avait-il amené Janita dont, à l'évidence, il était l'amant ? Pour neutraliser Lavot ? Marion s'estimait quand même en mesure de mettre son officier au pas. Très contrariée par la tournure des événements, elle dut admettre qu'elle était peut-être entrée dans un jeu pervers et s'en voulut d'avoir cédé aussi bêtement.

— On peut s'en aller, dit-elle en dédiant à Cadaux un regard plein de rancune. Tu devrais peut-être t'inquiéter de ta... collaboratrice.

— Oh ! je la connais, elle n'est pas loin !

Il appela « Janita » deux fois, sa voix se répercutant entre les fûts rectilignes des pins. Au troisième appel, le lieutenant sortit de la forêt, cachée derrière une brassée de bruyères rose pâle qu'elle colla, avec une inutile brusquerie, dans les bras d'Abel Lafon :

— Tenez, pour votre femme...

Marion remarqua les traces noirâtres qui entouraient ses yeux sombres et maculaient ses joues.

— T'es pas chiée comme collègue, râla Lavot. Madame batifole dans les fleurs pendant qu'on glande ici à chercher je ne sais quel trésor.

Il rouspéta encore quand Marion décida d'aller rendre visite à la famille adoptive de Céline Duroc. Ce fut un tollé, d'ailleurs, qui accueillit cette proposition. Ils avaient tous faim. Seul, Abel Lafon – aux ordres et disposé à faire ce qu'on lui dirait – et Janita Moreno ne protestèrent pas.

— On ne pourrait pas revenir cet après-midi ? hasarda Talon.

— C'est dommage, on est tout à côté, plaida le conseiller, plein de bonne volonté. Ils habitent au Grand-Lagnereau, sur la commune de Sanguinet.

— Et ça va servir à quoi ? s'emporta Cadaux. C'est comme de revenir ici. Ça a servi à quoi, tu peux me le dire ? Ce qu'on a trouvé n'est pas déterminant pour l'enquête. Céline portait un anneau à une oreille. Et je crois me souvenir que c'était le même que celui-là...

— Et l'autre, où est-il ?

— L'autre ! L'autre ! Est-ce que je sais ? Il faut lire le rapport d'autopsie, c'est sûrement dedans. Moi, j'ai vu et entendu ces gens dix fois. Je vais déjeuner.

Il fila s'installer au volant de sa Cherokee, sans un regard pour personne. Janita lui emboîta le pas et, d'autorité, s'assit à côté de lui. Les yeux sur la cime des pins, elle semblait peiner à contenir sa hargne. Marion fut soulagée de les voir partir.

19

La maison forestière du Grand-Lagnereau était une construction à un étage, située au ras de la route qui marquait la limite entre les communes de Salles et de Sanguinet. Des tas de bois, des objets divers et des jouets d'enfants jonchaient la cour.

Mme Ronquey, une petite femme d'un âge incertain, courte sur pattes et aussi large que haute, portait des cheveux courts coiffés sans recherche et des vêtements bon marché. Quand ils arrivèrent, elle était occupée à nourrir quatre enfants attablés devant un plat de pommes de terre qui embaumaient jusqu'à l'airial parsemé de chênes noirs qui encerclaient la bâtisse. Les flics avaient franchi les six ou sept kilomètres de piste entre les lieux du double crime et le domicile des Ronquey dans une chaleur torride. Cabut, contraint de les rejoindre à bord du Toyota d'Abel Lafon, les trois officiers, entassés à l'arrière, n'avaient pas prononcé un mot. Marion, engourdie, avait failli céder à un début de somnolence. Abel Lafon l'avait réveillée en lui faisant remarquer que la piste qui menait à la maison des Ronquey passait par Baque-Morte.

— Décidément, murmura-t-elle en observant la maison à l'abandon. Vous êtes sûr qu'il n'y a personne dans cette baraque ?

— Quelques chats-huants et des chouettes, peut-être ! ironisa le conseiller. Les derniers occupants n'étaient pas d'ici. C'est la mairie qui en est propriétaire et elle ne veut ni la vendre ni la restaurer.

Mme Ronquey ne parut pas autrement démontée par l'intrusion de cinq inconnus dans son espace vital, à l'heure du repas. Elle avait eu les gendarmes, la PJ de Bordeaux, pendant plusieurs jours, et c'est d'un air résigné qu'elle fit entrer ces autres policiers dans sa salle de séjour où trônaient un vieux canapé de Skaï marron, des fauteuils dépareillés et un énorme téléviseur dernier cri.

Marion réclama un verre d'eau puis entra dans le vif du sujet.

— Madame, j'imagine que vous avez répondu à de très nombreuses questions au sujet de Céline. Cela vous ennuie si nous vous en posons encore quelques-unes ?

La femme n'était manifestement pas une causante. Silencieuse, elle fixa sur Marion des petits yeux noirs ronds comme des boutons de bottine pour l'inviter à commencer.

— Est-ce que Céline fréquentait des gens de son âge ou d'autres personnes ?

— Non, j'ai déjà dit aux gendarmes et aux autres… policiers. Céline était spéciale. Très sauvage. Elle pouvait rester toute seule, sans parler à personne, pendant des semaines. Je crois qu'elle se plaisait bien ici, à cause de la forêt où elle pouvait s'isoler. Au début, c'était dur. Elle ne s'habituait pas à nous, elle avait peur, elle n'approchait pas les enfants, elle ne les aimait pas.

— C'est pas vrai.

Marion se retourna vivement. Un enfant d'une huitaine d'années se tenait dans l'embrasure de la porte. L'œil vif sous une épaisse frange de cheveux noirs, il avait l'air déluré, un rien sournois.

— Jojo, on t'a pas sonné. Va finir de manger !

Le gamin hésita, gratifia sa mère d'un regard chargé de rancune et fit demi-tour. La femme croisa ses bras grassouillets sur sa poitrine.

— C'est Georges, mon second, fit-elle comme si elle jugeait nécessaire de l'excuser. C'est vrai que lui et Céline ça marchait bien. Trop bien, même, pour les bêtises, si vous me comprenez. Elle avait pas grandi Céline, dans sa tête. Alors, avec Jojo ils en faisaient pas mal, des conneries.

Elle soupira tandis que le gosse s'éloignait en haussant les épaules très vite, plusieurs fois.

— Ça a dû être dur pour lui quand elle est morte... dit Marion. Pour vous tous aussi d'ailleurs...

— Oh, dit la femme soudain agitée. Pour moi, Céline elle devait finir comme ça. On aurait plus pu la garder de toute façon, à présent qu'elle était femme. Elle se rendait pas compte mais les hommes, eux...

Au ton de la femme, Marion comprit qu'il avait dû se passer de drôles de choses dans la forêt et, sûrement aussi, dans cette maison isolée du monde. Elle voulut en savoir plus mais la femme se buta, les yeux sur le carrelage. Marion se promit de rencontrer M. Ronquey dès que possible. Peut-être que, finalement, l'hypothèse évoquée la veille était la bonne. Céline avait été « draguée » par Demora, elle l'avait tué, traîné dans la forêt et brûlé.

— Elle savait conduire ? demanda-t-elle tout à trac.

La femme Ronquey se mit à rire.

— Qui, Céline ? Son vélo, oui... Et qui lui aurait appris ? On n'a pas de voiture, nous. Juste la camionnette de l'usine que mon mari emprunte de temps en temps pour aller à Auchan.

Elle devança la question suivante :

— Y a le car de ramassage scolaire, pour les enfants. Il s'arrête au pont. Des fois je le prends pour aller à Salles, au coiffeur.

Elle s'abîma dans une réflexion laborieuse. Le silence s'installa. De la cuisine fusaient les exclamations des enfants qui se chamaillaient autour des dernières patates. Lavot penché en avant, la tête entre les mains, semblait sur le point de s'endormir. Cabut s'était discrètement levé et contemplait, les mains dans le dos, un dessin accroché au mur.

— Vous parliez de votre fils, Jojo ? reprit Marion pour faire repartir la conversation.

— Lui ? Il a rien dit. Pas pleuré, rien. C'était une fatalité, la mort de Céline.

— Pourquoi ?

— Jojo dit qu'elle était sorcière, qu'elle avait le mauvais œil. Elle savait toujours un tas de choses mystérieuses. Elle voyait des trucs bizarres partout et, quand elle les racontait à Jojo, ça lui faisait peur au gamin.

— Quoi, par exemple ?

— Des stupidités, pensez ! Je sais plus, il faudrait lui demander, à Jojo. Moi, vous savez... elle me disait pas grand-chose. Elle mangeait, dormait, faisait quelques bricoles dans la maison. Le reste du temps, elle pédalait dans la forêt. J'en sais pas plus.

— Les anneaux qu'elle portait aux oreilles, c'est vous qui les lui aviez offerts ?

La femme se troubla et fit un signe de dénégation.

— Elle a dit qu'elle l'avait trouvé.

— Comment ça, elle l'avait trouvé ? Il y en avait deux, non ?

Mme Ronquey se dressa comme si Marion l'accusait d'un acte honteux :

— Quoi, deux ? Non, Céline avait ramené une boucle d'oreille, c'est tout.

— Elle a dit où elle l'avait trouvée ?

— Dans la forêt. Mais elle disait toujours ça. Chaque fois qu'elle ramenait quelque chose, elle disait qu'elle l'avait trouvé dans la forêt. Y en a plein la cour des cochonneries qu'elle ramassait. Et y fallait rien jeter parce qu'elle piquait des colères épouvantables. À présent...

Elle fit la moue en désignant l'arrière de l'airial :

— On va mettre tout ça au bourrier.

— Je vous demande pardon ?

— Le bourrier, c'est la décharge publique communale, s'empressa Abel Lafon, resté debout près de la fenêtre.

— Et qui lui avait fait percer l'oreille ? insista Marion.

— Ça, c'est une idée de Ronquey. Mon mari, quoi. Comme si on avait trop de sous, pardines ! Cent francs que ça coûte pour percer une oreille au bijoutier de Salles. Et encore il a fait un prix à cause qu'il y en avait qu'une. Ronquey voulait lui faire plaisir pour son anniversaire, à Céline. Elle,

elle savait à peine ce que c'était, un anniversaire !
Mais elle a pas dit non, té !

Le ton était chargé de rancoeur. « Voir Ronquey, en urgence », dirent les yeux de Marion en croisant ceux de Talon occupé à enregistrer la conversation.

Cabut s'agita tout à coup.

— Ce dessin, madame, vous l'avez acheté où donc ?

Par contagion ou, plus sûrement, pour l'amadouer, voilà qu'il se mettait à parler comme elle, allant jusqu'à imiter son accent gascon en ne prononçant pas le « c » de donc.

— Acheté ! s'exclama Mme Ronquey. Quelle idée, pardines ? C'est Céline qui l'a rapporté aussi. Elle a pas dit où qu'elle avait déniché cette horreur. Parce que, brigadier, ce vieux bonhomme, il est très laid, non ?

— Lieutenant ! murmura Cabut en louchant sur le vieux bonhomme en question. Je suis lieutenant, pas brigadier.

La femme le considéra d'un air absent. Cabut se hâta de la rassurer :

— Mais c'est sans importance, madame. Vous pouvez m'appeler brigadier. Il est laid en effet, ce bonhomme.

— Ah oui ! s'écria la femme avec colère. Très laid. Mais elle l'a accroché là, avec un clou et le talon de sa chaussure. Encore une fois, Ronquey a laissé faire. Qu'est-ce que vous voulez...

Marion lâcha un soupir. Son estomac grondait, la rappelant à l'ordre.

— Est-ce que Céline voyageait ? demanda-t-elle pour la forme.

— Deux fois par an, je l'emmenais à Bordeaux par le train. À la Ddass pour passer une visite médicale et prendre les vêtements neufs pour la saison.

— Je voulais dire : est-ce qu'il lui arrivait de voyager seule, ailleurs qu'à Bordeaux ?

La femme secoua la tête d'un air apitoyé. Marion n'insista pas : la petite Céline, morte dans la forêt, n'était pas celle qu'elle cherchait.

Elle se leva, donnant le signal du départ. Abel Lafon s'approcha de la femme Ronquey, lui parla bas. La Landaise réfléchit un court instant, puis lui murmura à son tour quelque chose à l'oreille.

Quand ils quittèrent l'airial, Jojo attendait près de la sortie, assis sur un empilement de palettes de bois, le regard louche sous sa lourde mèche. Abel Lafon le rejoignit, un sourire avenant sur son visage coloré.

— Tu peux venir avec nous un petit moment, bonhomme ? Ta maman est d'accord.

Abel Lafon répondit d'un clin d'œil entendu à l'interrogation muette de Marion. Ils s'entassèrent une nouvelle fois dans le Toyota. Jojo prit place sur les genoux de la commissaire, se trémoussant pour se caser entre elle et une barre d'appui qui permettait de se cramponner dans les chemins cahoteux.

— Tu sais, toi, par où elle passait, Céline, quand elle allait dans la forêt ? Je suis sûr qu'elle ne faisait pas le grand tour par la route et le pont de chemin de fer…

Abel Lafon s'exprimait avec bienveillance. L'enfant haussa les épaules trois fois, cela ressemblait chez lui à un tic.

— Par là, dit-il en tendant la main vers la gauche.

Il n'y avait pas de chemin tracé, seulement, en contrebas de la voie de chemin de fer, du sable mou bordé de touffes de genêts, d'ajoncs et de fougères déjà brunes. Abel Lafon s'y engagea à petite vitesse après avoir enclenché ses quatre roues motrices, soulevant un nuage de poussière blanche. Deux cents mètres plus loin, Jojo s'écria : « Stop ! » d'une voix suraiguë en s'agitant sur les genoux de Marion.

Abel Lafon stoppa le véhicule. Sans couper son moteur, il ouvrit la portière et descendit tandis que Jojo se glissait au sol, souple comme un chat, suivi de près par Marion.

Une sente tracée par des passages répétés descendait jusqu'au fond d'un fossé où deux traverses de chemin de fer posées l'une sur l'autre permettaient d'escalader le talus et de se retrouver sur la voie ferrée. Un étroit intervalle entre deux piquets qui soutenaient le grillage de protection autorisait le franchissement à pied. Marion projeta son regard en face, de l'autre côté de la double voie. Le même système y avait été installé.

— C'est par là qu'elle passe, Céline, dit Jojo en pointant son doigt.

Marion remarqua qu'il en parlait comme d'une vivante. Elle se tourna vers Abel Lafon, perdu dans ses pensées en fixant un point de l'autre côté de la voie.

— Vous avez vu quelque chose ? demanda-t-elle, saisie par l'air concentré du conseiller.

— Non, non, répondit-il. Rien.

Marion suivit son regard sans rien observer que des pins, à l'infini. En face d'eux, une masse

181

compacte de résineux, plus petits et plus touf-
fus, se serraient les uns contre les autres. Quand
Marion se tourna vers la gauche, un rayon de
soleil frappa un objet dont l'éclat incendia l'espace
entre deux chênes américains de trente mètres de
haut. Juste devant une vieille baraque que Marion
reconnut aussitôt. Elle se déplaça pour déterminer ce qui attirait le soleil et repéra un véhicule
arrêté à quelque distance de la ruine. Éblouie
par le flash renvoyé par le rétroviseur, Marion ne
distinguait ni le genre ni la couleur de cette voiture et Abel Lafon estima qu'il pouvait s'agir d'un
couple d'amoureux en quête d'un coin discret. Il
en profita pour ronchonner après les jeunes qui
ne respectaient rien.

Alors qu'ils remontaient dans le Toyota pour
rebrousser chemin, Marion constata que le véhicule en face se mettait en mouvement et qu'il était
blanc. Elle le suivit des yeux en se tordant le cou
pour apercevoir les occupants. Elle en fut pour
ses frais mais elle fit remarquer au conseiller qu'il
s'était trompé : la voiture qui fuyait à vive allure
n'était occupée que par une personne dont elle ne
distingua qu'une vague silhouette. Les deux auto-
mobiles suivirent des chemins parallèles, chacune
d'un côté de la voie ferrée. Quand le Toyota atteignit la route, la voiture blanche avait disparu.

20

Luna claqua avec violence la porte de la maison basse où elle venait de laver, nourrir et coucher Quitterie. L'odeur fade de la vieillarde lui soulevait le cœur, lui rappelant celle de la mort qu'elle ne connaissait que trop. Un mélange d'odeurs de peau mal lavée où la crasse s'insinue dans les rides et les craquelures, d'où suintent sans cesse des humeurs, des sueurs et des urines nauséabondes. Quitterie gardait les yeux clos, obstinément, depuis que Luna l'avait explicitement menacée de mort.

En la couchant, petit tas informe osseux et mou à la fois, Luna venait de décider comment la vieille mourrait. Elle la laisserait moisir dans son urine, sa crotte, sa crasse. Crever de faim, comme le chien errant et galeux qu'elle avait enfermé un jour dans une ancienne cabane de résinier, près de la voie ferrée. Pour voir comment ça se passait, la mort lente. Il avait tellement hurlé, sa voix était tellement enrouée qu'à la fin elle en était devenue quasiment inaudible. Personne ne l'avait entendu. D'ailleurs la cabane était abandonnée depuis des lustres et les trains fracassant le silence à intervalles proches couvraient tous les autres bruits à trois kilomètres à la ronde. Luna avait vu la bave autour des babines de l'animal, l'humeur couler de ses yeux injectés de sang, la peau de sa truffe desséchée se craqueler, son poil tomber par plaques, maculé du sang qui coulait des blessures qu'il s'infligeait en se jetant contre le bois pour échapper à son tombeau de planches disjointes. Elle voulait que la vieille Quitterie finisse de la même façon. Comme un chien.

Luna revint d'un pas vif vers la maison du maître. José Lorca l'attendait devant la porte. Elle s'arrêta à deux mètres de lui, au pied des marches. Il la contempla dans le contre-jour de la fin d'après-midi avec l'avidité de l'amant qui se demande s'il est toujours en cour et s'il aura, ce soir, les faveurs de sa belle. A la vue de la perruque de cheveux auburn, il se troubla.

— Qu'est-ce qui est arrivé à tes cheveux ?

— C'est une perruque, dit Luna, abrupte.

— Merci, j'avais remarqué... Mais pourquoi ce postiche, Lucie ? Tes cheveux étaient si beaux, si clairs, couleur de lune...

Il s'interrompit net. Son trouble s'accentua. Luna s'affola. Pas question que le maître se doute de quelque chose, qu'il comprenne trop vite, trop tôt. Il fallait qu'il continue à l'appeler Lucie.

— J'ai la gale des cheveux, dit-elle très vite. J'ai dû les raser.

Cette perruque auburn, c'était une provocation inutile. Elle aurait dû se douter qu'il penserait à Marie-Sola en la voyant ainsi transformée. Deuxième erreur de la journée. La première remontait à midi. Elle était partie pour Dax, acheter cette perruque, justement. Sur la route, elle avait croisé deux motards de la gendarmerie.

Elle roulait trop vite et ils avaient fait demi-tour pour la coincer. Son cœur avait sauté dans sa poitrine : elle n'avait pas les papiers de la Golf. À grand renfort de charme elle les avait fait fléchir mais ils avaient exigé qu'elle présente les papiers le soir même, à la brigade de gendarmerie. Elle avait dû se creuser les méninges pour se souvenir de ce qu'elle avait fait de ces maudits papiers. Elle avait fini par se rappeler qu'ils étaient restés à Baque-Morte, dans le petit sac de raphia tressé mélangé de fils dorés qu'elle prenait pour aller à la corrida. Très contrariée, elle avait dû retourner là-bas alors qu'elle n'y allait jamais en semaine. Encore moins en pleine journée, en prenant le risque d'utiliser la Golf qu'elle laissait toujours à la grange des Espieds où elle l'échangeait contre la Jeep. Elle avait bien cru se faire repérer en sortant de l'airial par un groupe de personnes qui se tenaient de l'autre côté de la voie de chemin de fer autour d'un Toyota rouge. Ces gens regardaient de son côté, semblaient examiner les environs. Elle avait déjà vu ce Toyota plusieurs fois dans la forêt et son conducteur, un vieux bonhomme uniquement préoccupé des arbres et des plantes chétives qui bordaient les pistes. Mais d'un seul coup, ses capteurs, ses antennes lui avaient signalé les autres occupants du Toyota comme menaçants. Elle avait juste eu le temps de filer avant que le véhicule rouge, qu'elle voyait arriver de loin à travers les pins, ne croise son chemin. Deux erreurs, le même jour.

Le maître descendit les marches en prenant son temps. Vivement, Luna saisit la perruque et l'arracha. José Lorca, proche d'elle à la toucher, tendit la main vers les estafilades et les croûtes séchées qui scarifiaient son crâne rasé. Il les caressa, s'y attarda, les suivit de l'ongle avec dans le regard une drôle de lueur qui se partageait entre l'inter-rogation, le doute et la crainte. Luna eut la révé-lation aiguë de l'imminence de la fin. Elle sentit que, comme Quitterie, il était sur le point de com-prendre. Seuls, son désir fou et la passion qu'il lui vouait faisaient encore écran. S'en servir. Le désir du maître, sa passion, étaient sa seule garantie d'aller jusqu'au bout.

Il toucha le haut du pavillon de l'oreille gauche où une grosse croûte s'était formée à l'emplace-ment de l'anneau arraché.

— Et ça ? murmura José Lorca, c'est quel genre de maladie ? Tu as montré ces bobos à un médecin ?

Son ton était léger, mais elle sentit une tension, une foule de questions derrière l'apparente désin-volture de José Lorca.

— C'est une pelade. J'en ai déjà eu. Ça passe tout seul.

Il lui sourit et elle s'en voulut de son inutile brusquerie. Elle le connaissait, elle savait son intelligence et cette intuition que donnent l'âge et l'expérience. Elle ne pouvait pas le laisser la découvrir.

— Nous avons encore deux bonnes heures de jour devant nous, dit lentement José Lorca. Si nous allions faire un tour à cheval ? Après nous irons dormir. Je dois partir tôt demain.

Luna ne répondit pas. Elle savait où allait le maître, le lendemain. Chercher Marie-Sola, sa fille, du moins ce qu'il en restait. Luna imagina le corps pourri, décomposé, dévasté, elle en ressentit une jubilation vertigineuse. Sa fille !

La perruque au bout du bras, elle fit demi-tour avec raideur et s'éloigna rapidement en direction de l'écurie tandis que José Lorca s'emparait des deux selles posées sur leurs trépieds.

Sa fille ! Prononcer le mot lui écorchait la mémoire, lui donnait la nausée.

Ils mourraient. Tous.

La vieille Quitterie, elle ne savait pas combien de temps elle mettrait à mourir de faim et de soif. Le chien, lui, ça lui avait pris neuf jours, cinq heures et trente-deux minutes.

21

Marion passa l'après-midi avec son équipe dans un bureau de la mairie de Salles. Après un repas au restaurant du camping et un bain dans la piscine flambant neuve de l'établissement, le moral des troupes avait repris du tonus. Lavot avait repéré quelques vacancières hollandaises ou anglaises, blondes, roses et rouges et il avait déjà deux rendez-vous pour le soir même. Talon avait longuement détaillé le serveur, un grand autochtone brun, taillé comme un rugbyman. Seul, Cabut restait sur la réserve et à l'ombre, victime de son imprudence de la veille. Marion savait que quelque chose le turlupinait et elle était prête à parier sur sa nature. Ça ressemblait à un immonde vieillard barbu accroché au mur d'une maison des bois par une sauvageonne.

Elle passa quelques coups de téléphone, notamment pour rendre compte au juge d'instruction des nouveautés glanées dans la forêt et du contenu des procès-verbaux rédigés par Talon.

— Pour l'instant, conclut-elle, nous ne pouvons encore établir aucun lien formel entre les meurtres de Lyon et ceux des Landes. Céline Duroc n'est pas la fille que nous cherchons et l'enquête de la PJ de Bordeaux n'a pas démontré la présence d'une femme ayant un rapport avec les deux cadavres de la forêt. À vrai dire, ils n'ont pas grand-chose non plus. Pas de témoins directs et peu d'indices exploitables. Il me reste une ou deux vérifications à effectuer ici et nous partirons demain pour Dax et ses environs, si vous en êtes d'accord.

Le juge était d'accord.

— Dommage que nous ne puissions pas envoyer les saisies à notre labo, à Lyon, dit-elle après avoir raccroché. Ces Bordelais ne m'inspirent guère confiance.

— Ça fait plaisir à entendre, ça, patron ! apprécia Lavot qui apposait des cachets de cire sur des fiches cartonnées accrochées par des ficelles aux pochettes plastique des scellés.

L'odeur de la pâte rouge en fusion envahit la pièce.

— N'exagérons rien ! protesta Talon. Ce n'est pas parce que le commissaire Cadaux est un pédant désagréable qu'il faut généraliser. Il doit bien y avoir un ou deux Girondins sympathiques.

Lavot se mit à rire, ce qui eut pour effet de projeter en l'air quelques gouttes de cire brûlante dont une lui retomba sur la main. Il hurla.

— Putain de merde ! La vache ! Shit !

— Il délire en anglais à présent ! ironisa Cabut, l'air toujours absent. Il va peut-être falloir l'amputer.

— Déconne pas, s'écria Lavot, ça fait vachement mal. Tu sais pas que ça peut tuer, une douleur pareille ?

Marion s'interposa :

— Il n'y a pas de risque, hélas ! Ça ne vous gêne pas que je travaille pendant que vous vous amusez ?

— C'est vrai, dit Talon en replongeant le nez dans son Mac, que le commissaire Cadaux a l'air de s'en foutre. Mais ces scellés ont un rapport direct avec ses affaires. Il faut les porter à Toulouse, puisque c'est le labo compétent.

— Pourquoi moi ? s'exclama Lavot, pas dupe du regard appuyé de son collègue. Cadaux n'a qu'à se débrouiller. Et moi, j'ai des rancards ici.

Marion réfléchissait pendant qu'ils se chamaillaient. Elle posa un doigt sur ses lèvres :

— À propos, cet anneau que M. Lafon a trouvé dans le pare-feu, vous avez pu vérifier...

Talon se dressa :

— Je me souviens très bien du PV de constatations et du rapport d'autopsie ainsi que des photos du corps de Céline, notamment des gros plans de sa tête, et je suis sûr que l'anneau n'a pas été arraché à l'une de ses oreilles.

— Ça corrobore ce qu'a dit Mme Ronquey. Cet anneau pourrait appartenir à son agresseur...

— Je vais vérifier auprès des collègues de Bordeaux.

Marion se laissa gagner par des pensées contrastées.

Cadaux avait disparu avec Janita depuis midi et, elle en était sûre, la proximité du commissaire de Bordeaux ne pouvait rien lui apporter, sinon des désagréments. Il était urgent qu'elle se dissocie de lui. Mais avant, elle voulait approfondir quelque chose.

190

— Cabut, dit-elle en s'étirant, je retourne chez les Ronquey. Ça vous tente ?

Le lieutenant ne se le fit pas dire deux fois. À peine Marion avait-elle fini sa phrase qu'il était déjà à la porte, le regard étonnamment vif malgré la chaleur et les séquelles de son insolation sur lesquelles il gémissait cinq minutes plus tôt.

Mme Ronquey écossait des haricots sur le seuil de sa porte, un torchon à carreaux étalé entre ses genoux écartés. Deux de ses enfants jouaient aux Indiens dans l'airial avec des arcs, des flèches et des fusils en bois. Marion arrêta la voiture à l'entrée de l'enclos, près de Jojo toujours juché sur son tas de palettes.

Pour éviter de déranger une fois de plus Abel Lafon, ils avaient pris le véhicule de service et ils s'étaient un peu perdus sur des routes inconnues et dépourvues de signalisation.

Jojo, le visage fermé, tenait d'une main un gros oiseau noir qui battait frénétiquement des ailes, le bec écartelé pour aspirer l'air dont le gamin, qui serrait son cou fragile entre ses doigts, le privait. De l'autre main, le gosse enfournait dans la gorge du volatile des mouches vivantes auxquelles il avait préalablement arraché les ailes. Quand l'insecte touchait le fond de la gorge de l'oiseau en se débattant encore, Jojo y enfonçait l'index afin d'éviter une régurgitation intempestive. À moitié étouffé, le corbeau émettait des râles d'agonie. Le gamin inoculait avec une régularité presque mécanique sans oublier, de temps en temps, de relâcher légèrement la pression de ses doigts pour faciliter la manœuvre d'avalement. Marion, horrifiée, lui demanda ce qu'il faisait.

191

— Je le gave, dit Jojo d'une voix plate en levant les épaules de son geste automatique.

— Je t'ai déjà dit d'arrêter, s'interposa sa mère qui l'avait entendu. C'est pas un canard.

— Tu vas le tuer, souffla Marion. Pourquoi tu fais ça ?

— C'est un corbeau, grogna Jojo comme si ce simple fait pouvait justifier le traitement qu'il lui infligeait.

— Relâche-le, intima Marion en descendant de voiture, ce n'est pas bien de maltraiter les animaux.

Elle marcha d'un pas décidé en direction des palettes.

— C'est pas un animal ! s'insurgea Jojo d'une voix suraiguë en sautant à terre. C'est pas un animal ! C'est un corbeau.

Il secoua trois fois les épaules à toute vitesse et s'enfuit en direction de la forêt. Marion s'élança derrière lui dans une étroite sente herbeuse. Il courait vite mais elle était entraînée. Gêné par le corbeau, qu'il n'aurait lâché pour rien au monde, il perdit rapidement du terrain. Après s'être retourné deux fois pour constater, hélas, que Marion se rapprochait, il choisit la reddition, se jeta à plat ventre sur l'herbe clairsemée, hors d'haleine, les doigts toujours serrés autour du cou de l'oiseau. Marion s'accroupit près de lui, à peine essoufflée.

— Jojo, dit-elle doucement, je voudrais parler un peu avec toi. N'aie pas peur. Et s'il te plaît, donne de l'air à ce corbeau.

Jojo ne bougea pas. Marion s'assit dans l'herbe, cherchant par quel bout l'attraper sans l'effaroucher.

— Qu'est-ce que tu veux faire plus tard ? proféra-t-elle avec patience et douceur.

— Gaveur.

« Bon, songea Marion, c'est pas gagné. »

— Parle-moi de Céline, dit-elle sans hausser le ton. Tu l'aimais bien, Céline, n'est-ce pas ?

L'enfant ne répondit pas. Il tentait de retrouver son souffle en émettant des sons bruyants de chambre à air qui se dégonfle.

— Tu sais quel métier je fais ? demanda Marion, choisissant une autre tactique.

— Flic ! éructa Jojo. J'aime pas les flics !

— Boh ! tu ne sais même pas ce qu'ils font !

— Y mettent les gens en prison !

— Bien sûr, mais seulement les méchants. Celui qui a tué Céline, c'est un méchant. Tu es d'accord ?

Jojo roula les épaules mais ne démentit pas.

— Et moi, je le cherche, et quand je l'aurai trouvé, je le mettrai en prison. Qu'est-ce que tu en dis ?

— Céline, elle disait que les enfants aussi on les met en prison, proféra-t-il d'une voix qui s'apaisait progressivement mais d'où perçait une sourde agressivité.

— Non, c'est faux, on ne met pas les enfants en prison. Jamais. Mais si tu es au courant de quelque chose, il faut me le dire, sinon « il » pourra recommencer... tuer une autre personne.

— Même moi ?

— Peut-être.

— Céline a dit qu'il fallait pas rapporter, fit-il, buté.

— En général, oui, dit Marion avec une patience dont elle ne se serait pas crue capable. Mais quand c'est grave, quand quelqu'un risque de mourir, il faut rapporter. C'est obligatoire.

— Sinon, on va en prison ? Tu vois !

— Je t'ai dit que les enfants ne vont pas en prison. Tu sais si elle allait à la vieille maison, Céline ? Baque-Morte, c'est ça ?

Jojo respira trop fort, avala du sable, se mit à tousser. Une quinte violente qui le rendit vite écarlate. Marion lui tapa dans le dos en levant les yeux au ciel. « Il est pas fini ce gosse, c'est pas possible ! » murmura-t-elle sans le lâcher des yeux. Il se calma, bredouilla quelques mots. Par prudence, le corbeau avait cessé tout mouvement. Marion insista :

— Elle rencontrait des hommes, Céline, à Baque-Morte, non ?

— Pas à Baque-Morte, souffla le gamin. Dans les bois, des fois.

— Raconte, dit Marion en caressant son dos moite, et encore une fois, laisse partir cet oiseau.

Doucement et comme à regret, Jojo relâcha la pression de ses doigts, puis les ouvrit tout à fait.

Surpris de sa liberté toute neuve, le corbeau n'osa d'abord pas broncher. Puis, s'apercevant de sa situation inespérée, il prit le large dans les pins en titubant.

Quand, une demi-heure plus tard, Marion revint à la maison forestière avec Jojo, un homme en bleu de travail avait rejoint Mme Ronquey et Cabut, en grande discussion sur la pluie qui n'arrivait pas et le beau temps qui finissait d'assécher la lande et ne réjouissait que les « pointus » de la capitale. Petit, râblé, les jambes légèrement torves, l'homme portait un béret qu'il retira quand Marion se présenta. Jean Ronquey paraissait très inquiet de ce que Marion faisait avec Jojo dans la forêt. Plutôt, songea-t-elle, de ce qu'elle avait pu lui faire raconter. Il souffrait d'un regard en dessous dont son fils avait manifestement hérité. La racine des cheveux au ras des sourcils, il remuait nerveusement quelques pièces de monnaie au fond de sa poche. Marion l'entraîna à l'écart, à l'abri des oreilles avides de sa femme et bien que celle-ci, à l'évidence, n'ait rien ignoré de ses relations coupables avec la défunte petite Céline. En triturant son béret et après avoir rechigné pour la forme, Jean Ronquey se résigna à livrer à la commissaire quelques secrets de cette troublante histoire.

— Mais patron ! s'exclama Cabut, le bout de carton serré contre son cœur. Je n'ai pas volé ce dessin. Je lui ai proposé de l'argent, elle a refusé. Elle dit que ce vieux bonhomme dégueulasse lui donne le cafard et, même, qu'il porte la poisse. C'est depuis que Céline l'a apporté qu'il est arrivé des malheurs.

— Cette version vous arrange bien, non ? Je ne comprends pas que vous fassiez autant de cas d'un truc aussi affreux.

Cabut sourit, énigmatique.

— Un truc aussi affreux, répéta-t-il, lointain. Affreux mais rare et précieux. Je pense que c'est un Goya. Un autoportrait.

Marion pila, projetant Cabut, qui avait oublié de mettre la ceinture de sécurité, dans le pare-brise.

— Vous plaisantez ?

— Aïe ! Non. Je peux me tromper mais je ne le crois pas. Goya a réalisé de nombreux dessins de lui-même. À tous les âges. Celui-là devait être un de ses derniers et comme il en avait l'habitude il ne l'a pas signé.

— Alors, comment vous savez qu'il est de lui ?

— Je le suppose. Regardez ! dit-il en retournant le dessin pour que le sujet se retrouve la tête en bas.

D'un doigt, il se mit à tracer une arabesque mystérieuse dans les cheveux en broussaille du vieillard.

— C'est une macrosignature. Son nom est écrit dans les boucles de ses cheveux.

Marion se pencha, distingua, en même temps que Cabut les lui montrait, les lettres du nom du peintre.

— Et là, continua l'officier en tournant une nouvelle fois le rectangle de carton, dans sa barbe y a une microsignature. Elle est minuscule mais toutes les lettres y sont. Vous pouvez vérifier. Je suis sûr qu'il y en a une ou plusieurs autres dans les plis du cou ou le drapé de la chemise.

— Fascinant ! Mais je persiste à dire que ce n'est pas honnête de dépouiller cette femme d'un véritable Goya. Vous avez vu comment ils vivent, ces gens ?

— Ils sont modestes mais pas pauvres, protesta Cabut. Mais si vous y tenez, je ferai expertiser le dessin et je les dédommagerai.

— Bien sûr que j'y tiens ! D'ailleurs, vous devriez me le confier, je le ferai moi-même.

D'instinct, Cabut serra plus fort le dessin contre lui en gratifiant Marion d'un regard assassin.

— Et le gamin, comment il s'appelle, déjà ?
Jojo ? C'est ça ? Qu'est-ce qu'il vous a dit ?

Pas dupe, Marion se mit à rire :

— C'est ça, faites diversion... prenez-moi pour
une idiote !

Elle tourna la tête vers les pins que le soleil au
couchant enflammait d'une lumière incendiaire
en couches d'intensité variable selon l'épaisseur
de la forêt.

— Regardez-moi ça ! murmura-t-elle, regardez
ce festival. Vous qui aimez la peinture, cela ne
vous tente pas ?

— Je n'ai jamais su tenir un crayon, hélas.

Marion rêva un moment, remuée par une émotion intense, un mélange de tristesse et de gravité.
« C'est le manque d'amour, décréta-t-elle, désabusée. Puis elle proféra d'une voix lointaine :

— Jojo dit que Céline passait son temps dans
les bois et qu'elle rôdait souvent du côté de Baque-
Morte.

Le gamin avait reconnu qu'il suivait parfois
Céline dans ses déambulations, mais, de loin,
car elle refusait de lui faire partager certains
secrets. Comme ce qu'elle voyait à Baque-Morte
et, surtout, *qui* elle y voyait. De son air buté, il
avait prétendu qu'une fille y venait quelquefois,
le dimanche, en voiture. Mais Jojo n'osait pas
s'approcher de la maison car les fantômes et les
esprits des morts rôdaient. C'est du moins ce
qu'affirmait Céline qui, elle, était assez gonflée
pour aller jusqu'à la baraque. Elle assurait que
la visiteuse de Baque-Morte était « hyper belle ».
Une fois, Céline avait raconté qu'elle avait vu un
homme avec elle et entendu de la musique. Elle
s'était vantée d'être entrée dans la maison mais

Jojo pensait que ce n'était pas vrai. En tout cas, elle n'avait jamais rien dit de ce qu'elle avait vu à l'intérieur.

— Tu sais avec quelle voiture elle se déplace, cette super belle fille ? avait demandé Marion.

Mais Jojo avait haussé les épaules, trois fois de suite. Céline ne connaissait rien aux voitures. Pourtant, il s'en souvenait, c'était ce jour-là ou le lendemain qu'elle lui avait montré l'anneau d'or. Elle disait qu'elle l'avait trouvé dans les bois, mais lui savait que ce n'était pas vrai et qu'elle l'avait volé dans la maison. Marion rapporta ces propos à Cabut tout en sachant qu'il s'en fichait sûrement. Son propre intérêt pour Baque-Morte était subjectif, la ruine lui inspirait des sentiments confus et une attirance que Cabut ne partageait pas puisque lui, son penchant allait à un vieil homme barbu qui signait son nom dans les poils emmêlés de sa barbe grise.

— Si ça se trouve, ce n'est qu'un endroit pour baiser, cette maison, dit-il toutefois. Les jeunes du coin doivent se régaler...

— Les jeunes et les moins jeunes, rétorqua Marion. Ronquey, père de famille et époux irréprochable, tripotait la petite Céline.

— Plus, si affinités... ?

— Il prétend que non. Mais ce n'est sûrement pas vrai puisqu'elle n'était plus vierge... Mais ça, c'est pas notre problème, c'est l'enquête de Cadaux.

Cabut émit un « mouais » goguenard qui en disait long sur ses sentiments pour celui qu'il avait rebaptisé « le joli commissaire ».

Pour le punir, Marion tendit la main vers le dessin que le lieutenant essayait de faire disparaître par un improbable tour de magie en détournant son attention. Elle ne se laissa pas avoir :

— Donnez-le-moi, Cabut. Sur ce coup, je serai votre conscience.

22

Cadaux ne réapparut pas de la soirée. Marion avait décliné la proposition de son équipe de dîner avec les deux conquêtes de Lavot qui ne parlaient pas mieux le français que lui l'anglais, situation promettant des échanges limités. Elle avait tout aussi fermement repoussé l'offre d'un tête-à-tête avec la tante Victorine qui s'en était allée, renfrognée, manger sa soupe devant la télé. Installée dans un des hamacs de la galerie, Marion avait parcouru deux livres de tauromachie prêtés par Mme Lafon jusqu'à ce que la lumière du jour devienne insuffisante. Le comportement de Philippe Cadaux la plongeait dans un abîme de perplexité. Elle ne regrettait rien de la nuit passée avec lui ni n'éprouvait de remords vis-à-vis de Benjamin qu'elle ne pouvait plus, désormais, lier à sa vie, elle en avait la certitude. L'attitude ambiguë et les réactions peu cohérentes de Cadaux le dénonçaient comme un flic peu motivé. Cela ne faisait pas de lui une exception, hélas. En revanche, sa façon de tout mélanger, les affaires de service et de fesses, les maîtresses, aussi, en les confrontant stupidement, la dérangeait gravement.

Elle sortit de la chambre bleue avec une couverture qu'elle étala sur l'herbe au fond de l'enclos. Couchée sur le dos, elle se laissa emporter dans les étoiles, comme dans les moments heureux de son enfance lorsque son père lui racontait Cassiopée et la Grande Ourse, Althaïr et Véga. Elle se demanda ce qu'il penserait de sa vie, de ce qu'était devenue l'enfant qu'il adorait. Quand elle était petite, elle voulait ardemment qu'il soit fier d'elle, elle faisait tout pour cela. C'étaient alors des choses faciles : être première à l'école, la meilleure en gym, rafler des récompenses et des prix. Elle était moins sûre qu'il aurait approuvé ses actes d'adulte, admis ses échecs, compris ses tourments et ses doutes. Était-elle engagée dans le bon chemin ? Son père, lui, parlait du « droit chemin ». Enfant, elle imaginait une ligne rectiligne, infinie, qui montait jusqu'au ciel puisque c'était là, semblait-il, que devaient accéder ceux qui avaient suivi cette voie. Puis le concept était devenu flou et les couleurs de la vie moins tranchées. C'était quoi au juste le droit chemin ? Elle ne pourrait jamais le savoir : son père était mort avant ses sept ans et, forcément, avant qu'elle n'ait eu le temps de lui confier ses chagrins et ses bonheurs de grande. Elle refoula la nostalgie qui nouait subitement sa gorge et se concentra sur les étoiles. Mais la lune à son plein pâlissait leur éclat, les figures des constellations disparaissaient presque entièrement dans un ciel trop clair. Elle repéra Vénus au ras de l'horizon en même temps que la fraîcheur humide du sol attaquait ses reins. Elle frissonna et se replia vers la maison.

Aux environs de minuit, alors qu'elle venait juste de se coucher, des bruits lui parvinrent de l'extérieur. Quelques mots chuchotés, puis le grincement du hamac qu'elle avait occupé quelques heures plus tôt. Sans bruit, dans la pénombre, elle s'approcha de la fenêtre, écarta le rideau de coton à carreaux et coula un regard dehors. Debout contre le hamac, la tête renversée, Cadaux semblait prendre un ineffable plaisir au traitement que lui administrait Janita Moreno, agenouillée devant lui. L'abondante chevelure noire de la jeune femme dissimulait son visage et ondulait au rythme de la fellation. Sans bouger et sans exprimer rien d'autre qu'un plaisir croissant, Philippe Cadaux laissa sa compagne accélérer la cadence jusqu'au spasme qui lui arracha une crispation bien visible sous la lune. Marion vit Janita se redresser, Cadaux se réajuster et donner sur les fesses de la jeune femme une tape amicale avant de la pousser vers le portail. Elle s'éloigna à pied, sans se retourner. Puis Marion vit Cadaux se diriger vers sa chambre à pas précautionneux. Les yeux fixés sur la porte de communication, elle crut défaillir quand elle se rendit compte que la porte était dépourvue de clef.

« Il n'osera pas », murmura-t-elle.

Il osa. Quelques secondes plus tard, la poignée de la porte tournait. Marion, debout à côté du lit, décida de l'affronter. Il s'approcha du lit, mains tendues, le visage invisible dans la pénombre de la pièce. Marion, d'un coup sec, actionna le commutateur de la lampe de chevet. Cadaux sursauta, agressé par la lumière.

— Éteins ça ! intima-t-il sur un ton brusque.

— Pourquoi ? fit Marion, toujours à poil. Tu n'aimes pas les situations claires, on dirait. N'avance pas !

Il sourit, sûr de lui :

— Oh ! Marion, tu n'es pas la femme des aventures sans lendemain. Une nuit et on change de cavalier !

— C'est délicat, ça ! Et je t'ai vu avec Janita, il y a moins de trois minutes.

— Janita est une fille charmante. Je ne refuse jamais une friandise que l'on m'offre avec autant d'insistance.

Cynique.

— Et tu l'as sous la main chaque fois que tu veux tirer un coup.

— Ne sois pas vulgaire, Marion. Ça ne te va pas.

Il la contemplait, sérieux, attentif. Son regard l'enveloppait, changeait, devenait trouble.

— Sors de ma chambre ! dit-elle, la voix ferme. Tu n'es pas un type intéressant.

Au lieu d'obéir, il avança encore. Un mètre de plus et il pourrait la toucher. Marion ne bougea pas. Les yeux plantés dans les siens, elle affronta la situation, en brave petit soldat.

— Marion, susurra le commissaire, ce que j'éprouve pour toi n'a rien à voir avec ce qui se passe entre Janita et moi. Notre relation est purement physique.

Marion sentit la colère monter :

— Elle n'est physique que pour toi. Janita est amoureuse, ça crève les yeux.

— Et alors ? s'énerva-t-il. Qu'est-ce que ça peut faire ? Je t'en prie, Marion... Je suis très attiré par toi. C'est nouveau pour moi.

« Quel cinéma, songea Marion avec amertume. Et cette façon de dire "moi, moi"... »

Il tendit les bras. Marion serra les siens autour de son buste.

— Tire-toi !

Un pas de plus, un pas de trop. La gifle partit sèchement. Cadaux se frotta la joue, incrédule.

— Demain, j'irai m'installer à l'hôtel, ajouta-t-elle, tremblant de rage.

Sans un mot, Cadaux fit demi-tour, une drôle de lueur dans son regard bleu à présent très foncé, presque noir. La porte claqua derrière lui en faisant vibrer la cloison.

23

Lavot freina pour éviter de percuter le véhicule bourré d'enfants et de matériel de camping qui venait de se rabattre devant lui.

— Tu fais gaffe, dit Talon calmement, c'est la prochaine sortie.

— Putain, grimaça Lavot sans écouter, je me demande quel plaisir on peut trouver à cette transhumance après avoir été entassé à la verticale toute l'année dans une cité !

— Si vous les connaissiez, les cités, vous comprendriez, dit Marion en bâillant.

— Tourne à droite ! s'écria Talon qui avait déplié une carte routière sur la banquette arrière où il prenait ses aises. T'as pas l'impression de dormir, là ?

— Oh, écrase, Monsieur l'Être Parfait ! ronchonna Lavot en donnant un coup de volant sec.

— Ça va, on se calme ! dit Marion. Si on rate une sortie, on prend la suivante.

— Je vous donne la carte si vous voulez, grinça Talon.

Lavot évita, de justesse, un camion. Le coup d'avertisseur, grave et profond comme une sirène de paquebot, le fit grimacer.

— Tu vois, s'écria-t-il, à cause de toi, on a failli mourir !

Talon replia sommairement la carte et la propulsa en avant entre les deux sièges en déclarant qu'il ne ferait plus le copilote dans ces conditions. Marion lui renvoya le document froissé :

— Trêve de gamineries ou je continue toute seule.

— Avec le joli commissaire, marmonna Lavot, plagiant Cabut.

Marion se rembrunit à l'évocation de Philippe Cadaux. Dans la nuit, alors qu'elle avait du mal à trouver le sommeil, il était revenu à la charge. Il avait tout essayé : la déclaration enflammée, les prières, les supplications, jusqu'à la menace. Marion en ressentait encore la pénible impression d'être prise pour un objet par un homme qui n'admettait pas, ayant cédé une fois, qu'elle n'ait pas envie de récidiver. La tante Victorine ne pouvait rien ignorer de ses délires mais elle devait avoir un sommeil de plomb ou, plus sûrement, elle faisait la sourde oreille. Excédée, Marion s'était habillée, hésitant entre la fuite et le meurtre. Installée dans la voiture de service, elle avait somnolé, portières verrouillées, jusqu'au lever du jour. Au petit matin, elle avait croisé la tante Victorine qui allait nourrir ses poules au fond de l'airial, revêtue d'un ample tablier gris à fleurettes mauves qu'elle tenait relevé pour transporter le grain et chaussée de sabots de caoutchouc. Son visage pointu n'offrait que morne indifférence mais ses petits yeux curieux et, du moins Marion le crut-elle, méchants, démentaient.

La commissaire avait rassemblé ses affaires et annoncé qu'elle partait dans le Sud, avec ses gars. Cadaux ne s'était pas montré. À l'arrivée de l'équipe, flanquée d'une Janita plus agressive que jamais, Marion avait donné l'ordre de libérer les chambres d'hôtel. Cabut avait une mine de papier mâché. Il avait vomi toute la nuit, mettant son indisposition sur le compte de son coup de soleil. Un excès de bière, avec les Hollandaises draguées par Lavot, était sans doute une version plus réaliste, mais Marion ne voulait pas s'encombrer d'un officier en mauvais état et avait décidé de le renvoyer à Lyon. Cabut avait protesté jusqu'au moment où Marion lui avait rendu le Goya avec l'ordre de le faire examiner par des experts. Elle avait ensuite chargé Janita Moreno de dire à Cadaux qu'ils étaient partis. Soulagée de la tournure des événements, Janita avait proposé de conduire Cabut à l'aéroport de Mérignac.

Ils quittèrent la nationale pour se retrouver sur une petite route quasi déserte. Au bout d'une ligne droite de quelques kilomètres, un panneau indiqua qu'ils arrivaient à Saint-Pierre, commune où ils devaient trouver le domaine des Chartreux, propriété de José Lorca.

— Café ! décida Marion en bâillant une nouvelle fois.

— J'ai l'impression qu'il vous en faudra plusieurs, insinua Lavot en s'arrêtant devant un bar, modeste et pas très moderne.

Sur la place du village désert, trois vieux platanes dont les branches se rejoignaient, reliées entre elles par la volonté de l'homme et des années de vie commune, ombrageaient une terrasse meublée de chaises en plastique d'un orange criard. L'entrée du café était protégée par une portière faite de perles de bois multicolores qui tintèrent sourdement sur leur passage. Un homme, au nez turgescent et portant béret, était affalé dans un coin de la pièce tout en longueur où ils pénétrèrent, surpris par une fraîcheur agréable bien qu'imprégnée de relents de bière et de vin. C'était le seul client de l'établissement. Une grosse femme d'un âge incertain, les jambes déformées par les varices, surgit du fond de la salle de café, une longue planche à découper entre les mains. Un pain rond et doré et un pâté landais farci de foie gras y étaient disposés. La femme posa le tout sur le comptoir qu'elle contourna lourdement pour y rincer des verres. Les yeux de Lavot brillèrent. La femme surprit son air affamé :

— Vous pouvez y aller, c'est pas pour regarder.

Marion protesta qu'ils n'avaient pas le temps.

— Nous sommes encore loin de l'élevage Lorca ? lança-t-elle à la femme au visage sans grâce orné d'une grosse verrue sur l'aile du nez.

— Dix minutes à peine, dit cette dernière en s'emparant d'un torchon crasseux. Mais ce n'est pas très facile à trouver. Vous connaissez le chemin ?

— Non, répondit Marion, nous avons l'adresse, c'est tout.

— Eh bé ! vous n'êtes pas rendus.

— Quand même ! protesta Marion, si on nous explique...

— Et qu'est-ce que vous allez y faire, donc ?

Elle ne prononçait pas le « c » de donc et son regard s'était subitement chargé de soupçon.

— Des affaires, répondit Marion avec assurance, peu soucieuse de dévoiler à une inconnue curieuse les motifs de leur visite à la ganaderia.

La femme soupira en se tournant vers l'homme qui cuvait son vin au fond de l'établissement :

— Tiens, Julot, s'écria-t-elle à son adresse, au lieu de t'arsouiller, emmène-les donc.

Elle revint à Marion :

— C'est Jules Dante, il est employé au domaine, justement, dit-elle à voix basse. Il est de repos aujourd'hui et il cuve sa première cuite de la journée. En fait, il dessaoule rarement. Remarquez, moi, ça m'arrange !

Elle éclata d'un rire tonitruant qui révéla des dents gâtées, du moins celles qui lui restaient.

Le dénommé Julot grommela quelques mots indistincts, se leva de son siège en tanguant.

— Il travaille là-bas depuis vingt ans, reprit la femme, en verve. C'est un vacher mais il a été péon aussi.

Il y avait de la fierté dans sa voix et à la façon dont elle le regardait, Marion comprit que le Julot n'était pas seulement un client du café. Il avait dû, en même temps, remplir d'autres fonctions. Drôle d'attelage, aurait dit Lavot s'il avait su parler la bouche pleine.

Marion capta un nom que venait de prononcer la femme. Elle lui demanda de répéter.

— Je disais, soupira la vendeuse de bière, qu'il a été péon de Manolito. Manuel Bianco.

— Le plus grand maestro de tous les temps, bafouilla Julot en titubant jusqu'à la porte.

— Ah ça ! rêva la femme, on peut le dire. Tenez, je le vois encore avec sa *cuadrilla*, quand il s'arrêtait pour prendre Julot en descendant du domaine. Il était beau comme un soleil. Ah, j'étais jeune moi aussi ! J'aidais ma mère au café. Il lui disait, à m'man : « Mamita, j'ai les tripes en feu. » Comme toujours avant une corrida, il avait la colique. Je lui faisais boire un Fernet-Branca...

Elle se tut, les yeux au loin. Puis une larme roula lentement jusqu'à sa verrue, se perdit dans les commissures de ses lèvres. Elle renifla :

— Il méritait pas une fin pareille...

Marion avait cessé de respirer.

— On a bien fait de s'arrêter, on dirait, marmonna Lavot après avoir dégluti une bouchée de pâté qu'il n'avait pu se retenir de goûter.

— Il s'en remet pas, reprit la bistrotière en désignant l'ex-péon d'un signe du menton. Il boit comme une éponge depuis « sa » mort. Il faut dire qu'ils étaient comme des frères. Jules, Manuel Bianco et José Lorca, un sacré trio. Y avait pas une fille à cent kilomètres à la ronde qu'ils avaient pas troussée...

— Tais-toi donc, éructa Julot. C'est des conneries tout ça.

Il se retourna vers la salle, chancela dangereusement et proféra, la voix raffermie :

— Alors *ils* viennent ?

Un peu plus tard, Marion comprit pourquoi le domaine était difficile à trouver. Julot les fit tourner à gauche, à droite, à gauche, à droite, dans des pistes forestières évidemment toutes semblables, à peine empierrées et dépourvues de tout panneau de signalisation. Aucune pancarte ne signalait le domaine, pas le plus petit début d'indication. Marion s'en étonna auprès de Jules qui avait pris place à l'avant, à côté de Lavot. L'homme marmonna que c'était ainsi que José Lorca le voulait et qu'il n'avait pas besoin des curieux en tout genre qui se pressaient dans la région au moment des vacances.

— Au fait, c'est quoi, un péon ? s'exclama Lavot sans préavis.

— Un paysan ! répondit Talon qui, à ses heures, parlait l'espagnol.

Julot ne réagit pas et Marion s'empressa de corriger Talon, à la lumière de ce qu'elle avait lu dans les livres de Mme Lafon :

— Les péons sont les aides du torero, des gens à son service, des subalternes qui descendent avec lui dans l'arène mais ne combattent pas le toro. Il y en a trois en tout et avec le matador ils forment une cuadrilla. C'est bien ça, monsieur Jules ?

Julot grommela une vague approbation. Il bafouilla que le matador était le seul maître de l'arène quand il avait « pris l'alternative ». Avant ça, il n'était que *novillero*. Puis il se tut, les yeux mi-clos, se contentant d'indiquer le chemin par brèves onomatopées. Marion, attentive, prenait des repères pour le cas où elle et ses hommes devraient revenir sans leur guide.

À l'entrée du cortijo, Marion examina les environs avec curiosité. Les quelques informations lues dans les ouvrages spécialisés lui revenaient en mémoire et elle laissa son imagination courir sur le paysage brutalement changé. La forêt avait laissé la place à des prairies à peine vallonnées, parsemées de boqueteaux de pins. L'herbe jaunie criait le manque d'eau d'une région où le sol, bien que plus compact qu'au nord du massif, contenait encore trop de sable pour la retenir durablement. Quelques grands animaux sombres aux formes massives, regroupés sous les arbres, attendaient en ruminant le moment de se battre dans l'arène. Marion distingua une construction de forme arrondie, abritée derrière une haute clôture, à deux cents mètres de la maison. Un taureau de carton découpait sa silhouette noire contre la blancheur aveuglante du mur. Étant donné ce que l'on faisait en ces lieux, elle en conclut qu'il s'agissait d'une arène privée, là où s'entraînaient les toreros en herbe, là aussi, elle l'avait lu, où l'on testait les vaches qui donneraient naissance aux toros de combat. De leurs qualités dépendaient celles des futurs combattants et c'était la seule façon d'en avoir une idée précise. Car, une fois nés, les *toros braves* ne devaient jamais être en contact avec l'homme, jusqu'au moment où on viendrait les choisir pour les conduire à la plazza.

Devant la maison dont tous les volets étaient clos, elle faillit déchanter. Un homme de haute taille, massif et légèrement voûté, pourvu d'épais cheveux gris bouclés, se tenait debout devant le coffre ouvert d'une Golf blanche, en train d'y déposer un sac de voyage. Quelqu'un était assis au volant mais, d'où elle était, Marion ne pouvait distinguer de qui il s'agissait. L'homme jeta sur la Renault banalisée un regard bref qui devint hostile quand il reconnut Julot chancelant dans la poussière soulevée par le véhicule.

— C'est José, dit Julot. Vous avez pas de chance, té, on dirait bien qu'il part en voyage.

José Lorca fit face à Marion quand elle descendit de voiture pour marcher vers lui mais continua d'épingler Julot d'un air mécontent. Celui-ci s'avança en tanguant :

— C'est Anita qui m'a demandé de les conduire ici, dit-il, presque craintif.

— Monsieur Lorca ? le héla Marion sur un ton neutre.

Elle se présenta et, dans la foulée, désigna Lavot et Talon qui étaient sortis du véhicule à leur tour pour se placer derrière elle, à bonne distance, mais vigilants.

José Lorca ne manifesta aucun étonnement à l'annonce d'une descente de police dans son domaine. Il se contenta de claquer sèchement le coffre de la Golf :

— Désolé, mais il vous faudra revenir, dit-il, rébarbatif, non sans détailler Marion, en homme qui n'a pas perdu le goût des femmes. Je vais à Lyon régler quelques affaires et chercher ma fille.

— Marie-Sola, murmura Marion. Bien sûr. Vous serez de retour quand ?

— Dans deux jours, peut-être moins. Ensuite, ce seront les obsèques…

— Je ne veux pas ajouter à votre peine, monsieur Lorca, mais j'ai une commission rogatoire d'un juge d'instruction lyonnais et je dois avoir un entretien avec vous.

— Je n'ai rien à vous dire, trancha José Lorca. Ma fille est morte accidentellement et je n'étais pas présent.

— Il y a aussi la mort de Manuel Bianco, sûrement pas accidentelle celle-là, dont nous devons parler, insista Marion en détachant les mots. C'est prévu dans les instructions du juge. Si vous préférez, je dois vous auditionner. À défaut d'accomplir cet acte de votre plein gré, il y aura carence de votre part et vous serez convoqué par le magistrat. Au besoin il délivrera un mandat d'amener. Vous comprenez ?

L'intonation de Marion était calme mais ferme. José Lorca la dévisagea puis son regard passa rapidement à Talon et Lavot qui ne bronchaient pas mais dont les visages exprimaient la même détermination que leur patronne avec, en prime, une lueur de jubilation comme chaque fois qu'ils assistaient à une passe d'armes entre elle et un récalcitrant.

Faute d'obtenir une réponse, Marion se déplaça de quelques pas afin de mieux voir la tête du conducteur de la Golf. Elle n'aurait su dire pourquoi, mais ce véhicule la troublait, avec une vague sensation de déjà-vu. La jeune femme assise au volant ne tourna pas la tête. Le regard droit devant, posé sur la forêt que l'on distinguait au loin dans un halo de brume de chaleur, elle offrait à Marion un profil d'une extraordinaire pureté, à peine dissimulé par des cheveux auburn mi-longs. Des anneaux d'or minuscules et un clou en rubis ornaient le lobe de son oreille. Marion, poursuivant rapidement son examen, remarqua les jambes brunes et parfaites découvertes par un short blanc, la chemise de lin échancrée qui laissait deviner un soutien-gorge en dentelle fine et des seins troublants. Les quelques bijoux qui rehaussaient le teint ambré de la fille laissèrent Marion songeuse. Elle n'en portait pas elle-même mais elle en connaissait le prix et ceux-là avaient sans doute coûté très cher. Un mouvement de José Lorca attira son attention. Après s'être écarté très brièvement avec Julot, il avait rejoint la Golf et posé la main sur la poignée de la portière passager. Marion le rattrapa en quelques enjambées. Elle lança un signe de tête en direction de la jeune femme au volant :

— Qui est-ce ?

— Une de mes employées, répondit José Lorca avec une contrariété qu'il ne cherchait plus à dissimuler. Elle me conduit à la gare. Cela ne vous dérange pas, j'espère ?

Marion eut la brusque intuition que la ravissante jeune fille n'était pas seulement une employée de Lorca. L'agressivité de ce dernier sonnait comme un aveu.

— Monsieur Lorca, dit-elle doucement, ne prenez pas ma visite de travers, ni mes questions. Elles étaient inévitables et vous le savez. Il y a eu plusieurs morts, en plus de celle de votre fille, et je n'aimerais pas qu'il y en ait d'autres. Autant que vous le sachiez, je ne renonce pas facilement. Nous nous verrons après les obsèques de votre Marie-Sola.

Sans un mot, José Lorca ouvrit la portière et se laissa tomber lourdement sur le siège de la Golf. La conductrice lança le moteur et démarra en souplesse sans avoir bougé un cil dans leur direction.

« Elle a du sang-froid, cette demoiselle », songea Marion qui se demandait toujours où elle l'avait vue. Ce ne pouvait être que dans la région, à Salles ou à Bordeaux. Elle repassa en accéléré les quelques jours précédents, sans résultat.

Au moment où le véhicule franchissait le portail, un flash la traversa. Elle revit une jeune avocate, souriante et heureuse de vivre. La fille de la Golf ne souriait pas mais elle avait le même âge, les mêmes cheveux, sûrement le même profil. Cette fille lui rappelait, de manière criante, Marie-Sola Lorca.

Marion se tourna vers Julot qui triturait son béret, l'air embêté. Quand José Lorca l'avait pris à part, il lui avait sûrement reproché d'avoir amené les flics chez lui et conseillé de la boucler.

— Comment s'appelle cette jeune femme ? interrogea Marion.

Julot resta muet, dégrisé soudain.

— Voyons, insista Marion, ne soyez pas inquiet. Votre ami n'est pas très content de nous voir, je le comprends. Il a perdu sa fille, son meilleur ami, et la police débarque... On ne peut pas dire qu'il soit à la fête, mais vous n'y êtes pour rien.

Julot remit son béret sur sa tête et tourna le dos. Il s'éloigna en direction des annexes d'un pas qui se voulait rapide mais encore hésitant. En quelques enjambées, Lavot fut sur lui. Il lui fit exécuter un demi-tour sur lui-même et l'agrippa par le col de sa chemise pas très nette.

— Dis donc, grinça-t-il à deux doigts de son haleine avinée et en le soulevant de terre, la dame t'a posé une question. Alors tu réponds ! En plus, c'est pas très poli de partir sans dire au revoir !

Julot maugréa que, s'il avait su, il ne les aurait pas amenés à la ganaderia. Lavot le secoua un peu plus fort en le laissant retomber sans douceur avant de recommencer le va-et-vient. À chaque contact avec le sol, un petit nuage de poussière grise voltigeait autour des pieds de l'homme qui se mit à transpirer abondamment. Plusieurs silhouettes apparurent, surgies de derrière les bâtiments et, aussi, du fin fond du domaine. Une demi-douzaine d'hommes s'avançaient, des outils entre les mains, pas encore menaçants, seulement curieux. Marion pressentit que les choses pouvaient mal tourner.

— On l'embarque, intervint-elle. On l'interrogera chez les gendarmes.

Les gendarmes auxquels ils auraient dû rendre visite avant d'entamer toute démarche sur place, ainsi que l'imposait le code de procédure pénale. Marion avait bien averti le procureur de la République de Dax de leur arrivée mais elle avait omis, dans la précipitation des événements, de demander l'assistance, obligatoire, d'un OPJ territorialement compétent. Rencontrer un homme de José Lorca dans un café sur la route du domaine n'était pas non plus prévu au programme, se dit-elle pour justifier son oubli.

— Et, renchérit Talon sans sourire, quarante-huit heures de garde à vue, c'est bon pour commencer une cure de désintoxication.

Julot n'eut pas besoin d'un dessin. Plus que tout, il dut redouter le sevrage, même de courte durée, dont on le menaçait et qui, dans l'état d'imbibition qui était le sien, représentait un danger autrement grand que la colère de José Lorca dont, de toute façon, il ferait les frais.

Marion décida d'affronter les hommes qui se dirigeaient vers eux. Un large sourire, les bras le long du corps, en apparence décontractée, en réalité tendue comme une corde de violon, elle s'avança.

Talon l'avait suivie, prêt à intervenir. Quant à Lavot, il avait fini par lâcher Julot et, les mains à hauteur de son artillerie, semblait s'attendre au pire.

— Attendez ! cria Julot. Je vais vous répondre. Ça va les gars, ajouta-t-il à l'adresse des hommes qui s'étaient immobilisés, plus surpris par la tournure des événements que vraiment hostiles. Retournez au boulot. La fille dans la voiture, c'est celle qui s'occupe de la vieille Quitterie, la mère de José. Elle s'appelle Lucie.

24

Luna sentit des picotements désagréables parcourir ses mains en même temps qu'une mollesse à laquelle elle n'était pas habituée envahissait ses jambes. Elle regarda aussi longtemps qu'elle put dans le rétroviseur la scène qui se déroulait devant la maison. Elle avait tout de suite identifié la femme blonde et ses sbires : c'étaient ceux qu'elle avait aperçus la veille près de Baque-Morte, de l'autre côté de la voie ferrée. Ces gens que l'homme de la forêt avait amenés dans son 4 × 4 rouge et qu'elle avait observés sans qu'ils la voient. Elle avait immédiatement compris qu'ils étaient dangereux pour elle. Avec le regard aiguisé qu'exacerbent les longues périodes de solitude dans la nature et l'obligation de se battre pour survivre, Luna avait épié leurs gestes, ceux du gamin qui les accompagnait. Que savait-il, celui-là ? D'elle, de ses habitudes, de la maison ? Qu'avait-il vu et que leur avait-il raconté ? Cachée derrière une touffe de fougères, Luna avait attendu qu'ils partent, puis elle avait compris que la présence de sa voiture blanche en plein milieu de l'airial les intriguait et qu'ils allaient se pointer ! La femme blonde ne semblait pas du genre à laisser les questions sans réponse. Luna savait pourquoi elle se trouvait là, elle avait deviné du même coup qui elle était et elle avait dû fuir Baque-Morte en toute hâte pour n'être pas surprise ou, pire encore, prise. Les regards appuyés et inquisiteurs de la femme, la façon dont elle l'avait inspectée par la vitre de la voiture, lui donnaient la chair de poule, plus encore depuis qu'elle avait la certitude de ne pas s'être trompée : cette femme et ses gens étaient bien des flics. Luna sursauta. Le maître parlait :

— Pourquoi es-tu si inquiète ? demanda-t-il doucement.

— Je ne suis pas inquiète. Je n'aime pas les flics en général, ceux-là en particulier. Ils ne sont pas d'ici.

Sa voix était rauque, son ton bourru.

José Lorca eut un sourire :

— Je ne vois pas ce que ça change. Ceux-là enquêtent sur des choses qui se sont passées loin d'ici.

— Justement. Ceux d'ici, on sait comment ils pensent.

— Tu te fais du souci ?

José Lorca la scrutait avec insistance. Il lisait sur son visage, malgré ses efforts pour paraître sereine, et ce constat l'irrita. Un dérapage pouvait anéantir son projet. Pourquoi être allée si loin régler leur sort à Manuel et à cette sainte-nitouche de Marie-Sola pour voir débarquer ici des flics de là-bas ? Elle savait d'instinct comment traiter les gendarmes et les policiers de Bordeaux, menés par ce séduisant commissaire dont elle était convaincue que, le cas échéant, elle ne ferait qu'une bouchée. Se montrer plus prudente qu'à l'ordinaire, ne pas se rendre trop souvent à Baque-Morte suffirait-il à éloigner le risque de se faire prendre par ces « estrangers » qui, dès leur arrivée, s'étaient intéressés à la vieille baraque ? Il n'était pourtant pas question de renoncer à son projet, encore moins à Baque-Morte car c'était là qu'elle achèverait ce qu'elle devait faire.

Et Julot, qui s'était cru malin en amenant les flics au domaine des Chartreux ! Une bouffée de chaleur la terrassa. Son corps se couvrit d'une fine sueur et ses mains tremblèrent sur le volant. Des images percutèrent sa mémoire, fulgurantes.

L'homme à la montera tourne et retourne sur la pointe des pieds. Il brandit ses banderilles bleu et rouge qu'il tient devant lui à hauteur de son visage. Sa face rouge luit dans la lumière instable des bougies et il titube un peu. Parfois un des hommes le rattrape avant qu'il ne chute et le remet dans le rythme des autres qui tapent dans leurs mains pour l'encourager. Il est ivre, comme tous les jours, et bien qu'il ne soit pas encore très âgé, son penchant se lit sur son visage strié de couperose. Il rit bêtement tandis que la femme à genoux balance sa croupe rebondie, pressée de sentir une mâle présence entre ses jambes. Mais l'homme, malgré le désir qui gonfle son pantalon moulant, ne semble pas s'en apercevoir. Il ignore la femelle qui s'offre en toute impudeur, qui appelle de son sexe humide les hommages des hommes. Il s'arrête le temps de vider un plein verre de tequila, il chancelle en voulant recommencer à tourner, ses banderilles bleu et rouge toujours levées. Son visage change, le rire disparaît de ses lèvres dégoulinantes d'alcool dont la fillette, serrée contre l'autre derrière le fenestron,

perçoit, d'en haut, l'odeur écœurante. Il s'est rap-
proché de la femme. Il se dresse sur ses pointes de
pied, son regard devient noir, animé d'une incom-
préhensible ferveur, d'une peur aussi qui sue de sa
peau d'ivrogne. Ce n'est plus une femme qu'il voit,
mais un toro qui fonce sur lui. Il pousse un cri sau-
vage, fait un brusque écart en se jetant en avant de
toute son énergie furieuse. Un ou deux hommes ont
compris son intention mais ils ne peuvent empê-
cher les fers des banderilles de s'enfoncer avec une
violence féroce dans le dos opulent de la femme.
Son hurlement dévaste les tympans des fillettes dont
les cris, recouverts par ceux des hommes en bas,
passent inaperçus.

Luna tressaillit. La Golf fit une embardée. José
Lorca se cramponna à la poignée au-dessus de la
vitre en protestant.

— Tu t'endors ? s'inquiéta-t-il.

— Non, mentit Luna, j'ai juste voulu éviter une
pierre.

Il n'y avait pas plus de pierre sur la piste que de
nuages dans le ciel chauffé à blanc. Luna tourna
d'un cran vers la droite le bouton de la ventilation
pour refouler l'incendie qui l'embrasait.

De plus en plus souvent, ses souvenirs revenaient dans des situations de la vie courante, aux
moments les plus inopportuns. Là, dans cette voiture, aux côtés de l'homme qu'elle haïssait d'une
haine inhumaine, elle avait retrouvé le visage
du *banderillero*. Jules Dante. Julot. Elle jubila.
Dans le même temps, et par une subtile association de souvenirs, le visage de la fille, qui servait
ce soir-là de l'alcool aux hommes, s'imposa tout
naturellement : Anita Mano. Sur son visage d'une

incroyable laideur, un sourire stupide et content flottait, tandis qu'elle remplissait les verres des vachers déjà saouls pour les exciter encore plus, comme l'ordonnait le maître. Anita ! Luna se réjouit. Quand elle les avait croisés trois mois plus tôt dans le village, elle avait détesté d'emblée cette vendeuse de bière tout comme son amant alcoolique. À présent, elle savait pourquoi leurs faces dévastées la révulsaient. Elle les imagina ensemble, en train de copuler. A gerber.

José Lorca ne dit plus un mot jusqu'à la gare. Une fois sur le quai où Luna avait tenu à l'accompagner, il se planta face à elle et lui souleva le menton d'un doigt :

— Petite Lucie, n'aie pas peur, « ils » ne me feront rien. Je suis fort et avec toi je suis encore plus fort.

Luna déroba ses yeux magnifiques. Elle avait soudain envie de hurler. Encore une fois le maître ne pensait qu'à lui, ne se préoccupait que de lui. Uniquement, exclusivement de lui. Une bouffée d'excitation la chavira. Quel stupide orgueil ! Quelle inaltérable et aveuglante vanité ! Ses propres craintes étaient sans fondement : il ne soupçonnait rien, ne voyait rien. Rien que lui.

— Tu m'as entendu ? insista José Lorca avant de prononcer quelques mots qu'elle ne comprit pas.

Elle rouvrit les paupières, de l'interrogation dans son regard clair.

— Tu n'écoutais pas ! protesta-t-il. Je disais que, pour ta tranquillité et en attendant que je revienne, je préfère que tu ne parles pas à ces flics. Va à la mer, à Biarritz. L'hôtel *Excelsior* a toujours une chambre pour moi. Je vais les appeler pour les prévenir.

— Et Quitterie ?

Le visage de Lorca se rembrunit, un pli de contrariété entre ses sourcils grisonnants. Il réfléchit un instant :

— Passe chez Anita et dis-lui de s'en occuper jusqu'à mon retour. En même temps, demande-lui de rester discrète avec la police. Précise bien que ce… conseil vient de moi.

Il insista sur le pronom. Moi… Moi, moi, moi… Luna promit. Cela ne lui coûtait rien de promettre mais ces imprévus la freinaient. Elle pria le ciel pour que Quitterie passe sur-le-champ de vie à trépas. Puis elle prit une décision dans l'urgence : elle se servirait de ces contretemps. Anita et Julot étaient maintenant sur sa liste, ils ne pourraient pas sauver la vieille ni…

— D'accord, dit-elle doucement en se haussant sur la pointe des pieds pour effleurer les lèvres de José Lorca.

Elle prit sur elle pour demander :

— Et les obsèques ?

— Inutile que tu y assistes, trancha-t-il. Je te ferai signe à Biarritz quand le front sera calme. Après nous serons heureux, tu verras.

Luna s'inventa un sourire complice. Les paupières baissées sur ses secrets, elle n'offrit, l'espace d'un instant, que le visage candide et lisse d'une jeune femme amoureuse.

25

Affalée sur un des sièges orange de la terrasse de la *Bodega*, le café d'Anita Mano, Marion s'éventait avec un vieux numéro de *Barrera Sol*, une revue de tauromachie qui traînait sur une table. À côté d'elle, Talon consignait dans son Mac le procès-verbal de transport au domaine des Chartreux et les éléments recueillis sur place.

« Pas de quoi s'exciter », résuma Marion que sa rencontre avec José Lorca et son entourage immédiat avait laissée sur une mauvaise impression. Les quelques hommes présents, des vachers pour la plupart, s'étaient fait tirer l'oreille pour décliner leurs identités et indiquer leurs fonctions à la ganaderia. Marion avait dû hausser le ton et menacer de les faire convoquer à la brigade de gendarmerie de Saint-Sever, compétente sur le secteur. Les hommes répondaient avec réticence, de toute évidence, terrorisés par José Lorca dont l'autorité tyrannique influençait leurs réactions les plus basiques. À côté de lui, la menace des gendarmes ressemblait à une aimable plaisanterie. Le seul sujet sur lequel ils s'étaient montrés loquaces concernait l'occupation à laquelle la plupart d'entre eux se livreraient le lendemain : les fêtes de la Madeleine de Mont-de-Marsan. Des réjouissances estivales autour de la tauromachie, de la boisson et de la musique de bandas. Là où, justement, Marion se proposait d'assister à une corrida qui réunirait un cartel exceptionnel : César Rincon, Antonio Ferrera et Manolito II – un enfant du pays – confrontés à des toros de… José Lorca. Marion avait appris de la bouche de Jules Dante que celui qu'il appelait « le maître » avait mis des années pour imposer son élevage, des années pour le produire, avec des échecs, des remises en question, des bêtes souvent superbes mais peureuses ou *manso* – le contraire de braves – parfois entachées de faiblesses congénitales, impossibles à redresser. Il avait souvent recommencé, bataillé pour trouver d'autres souches, conserver les géniteurs et les vaches en bonne santé, les accoupler pour faire naître le « toro brave », mythique et inégalé. Et tremblé sans répit à cause des maladies, des blessures, du refus des plazzas d'accepter ses animaux, le marché du toro brave composant un monde sans pitié où tous les coups étaient permis. Jules avait bien précisé que Lorca s'était lancé dans l'élevage de toros de combat contre l'avis de son père qui, lui, gagnait sa vie en engraissant des bovins et des moutons pour les vendre dans les foires landaises. Le vieux Lorca possédait les terres et l'argent, qu'il engrangeait avec une patience obstinée. Il ne s'était pas opposé longtemps aux projets de son fils unique : il était mort subitement, écrasé par une machine agricole. Quitterie, sa femme, avait abdiqué face à un fils dont elle redoutait l'autoritarisme et les excès. Malgré l'insistance de Marion et les questions dont elle le pressait, Jules avait refusé catégoriquement de poursuivre ses confidences imprudentes, ses yeux rougis par l'anisette exprimant déjà le regret d'en avoir trop dit.

Anita apparut sur le seuil où elle s'arrêta, retenant d'une main les billes de bois de la portière :

— *Ils* boivent quelque chose ?

Les flics lyonnais trouvaient étrange cette manie de leur parler à la troisième personne, comme s'ils s'adressaient à d'autres mais *ils* passèrent leur commande. Lavot en profita pour demander quelque chose à manger car ils n'avaient rien avalé depuis le matin, sinon une tartine de pâté landais en arrivant à Saint-Pierre. Il était à peine seize heures et Anita suggéra quelques tapas, ce qui fit naître de l'inquiétude dans le regard de Talon, sur la réserve dès qu'il s'agissait de mets inconnus.

— Ce sont des « amuse-gueule » plutôt consistants, expliqua Marion qui se souvenait d'une expédition en Espagne avec son ex-mari (un voyage morose qui précédait de quelques semaines la décision de Jean-Baptiste de changer de vie). On les mange à l'apéritif mais, en fait, c'est un vrai repas.

La chaleur était devenue étouffante, de gros nuages s'étaient sournoisement amoncelés au-dessus des arbres. Il ne faisait aucun doute qu'un orage allait bientôt leur tomber dessus.

— Ça va pas, non ? protesta Lavot. Moi je ne me contente pas de trois cacahuètes et de deux saucisses miniatures… Vous n'auriez pas une entrecôte, plutôt ?

Dans son dos, Marion fit, à l'intention d'Anita, un geste signifiant que les tapas conviendraient très bien.

En même temps qu'elle lançait la commande, elle se redressa sur son siège : une 4L bleue de la gendarmerie s'arrêtait devant elle, libérant deux hommes, le képi à la main. Si le premier avait l'air avenant, le visage de l'autre ressemblait au faciès d'un toro à qui l'on aurait planté les banderilles par inadvertance, loin de la protection du *calleron*.

Le militaire en colère s'avança. Sans dire bonjour et, surtout, sans les gestes rituels des hommes de l'arme, il pointa un doigt accusateur sur Lavot.

— « On » ne nous a pas menti... Il y a bien des gens armés dans ce village !

Le second gendarme était resté en retrait, les bras ballants, l'air pas vraiment concerné. Marion eut la sensation de se trouver au cœur d'un mauvais scénario. Jamais, en effet, des gendarmes ou des policiers entraînés et compétents ne seraient intervenus pour contrôler des gens armés sans un minimum de technique. Ou bien ces hommes étaient totalement inconscients ou, plus vraisemblablement, ils savaient à qui ils avaient affaire et jouaient à un jeu qui ressemblait fort à un marquage de territoire.

— Je suis commissaire de police, clama-t-elle si fort que Julot, dans les vapeurs du pastis, tressaillit.

Elle ajouta plus sèchement :

— Et ces hommes sont les lieutenants Lavot et Talon, de la PJ de Lyon.

— Vous avez des cartes professionnelles ? Sortez-les doucement ! intima le pandore à Lavot dont le Manhurin dans son holster semblait l'hypnotiser.

Marion se sentit bouillir. Elle fouilla la poche arrière de son jeans et, s'avançant vivement, fourra sa carte tricolore sous le nez du gendarme qui recula.

— Vous pourriez dire bonjour avant les menaces !

— Et vous, vous n'avez pas quelques formalités à accomplir quand vous débarquez sur un territoire étranger ?

Lavot, bombant le torse, jeta sa carte professionnelle sur la table. Debout, il dominait le militaire, un homme plutôt chétif, d'une tête. Talon posa son Mac sur sa chaise et vint se placer derrière le gendarme en sortant de sa poche de poitrine son carton tricolore plastifié, l'air menaçant. L'homme changea de couleur.

L'autre gendarme, qui n'avait encore rien dit mais sentait la situation leur échapper, intervint :

— Allons, messieurs, je vous en prie, du calme. Nous avons vu vos papiers, je suggère que nous allions ensemble à la brigade. Vous nous expliquerez ce que vous êtes venus faire par chez nous.

Anita réapparut sur le seuil de la porte, les bras chargés de plats. Elle s'arrêta, interdite :

— C'est quoi ce cirque, Pascal Demora ? tonna-t-elle, la verrue frémissante. Ces policiers sont mes locataires. Je te prierai d'être poli avec eux.

Encore une fois, Marion se vit projetée au milieu d'un vaudeville grotesque. Elle aurait parié que la grosse Anita avait elle-même alerté la troupe et qu'elle s'amusait comme une folle de la situation. Pourtant quelque chose venait de frapper son esprit. Elle interpella Anita :

— Comment avez-vous dit qu'il s'appelle, ce monsieur agressif ?

La femme roula des épaules avec un rire de crécelle :

— Demora ? La moitié de la région s'appelle Demora. Quand ils se reproduisent c'est par deux ou trois...

Elle posa ses plats sur une table, des rigoles de sueur luisant sur son cou marqué de plis disgracieux :

— J'y suis, dit-elle en hochant la tête, vous pensez à ce pauvre drôle.

— Quel drôle ?

— Ne parle pas inconsidérément aux « estrangers », la sermonna le gendarme Pascal Demora qui n'avait pas complètement abandonné sa hargne.

— Mais dis donc, toi ! C'est pas un secret ! Tout le monde le sait qu'il a été tué, Paul Demora, et de bien terrible manière encore... Saigné et grillé comme une volaille !

Marion retint son souffle. Anita Mano connaissait le mort de la forêt de Salles et, visiblement, elle n'était pas la seule. Marion se tourna vers le gendarme :

— Paul Demora était un parent à vous ?

Il hocha la tête sans répondre, ce qu'Anita fit à sa place :

— Ils étaient vaguement cousins, comme tous les Demora.

— Vous le connaissiez, ce Paul Demora ? insista Marion.

— Si on le connaissait ? Té ! Il a passé son enfance ici, au domaine des Chartreux.

— Il faut que nous parlions, dit Marion en se levant.

Anita essuya ses mains à un tablier bleu pourvu d'une vaste poche sur le devant. Elle ramassa sans un mot les assiettes vides des tapas que Lavot et Talon avaient engloutis en buvant beaucoup d'anisette car Anita n'avait pas lésiné sur le piment. Lavot en avait gagné des rougeurs sur le cou et Talon, un peu décoiffé et les lunettes embuées, avait enfin acquis une apparence humaine.

Marion n'avait rien avalé, contrariée par l'attitude grotesque du gendarme Demora. Les militaires avaient fini par se retirer après avoir reçu l'engagement de Marion de se présenter le lendemain matin à Saint-Sever, au chef de brigade, et de n'entreprendre aucune investigation ni acte de procédure d'ici là. Marion avait rétorqué qu'elle connaissait son métier. Le rictus ironique du gendarme avait mis un point d'orgue à son irritation.

— Rentrons et fermez le café ! intima-t-elle.

— Vous n'y pensez pas ! s'exclama Anita. Ça va être le coup de feu de l'apéro.

— Y va y avoir au moins deux clients, balbutia Julot du fond de sa cuite.

— Allez, tonneau à pattes, maugréa Lavot en lui donnant une bourrade. La patronne veut causer avec vous.

— J'ai rien à dire, marmonna l'ancien péon.

Marion les entendit vaguement poursuivre leurs échanges. Elle s'était figée sur la terrasse, essayant d'attraper une impression qui se dérobait. Une idée qui vagabondait quelque part entre le domaine des Chartreux et la forêt de Salles. C'est quand elle survola Baque-Morte qu'elle trouva ce qu'elle cherchait.

Son exclamation fit sursauter ses collaborateurs. Talon, installé à l'intérieur, son Mac posé devant lui sur une des tables en bois, se précipita sur la terrasse. Lavot, qui s'efforçait de faire entrer Jules Dante dans le café, se retourna brusquement. L'homme tituba avant de s'affaler sur une chaise. Anita occupée à repousser un vieil homme, client miraculeux d'un établissement étrangement désert, suspendit son geste.

— Un problème, patron ? s'inquiéta Lavot en débouchant sur la terrasse.

— La voiture blanche !

— Quoi, la voiture blanche ? s'exclama Talon.

Ils regardèrent autour d'eux : la rue était vide, désertée par les habitants de Saint-Pierre, probablement à l'abri de l'imminence de l'orage. Le seul véhicule visible à une centaine de mètres était une Jeep bâchée dont le pare-brise s'ornait d'un pare-soleil représentant une mer bleue, un soleil rouge et des cocotiers.

Leurs airs ahuris la firent éclater de rire.

— Faites pas cette tête ! Je n'ai pas perdu la mienne, rassurez-vous ! La voiture blanche, je sais où je l'ai vue !

— Ah oui ? s'insurgea Lavot. Je sais même pas de quelle voiture il est question, moi.

— La Golf qui conduisait José Lorca à la gare, chuchota Marion pour ne pas être entendue d'Anita et de Jules.

— Et où vous l'avez vue ? intervint Talon.

Elle se pencha :

— Dans la cour de la vieille baraque, à Baque-Morte.

Talon se récria que les voitures blanches n'étaient pas une espèce rare et Marion admit qu'elle ne pouvait rien démontrer. Ce n'était qu'une intuition liée à ce qu'elle ressentait à Baque-Morte et qui la mettait dans un étrange état de transes. Et bien sûr qu'ils avaient raison, elle avait toutes les chances de se tromper, tant était grande sa capacité à prendre ses désirs pour des réalités. Elle leur adressa un geste d'apaisement et pénétra dans *La Bodega*.

26

Luna suivait avidement les mouvements des uns et des autres. Elle vit partir les gendarmes, se douta que les flics venus d'ailleurs s'étaient installés chez Anita, dans les chambres que la grosse louait aux rares touristes qui s'aventuraient dans le village, malgré les manœuvres dissuasives de José Lorca.

À présent, elle les voyait rentrer dans le café. Elle tenta d'interpréter les gestes excités de la femme blonde : il y avait fort à parier qu'elle manigançait quelque chose. Elle avisa le grand flic athlétique poussant Julot dans la grande salle, en conclut qu'Anita allait sûrement fermer *La Bodega*. Une bouffée de haine la cloua sur le siège de la Jeep. Cette blonde était malfaisante, porteuse de projets nocifs. Luna se félicita d'être allée à la grange des Espieds échanger la Golf contre la Jeep pour surveiller le café et guetter la sortie du couple. Il n'était pas question d'envoyer Anita auprès de Quitterie, comme le maître l'avait ordonné. La vieille crèverait et personne n'y pourrait rien. Quant à Anita et Jules, ils subiraient le sort des autres. C'était inscrit dans leur avenir depuis que sa mémoire lui avait restitué leurs visages. Deux semaines plus tôt, son cauchemar lui avait rendu la silhouette maigrichonne de Paul Demora s'enfuyant dans le pré des Chartreux. Demora. Le gendarme qui était venu au café, après qu'elle avait appelé la brigade pour signaler la présence de gens armés à *La Bodega*, portait aussi ce nom. Elle les haïssait, lui, ses semblables et tous les Demora de la création.

Le cri de la femme flic la fit décoller de son siège d'où elle épiait, à l'abri derrière le pare-soleil, la terrasse de la *Bodega*. Elle capta les mots « voiture blanche ». Ou, peut-être, le crut-elle. L'émotion fit dégouliner une sueur fiévreuse le long de son dos et les images affluèrent comme une marée nauséabonde.

Le banderillero, rendu fou par le bruit et le sang qui coule à profusion du dos de la femme, revient à l'assaut. Il agite la tête de droite et de gauche, il cherche quelque chose. Un enfant d'une dizaine d'années le provoque en claquant de la langue, comme les toreros pour appeler le toro dans l'arène. L'autre se retourne et le gosse lui tend une nouvelle paire de banderilles, blanches cette fois. Des hommes protestent, s'interposent tandis que l'ivrogne se met à valser maladroitement en élevant les objets devant lui. L'enfant, c'est Marco. Enroulé dans une cape mauve et rose, il tourne sur lui-même, debout sur la table, au milieu des assiettes sales et des verres dont on devine qu'il en a terminé quelques-uns. Il rit d'un rire cristallin, enjoignant au banderillero de poursuivre la tierce.

Cette fois, l'homme ne titube plus, sa démarche est assurée ; ses gestes clairs, parfaits. La femme s'est assise par terre. Elle crie qu'on lui enlève les banderilles qui lui perforent le dos. Le sang coule autour d'elle, imbibe ses vêtements. Elle est affolée et livide. Un homme tente de ceinturer le banderillero mais celui-ci l'envoie valdinguer d'un coup de pied. D'autres s'avancent. La voix du maître tonne dans l'agitation confuse de la pièce :

— Laissez-le faire ! Il n'a jamais été aussi bon !

Le maître et son rire tonitruant ! Tout le monde obéit. Les hommes s'écartent, le banderillero s'approche de la femme en tournant sans se presser. De nouveau, il se fige, agite la langue ainsi qu'il le ferait face au toro furieux, s'écarte d'un pas et plante avec une fougue passionnée les banderilles dans le cou de la femme sans défense. Le cri rauque de triomphe et les olé de l'assistance couvrent le râle de sa victime qui projette devant sa bouche déformée par la douleur une nébuleuse sanglante, tandis que ses yeux se révulsent.

— La troisième paire ! intime le maître alors que les hommes se sont remis à frapper dans leurs mains.

Le banderillero n'a pas attendu l'ordre. En état second, les yeux injectés de sang, exorbités, il s'est déjà saisi des deux dernières banderilles, jaunes et vertes, tendues par le petit Marco à présent fin saoul.

À la troisième attaque, la femme atteinte aux seins n'a même pas la force de crier. Elle bascule sur le côté, se laisse aller dans une mare de sang qui imbibe le papier des banderilles et coule le long de ses bras. Ivre, Marco s'est endormi sur la table, exhibant, sur sa joue, un gros naevus noir et poilu, en forme de poire.

Dans le grenier la petite fille s'est à moitié évanouie. À peine si elle entend le maître ordonner l'estocade. La mise à mort.

Luna revint à elle pour constater que la terrasse était vide. Cette policière contrariait ses plans et la plongeait dans une agitation mal séante. Elle s'obligea à respirer profondément pour ramener le calme dans son corps.

Une minute plus tard, elle avait trouvé une solution acceptable. Elle enfourna son pouce dans sa bouche pour prendre son mal en patience et s'endormit comme un enfant qui s'ennuie.

27

Anita croisa les bras sur sa monumentale poitrine.

— Que voulez-vous que je vous dise ? se plaignit-elle, mauvaise comédienne.

Pour calmer Julot et l'amener à composer, Marion avait posé devant lui une bouteille d'anisette. L'alcool avait arrangé le moral de l'ancien péon mais son état se dégradait de verre en verre.

— Tout, exigea Marion. José Lorca d'abord.

Anita secoua ses joues flasques avec véhémence.

— Ça, non ! Il n'aimerait pas. Je préfère que vous lui posiez les questions directement. Et il n'est pour rien dans ces meurtres, que je sache…

— Vous avez peur de lui ?

— Je n'ai peur de personne. C'est un homme qui a fait beaucoup pour les gens d'ici et je le respecte.

— Ouais, balbutia Jules, on le respecte.

— Bien, alors parlez-moi des autres, biaisa Marion qui espérait bien obtenir satisfaction d'une manière ou d'une autre, à la ruse ou à l'usure. De Paul Demora, par exemple.

— Il est né au domaine, dit Anita en posant les mains à plat sur la table. Son père était vacher et sa mère, femme de service. Ils logeaient dans les bâtiments du personnel. Y en avait plus qu'aujourd'hui à cette époque, des employés qui habitaient sur place. C'était du temps du père, César Lorca. Maintenant plus personne n'habite aux Chartreux, ils ont tous des autos, des motos.

Elle marqua une pause, le regard au loin :

— Petit, Paul Demora voulait être torero, comme tous les drôles qui traînaient par là.

— Suffit pas de vouloir, éructa Jules en postillonnant. Faut avoir le don.

— Comme Manolito ?

— Manolito II ? Ah oui, pardines ! Lui, il est pas mauvais. Mais ça vaut pas l'autre, l'ancien. Le grand Manolito.

Talon leva les yeux de son écran.

— De quel Manolito parlez-vous ? demanda Marion, perdue dans cette lignée de Manolito, en recommençant à s'éventer avec le numéro de *Barrera Sol*.

Anita désigna le magazine du doigt :

— Vous l'avez là, Manolito II, sur le livre...

En couverture de la revue de tauromachie, déjà ancienne de deux ans, un jeune homme bombait le torse dans son habit de lumière, la tête dressée vers un invisible objectif, le visage aux traits harmonieux empreint d'une fierté farouche. La photo couleur montrait une chevelure presque rousse, bouclée sur la nuque, et une cape brodée de fleurs de couleurs vives qui lui emprisonnait le bras gauche. Il paraissait très jeune, pourtant son regard vert implacable démentait cette impression. La montera dans la main droite, il semblait prêt à affronter le diable. Une tache brune en relief et couverte de duvet ornait une de ses joues.

— C'est une photo prise juste avant la corrida, dans le patio, marmonna Julot qui, malgré son ivresse, avait suivi les gestes de Marion.

— Manolito II ! murmura celle-ci, en lisant le nom sous la photo. Vous pouvez m'expliquer ?

— C'est Marco Sanchez. Un gosse que José Lorca a élevé, dit Anita à contrecœur. Il l'a recueilli quand ses parents ont disparu. Il avait alors douze ans et il en a quinze de plus à présent. Marco a toujours voulu être torero, comme son frère, Antoine. Ils étaient doués tous les deux mais Toine n'a pas eu de chance...

Elle s'arrêta brusquement, plongée dans ses souvenirs. Douloureux, à en juger par les frémissements qui agitaient son faciès sans grâce.

— C'était un bon, le Toine, renchérit Julot, à moitié effondré sur la table. Un bon.

— Pourquoi « c'était » ? questionna Marion que cette revue de famille impatientait. Il lui est arrivé quelque chose ?

— Un accident. Dans un pré du domaine. On n'a jamais su ce qui s'était passé vraiment mais Antoine, Toine comme on l'appelait, a dû vouloir affronter un taureau. José l'interdisait mais vous savez, les gosses... Il s'est pris une *cornada* à travers le cou. Il est mort sur place. C'est Marco qui est devenu torero à sa place. Il a choisi de s'appeler Manolito II en hommage à l'autre, Manuel Bianco.

— Il le connaissait ?

Julot, dans les brumes de l'anisette, hennit :

— Il le connaissait ! Elle demande !

Marion protesta contre le couple qui lui servait, avec parcimonie et au tire-bottes, une histoire embrouillée, pour eux baignée d'évidence.

— Manuel Bianco était l'ami de José Lorca, rappela Anita. Il a vu naître et grandir tous ces drôles.

— Quand Antoine est mort, reprit Marion après une rapide réflexion, Marco était présent ?

— Non, il y avait que Paul Demora...

Elle s'interrompit, rêveuse. Marion avança le buste :

— Je ne comprends pas.

— Y a rien à comprendre. On n'a jamais vraiment su ce qui s'était passé, je viens de vous le dire. On a enterré le Toine et un peu après ses parents ont quitté le domaine. Ils ont filé une nuit avec leur fille. On les a plus jamais revus.

Marion remarqua que le regard d'Anita devenait fuyant sur la fin de son propos.

— C'étaient des employés de José Lorca, eux aussi ?

— Pensez ! Le *mayoral*, c'était. Un Espagnol froid et renfermé.

— Mais droit, gargouilla Julot. Droit comme un I.

Marion montra la revue de tauromachie sur la table :

— Le mayoral ? Si j'en crois les livres, c'est un poste important dans une ganaderia, un genre d'homme-orchestre ?

— C'est ça, approuva Anita. C'est l'homme de confiance du patron, celui qui dirige les vachers, qui veille sur l'élevage, jour et nuit. Il contrôle la reproduction, compte les bêtes, les sépare, écarte les malades, sélectionne les vaches de ventre.

— Et ces gens sont partis en laissant leur fils Marco derrière eux ! s'étonna Talon qui avait suivi l'échange sans intervenir. Ils avaient d'autres enfants ?

Anita fit trembler ses bajoues :

— Marco était pensionnaire dans une école de tauromachie en Espagne. C'est José qui l'y avait envoyé. Manuel Bianco était le parrain du gosse, il l'a formé et il était là quand il a pris l'alternative à Saint-Sever, en 92. C'est pour ça que Marco a voulu s'appeler Manolito II.

— Le frère, Toine, n'allait pas à l'école des toreros, doué comme il était ? relança Marion qui sentait Anita en train de prendre de nouveaux chemins de traverse.

— Non. C'est vrai qu'il était le plus fort des deux mais il refusait l'aide de José Lorca. C'était un fier-à-bras. Il voulait toréer mais il voulait arriver tout seul.

Julot ricana :

— Y pouvait rien sans le maître. Y serait arrivé nulle part.

Marion se mit à faire les cent pas :

— Et leur mère ?

Le regard d'Anita s'échappa du côté du plafond. Il y eut un silence troublé par les grondements de plus en plus forts de l'orage dont la proximité assombrissait la pièce.

— Eh bien ? s'impatienta Marion.

— Pas sérieuse, dit Anita très vite et très bas. Si vous voyez ce que je veux dire.

— Une traînée, gueula Julot en éclusant les dernières gouttes d'anisette avec un affreux bruit de succion.

Il éructa ensuite bruyamment. Lavot, dégoûté, s'enfuit du côté de la porte devant laquelle il se campa en maugréant, le dos tourné à la compagnie.

— Expliquez-moi ça ! ordonna Marion.

— Qu'est-ce que vous voulez qu'on explique ? Elle couchait facilement, voilà, avec tous ceux qui la voulaient.

— C'était une belle salope, balbutia Julot en ricanant. Salope mais bonne. Ça, il faut le reconnaître.

— Ouais ! gronda Anita. Je sais que tu y es passé aussi, sur la Louisa. Les mauvaises langues disaient qu'aucun de ses enfants n'était de son mari.

— Et le mari laissait dire ?

— Stefano ne disait jamais rien sur rien. Mais certains prétendaient qu'il ne pouvait remplir ses devoirs conjugaux, vous comprenez ?… C'est pour ça que Manolito II, on a dit que c'était le *drôle* de Manuel.

— De Manuel Bianco ? s'exclama Marion, se rappelant sa discussion avec le Dr Marsal à propos de l'azoospermie de l'ancien torero.

— Ça m'étonnerait ! rigola Talon qui avait accompli le même retour sur image.

Anita ouvrit la bouche pour ajouter quelque chose quand le portable de Marion se mit à sonner.

C'était Cabut qui appelait de Lyon. Il avait fait un voyage moyen, il était toujours malade comme un chien. Il acheva la litanie par le tête-à-tête avec Janita qui semblait en vouloir à la terre entière et à Marion en particulier. La commissaire l'interrompit :

— Ça suffit, Cabut, ça ne m'intéresse pas. Sinon, du nouveau ?

Cabut dit qu'il espérait de bonnes réponses des experts au sujet du Goya. Marion le coupa encore une fois dans son élan. Vexé, l'officier abrégea :

le conseiller Abel Lafon cherchait à la joindre. Il avait un problème de pins à lui soumettre.

— D'accord, souffla-t-elle, déconfite, je le rappellerai. C'est tout ?

Ce n'était pas tout : Lavot avait reçu une lettre.

L'intéressé, toujours planté derrière la porte, fit volte-face quand Marion le héla. Il revint sur ses pas, s'empressa :

— De qui ?

— Il dit qu'il ne se permet pas encore d'ouvrir votre courrier, riposta Marion.

— Ça vient d'où ? Je reçois jamais de lettre.

— Du Venezuela !

Lavot ouvrit et referma la bouche, aphasique soudain. Marion lui tendit le portable sans un mot.

— Écoute, Cabut, dit Lavot, la voix enrouée. Je vais te demander un truc difficile. Pas pour toi, pour moi. Mais je peux pas attendre. Ouvre la lettre et lis-la-moi.

Il s'écoula quelques secondes que l'orage mit à profit pour se rapprocher. La lumière d'un éclair inonda la salle de café. Un coup de tonnerre suivit, puis un autre.

Lavot écouta sans un mot. Lui, qui rougissait si facilement, pâlit. Il marmonna un vague remerciement, referma l'appareil et le tendit à Marion. Bouleversé, il fut contraint de s'asseoir.

— C'est si grave que ça ? s'inquiéta Marion.

Une succession d'éclairs et de déflagrations empêchèrent l'officier de répondre. Le courant fut coupé et Anita sortit des bougies.

Pendant une brève accalmie, Lavot demanda à Marion de reprendre son interrogatoire et elle comprit qu'il n'avait pas envie de raconter sa vie à tout le monde.

Mais le téléphone les interrompit encore. Cette fois, il s'agissait de celui de la *Bodega*, un vieil engin mural à cadran dont la sonnerie stridente les fit sursauter. Anita décrocha.

— Ah, c'est vous ? dit-elle après un silence hostile. C'est pas prudent de téléphoner en ce moment. Comment, pourquoi ? À cause de l'orage, tiens !

Puis elle écouta son interlocuteur, en proférant çà et là quelques syllabes agacées. Elle s'indigna de devoir sortir par ce mauvais temps, raccrocha.

— Julot, amène-toi ! Il faut qu'on « monte » au domaine.

— À c'te heure-ci ? Avec un orage pareil ! protesta Julot. Qu'est-ce qui se passe ?

— La mère est toute seule, dit Anita en disparaissant au fond de l'établissement. Faut aller la coucher.

Elle avait crié la dernière phrase depuis la cuisine.

Quand elle en ressortit, elle avait revêtu un ciré rouge qui la faisait doubler de volume. Elle lança un vêtement identique à Julot en lui intimant l'ordre de se lever de sa chaise, ce qu'il fit en chancelant.

— C'est quoi, ce plan ? demanda Marion, soupçonneuse. Qui c'est, la mère ?

— La mère de José Lorca, expliqua Anita, laconique. La vieille Quitterie. Elle est impotente, elle est toute seule, faut aller la nourrir et la coucher.

— Quitterie ! s'exclama Talon. C'est son nom ?

— Pardines ! C'est répandu par ici, Quitterie. C'est le nom d'une sainte qui protège la fécondité, la maternité. Les femmes qui veulent avoir des enfants lui font des dévotions.

— Et ça marche ? rêva Marion.

— Je suppose, grinça Anita. En tout cas pour les autres, parce que moi, elle m'a pas écoutée.

— Et cette fille qui s'occupe d'elle d'habitude ? fit Marion pour changer de sujet. Comment s'appelle-t-elle déjà ? Elle n'est pas là ?

— Lucie. C'est elle qui a appelé. Elle a dû partir pour voir son père en catastrophe. Il est très malade. Soi-disant.

Le ton d'Anita indiquait qu'elle ne portait pas ladite Lucie dans son cœur.

Marion repassa dans son souvenir le minois qu'elle avait entrevu dans la Golf blanche. Un détail insaisissable la dérangeait. Elle ferma les yeux pour se remémorer les traits de la fille. Mais c'est le visage de Marie-Sola Lorca qui se superposait à celui de cette Lucie. Troublée et quelque peu agacée, elle interpella Anita :

— Elle avait une sœur, Marie-Sola Lorca ?

Anita s'arrêta au milieu de la pièce, coupée dans son élan.

— Marie-Sola ? murmura-t-elle, décontenancée. Mais non, pourquoi cette question ?

— Pour rien, dit Marion. Vous avez parlé d'une autre fille, il me semble ?

Anita la coupa, brusque :

— C'était de Maria que je parlais, la fille de Stefano et de Louisa, la sœur des garçons, Toine et Marco. Elle est partie avec ses parents, je vous l'ai dit, il y a quinze ans.

Encore une fois, sa voix faiblissait, son regard s'éclipsait. Marion l'observa attentivement, certaine qu'elle mentait.

Le ciel, à ce moment, creva comme un sac trop gonflé. Un mélange de pluie et de grêle vint frapper violemment les carreaux des fenêtres. Lavot retourna à la porte et jeta un coup d'œil au-dehors où les éléments se déchaînaient. La lumière des éclairs illuminait le rideau de pluie qui cinglait violemment le sol, projetant des gerbes de boue. Un torrent commença à se former au milieu de la rue.

— Une fille avec des cheveux longs et blonds, presque blancs, ça vous dit quelque chose ?

Marion avait posé sa question sur un ton abrupt. Une intuition fulgurante la lui avait dictée. Elle s'entendait parler, dédoublée.

Anita perdit les pédales. Elle posa sur Marion un regard dérouté.

— Et zut, protesta-t-elle en se remettant en marche, j'en ai assez de vos questions. Vous savez très bien…

La fin de sa phrase se perdit dans le fracas d'une rafale de coups de tonnerre, un front orageux en arc de cercle dont *La Bodega* aurait été l'épicentre. D'instinct Marion fit le dos rond. Talon fit un bond en arrière en criant qu'il détestait l'orage. Au contraire de Marion que ces déchaînements de la nature ramenaient à son enfance et à son père qui choisissait un endroit d'où ils pouvaient contempler le spectacle, sans risque. Elle se gavait de lumière et de feu. Un jour la foudre était tombée derrière la maison et Marion avait vu, éblouie, une boule de feu fracasser un gros acacia.

Julot avait déjà atteint la porte. Anita le rejoignit. Elle se retourna vers Marion avec un sourire contrit :

— On doit y aller. Attendez-nous si vous voulez, on n'en a pas pour longtemps.

— Anita ! Vous ne m'avez pas répondu, pour la fille blonde !

La femme leva les yeux au ciel, mimique difficilement interprétable.

— Vous ne voulez pas qu'on vous accompagne ? proposa Talon.

Anita refusa d'un geste de la main en se glissant dehors.

L'ouverture de la porte fit entrer une bourrasque humide et presque froide dans la pièce. Ravi de l'aubaine, Lavot qui, pas plus que Marion, ne craignait l'orage, s'avança sur le seuil.

— Tiens, grommela-t-il, la Jeep est partie.

28

Luna les vit sortir, découpés en ombres chinoises contre le mur du café par les déferlements d'éclairs qui illuminaient le village comme la scène d'une salle de spectacle. Deux silhouettes en rouge. Le cœur battant, elle avait distingué pendant de longues minutes la masse du flic balèze embusqué derrière la porte. Elle était sûre qu'il la regardait. Elle avait cru qu'il ne partirait jamais, que jamais elle ne pourrait quitter l'abri rassurant de la Jeep pour aller téléphoner à Anita. Puis regagner la Jeep et démarrer en vitesse pour aller attendre le couple plus loin, sur la route forestière qui menait au domaine. Elle avait craint de ne jamais y arriver, tant il tombait d'eau et de feu du ciel et, à présent, elle était trempée.

Et elle tremblait d'appréhension. Sachant qu'Anita avait besoin d'un conducteur vu qu'elle était incapable de tenir un volant et que Julot serait sûrement trop imbibé pour l'emmener aux Chartreux, elle courait le risque qu'un ou deux des flics ne décident d'accompagner la grosse. Ils l'obligeraient alors à renoncer à son projet. La rage l'aveuglait par vagues. Elle sentait le danger se rapprocher, rôder autour d'elle comme une mauvaise muse. Elle devait trouver un moyen de se débarrasser de ces trois policiers.

Elle enfonça l'accélérateur, soulevant des gerbes d'eau sur son passage.

Quelques minutes plus tard, Anita, assise à côté de Julot dans la vieille Peugeot qui tremblait de toute sa ferraille martyrisée par l'âge et la grêle, distingua un spectacle étrange à travers le rideau d'eau et la masse brumeuse qui montait du sol. Elle dirigeait Julot tant bien que mal dans une véritable purée de pois et l'ivresse du bonhomme n'arrangeait rien. Comme toujours dans ces cas-là, Anita se reprochait de n'avoir jamais eu le courage d'apprendre à conduire.

— Attention ! dit-elle, tremblante d'angoisse, y a quelque chose devant !

Elle ne reconnut pas la voiture qui barrait la piste. Ni la femme qui faisait de grands gestes dans la lumière brouillée des phares. Puis elle crut être l'objet d'une hallucination. La fille qui se mettait en travers du chemin pour les obliger à s'arrêter, c'était Marie-Sola. Ou son sosie. Ou son fantôme.

Quand ils furent plus près, Anita reconnut Lucie. Mais une Lucie transformée, avec des cheveux mi-longs, brun-roux. Comme ceux de Marie-Sola la dernière fois qu'elle était venue au domaine.

En un éclair, elle entendit les questions de la femme commissaire : Marie-Sola avait-elle une sœur ? Connaissez-vous une fille avec des cheveux longs et blonds, presque blancs ? La deuxième question lui avait paru absurde : Julot lui avait dit que les policiers avaient croisé Lucie au domaine au moment où José Lorca partait pour la gare. À présent, elle comprenait mieux. La commissaire Marion avait vu cette fille brune qui, à quelques mètres, leur barrait la route, et pas la trop belle Lucie aux cheveux presque blancs. Les neurones paresseux d'Anita opérèrent une connexion fulgurante. Une zébrure de feu illumina le visage de la créature plantée devant la Peugeot. Elle reconnut le regard halluciné, le rictus mauvais, qui la glacèrent tout entière malgré la chaleur excessive qui s'accumulait entre le ciré et sa peau. Une sueur nauséabonde l'inonda.

— T'arrête pas, cria-t-elle à Julot. Roule !

Mais Julot ne pouvait pas l'entendre. Il s'était affalé sur le volant, assommé par le litre d'anisette qu'il avait avalé dans la soirée. Le moteur de la voiture toussa et s'arrêta avec un hoquet. La dernière vision d'Anita fut celle d'une fausse Marie-Sola brandissant un fagot de banderilles.

29

— Monsieur Lafon ? Pardonnez-moi, il est tard, je ne vous dérange pas au moins ?

À l'autre bout de la ligne encore polluée par les grésillements de l'orage sur sa fin, le conseiller avait son habituelle voix affable. Marion imagina son sourire bon enfant tandis qu'elle s'adossait au mur, tournée vers la salle de café.

Ses officiers étaient attablés devant un reste de pâté landais et une bouteille de madiran, Lavot les yeux brillants, Talon, le regard inhabituellement trouble.

— Vous dites ? s'exclama Marion. Vous êtes sûr ? Attendez, je note.

Elle adressa un signe impérieux aux deux hommes pour se faire apporter un crayon et du papier. Lavot se tourna vers Talon qui ne le quittait pas des yeux, se pencha, l'air mauvais :

— Ça va pas, coco ? T'as un malaise ? Tu devrais arrêter de boire.

Talon sursauta, chassa de la main d'imaginaires insectes :

— Excuse-moi, je rêvais, murmura-t-il.

— Ouais, ben rêve pas, martela Lavot. T'entends, mec, rêve pas !

Il se redressa, la main sur son Manurhin :

— Aboule du papier pour la taulière !

— Alors, s'énerva Marion, ça vient ? À quoi vous jouez ? Non, non, monsieur Lafon, ce n'est pas à vous que je parle.

Elle prit des notes au vol, posa quelques questions. Puis elle se remit à écouter le conseiller.

— C'est une bonne idée, je vous remercie, dit-elle. Où la retrouverons-nous ? Dans le hall de l'*Hôtel des Arènes* ? D'accord, à seize heures. On la reconnaît comment ? C'est votre femme en brune, très bien ! Merci, monsieur Lafon.

Elle raccrocha, pensive.

— Qu'est-ce qu'ils fabriquent ? s'inquiéta-t-elle en avisant le coucou, pas vraiment landais, qui ornait le mur au-dessus du comptoir, au milieu de quelques cartes postales aux coins cornés. Il était presque vingt-deux heures, Anita et Jules n'étaient toujours pas de retour.

— Si ça se trouve, ils ont décidé de coucher là-bas, objecta Lavot. Dans l'état où il était, l'autre plein de pastis, il a sûrement pas pu ramener la bagnole.

— On devrait peut-être aller voir, suggéra Marion que tenaillait le remords d'avoir laissé un homme ivre prendre le volant.

— On va se perdre, jugea Talon qui avait retrouvé son état normal. De nuit et sous cette pluie, ce n'est pas raisonnable.

Lavot affecta un air insouciant :

— Je suis sûr que c'est pas la première fois qu'il roule bourré, l'ancien. Vous en faites pas, patron, ils vont rappliquer. En tout cas, moi, ça va pas m'empêcher de dormir.

Il s'arrêta pile, comme s'il venait de faire une découverte majeure.

— On dort comment, au fait ? demanda-t-il.

— Allongés ! se moqua Marion.

— Merci, j'aurais trouvé ça tout seul. Je voulais dire, où ?

— Il y a deux chambres, une pour moi, une pour vous deux.

Talon baissa le nez sur son Mac, l'air très affairé. Lavot s'assit et se servit un verre de vin avec une grimace de contrariété. Marion les observa, d'avance irritée par ce qu'elle prenait pour une énième de leurs querelles :

— Ça ne vous intéresse pas de savoir ce que m'a dit M. Lafon ?

— J'allais vous le demander, mentit Talon.

— Fayot et menteur, dit Lavot entre ses dents.

— Vous vous souvenez, éluda Marion, hier, quand nous étions près de la voie de chemin de fer avec Jojo Ronquey, que M. Lafon avait l'air bizarre ?

Les deux hommes n'avaient rien remarqué.

— Pendant quelques minutes, il m'a paru lointain. Je n'ai pas compris sur le coup mais il avait vu quelque chose d'intéressant.

— Et quoi donc, pardines ? s'écria Lavot en singeant le conseiller.

— Des pins.

— Ça, par exemple ! Des pins ? Mais comment se peut-il ? J'en reviens pas ! Des pins ?

— Des pins sylvestres.

— Je vois pas ce que ça change, bougonna l'officier. Des pins, d'une façon ou d'une autre, c'est toujours des pins.

254

— Que tu crois ! commenta Talon scotché à son écran où s'imprimaient les mots qu'il tapait avec dextérité. Les variétés de pins sont infinies et un pin maritime a des caractéristiques différentes d'un pin sylvestre.

— Exactement, renchérit Marion.

— Alors, la coupa Lavot, le chevalier Lafon est arrivé avec son Toyota rouge et d'un coup de casquette magique, il a transformé les pins machin en pins truc. Super !

— Allons, Lavot, se moqua Marion, les fées étaient couchées et le conseiller a les pieds sur terre. Il a découvert dans la forêt un carré de pins sylvestres ! Presque deux hectares d'arbres, plus petits que les pins maritimes. Il affirme qu'il s'agit d'une plantation expérimentale, réalisée il y a trente ans. Un essai d'ensemencement avec une nouvelle variété, abandonnée depuis, car de pousse trop lente donc pas rentable. Et cette *pinada*, vous savez où elle est située ?

Les officiers ne savaient pas. Ils n'avaient pas, comme Marion, gardé dans un coin de leur tête une vieille baraque abandonnée dans la forêt.

— En face de Baque-Morte, à cent mètres, de l'autre côté de la piste.

Une heure plus tard, Marion sortit sur la terrasse. Elle avait fini de recenser les éléments recueillis au cours de la journée, une somme de détails bien loin encore de donner la clef d'un mystère d'heure en heure plus dense. Il y avait trop d'acteurs, trop de relations encore inconnues entre eux, et trop peu de langues disposées à leur apporter quelque éclairage. Marion en était convaincue, à présent : les taureaux étaient au cœur du problème. Pas en tant que taureaux, mais à cause de ce manège qui tournait autour d'eux : l'élevage, la corrida. Malgré la personnalité de José Lorca, elle n'arrivait pas à se convaincre qu'il pût être seul en cause, que son activité ou la manière dont il la conduisait fussent directement à l'origine de toutes ces morts. La corrida, elle le savait, faisait couler beaucoup d'encre, beaucoup d'argent aussi. Talon avait pour mission de répertorier les associations qui tentaient de s'opposer aux pratiques tauromachiques, d'enquêter sur les antécédents financiers du domaine et de son propriétaire. L'inventaire était dressé mais Marion ne croyait pas à ces pistes. Il y avait une autre voie, invisible, qui finirait bien par apparaître.

En débouchant sur la terrasse, elle prit conscience qu'elle n'avait pas la moindre idée de sa nature. Une affaire dont les deux pôles semblaient être le domaine Lorca et un coin de forêt, où s'abandonnait au néant une baraque nommée Baque-Morte. Mais ce n'était là qu'une vision personnelle que ne partageaient ni Lavot ni Talon qui, eux, exigeaient un lien rationnel entre les deux. Marion décida cependant de suivre son instinct et de retourner à Baque-Morte dès que leurs investigations au domaine seraient terminées.

Lavot rêvassait, la tête levée vers le ciel où couraient encore des nuages menaçants. La pluie avait presque cessé et une forte odeur de terre mouillée imprégnait l'atmosphère.

— Talon est allé se coucher, dit Marion en s'asseyant près de lui. Ça va, vous ?

— Il fait chier, Talon, se plaignit-il. Il est pédé, vous savez, patron.

Marion sursauta :

— Vous avez une façon de dire ça ! Et qu'est-ce que vous en savez ? Il vous a fait des avances ?

— Il a pas intérêt, je lui défonce la gueule.

— Il ne le fera pas, affirma Marion. Il est trop bien élevé.

— Quand la queue parle, même les intellos et les culs serrés pensent avec. Y compris les curés.

— Ce n'est pas le genre de Talon, dit Marion sèchement.

Un oiseau de nuit hulula quelque part dans le village désert. À part le vieux bonhomme éconduit par Anita, et la Jeep qui était partie au milieu de l'orage, ils n'avaient perçu aucun mouvement. La tenancière du café et l'ancien péon n'avaient pas reparu ni donné signe de vie. Marion se demanda si elle devrait fermer le café ou le laisser ouvert, au cas où le couple reviendrait au milieu de la nuit. Elle étouffa un bâillement.

— Il faut aller dormir, dit-elle. Je suis curieuse de voir comment se déroule une corrida… M. Lafon a eu une bonne idée en demandant à sa fille de nous piloter. Qu'en dites-vous ?

Lavot ne répondit pas. Il était déjà reparti dans les étoiles qui, pour l'heure, se cachaient derrière de gros moutons noirs.

— C'est ma femme, dit-il soudain d'une voix cassée et lointaine.

— Pardon ?

— La lettre que Cabut m'a lue, elle est de ma femme.

— Non !

— Si. Elle revient en France, le mois prochain. Elle ramène deux bébés, un Brésilien et un Guatémaltèque, qu'elle a adoptés. Elle veut me revoir, elle me pardonne, enfin je crois. Nom de Dieu !

Pour la première fois depuis longtemps, Marion le vit désemparé. Il avait perdu cette gouaille parfois énervante et l'inaltérable optimisme qui faisaient de lui un compagnon pas toujours délicat mais sûr et constant. Marion se remémora la tragédie qui avait, dix ans auparavant, provoqué la mort de son enfant et le départ de sa femme pour de lointaines contrées où elle essayait de digérer son malheur en se consacrant aux enfants déshérités. Il ne l'avait, depuis, jamais revue.

— Qu'est-ce que vous allez faire ? s'enquit-elle, ressentant l'angoisse et l'espoir qu'avait fait naître chez Lavot une toute petite lettre venue de loin.

— Qu'est-ce que vous feriez à ma place, patron ?

— Si c'est au patron que vous parlez, je vous réponds que cela vous regarde et qu'il s'agit de votre vie. Si c'est le conseil d'une amie que vous voulez, je vous dirai d'écouter votre cœur. Posez-vous les bonnes questions : est-ce que vous l'aimez toujours ? Est-ce que vous envisagez encore un avenir avec elle et, maintenant, avec ces deux petits ? Vous seul pouvez répondre. Mais si vous l'aimez, foncez ! C'est peut-être une chance de donner un sens à votre vie. Je veux dire un autre sens, plus conforme à vos désirs profonds. Il n'y a pas de hasard, vous savez.

L'officier lâcha une sorte de râle du fond de sa grande carcasse et passa une main sur ses yeux. Ses Ray-Ban pendues à sa chaîne cliquetèrent et le revolver coincé dans son dos choqua le plastique

du siège avec un bruit sourd. Marion, spontanément, se pencha vers la joue qui bleuissait sous
l'assaut d'une barbe drue et lui donna un baiser
fraternel.

30

Luna poussa doucement la porte de la petite chapelle au décor dépouillé qui jouxtait le patio, l'entrée des artistes. Elle s'était glissée dans les arènes par l'arrière, où régnait l'animation fébrile des grands préparatifs. Personne ne lui avait marqué la moindre opposition. Les murs blanchis à la chaux étaient constellés de peintures naïves et de dessins sommaires représentant des scènes de la vie tauromachique ou paysanne. Les noms de leurs créateurs figuraient dessous ou s'enroulaient autour, malhabilement tracés, pauvres ex-voto de gens simples et reconnaissants. Luna scruta avec acuité le dos de l'homme en jeans et chemise à carreaux, agenouillé devant une Vierge dorée et brillante, dans laquelle la jeune femme capta son propre reflet déformé. Elle plaqua sur ses lèvres son plus éblouissant sourire en refermant la porte qui grinça dans le silence. L'homme était seul, la tête inclinée vers les pieds de la Vierge, les mains jointes devant son visage, recueilli, ses cheveux roux en bataille. Son corps marqua une légère crispation puis, vivement, il se retourna, courroucé de cette intrusion interdite en pleine méditation, prélude vital à la plongée dans l'arène.

Les bruits du dehors parvinrent à Luna : quelques cris d'hommes à la voix rugueuse qui s'interpellaient dans le patio, les chocs des sabots des chevaux énervés par la chaleur et la foule. Elle s'avança vers l'homme en prières, obnubilée par la tache brune sur sa joue gauche.

Marco Sanchez, dit Manolito II, était sur le point de virer avec perte et fracas l'impudent qui bravait l'interdit en s'immisçant dans sa prière. Mais il s'arrêta net, le souffle coupé. La fille qui s'avançait vers lui était sans comparaison la plus belle personne qu'il avait jamais vue de sa vie. Une de ces femelles qui peuplent les rêves les plus fous sans qu'on les rencontre jamais. Pourtant, il en avait eu des filles, Marco. De toutes les tailles, de tous les acabits. De belles idiotes à usage unique ou de savantes potiches aussi expertes en amour que des bûches. Celle qui lui faisait face ne se contentait pas d'être belle. Son regard magnifique, voilé par une dentelle aussi légère que l'air qu'elle déplaçait, hésitait entre le vert et l'or. Il véhiculait une sensualité aérienne, de même que son corps élancé autour duquel ondulait une robe rouge sang. Il se leva, envoûté, les tripes fouillées par un désir brutal, sûr qu'il allait se réveiller bientôt, en sueur, dans le lit d'une chambre d'un hôtel anonyme au côté d'une fille insipide.

Luna s'arrêta à un mètre de lui, l'enroulant d'un regard brûlant sous lequel il se sentit aussi démuni qu'un prisonnier empêtré dans ses fers, aussi maladroit qu'un veau sortant des entrailles de sa mère. Incapable de prononcer un mot, d'esquisser un geste, il la regarda s'agenouiller devant lui,

261

sur le prie-Dieu qu'il avait abandonné un instant auparavant. Le parfum chaud de son corps monta jusqu'à lui, une odeur de femme mêlée d'effluves subtils, indéfinissables, qui lui coupa les jambes.

Il n'eut plus alors qu'une envie. Qu'elle le touche et que cela ne s'arrête plus jamais. Quand elle tendit vers lui ses doigts aux ongles rouges, du même vermillon sanguin que sa robe de soie, il ferma les yeux.

31

Une foule clairsemée, excitée quoique alanguie par la torpeur de l'après-midi, se pressait devant l'*Hôtel des Arènes*. Marion et ses deux sbires se frayèrent un chemin parmi des groupes de jeunes gens vêtus de blanc, la taille et le cou ceints de rouge et qui éclusaient, à même des bouteilles en plastique, d'incroyables quantités de sangria. À chaque instant, un de ces groupes se reconstituait, récupérait des instruments de musique posés à même le sol et se mettait à jouer. Des spectateurs, surgis de nulle part, se laissaient entraîner par les rythmes endiablés, certains ivres depuis plusieurs jours. Le soleil, qui s'était remis à cogner de plus belle après l'orage de la veille, violaçait des teints déjà trop colorés.

— Ça promet ! se lamenta Talon, morose.

— Ben quoi ! C'est plutôt marrant comme ambiance, le contredit Lavot en remontant ses Ray-Ban sur son nez. Et parmi tous ces jolis petits culs, tu vas peut-être trouver ton bonheur.

Il avait prononcé la dernière phrase entre ses dents mais Marion l'entendit. Dans la mesure où les comportements privés des uns et des autres restaient contenus dans les limites de la décence et de la dignité, elle avait pris le parti, une fois pour toutes, de ne pas s'en mêler. Elle n'aimait pas non plus que les penchants ou les choix des uns deviennent sujets de dérision pour les autres. Elle protesta :

— Vous n'êtes pas drôle.

Lavot n'insista pas. La nuit précédente, Talon, l'insomniaque chronique, avait dormi comme un bébé et lui, qui ne connaissait habituellement pas ce genre de désagrément, avait vécu un sommeil chaotique. Au cours de brèves périodes d'abandon, il avait vu sa femme en rêve, les enfants qu'elle lui apportait en cadeau et dont les traits se confondaient avec ceux de son petit garçon mort depuis dix ans.

Marion, incapable de se raisonner, avait guetté une partie de la nuit les bruits de la *Bodega* et le retour de ses propriétaires. Au petit matin, elle avait dû en faire le constat : ils n'étaient pas rentrés. C'est elle qui avait préparé le café après avoir cherché en vain une boulangerie dans un village qu'on aurait cru mort. Pour la première fois de sa vie, elle avait fait son jogging sans plaisir, avec l'impression d'être épiée.

Puis ils s'étaient rendus comme convenu à la gendarmerie de Saint-Sever. Un seul militaire tenait la permanence, ce dimanche, mais comme tous les membres de la brigade, l'adjudant-chef logeait sur place. Avisé de la présence de Marion, il s'était empressé de venir voir de quoi il retournait. La cinquantaine replète, il était pourvu de petits yeux bruns rapprochés, un regard à la limite du strabisme, empreint d'une douceur qui jurait avec son uniforme.

Les formalités accomplies, Marion lui avait fait part de l'absence prolongée d'Anita Mano et de Jules Dante. Pas rancunier, il avait promis d'aller faire un tour au domaine des Chartreux pour s'assurer que tout y était en ordre. Il était convaincu d'y retrouver le couple dont il connaissait les particularités, notamment le penchant de Jules pour la chopine. Puis Marion l'avait orienté sur l'histoire laborieusement dévoilée par Anita. Il avait entendu parler de la disparition de Stefano Sanchez et de sa famille mais l'affaire remontait à quinze ans et lui-même n'était arrivé que depuis trois ans à Saint-Sever. De cette époque ne subsistait qu'un gendarme : Pascal Demora, un enfant du pays. L'adjudant-chef Allard avait promis de communiquer à Marion tout ce que la brigade possédait dans ses archives, dès son retour de Mont-de-Marsan. L'attitude coopérative de ce gradé l'avait réconciliée avec l'arme malgré l'accueil ambigu de ses hommes.

Une mince jeune femme brune, vêtue d'une longue jupe noire fluide et d'un débardeur blanc qui dissimulait à peine une poitrine menue, rejoignit Marion en haut des marches de l'*Hôtel des Arènes*. Elle lui tendit la main :

— Catherine Lafon. Madame la commissaire, je suppose ?

Ses yeux noirs étaient joyeux. Elle détailla rapidement la tenue de Marion, jeans et chemise de coton blanc, tennis, lunettes noires et sa chevelure abondante et claire qui la faisait repérer de loin. Elle sembla satisfaite de son examen.

— Comment nous avez-vous reconnus ? demanda Marion.

La fille d'Abel Lafon secoua ses cheveux bruns coupés au carré.

Elle avait l'air d'une petite fille même si l'on voyait, à la gravité qui, parfois, voilait son regard, qu'elle n'en était plus une.

— Papa m'a dit : une très jolie dame blonde coiffée comme un pétard. Un grand costaud brun aux yeux fragiles et toujours frigorifié...

Lavot, piqué, remit machinalement ses Ray-Ban en place et écarta vivement un pan de son incontournable blouson de cuir, dévoilant la crosse de son Manurhin :

— Vous préféreriez que je me balade tout nu ?

— Et l'autre ? s'enquit Marion, amusée.

— Il a dit : un jeune homme propre comme un sou neuf, très sérieux.

— Parce que moi, j'ai l'air d'un clown, peut-être ? s'exclama Lavot. Y a des choses qui font de la peine !

Catherine sourit de toutes ses dents :

— Mais non, je vous trouve superbe. Venez, dit-elle, je vais vous expliquer deux ou trois choses qui, j'espère, vous serviront.

Un mouvement naquit devant la porte. Quelques applaudissements retentirent et des gens assis dans le hall de l'hôtel se levèrent promptement. Un petit groupe d'hommes fendait la foule dans leur direction. Parmi eux, un jeune type de taille moyenne, les cheveux roux en désordre. Le regard vert, droit et farouche, il s'avança, pas intéressé par les mains qui se tendaient pour quémander un autographe.

— C'est Manolito II, dit Catherine Lafon dont le visage s'illumina.

266

Elle paraissait soudainement transportée dans un autre monde, éclairée de l'intérieur par un feu mystérieux. « Elle est amoureuse de lui », songea Marion. C'était l'explication la plus simple qui lui venait mais sans doute aussi la plus stupide.

— Il est beau… non ? rêva Catherine.

Elle redescendit sur terre, tordit la bouche :

— C'est un torero moyen, dit-elle sur un ton plus neutre, mais complètement allumé. Baroque. Ça lui donne du charme et un peu de talent…

Elle n'est pas amoureuse, se corrigea Marion qui venait de comprendre que ce n'étaient pas les toreros qu'aimait Catherine, mais leur art, la confrontation entre un homme et un animal cinq ou six fois plus gros que lui. Elle observa à la dérobée son minois délicat. La jeune femme rayonnait.

— J'ai vu les toros de José Lorca ce matin, reprit-elle. Magnifiques. Des *bragados* énormes avec des armures immenses. Ce sont des tueurs.

Il y avait de la gourmandise dans sa voix. Elle aimait *aussi* les toros. Marion, elle, était plutôt décontenancée par cette passion pour les combats d'arène et ne savait pas trop comment les prendre ni les aborder.

— Venez, invita Catherine. Je vous emmène au patio. Vous ne pourrez pas entrer dans le calleron, vous, madame la commissaire. C'est un endroit interdit aux femmes.

La surprise de ses interlocuteurs exigeait une explication quant à ce qu'était le calleron : l'espace situé entre les gradins des arènes et le sable, le lieu mythique où n'étaient admis que les toreros et leurs aides, leur entourage immédiat et quelques privilégiés. Aucune femme, d'où qu'elle vienne.

Marion répondit par un sourire goguenard. Elle tapota la poche de poitrine de sa chemise d'où dépassaient son téléphone portable et sa carte professionnelle :

— Avec ça, je rentre partout, affirma-t-elle.

Catherine haussa les épaules :

— On peut essayer. Je connais le directeur des arènes. Mais vous savez, en tauromachie, les traditions ont la vie dure.

Marion pencha la tête :

— Les traditions ou les préjugés ?

Prudente, Catherine ne répliqua pas. Au moment où ils sortaient de l'hôtel, une jeune femme vêtue de rouge, le visage presque dissimulé sous une mantille noire retenue par un chignon sophistiqué, montait les marches. Elle marqua une brève hésitation à la vue du groupe. Marion, occupée à bavarder avec la fille d'Abel Lafon, ne fit pas attention à elle. Mais Lavot, estomaqué, faillit la percuter. Il se retourna deux fois sur la silhouette époustouflante de grâce et de sensualité.

32

Manolito II pénétra dans sa chambre d'hôtel, suivi de son *apoderado*[1] et de quelques membres de sa suite.

— Je vais faire une sieste, dit-il en rejetant ses chaussures loin de lui.

— Il est trop tard, protesta l'apoderado. Tu vas être cassé.

L'homme connaissait bien le jeune torero, il l'avait presque vu naître. Il avait remarqué ses yeux légèrement injectés de sang, les cernes qui marquaient son visage trop pâle. Il savait que, malgré l'interdiction, il l'avait fait. Il gronda :

— Tu sais que je ne veux pas que tu baises avant la corrida... maestro.

Il avait appuyé sur le mot avec un rien d'ironie.

Manolito se frotta les joues, redressa une mèche qui lui tombait dans l'œil, gratta son nœvus en forme de poire d'un ongle distrait, exécuta de l'autre main un geste agacé.

— Tu verras, je serai bien. Il faut juste que je dorme un peu.

---

1. Imprésario.

Il s'allongea tout habillé, ferma les yeux sur la vision d'une fille aux doigts et à la bouche magiques. Après la corrida, quand il aurait tué ses deux toros, il la retrouverait, il l'emmènerait. Il la posséderait. Mille fois, jusqu'à mourir. Il frissonna de plaisir anticipé et sombra dans le sommeil.

Luna se présenta à la porte de la chambre de Manolito II. Un homme noir de poil au visage en lame de couteau lui barra la route.

— Qui êtes-vous ? Que voulez-vous ? demanda Miguel, l'apoderado, avec une tension inhabituelle dans la voix.

Luna releva sa mantille. Miguel reçut de plein fouet le regard de deux yeux magnifiques, le sourire énigmatique d'une bouche rouge au dessin délicat qui découvrait des dents petites et blanches. Il hocha la tête, subjugué.

— J'ai compris, dit-il. C'est vous...

— Le maestro m'attend, souffla-t-elle.

— Là, ça m'étonnerait. On va le réveiller pour le *vestido*.

— *Je* vais le réveiller, affirma-t-elle d'une voix ferme et sans réplique.

— Ça m'étonnerait, répéta-t-il, il ne veut personne dans la chambre pour l'habillement.

— Laisse-la entrer, intervint Paco, le valet d'épée de Manolito. *Il* est réveillé, *il* veut qu'elle assiste au vestido.

— Manquait plus que ça, maugréa Miguel. Une femelle en chaleur dans la piaule. Il va péter les plombs. Toi, tu ne le touches pas !

Il s'adressait à Luna, mauvais.

— On ne me tutoie pas ! cingla-t-elle.

Elle ajouta entre ses dents :

270

— Pousse-toi, tocard !

Interloqué, Miguel s'effaça pour la laisser entrer. Il vit le sourire niais de Manolito qui fondait devant l'apparition rouge. Il referma la porte en se disant que c'était encore pire que ce qu'il craignait.

Luna resta debout, adossée à la porte, la mantille toujours relevée mais les yeux baissés, curieuse de la réaction de Manolito II. Est-ce qu'il allait la reconnaître ? C'était la question qu'elle se posait, le cœur battant, chaque fois qu'elle croisait une ombre de son passé. Elle releva lentement les paupières, entrouvrit les lèvres, sûre de son effet.

Le bas du corps déjà revêtu du collant blanc qui montait haut sous les bras, Manolito, assis sur le bord du lit, se leva. Luna vit ses mains trembler, son visage s'illuminer et son sexe, bien qu'emprisonné dans le collant, se tendre. Elle fut rassurée, s'il en était besoin. Le torero n'avait l'air que d'un homme fou de désir pour une belle inconnue. Elle parcourut la pièce du regard, vit, posée sur une chaise, la panoplie du torero, l'habit de lumière, préparé avec soin par le valet selon un ordre immuable. Son esprit disjoncta.

Toine et Marco ont revêtu des habits de lumière trop grands pour eux. Surtout pour Marco, le plus petit des deux, qui flotte dans la chaquetilla. Ils ont bravé l'interdit, fouillé les malles du grenier, déniché les derniers habits de Manolito, douze en tout, impeccables et gardés avec un soin jaloux dans la naphtaline. C'est Marco qui a eu l'idée. Il l'a dit à Luna, l'a mise au défi de convaincre Toine. Non que Toine soit le dernier à faire des bêtises mais il

*a le respect du toreo et il dit que mettre un habit de
lumière quand on n'est pas dans l'arène, ça porte
malheur. Luna l'a convaincu. Elle n'a pas eu trop
de mal, elle a juste promis à Toine de la laisser la
toucher. Après.*

*Les garçons ont pénétré dans l'arène de tienta du
domaine. Il fait nuit, le ciel est troué de milliers
d'étoiles. Ils portent chacun une muleta et Toine
une boîte à épées qu'il a sortie de l'autre malle. Sous
la lune à son plein, ils exécutent les gestes rituels,
sans foule et sans toro. Mais dans leurs têtes, ils
y sont, ils sont dans l'arène des grands. Ils sont
maestros et rivaux. Dans celle de Luna, perchée
sur le haut du mur d'enceinte, il y a le bruit des
musiques, les cris des spectateurs, le souffle chaud
des arènes et l'odeur du taureau. Elle marche sur
le mur, les bras écartés pour garder l'équilibre, sa
longue jupe enroulée autour de ses chevilles graciles.
Ses cheveux couleur de lune, ruisselant devant son
visage penché en avant, ressemblent à une mantille
argentée. Elle va et vient sur ce mur, se retourne
d'un mouvement gracieux, virevolte et recommence.
Une autre silhouette sort de l'ombre, se porte à sa
rencontre sur le mur. Une autre elle-même, vêtue
de la même jupe, drapée dans une chevelure sombre
qui masque son visage. Les fillettes se rejoignent,
leurs mains s'entrelacent. Elles dansent, dansent
sans fin sur le mur étroit.*

*En bas, les garçons ont aussi entamé leur danse
de mort. Ils se mesurent du regard, s'excitent de
la langue. Ils ont chacun une épée dans la main.
Les mille paillettes dorées des habits scintillent sous
la lune, leurs yeux étincellent. Il y a de la folie,
l'empreinte de la mort dans ceux de Marco.*

— *Nooon ! crie Luna en perdant l'équilibre.*

Elle sursauta au sortir de ce rêve importun, inquiète du spectacle qu'elle avait pu offrir. Mais Manolito II, occupé à fixer des jarretières noires sur ses bas roses enfilés par-dessus le collant, ne broncha pas.

Elle le vit se mettre debout et se glisser dans la *taleguilla* bleu marine et or, le pantalon moulant qui grimpe jusqu'aux aisselles. Tellement ajusté que, sans l'aide de Paco, le valet d'épée, il ne pourrait pas l'enfiler. Paco attacha les bretelles et tendit au torero la montera afin de fixer, bien centrée au-dessus de la nuque, la *coleta*, cette petite mèche de vrais cheveux, roulée comme une crotte, symbole au sens enfoui dans la nuit des temps taurins que les toreros font couper quand ils quittent la profession.

La coleta en place, le valet retira la montera, tendit la chemise blanche et la cravate noire à Manolito qui avait retrouvé un peu de sa concentration. Puis il l'aida à enfiler la chaquetilla, la veste courte qui complète l'habit de lumière.

Ainsi paré, beau comme un soleil, Manolito II s'avança vers Luna, toujours immobile, le cœur emballé. Le souffle court, elle vit le jeune homme poser un genou à terre, prendre dans ses mains une des siennes, la porter à ses lèvres en un baiser fervent. Puis sa tête vint à la rencontre de son ventre. Elle sentit le souffle chaud de l'homme traverser le tissu léger, son intimité tressaillit. Une brève onde de plaisir la plongea de nouveau dans l'arène de tienta.

Luna est tombée du haut du mur. Sa cheville blessée la fait atrocement souffrir. Son cri et celui de l'autre fillette ont alerté les toreros débutants et suspendu leur affrontement. Toine, un genou à terre, pose sa tête entre les cuisses de Luna tandis que sa main caresse la jambe blessée. Elle surprend le regard de haine de Marco qui siffle dans ses doigts. Paul Demora surgit de nulle part. Marco fait un geste et le gosse part en courant vers la maison du maître.

La colère de José Lorca explose, le fouet claque. Luna plaque ses mains sur ses oreilles. Marco et Paul montrent Toine du doigt. C'est lui qui a commis l'infraction, et, en plus, le maître ne l'aime pas.

Attaché nu à un piquet comme une chèvre idiote ou une vache désobéissante, Toine passe la nuit dans le froid humide et la journée du lendemain en plein soleil, exposé aux regards fuyants des vachers et aux quolibets des femmes. Le maître interdit qu'on lui parle, qu'on lui donne à boire et, bien sûr, qu'on le détache jusqu'à ce qu'il ait demandé pardon. Toine, les yeux secs, le regard au loin, refuse de solliciter l'absolution du maître. Il refuse de dire qu'il n'est pas à l'origine de l'affaire. Son frère et Paul le chargent à bloc mais il ne prononce pas un mot. Vers la fin de la journée, il s'évanouit, à cause de la chaleur et de la soif.

Luna reste là, à côté de lui, tout le jour. Assise sur une pierre, elle refuse de boire et de manger. Le maître menace de l'enfermer dans une maison de redressement. Elle ne l'écoute pas.

Dans la nuit qui suit, à trois heures du matin, Stefano sort de sa maison de mayoral. Sans un mot, il va détacher Toine et le porte jusqu'à son lit. Il lave en silence le corps desséché, le réhydrate lentement à la petite cuiller. Toine pleure sans larmes, à sec, des sanglots de colère et de haine. Luna le suit pas à pas, fière, éperdue d'amour. Le maître a envoyé

*Quitterie et Esmeralda pour la faire rentrer dans
la maison. Elle griffe, cogne de ses poings si petits
et si forts. Elle les bat au sang. Elle saigne aussi
par de multiples plaies car les femmes, Quitterie en
tête, rendent coup pour coup. Sa cheville abîmée la
fait cruellement souffrir mais elle ne sent rien, ne
se souvient de rien que de la chaleur de la bouche
de Toine sur son ventre.*

— On y va ! s'impatienta Miguel en entrebâil-
lant la porte.

Il surprit l'air hébété de Luna, se méprit sur la
nature de son émoi.

— Ça ne pouvait pas attendre, non ? s'écria
l'apoderado, fou de rage. Il ne va rien faire de
bon, je le sens.

Il donna une légère tape dans le dos de
Manolito II.

— Je me trompe pas, t'as les couilles à l'envers,
là ! C'est mauvais pour le toreo.

Il lança à Luna un regard noir :

— S'il arrive quelque chose, ce sera ta faute.

Paco se signa furtivement. Il protesta dans
sa barbe qu'il ne fallait pas dire des choses qui
portent malheur.

Manolito marcha sur Miguel :

— Qu'est-ce que tu insinues ?

— Cette femme... bafouilla Miguel.

— Cette femme, je l'aime, rugit Manolito. Elle
est à moi. Et toi, petit connard, tu peux raccrocher
et te chercher un job. Tu es viré.

Luna ferma les yeux à demi. Comme quinze ans
plus tôt, Marco l'aimait, Marco la voulait pour
lui. Il était le même, exigeant, possessif, jaloux.
Il ne l'avait pas reconnue mais il avait identifié

d'instinct son odeur, ses phéromones. Ce serait facile de l'envoyer au tapis, d'en faire sa chose et de le tuer. La main du torero se posa sur ses seins, timidement, religieusement. Il en effleura les tétons qui pointaient à travers la soie rouge. Elle ressentit une jubilation qui déclencha, de la tête aux pieds, un spasme violent. Manolito II prit cela pour du plaisir. À regret, il retira sa main.

— Vas-t'en maintenant ! dit-il comme en confidence. Je vais prier un peu.

33

Devant la porte qui donnait accès à l'enceinte des arènes, un groupe de quelques personnes agitait des banderoles en poussant des cris. Une camionnette surmontée d'un écriteau annonçait la couleur : HALTE AU MASSACRE. Ils étaient une trentaine, en majorité des femmes. Quelques policiers en tenue se tenaient à distance, décontractés, comme face à une situation familière.

— C'est une association anticorrida, expliqua Catherine Lafon. Ils sont là, à chaque feria. C'est à croire qu'ils prennent des vacances pour couvrir la *temporada*.

Elle adressa un signe de la main à une jeune femme aux cheveux blonds très longs qui portait un tee-shirt couvert d'éclaboussures de peinture rouge et une pancarte sur laquelle s'étalait le mot « ASSASSINS » en lettres de sang. Maquillée à outrance, elle répondit au salut de Catherine en lui tirant la langue. Puis elle tourna le dos brusquement, vira vers ses camarades en se remettant à psalmodier des slogans énervés.

— Vous la connaissez ? demanda Marion.

— Elle était au lycée à Bordeaux avec moi. Nous étions inséparables. Elle ne me parle plus depuis deux ans. Je suis aficionada, pour elle, c'est pire que le diable.

Talon se rapprocha des femmes. Songeant à ce que Marion lui avait demandé sur les associations de défense des taureaux de combat, il s'enquit :

— Ils sont nombreux, les membres des mouvements anticorridas ?

— Je ne sais pas. Il existe quelques associations, une dizaine peut-être en Europe mais je crois qu'elles ne sont pas spécialisées. La corrida n'est qu'un de leurs dadas, si j'ose dire.

Elle plissa les yeux sous le soleil encore haut.

— Talon, dit Marion, renseignez-vous sur ces gens.

Elle désigna des policiers de Mont-de-Marsan qu'avait rejoints un homme en civil :

— Allez voir les collègues, là. Le mec en jeans qui les accompagne, ça doit être un gars des RG.

Elle se pencha vers lui, baissa le ton :

— La blonde, occupez-vous de la blonde. Identité, pedigree complet. Je veux tout savoir d'elle... Et si vous pouvez, arrachez-lui un cheveu.

Talon recula vivement, gratifia Marion d'un regard qu'elle traduisit aussitôt.

— Quoi ? Vous pensez que j'ai pris un coup de soleil ? Je vous rappelle qu'on cherche une fille *très* blonde qui a, possiblement, une dent contre la tauromachie.

— On cherche une fille qui a laissé des traces sur des scènes de crime, rectifia Talon.

Il était contrarié. Lavot parlait avec Catherine Lafon dont il semblait apprécier la compagnie, son visage proche du sien. La jeune femme faisait voler ses cheveux noirs, manifestement mise en joie par les propos de l'officier et sensible au charme viril qu'il dégageait.

— Ressaisissez-vous, Talon ! l'apostropha Marion, je ne sais pas ce qui vous chagrine et je ne veux pas le savoir. Mais vous êtes à l'ouest on dirait ! Alors, au boulot !

— Bien, patron !

Marion le poussa du côté des flics.

— Patron ? se retourna-t-il, à l'évidence mal à l'aise.

— Quoi encore ?

— Comment je fais pour lui piquer un cheveu ?

— Les cheveux, c'est votre spécialité. Je vous fais confiance.

Elle rejoignit les deux autres. Lavot grogna :

— Il a pas l'air dans son assiette, Talon ! C'est sa libido qui le chatouille ?

Dans ses précédents postes, Marion avait été confrontée à des histoires d'amour ou de sexe que la mixité engendrait de façon naturelle. Un officier homosexuel, la chose en soi était banale. Que celui-ci ressente des états d'âme – quel genre, elle l'ignorait – à cause d'un de ses proches collègues était moins courant.

— Quelque chose ne va pas ? s'inquiéta Catherine Lafon.

— Tout va bien, s'empressa Lavot en lui prenant le bras.

Ils contournèrent l'arène en se frayant un chemin parmi la foule déjà dense qui attendait l'ouverture des portes pour se presser sur les gradins. Plusieurs bandas attendaient aussi en jouant de temps en temps un petit morceau, histoire de garder le rythme. Au moment où ils atteignaient la porte du patio, où n'étaient admises que quelques personnes triées sur le volet, Marion s'entendit héler par une voix qu'elle reconnut aussitôt.

Elle fit volte-face avec une telle brutalité qu'elle heurta Lavot. Il se disposait à lancer une de ses blagues favorites mais l'air furibard de Marion et la soudaine transformation de son visage lui firent ravaler son sourire. Qui disparut pour de bon quand il aperçut Philippe Cadaux qui s'avançait vers eux, plus beau et séduisant que jamais, les mains dans les poches d'un pantalon d'alpaga beige, le col de sa chemise bleu marine ouvert sur sa poitrine hâlée.

— Tiens, voilà le blaireau ! grinça Lavot entre ses dents.

Catherine Lafon, aussi, s'était retournée. Son visage marqua une crispation quand elle vit le commissaire s'arrêter, se pencher pour baiser la joue de Marion, enjoué, brillant, lisse comme un galet doré. Puis sans paraître autrement surpris de la rencontrer, il embrassa également Catherine Lafon qui se raidit sans lui rendre son baiser.

— Tout le monde est là, à ce que je vois, dit-il, éblouissant.

— Je croyais que la corrida c'était pas ton truc, s'étonna Marion en s'efforçant de paraître naturelle.

— Je voulais te voir. Ça va, Catherine ?

L'interpellée ne répondit pas. Cadaux perçut l'hostilité ouverte de Lavot, la raideur de Catherine Lafon, l'embarras de Marion.

— Cachez votre joie, surtout !...

Catherine tourna les talons, cogna avec force à la porte du patio.

Cadaux emboîta le pas à la troupe. Catherine s'interposa tandis que le portail s'entrouvrait.

— Je regrette, Philippe, dit-elle sèchement, mais tu ne peux pas venir avec nous.

Il continua cependant d'avancer.

— Je t'en prie ! renchérit Marion en le repoussant du bout des doigts.

Il accusa le coup, stoppa, les mains levées à hauteur des épaules.

— Bon, bon ! C'est une coalition, je n'insiste pas. Marion, il faut vraiment que je te parle. Je t'attends à la sortie ?

En proie à un surprenant vertige, elle acquiesça, pour s'en débarrasser.

— Vous le connaissez ? demanda-t-elle à Catherine Lafon alors qu'ils pénétraient dans le patio dont la porte se referma aussitôt sur eux.

La tension provoquée par l'apparition du commissaire avait marqué les traits de l'aficionada, lui donnant d'un coup dix ans de plus.

— C'est sans intérêt, dit-elle. *Il* est sans intérêt.

— Ça c'est vrai, approuva Lavot en reprenant le bras de la jeune femme.

Elle se dégagea doucement. Le charme était rompu.

Le patio grouillait de monde. Des chevaux, lustrés comme des bronzes précieux, la crinière tressée ornée de pompons multicolores, piétinaient, sous la conduite d'hommes en cape noire et chapeaux à plumes.

— Les *alguacils*, commenta Catherine, heureusement reprise par sa passion. Ceux dont l'entrée dans l'arène marque le début de la corrida. Ensuite viendront les hommes à pied.

D'autres chevaux, caparaçonnés et aveuglés, attendaient dans un coin.

— Et ceux-là ? demanda Marion. Ce sont les chevaux des picadors ?

Catherine Lafon acquiesça :

— Autrefois les chevaux étaient introduits dans l'arène sans protection. La plupart n'en sortaient pas vivants, éventrés par les taureaux ou en tout cas en piteux état. On y a remédié.

— Je préfère ça, bougonna Lavot qui se sentait mal à la vue du sang. C'est un sport de sauvages…

Catherine fit voler sa mèche sur son front, sans répondre, signifiant ainsi qu'elle voulait bien servir de guide et expliquer le spectacle mais qu'elle n'engagerait pas une discussion sur la corrida.

Les aficionados le savaient : le sujet faisait toujours recette dans les dîners en ville. Comme la peine de mort, il avait ses partisans et ses adversaires, tous aussi passionnés et sans nuances. C'était, par excellence, un cas dont il ne fallait pas débattre, sauf à prendre le risque de se fâcher avec ses meilleurs amis comme elle l'avait fait avec sa copine de lycée.

Elle connaissait de nombreuses personnes présentes et quand le grand portail du fond s'ouvrit pour laisser entrer une Mercedes noire aux vitres teintées, son visage retrouva toute sa luminosité. Un instant plus tard, César Rincon, en habit de lumière et cape d'apparat, lui tendait les bras et tourné vers quelques photographes amateurs baisait sa main avec grâce.

34

Luna s'attarda devant l'entrée de la travée B. Elle avait acquis deux billets, *barrera ombre et soleil*. De bonnes places. Aujourd'hui, la seconde place ne lui servirait pas mais elle l'avait prise malgré tout. Depuis qu'elle avait débarqué aux Chartreux et entrepris le grand nettoyage, elle achetait deux places chaque fois qu'elle décidait de se rendre à une corrida. Elle hésitait. Pourquoi aller s'asseoir sur les pierres brûlantes et se faire du mal à regarder toréer cet obsédé repoussant de Manolito II ? Pourquoi se donner la nausée à voir couler tout ce sang ? Elle n'avait qu'à l'attendre à la sortie, le rejoindre dans sa chambre, comme il l'en avait priée, suppliée même. Ce serait un jeu d'enfant de l'embarquer, ensuite. Et de le tuer à Baque-Morte.

La foule s'écoulait lentement, avalée par les travées. La chaleur faisait ruisseler les fronts. Les pieds impatients des vrais aficionados et des autres, touristes curieux en mal de sensations fortes ou pervers en quête d'un petit spasme furtif, soulevaient des volutes de poussière qui s'éparpillaient dans un vent léger de queue d'orage.

Luna vit venir à elle un homme qu'elle avait déjà aperçu du côté de Baque-Morte. Un beau mâle suffisant, sûr de lui et de sa séduction. Doté d'un corps admirable, la démarche nonchalante et sportive, le regard plus bleu que le ciel. Flic. C'était un flic. Elle se revit deux semaines plus tôt, à la même place, avec sa robe noire rebrodée d'or et d'argent, guettant cet imbécile de Paul Demora.

Le flic parvint à sa hauteur, aspiré par son aura rouge. Quand il ne fut plus qu'à un mètre d'elle, elle tourna les talons brusquement, lui offrant le spectacle de son dos parfait dévoilé jusqu'aux reins par une mousseline transparente, rouge comme la soie de sa robe.

Les ondulations du tissu qui dessinait les jambes de la fille, le balancement irréel d'une chute de reins comme il n'en avait encore jamais vue, asséchèrent la bouche de Philippe Cadaux. Il voulut aussitôt y porter les mains, palper les deux globes parfaits, ployer la nuque émouvante qu'il devinait sous la mantille, goûter cette femme, la déguster, séance tenante.

— Attendez, cria-t-il tandis qu'elle s'éloignait dans l'allée.

Elle s'arrêta, bloquée par les hommes en blanc qui contrôlaient les billets. En quelques enjambées, il fut contre elle, le corps en feu.

— Mademoiselle, haleta-t-il, je vous en prie, ne disparaissez pas. Pas maintenant. C'est... c'est trop tôt. Je n'y survivrais pas.

Luna se retourna légèrement, observa de profil le commissaire séduisant. La raison lui dictait de l'éconduire. Manolito II était son programme du jour. Son programme ! Elle ricana intérieurement.

« Voilà des jours qu'il va de travers, mon programme ! » Sa mémoire s'offrit un petit détour
en forêt, un voyage éclair sur les visages hébétés
d'Anita et de Jules.

*La pluie s'est remise à tomber avec violence.
Elle frappe fort contre les tôles de la Peugeot délabrée, dégouline en larges rigoles sur le pare-brise
qui déforme les traits convulsés d'Anita. Luna est
trempée, ses vêtements lui collent au corps mais elle
n'y prend pas garde. Elle ouvre la portière, les banderilles dans la main gauche. La grosse femme refuse
de descendre de la voiture. Luna lit sur son visage
qu'elle a compris. Elle ne détermine pas encore avec
certitude qui se trouve en face d'elle mais elle sait
qu'elle va mourir. Luna retire sa perruque, la jette
au sol en ricanant. Son crâne rasé arrache un sursaut d'épouvante à Anita qui se signe, se met à prier.
Des mots incompréhensibles franchissent ses lèvres
molles. Julot, le nez sur le volant, paraît endormi
ou évanoui. Luna fait le tour du véhicule, arrache
l'homme de son siège. Il titube, tombe sur le chemin
détrempé. Luna le relève mais elle doit le relâcher
car la grosse Anita tente une sortie. Quelques pas
lourds et maladroits dans le sous-bois. La nuit est
dense, dans ce coin, loin de la lueur des phares.
Anita tombe à genoux, au milieu des ajoncs et des
bruyères. Quand elle relève la tête, la pointe acérée
d'une banderille transperce sa paupière inférieure.
Elle hurle mais Luna retient son geste. Pas la tuer,
pas tout de suite. « Debout, grince Luna, ou je te
crève l'œil ! » Anita supplie : « Pitié, pitié, pourquoi,
qu'est-ce qu'on vous a fait ? » Luna la traîne jusqu'à
la Peugeot contre laquelle Jules s'est avachi. Anita
reçoit l'ordre de s'asseoir à côté de lui. Épouvantée,*

la grosse femme s'exécute tandis que Luna, sans les quitter des yeux, plonge dans la Jeep, en extrait une longue cordelette de Nylon et une torche.

Sous la menace des banderilles, le couple se relève et se met en marche, Luna derrière eux. Ils parcourent une vingtaine de mètres sous la pluie qui tombe de moins en moins fort. La torche éclaire leurs dos, grotesques dans les vêtements de Nylon rouge. « Stop ! crie Luna, terminus, c'est fini, vous pouvez dire vos prières ! » Elle pose la torche au sol, face à la forêt, choisit deux pins. « Là ! dit-elle, mettez-vous là. Assis. » Elle arrache les imperméables, noue les mains de la grosse Anita qui s'est laissée tomber, anéantie. De sa paupière blessée le sang coule en rigoles vite diluées par la pluie. Jules se laisse ficeler à son tour, hébété.

Il suit des yeux l'ombre chinoise qui s'affaire autour d'eux, à contre-lumière de la torche. Elle s'interrompt, contemple son travail, satisfaite. Puis elle se penche vers Julot, lui parle très près du visage. « Regarde bien ce qui va se passer maintenant. Ça va te rappeler des souvenirs. »

Luna s'est emparée de deux banderilles. Elle tourne sur elle-même, sans hésiter, ni trébucher malgré les obstacles, racines, pommes de pin, ajoncs et bruyères qui jonchent le sol. Elle lève bien haut les instruments de corrida, feint une passe, fait un écart pour éviter un adversaire invisible et se rue sur Anita. Les deux banderilles plantées dans ses cuisses énormes, la femme hurle de douleur. Luna recommence son jeu de mort. Cette fois, elle vise le ventre. Ce n'est pas un hurlement mais un râle de bête blessée à mort qui sort de la gorge d'Anita. Julot essaie de se lever mais il ne peut pas. La peur relâche ses sphincters, ses tripes s'abandonnent. La troisième paire de banderilles perfore le cou d'Anita, une de chaque côté, pour chaque carotide. Le sang coule en abondance, se mêle à la pluie, tandis que la tête d'Anita s'incline lentement vers l'avant. Avant de perdre conscience, elle entend le ricanement de Luna. « Tu as vu, demande celle-ci à Julot, tu te souviens, n'est-ce pas, tu sais faire ça, banderiller *une femme ? »*

Julot, terrorisé, voit Luna extirper un poignard de sa ceinture, s'avancer vers lui. Elle se penche et, d'un geste sûr, tranche le pavillon de son oreille gauche. Julot, encore imbibé d'alcool, ressent la douleur avec un temps de retard. Il ouvre la bouche pour hurler mais une banderille lui déchire le fond de la gorge. Son cri se transforme en gargouillis, il préfère s'évanouir. Il ne sent pas le poignard qui s'acharne sur son oreille droite mais lorsque Luna s'attaque à son entrejambe, il est brutalement tiré de son inconscience. Dans un flot de sang et de bile mélangés, il vomit la brûlure atroce. Il cherche à aspirer de l'air, ses mains liées se jettent sur son sexe mutilé. Il perçoit vaguement les mots de triomphe de la fille qui le tue : « Les deux oreilles et la queue pour un péon, Julot de mes deux… c'est exceptionnel, non ? Tu ne "la" baiseras plus, plus jamais, ni elle ni personne. Ouvre la bouche, je n'ai pas d'épée mais je vais t'achever quand même. » Elle se tourne vers un public imaginaire, salue : « Messieurs, la mise à mort ! » La gorge de Julot est déjà béante à cause de la première banderille. La seconde transperce son palais. Il agonise un long moment, bien après qu'Anita, le cerveau privé de sang et depuis longtemps inconsciente, a rendu son âme au diable.

L'instinct lui souffla qu'elle ne se débarrasserait pas du commissaire tout comme elle ne pourrait faire que la femme flic et ses deux acolytes n'aient jamais existé. Elle les a vus devant l'*Hôtel des Arènes*. Elle les a haïs d'être là, de lui fermer l'horizon, de contrarier son plan. Elle hait ce flic trop beau et trop sûr de lui qui va se coller à elle et l'empêcher de tuer Manolito II, ce soir, à Baque-Morte. Et ce contretemps, le flic va le payer, tout de suite. Elle sourit, énigmatique à travers la mantille. Ébloui, Philippe Cadaux se sentit décoller.

— Venez, dit-elle.

— Je n'ai pas de billet, balbutia-t-il.

La fille agita un bout de papier.

— J'en ai un pour vous. Je vous attendais...

Elle lui prit la main. Il se laissa entraîner, sans force.

35

Au moment où les clarines résonnèrent dans l'air surchauffé, des milliers de poitrines exhalèrent un cri fiévreux. Précédés des alguacils à cheval, les trois matadors firent leur entrée dans l'arène, le bras gauche emprisonné dans la cape d'apparat. À gauche, César Rincon, le plus ancien des trois toreros, arborait un habit rouge et or. Au centre, Antonio Ferrera, le dernier à avoir reçu l'alternative, était en vert et or, tête nue, la montera à la main, détail indiquant qu'il n'avait encore jamais toréé dans cette place. Manolito II, le plus grand des trois dans son habit marine et or, fermait le ban, à droite. Il bomba le torse lorsque le groupe s'arrêta pour saluer la présidence. Puis, face aux gradins, ses yeux scrutèrent les rangs des spectateurs, tellement serrés les uns contre les autres qu'il était impossible de distinguer qui que ce soit. Il resta ainsi longtemps, soulevant des murmures étonnés autour de lui. Rincon qui allait toréer le premier était déjà prêt, la cape à la main, légèrement appuyé contre un *burladero* tandis que Ferrera entrait dans le calleron.

— Qu'est-ce qu'il fabrique ? s'étonna Catherine Lafon. C'est tout lui, ça. Imprévisible et caractériel.

— On dirait qu'il cherche quelqu'un, murmura Marion en balayant d'un regard lent les gens vêtus de couleurs vives.

Ils étaient installés dans le calleron, à l'endroit réservé à la presse, au milieu de journalistes et de reporters radio, juste en dessous des caméras de la télévision. C'était l'ultime concession accordée par le directeur des arènes capitulant devant Marion qui menaçait de recourir à la force publique s'il lui refusait cette faveur. Lavot avait même évoqué la possibilité de faire évacuer les arènes, ce qui avait fait hurler de rire les aficionados les plus proches.

« Qu'est-ce qu'ils ne se croient pas permis, ces Parisiens ! » s'était exclamé un homme énorme au visage violacé, brandissant le fanion d'une *peña* taurine.

Dos tourné à l'arène, Marion et Lavot continuaient à observer la foule, tentant de percer le mystère d'un engouement dont les ressorts leur échappaient encore. Lavot se pencha à l'oreille de Catherine :

— Qu'est-ce qu'ils ont dans la culotte, les toréadors ? demanda-t-il, les yeux rivés sur l'entrejambe des trois hommes.

— On ne dit pas « toréador », le corrigea la jeune femme, on n'est pas à l'opéra ! Elle rit : Ils n'ont rien dans la culotte, comme vous dites !

— Seulement le service trois pièces ? Ils ont des slips Wonderbra, alors !

Le journaliste le plus proche émit une série de sons proches du hennissement. « Je vais la garder, celle-là ! » dit-il en notant fébrilement le bon mot de Lavot dans un calepin.

Manolito II ne se décidait toujours pas à gagner le calleron. Son regard avait fait le tour des gradins, il atteignait les places au soleil quand il repéra enfin ce qu'il cherchait : une robe rouge sang et une mantille noire relevée sur un visage de madone, pur, divinement beau. Il souleva sa montera en souriant, prit son élan et la lança en direction de la fille dont il se rendit compte, soudain, qu'il ne connaissait même pas le nom. Elle attrapa le chapeau avec habileté et le relança aussitôt au torero qui le baisa avant de le jeter derrière lui. La montera retomba à l'envers. Manolito se signa.

— Cinéma ! hurla un spectateur.

— Il fait ça pour une fille, maugréa Catherine, il fait le coup une fois sur deux, c'est un coureur de jupons frénétique.

Le torero ne prêta aucune attention à sa montera à l'envers. Il se défit de sa cape d'apparat et alla l'étaler sur la barrière juste aux pieds de la femme en rouge en envoyant un baiser du bout des doigts dans sa direction. Puis, sans se presser, il rejoignit le calleron tandis que les clarines annonçaient l'arrivée du premier taureau. Un murmure impressionné salua l'entrée de Fusilito, un beau mâle bicolore, bas sur pattes, porteur de la devise vert et noir de José Lorca.

— Beau morceau, apprécia Marion qui n'y connaissait strictement rien. Je parle de l'esthétique.

— On va bientôt savoir s'il est brave et noble, dit Catherine en suivant la course du taureau qui avait repéré Rincon et se jetait avec hargne contre le burladero où le torero s'était réfugié. Il repartit dans l'autre sens, attiré par les péons et leurs capes mauve et jaune. Rincon se fendit de quelques belles véroniques avant que ne retentissent les clarines annonçant l'entrée des picadors perchés sur leurs chevaux caparaçonnés. César Rincon et ses péons attirèrent l'animal près de l'attelage tandis que le picador chaussé de sabots métalliques ajustait sa lance. Quand il eut le cheval dans son champ de vision, Fusilito chargea. La pointe de métal taillée en lame tranchante se ficha dans son dos d'où fusa aussitôt une large coulée sanglante. La foule hurla des protestations. Lavot s'insurgea :

— C'est nul, ce truc ! Ça doit faire vachement mal !

— Bonne charge, franche, commenta Catherine, impassible. Il devrait être correct, ce toro.

Elle capta l'air outré de Lavot et crut bon d'expliquer :

— S'ils ne sont pas piqués, les toros sont intoréables. Il faut qu'ils baissent la tête pour aller à la muleta. La pique est le « châtiment » nécessaire. C'est ainsi.

Marion contemplait le spectacle qu'elle ne trouvait pas grandiose et qui lui procurait une étrange sensation. Mitigée, entre dégoût et plaisir défendu. César Rincon adressa un signe à la présidence pour demander l'arrêt des piques. Un autre jeu commença, celui des banderilleros dont les corps frôlaient avec grâce celui du mastodonte.

— Ils ne se font jamais attraper à s'approcher si près ? s'étonna-t-elle dans l'oreille de Catherine qui suivait les mouvements des péons.

— Parfois. C'est beau, non ? C'est un des moments que je préfère. Certains toreros placent les banderilles eux-mêmes. Ils sont peu nombreux, hélas !

Fusilito beuglait, furieux, en donnant de violents coups de tête en arrière pour se débarrasser des pointes de fer qui lui vrillaient les chairs, déjà imbibées d'un sang rouge sombre. Les banderilles claquèrent les unes contre les autres et le toro râla de plus belle. Puis le maestro changea sa cape pour une muleta, rouge comme le sang qui bouillonnait hors de l'orifice creusé par la lame de la pique et dégoulinait jusque sur les sabots de Fusilito. Il s'empara de l'épée de *faena*. La foule admira la prestation, ponctuant les passes du maestro d'olé excités sur fond de flamenco tandis que les femmes s'éventaient avec ce qu'elles avaient sous la main.

Catherine commenta avec le plus d'exactitude possible ce qu'elle appelait « le combat », « l'affrontement » jusqu'au moment où César Rincon changea d'épée pour donner l'estocade. Sans musique, dans un silence suspendu à ses gestes, il prit son élan pour la mise à mort. L'épée fichée jusqu'à la garde dans le cou, le toro resta un moment debout, la langue hors des babines. Puis il plia les genoux et, pris d'une infinie fatigue, se laissa aller sur l'arrière-train en cherchant son souffle par saccades. Un de ses poumons avait été perforé et du sang coula de sa bouche. Un péon remit à Rincon le descabello, une lame terminée par une croix. D'un coup sec le torero transperça le cervelet de l'animal qui bascula sur le côté, foudroyé. La foule debout se mit à agiter des mouchoirs blancs tandis que la musique reprenait, quelque part dans les gradins. La présidence accorda une oreille après une brève consultation entre ses trois membres et malgré les cris désapprobateurs des spectateurs qui espéraient mieux. L'oreille du toro à la main, César Rincon entreprit un tour d'arène, sa cuadrilla derrière lui pour ramasser les fleurs qui fusaient des gradins. Des chapeaux tournoyaient par-dessus les têtes, atterrissaient aux pieds du maestro qui les renvoyait aussitôt à leurs propriétaires, un sourire de triomphe sur son visage aux formes encore enfantines.

Un attelage de deux chevaux de trait mené par un homme en blanc, coiffé d'un béret rouge et muni d'un long fouet, suivi par d'autres hommes armés à l'identique, entraîna Fusilito hors de l'arène, après un dernier tour de piste sous l'ovation des spectateurs debout. Déjà des hommes munis de râteaux et de balais effaçaient sur le sable les dernières traces de son passage ici-bas.

Puis le calme revint et ce fut le tour de Manolito II.

36

Luna sentait la chaleur de la pierre des gradins à travers sa jupe de soie rouge. Les cris des gens, autour, lui tournaient la tête, et le flic la serrait d'un peu plus près à chaque fois qu'il se rasseyait. Le parfum de son eau de toilette, exacerbé par l'odeur de son corps chauffé à blanc par l'excitation et le soleil qui n'en finissait pas de tomber derrière les arènes, l'agressait, sans rien déclencher en elle qu'un irrépressible dégoût.

Manolito II marcha sur le sable tandis que s'ouvrait la porte du toril et qu'un frère de Fusilito se jetait dans la lumière. Tourné du côté de Luna, Manolito II se cambra, faisant saillir la protubérance de son entrejambe. Des souvenirs assaillirent la jeune femme.

Luna marche sur le mur de l'arène de tienta, les bras écartés. Elle fait cela tellement souvent qu'elle est devenue experte. Il a fallu plusieurs chutes pour un résultat presque parfait. Le mur est étroit, le soleil cogne. Ce soir, elle se mesurera avec Sola, mais elle sera la meilleure. Toine, pour rire, a dit qu'il embrassera la gagnante. Et plus, s'il le veut.

Car il obtient tout ce qu'il veut, Toine. Il a Luna, il a Sola. Luna est jalouse. Ce soir, la meilleure ce sera elle. Toine est à elle.

De l'ombre de l'arène monte soudain une série de bruits, des claquements de langue et de doigts. Luna baisse les yeux, elle perd l'équilibre, se reprend de justesse. D'en bas, Marco l'appelle. « Viens, chuchote-t-il, viens ! » Elle sait qu'il regarde sous ses jupes. Luna fait semblant de ne pas comprendre, elle reprend son manège en faisant tourbillonner sa robe, découvrant largement ses cuisses brunies par le soleil et son sexe, exhibé sans pudeur. Quand elle repasse devant lui, Marco a le short baissé jusqu'aux genoux. À treize ans, il est monté comme un homme. Luna s'arrête, regarde, fascinée, s'agiter ce sexe trop gros, puis jaillir sa semence qui brille dans le soleil avant de s'écraser sur les feuilles d'un aloès en y laissant une traînée luisante.

Luna sursauta et le flic s'inquiéta. Il avait surpris son « absence ». Elle le rassura d'un geste puis reporta son regard vers l'arène. Le toro fonçait sur Manolito et sa cape mauve et jaune.

Miguel, l'apoderado de Manolito II, se tenait à quelques mètres du groupe formé par Marion et ses compagnons. Catherine Lafon, experte en art tauromachique, remarqua son air inquiet. Certes, Manolito n'était pas un torero facile à contrôler mais de là à faire cette tête... Puis elle vit Paco, de la suite de Manolito lui aussi, se signer à plusieurs reprises, furtivement. Le toro lui parut trop fougueux.

— Schizo... ce toro, murmura-t-elle en le voyant gratter le sol du sabot. Pas franc. Charge courte, tête haute... Je pense qu'il va chercher l'homme plutôt que le chiffon...

Marion n'en savait pas suffisamment pour juger mais elle sentit que quelque chose n'allait pas et que Manolito lui paraissait prendre des risques considérables.

Il exécuta une figure esthétique en s'enroulant dans la cape, le visage tourné vers Luna.

— Il ferait mieux de regarder le taureau, s'écria Catherine.

Miguel frappa de la main le bois du burladero, les tripes nouées.

Manolito n'eut pas le temps de dérouler la cape et de se remettre en position que, déjà, le taureau revenait sur lui après une charge brève, avortée. L'œil en dessous, il fonça sur l'homme qui le défiait. Manolito, glacé de peur, n'eut pas le temps d'esquiver. Il vit le taureau immense, affolant de hargne. La corne gauche le cueillit en dessous de l'aine. Les péons surgirent de partout à la fois, ceux de Manolito et les autres, mais il était trop tard. La foule se dressa dans un cri consterné et resta debout, figée. Il fallut plusieurs secondes pour éloigner le taureau excité par le sang, les cris du public et les mouvements désordonnés des péons. Manolito, couché sur le dos, les bras en couronne autour de sa tête rousse, perdait son sang en abondance.

— C'est sûrement la fémorale, dit Marion, au bord de la nausée.

Miguel, le poing levé vers le public, s'écria qu'il avait « senti la patate arriver ». C'est Paco qui eut le bon réflexe en se précipitant, l'épée d'estocade du maestro à la main. Il l'avait sortie de la boîte trop tôt, comme d'habitude, mais là, s'il avait eu le temps d'y penser, il se serait félicité de sa hâte maladive. À genoux, il fendit d'un geste sec le tissu déjà largement imbibé de sang, écarta de la main les débris de chairs meurtries et glissa son doigt dans le trou creusé par la corne. Le visage inondé de sueur et de larmes mêlées, la tête levée vers le ciel, il se mit à prier en attendant l'arrivée des secours.

— Cela devait arriver, commenta Catherine, fataliste. Manolito prend trop de risques et il n'est pas dans son assiette aujourd'hui. Il n'y avait rien à faire mais, c'est bizarre, je n'arrive pas à m'habituer.

— C'est un carnage, votre... art, marmonna Lavot, tout pâle. Mais, heureusement, c'est pas toujours le taureau qui perd.

Luna resta collée aux gradins de pierre, livide. Une bouffée de chaleur couvrit son visage d'une fine pellicule humide tandis que sa vue se brouillait. Les sons se firent lointains, bourdonnant au creux de ses tympans comme le ressac. Une autre scène remplaça le spectacle de mort qu'elle ne regardait plus.

Au pré des Chartreux, l'animal s'est mis en mouvement, tête baissée. Sa large armure paraît immense à la fillette sur laquelle il fonce sans retenue. Puis jaillit le cri de Toine, son brusque écart pour changer l'ordre des choses. Au choc mou du taureau contre le corps du garçon succède un craquement d'os brisés. La corne droite de l'animal transperce son cou, le brandissant dans les airs tel un trophée. La force du taureau le secoue comme une poupée de chiffon pour s'en défaire au plus vite.

Le sang de Toine jaillit en larges gerbes qui incendient l'espace dans les rayons du soleil couchant, retombent en pluie chaude sur la fillette statufiée.

Elle fixe le taureau de ses yeux mordorés. L'animal gratte le sol, le souffle odorant de ses naseaux parvient jusqu'à elle, caresse tiède sur ses cuisses nues. Puis il se couche, le regard soumis, juste devant le corps de Toine qui saigne encore doucement jusqu'au dernier soupir.

À genoux, elle implore Toine de se relever. « Ne meurs pas ! » Mais Toine ne l'entend plus, il a offert son sang à la terre, rendu sa vie au néant. Elle se couche sur lui de tout son long pour lui donner la sienne.

Luna vit le sang de Manolito II se répandre à la place de celui du taureau. Elle en ressentit une énorme frustration. « C'est pas juste, gémit-elle à l'intérieur d'elle-même comme une petite fille privée de dessert. C'est moi qui dois faire couler son sang. »

Elle vit arriver l'équipe médicale, la civière, perçut la sirène de l'ambulance des pompiers qui s'arrêtait juste en dessous d'elle. Le flic s'était dressé, prêt à bondir par-dessus les barrières mais l'attraction de Luna sembla plus forte que le besoin de se rendre utile. Et sans doute craignait-il de ne plus la retrouver à son retour car il ne bougea pas.

En suivant des yeux Manolito couché sur sa civière, les doigts de Paco remplacés par l'appareillage des spécialistes, Luna pria pour qu'il ne meure pas. Sa mort lui était due. À elle, pas à un taureau anonyme que de placides cabestros entraînaient déjà hors de l'arène et qui devrait sa survie à une improbable cornada.

Elle se leva brusquement, lissa sa jupe rouge à présent froissée et auréolée de marques laissées par la sueur et l'émotion.

— Où allez-vous ? s'inquiéta Philippe Cadaux.

Elle méprisa la question et se fraya un chemin entre les pieds des spectateurs qui, leur frayeur digérée, attendaient la suite, toujours plus avides de sang et de mort. Arrivée au bas des marches, elle tourna la tête imperceptiblement. Le flic qui la suivait s'inscrivit dans son champ de vision. Elle l'imagina dans la chambre de Baque-Morte, le regard hagard, le visage déformé par la douleur, les sphincters relâchés à cause de la souffrance et de la peur immonde de la mort. Elle sourit en rabattant sa mantille devant son visage.

37

Marion ne retrouva pas Philippe Cadaux à la sortie des arènes comme il le lui avait annoncé. À vrai dire, elle ne le chercha pas ni ne l'attendit. Elle récupéra Talon qui était resté à l'extérieur.

— Alors ? demanda-t-elle, impatiente.

— J'ai l'état civil de la femme blonde. Elle est vice-présidente d'une association qui s'appelle tout bêtement – si je puis dire – ADA, Association pour la défense des animaux. Elle est surtout impliquée dans les manifestations anticorridas mais elle fait aussi le bébé phoque, la baleine, le rhinocéros. Le plus drôle c'est qu'elle est mariée à un boucher ! Plein aux as à ce qu'il paraît.

— Un couple sympathique, ironisa Marion, si ça se trouve, très fusionnel ! Intéressant. Quoi d'autre ?

— Rien. Elle a une vie rangée et pas de trous dans son emploi du temps. À l'époque de la mort de Bianco et Marie-Sola Lorca, elle était en Australie, pour un congrès d'écolos. Deux cents témoins peuvent en attester.

— C'est elle qui vous l'a dit ?

— Non, son mari. Le mec que vous avez pris pour un collègue des RG, c'est lui, le boucher. Il revend des billets à la sauvette, il vient toujours se montrer aux flics avant de commencer son petit commerce... Il y a des gens qui ont des principes et des manières.

— Non !

— Si. Drôles de mœurs, n'est-ce pas ? Cela dit, ils sont tous bien gentils, enchaîna Talon. J'ai relevé les identités, on les passera au fichier et aux antécédents judiciaires mais ça ne devrait pas nous mener bien loin. En revanche, j'ai vu un truc intéressant.

Ils avaient regagné le véhicule après avoir fait leurs adieux à Catherine Lafon qui rejoignait son club taurin pour le dîner. Marion se tourna vers Talon, assis à l'arrière, s'impatienta :

— Eh bien ?

— J'ai vu partir le « joli commissaire », dit-il avec un rictus ironique. Il n'est pas resté long-temps à la corrida. Il a dû s'esquiver au deuxième taureau. Juste avant que l'ambulance n'emporte Manolito à l'hôpital.

— Et ensuite ?

Talon attendit pour savourer son effet tandis que Lavot se frayait péniblement un chemin entre les aficionados qui déferlaient vers le centre-ville et occupaient la chaussée sans s'en faire.

— Alors ? grinça Marion.

— Il est parti avec une fille. Grande, mince, brune, habillée de rouge, une robe décolletée jusqu'à la racine des fesses. Une splendeur.

— Ben dis donc, grommela Lavot, pour un mec qu'aime pas les gonzesses.

— J'ai des yeux, je m'en sers.

Marion feignit d'ignorer leur discussion mais en son for intérieur elle se dit que Cadaux était pire qu'un chien d'arrêt. Il avait sûrement levé cette fille entre le moment où elle l'avait croisé devant le patio et celui où Talon les avait vus partir. Marion sentit son visage s'empourprer, ses mains devenir moites. Indignée, elle passa un bras par la portière, puis la tête et le buste tout entier, pour respirer un grand coup.

— Vous êtes pas jalouse, patron, quand même ? demanda innocemment Lavot.

— Pauvre type !

Jalouse ! Comment aurait-elle pu être jalouse d'un homme comme lui ? En revanche, ce pincement détestable qui irritait sa gorge, elle le reconnut : c'était l'humiliation d'être, un soir d'abandon, entrée dans sa liste.

— Essayez d'accélérer un peu. Il faut que nous retournions au domaine.

— Je vais quand même pas en buter un pour vous faire plaisir, s'insurgea Lavot qui faisait progresser la voiture avec difficulté au milieu de la foule nonchalante, une véritable mer humaine. La prochaine fois, on prendra un char antimanif...

— Il n'y aura pas de prochaine fois, affirma Marion en se rencognant dans le siège. Cette affaire, on va la régler aux Chartreux. En attendant, je vais faire un petit somme.

Quand ils arrivèrent en vue de la *Bodega*, il leur sembla que la guerre avait été déclarée en leur absence. Plusieurs véhicules de la gendarmerie squattaient l'espace. De nombreux militaires écoutaient les instructions du chef Allard dont les épaules se voûtaient à vue d'œil sous l'effet de la chaleur et de la fatigue. Certains étaient accompagnés de chiens qui tiraient sur leurs laisses, énervés par la chaleur et les muselières.

Marion s'avança au milieu des hommes qui s'écartèrent sur son passage, intrigués par cette jolie blonde à la démarche décidée.

— Que se passe-t-il ? s'enquit-elle auprès du chef Allard.

Le strabisme du gradé de la gendarmerie semblait avoir progressé depuis le matin. Marion lui trouva l'air abattu. Il s'écria :

— Ah, commissaire ! Heureux de vous revoir. Venez, je vais vous expliquer.

Il l'entraîna à l'écart des hommes. Bien qu'ils n'y aient pas été expressément conviés, Lavot et Talon se joignirent à eux.

— Nous cherchons Anita Mano et Jules Dante depuis ce matin. Après votre départ, le café est resté fermé. Dans la matinée, j'ai envoyé deux hommes au domaine des Chartreux. Personne ne les avait vus, ni hier soir ni dans la journée. M. Lorca n'étant pas encore de retour, mes hommes ont eu l'idée d'aller faire un tour chez sa mère, Quitterie. Ils l'ont trouvée dans son lit, baignant dans ses excréments. Une infection. La vieille femme est mal en point. Elle a été conduite à l'hôpital de Dax. Visiblement, personne ne s'était occupé d'elle depuis au moins deux ou trois jours. Rien à boire ni à manger. Enfin je suppose, car elle est paraplégique et ne parle plus depuis plusieurs années. Elle n'a pas loin de quatre-vingt-dix ans.

Il s'arrêta, essoufflé. Marion remarqua qu'il suait trop, de même qu'il était trop enveloppé, trop stressé, sans doute guetté par un infarctus qui le plierait en deux, un jour ou l'autre.

— Cet après-midi, reprit le chef Allard en s'épongeant avec un mouchoir en papier qui laissa quelques débris accrochés aux poils de sa barbe, j'ai lancé des recherches plus vastes. Voilà une heure, on a retrouvé leur véhicule, une vieille Peugeot, de l'autre côté du domaine, à l'opposé exact d'ici.

— Loin ? demanda Marion.

— Deux kilomètres à peine à vol d'oiseau. La Peugeot était cachée derrière un bâtiment désaffecté, une ancienne bergerie où le vieux Lorca parquait des moutons, dans le temps.

— Et le couple ?

— Introuvable. Aucun signe d'eux à proximité de la voiture et rien à l'intérieur n'indique ce qui a pu leur arriver. Pas de sang, pas de traces d'accident ou de choc. On dirait qu'ils se sont volatilisés !

— Qu'est-ce qu'ils ont bien pu fabriquer ? Ils n'ont pas fugué, tout de même...

— Ce serait surprenant.

— Ils se seront trompés de route, supposa Talon, et comme Jules Dante était ivre, ils ont dû s'arrêter quelque part pour dormir.

L'adjudant-chef regarda sa montre :

— Il est vingt heures, je doute qu'ils dorment encore, tous les deux, vingt-quatre heures après leur départ de la *Bodega*.

— En effet, admit Marion, il y a un malaise. Que décidez-vous ?

— J'ai fait venir des renforts de Dax. On a commencé à fouiller ce côté-ci du domaine mais c'est de la forêt bourrée de taillis et de broussailles, ça ne facilite pas les investigations. Les hommes de

Lorca cherchent dans les bâtiments et les enclos. On va essayer de progresser avant la nuit. Voilà.

— Nous sommes à votre disposition, dit Marion.

Le gradé remercia. Il n'eut pas le temps d'aller plus loin qu'un mouvement de véhicules naissait vers l'extrémité de la rue. Un gendarme en treillis descendit d'un 4 × 4 vert militaire, flambant neuf. Il se présenta au chef Allard qu'il salua en claquant des talons.

— Repos ! s'exclama le gradé, impatient. Du neuf ?

— On les a trouvés, dit l'homme simplement. Il faut que vous veniez voir ça.

38

— Putain, la vache ! murmura Lavot. C'est grandiose...

Talon avait déjà franchi la bande de plastique que les gendarmes avaient tendue autour des deux cadavres. Un militaire tenta de s'interposer mais le regard résolu de l'officier l'en dissuada juste avant que le chef Allard ne s'en mêle pour dire qu'il autorisait sa présence sur les lieux. Marion les rejoignit devant le spectacle hallucinant.

Anita et Jules, assis, étaient adossés à deux grand pins, immobilisés contre les arbres par une corde de Nylon qui les reliait entre eux. La tête légèrement penchée en avant, les yeux grands ouverts, Anita semblait contempler l'infini, l'air songeur, vaguement inquiet. Sans doute à cause des deux banderilles fichées de chaque côté de son cou, dans chacune des deux carotides et dont elle semblait se demander ce qu'elles venaient faire là. Elle s'était vidée de son sang et la chair flasque de ses joues était livide. Ses vêtements, maintenant d'un rouge sale, avaient été délavés par la pluie, sa robe déchirée dévoilait des sous-vêtements maculés de sang et de boue : un soutien-gorge en satin rose défraîchi, une lingerie des années cinquante, démodée et usagée. La chair boursouflée et blême débordait en plis disgracieux et se creusait en sillons profonds de part et d'autre des bretelles. La déchirure de la robe descendait jusqu'au nombril, découvert par une culotte en coton surmontée d'un gros bourrelet graisseux, d'où émergeaient deux autres banderilles, détrempées par les pluies de la nuit. La troisième paire, profondément enfoncée dans le gras des cuisses, marbrait celles-ci de tons verdâtres à cause de la peinture du papier qui avait coulé en petites rigoles complexes.

— Beurk, commenta Lavot.

— Une femme bien en chair, commenta le chef Allard, sérieux. Y en a qui aiment ça ! D'accord, ce n'est pas très esthétique...

— Ouais, le Julot, y devait pas prendre son pied tous les jours...

— D'après ce que je sais, deux à trois grammes d'alcool dans le sang en permanence, ça doit un peu casser la libido. De toute façon, à présent... conclut le chef gendarme toujours impassible.

Marion leur décocha un regard réprobateur. Dans son état, Jules Dante ne risquait plus de s'offusquer, ce n'était pas une raison pour en faire un sujet de raillerie. A leur décharge, elle savait que cette attitude des professionnels confrontés à la mort était une manière de chasser le stress qu'elle provoquait inévitablement. De se rassurer sur leur propre statut d'humains bien vivants. Jules Dante était aussi maigre qu'Anita était imposante. Son corps dévasté par l'alcool avait été, à l'instar de celui de sa compagne, en partie dénudé. Sur son maigre poitrail folâtraient quelques poils gris collés par le sang. La braguette ouverte de son pantalon descendu à mi-cuisse laissait entrevoir une bouillie de chairs sombres déchiquetées. Marion eut un haut-le-cœur quand elle comprit que Jules Dante avait été émasculé. Elle examina plus attentivement le cadavre et son environnement proche pour y découvrir les attributs détruits de Jules. Elle ne vit qu'une bouche grande ouverte sur des dents gâtées et d'où sortaient deux banderilles blanches, trophées dérisoires pointés vers le ciel. Une des pointes avait transpercé le cou de Jules latéralement tandis que l'autre, bloquée par le maxillaire ou une vertèbre cervicale, retombait sur le côté, déformant sa lèvre inférieure.

— Comment les a-t-on trouvés ? s'enquit Marion.

— En suivant le chemin qu'ils étaient sensés prendre pour se rendre au domaine, dit le chef Allard. À cause de la pluie, il a fallu chercher longtemps mais mes hommes ont refait le parcours mètre par mètre depuis la *Bodega*. Au bord du chemin, ils ont remarqué de petites anomalies, des herbes couchées, une fougère cassée. Ils ont exploré le coin, suivi les traces, et sont arrivés là.

— Bravo, apprécia Marion. Et sur le chemin, il y a quelque chose ?

La pluie avait effacé la plupart des lacérations du sol et les véhicules de la gendarmerie avaient détruit le reste. Mais les recherches continuent, expliqua Allard.

— Installez les projecteurs ! ordonna-t-il, la nuit tombe vite, dans une heure on y verra moins que dans le trou du cul d'une vache.

Les gendarmes partirent en rires nerveux. Chez eux, pas plus qu'ailleurs, on ne se faisait à la mort, surtout lorsqu'il s'agissait de personnes connues, que l'on avait croisées presque chaque jour, avec lesquelles on avait parlé. Car les commentaires l'attestaient, tous les militaires présents, ou presque, avaient, au moins une fois au cours des semaines passées, pris un verre à la *Bodega*. Marion regarda autour d'elle.

— C'est plus un règlement de comptes, patron, dit Lavot, c'est un carnage, une extermination. Je comprends rien à cette histoire.

— Ça se complique en effet, admit Marion. Venir tuer, jusque sous notre nez, des gens qui logent des policiers, c'est de la provocation ou de la folie. Et nous n'avons rien vu venir. Chef ?

Allard, occupé à recueillir le compte rendu d'un gendarme sur les recherches, fit volte-face. Il avisa Talon qui furetait sous l'œil irrité des gendarmes OPJ. Les hommes avaient entamé leurs constatations sans se presser mais avec méthode, dans l'attente de l'arrivée du procureur de la République de Dax et du véhicule du poste d'identité judiciaire, spécialement équipé pour les recherches scientifiques et techniques.

— C'est une affaire pour la PJ, dit Marion en mettant les mains dans les poches de son jeans blanc.

Le chef Allard sursauta :

— En quel honneur ?

— En l'honneur du fait que ces deux morts viennent s'ajouter à une liste déjà fournie et qu'elles sont à l'évidence en relation avec des faits de même nature.

— Vous allez un peu vite, commissaire. Laissez-nous instrumenter d'abord. Le procureur décidera.

En quelques phrases, Marion lui résuma les chapitres précédents avec quelques détails qu'elle avait éludés le matin lors de sa visite à Saint-Sever. Elle lui fit part de sa certitude que les meurtres tournaient autour du domaine des Chartreux et qu'il y avait nécessité et urgence à en surveiller les occupants pour éviter une suite à l'hécatombe jusqu'à ce que l'on ait mis la main sur le tueur. Allard admit le bien-fondé de cette réflexion et donna ses ordres en conséquence.

— Je pense que le commissaire Cadaux, conclut Marion, en charge d'une partie de l'affaire, apprécierait d'être avisé assez tôt, c'est-à-dire tout de suite.

Le chef Allard lui glissa un coup d'œil en coin :

— C'est Cadaux qui a ce dossier ? Vous avez collaboré avec lui ?

— Oui, dit Marion. Enfin, collaborer est un grand mot...

— Je me disais aussi !

Le ton était chargé de sous-entendus.

— Et que vous disiez-vous, chef ? se moqua Marion.

— C'est un drôle de type. J'ai travaillé avec lui une fois, sur un Basque réfugié dans la région et qui nous posait quelques problèmes. Il m'a mis le secteur et la brigade à feu et à sang. C'est un sacré zigoto.

— Genre ?

— Genre le sexe à la place du cerveau ! Il a fait des ravages dans la population féminine.

Il se reprit :

— Pardonnez-moi, je suis grossier ! Mais je n'ai pas pu m'en empêcher. En réalité, son cas est plus compliqué. Les femmes perdent la tête à son contact et je crois que lui ne peut pas vivre sans ça. Excusez-moi, je crois qu'on m'appelle...

Le regard de Marion s'échappa vers la cime des arbres où se mourait lentement une lumière douce et tiède, dorée et rose. La forêt, propre comme un sou neuf, retrouvait la paix du soir avant la petite mort nocturne.

Elle vit s'agiter la silhouette replète du chef Allard au milieu d'un groupe de personnes en uniforme et en civil. Le procureur sans doute. La nuit tombait vite à présent, les hommes avaient déjà branché quelques projecteurs alimentés par un groupe électrogène véhiculé par un gros 4 × 4. Lavot la rejoignit, se pencha pour chuchoter à son oreille :

— Y vous fait pas de gringue, quand même, le gendarme ?

Elle protesta :

— Lavot, enfin ! Vous n'avez rien de mieux à faire ? Où en sont-ils ?

— Ils ont trouvé des traces de pneus sur le bord du chemin. Ça n'appartient pas aux véhicules de la gendarmerie. Ils font un moulage. Un pandore a aussi trouvé un bout de carton détrempé à deux cents mètres.

— Et c'est quoi ?

— Un truc rectangulaire avec des couleurs effacées par la pluie. On ne voit pas grand-chose. On dirait…

Lavot se tut, sembla chercher au fond de sa mémoire un souvenir qui lui échappait. Marion éluda d'un geste :

— Ça n'a peut-être rien à voir avec l'affaire. Les gens balancent leurs détritus n'importe où.

Marion s'avança vers le groupe au centre duquel les découvertes des gendarmes étaient exposées. Le chef Allard la présenta au procureur de Dax, un homme à lunettes plus très jeune mais au visage encore couvert d'acné, les cheveux gras, et qui sentait la sueur à trois mètres. Elle lui avait parlé au téléphone, la veille, mais ne l'avait pas imaginé comme il était : négligé, timide et sûrement célibataire. Ils s'entretinrent quelques instants de l'affaire, il admit la nécessité de saisir la PJ de Bordeaux mais déplora de n'avoir encore pu joindre le commissaire Cadaux. Elle échangea avec Allard un regard entendu, songeant à quoi Cadaux était probablement occupé à cet instant. Talon était le dernier à avoir vu le commissaire en bonne compagnie. Elle l'aperçut justement qui venait d'un pas pressé dans leur direction. Elle posa les yeux sur le morceau de carton plissé où s'étalait un palmier ou un cocotier au bord d'une mer de carte postale :

— On dirait un de ces trucs qu'on pose sur les tableaux de bord...

— Un pare-soleil, ça s'appelle, patron ! s'exclama Lavot.

Il se frappa le front d'une claque sèche qui se répercuta dans les pins.

— Un pare-soleil ! Ça y est, j'y suis !

L'assistance se tut, à l'exception d'un gendarme qui énumérait, comme un leitmotiv, les éléments descriptifs des cadavres et de leurs vêtements dont les détails alimenteraient le PV de constatations. Deux civières attendaient déjà, prêtes à accueillir les dépouilles de l'ancien péon et de sa compagne.

— La Jeep ! s'écria Lavot. Je savais que c'était pas net.

Marion s'impatienta :

— Quelle Jeep ? Qu'est-ce que vous racontez ?

— Y a une Jeep qui a passé une partie de la soirée d'hier pas loin de la *Bodega*. Elle avait un pare-soleil sur le tableau de bord, un truc très coloré avec la mer, un soleil rouge et des palmiers.

— Et la Jeep, elle était comment ?

— Il y avait quelqu'un à l'intérieur ?

— T'as remarqué sa couleur ?

Les questions fusaient de toutes parts. Lavot poussa un rugissement :

— Attendez ! Faut que je me rappelle !

Il se concentra, yeux fermés, le front plissé. D'un geste machinal, il palpa la croix qui brillait dans le col ouvert de son polo tout en essuyant d'un doigt la sueur qui perlait à sa lèvre supérieure envahie de poils drus.

— Une Jeep verte, un modèle militaire, plutôt ancien, en tout cas pas en bon état et pas propre. Une bâche kaki, un peu délabrée. Mais j'ai surtout le souvenir du pare-soleil… Je n'ai repéré personne à l'intérieur. Je ne l'ai pas vue arriver ni partir, elle était là pendant l'orage, et quand la grosse Anita et son biturin sont partis, elle était plus là.

— Votre description serait-elle celle d'une Jeep Willys ? s'enquit le chef Allard, à peine ironique.

— Exact, admit Lavot. Une Jeep Willys.

Marion contourna le groupe, rejoignit Talon resté en retrait. Il tenait un autre objet à la main et personne, à l'évidence, ne l'avait encore remarqué.

— Vous avez entendu ? lui demanda Marion, dans tous ses états. Une Jeep Willys. Ça vous rappelle quelque chose, non ?

— Bien sûr, dit Talon, mais il ne faut pas fantasmer, patron, le commissaire Cadaux l'a dit, il y en a des centaines dans la région.

— Vous êtes agaçant ! Moi aussi, je l'ai vue cette Jeep devant la *Bodega*. Et si c'était la même qu'à Baque-Morte ?

— Il n'y avait pas de Jeep à Baque-Morte, rectifia Talon en appuyant sur les mots. Vous avez dit que vous aviez vu une voiture blanche. Faudrait savoir !

— C'est un lapsus, admit Marion. Je pensais à la Jeep qui a tué la petite Céline Duroc. Reconnaissez que Baque-Morte n'est pas loin de l'endroit où elle est morte...

— OK, patron, on ira revoir cette baraque. Puisque vous y tenez... Moi j'ai trouvé mieux, je crois.

Il brandit ce qu'il tenait à la main, une touffe de poils, informe, constellée de débris organiques.

Marion examina l'objet qu'elle distinguait mal dans la pénombre, Talon se tenant légèrement à l'écart de la zone éclairée par les projecteurs.

— C'est une perruque, dit-il sobrement. Je l'ai trouvée dans le fossé, à trois mètres du chemin.

— C'est incroyable ! s'exclama Marion. Vous avez trouvé des cheveux ! Vous auriez dû être coiffeur !

— Je trouve ce qu'il y a à trouver, dit Talon sèchement. C'est pas ma faute si ce sont *souvent* des cheveux et si les autres ne voient rien.

Il désignait du menton les gendarmes affairés autour de Lavot que Marion entendait s'insurger car un militaire lui demandait s'il avait relevé le numéro minéralogique de la Jeep.

— Le numéro du moteur aussi et la date de la dernière vidange tant qu'on y est ! râla l'officier.

Ils se dirigèrent vers le groupe. Il fallait remettre la trouvaille aux gendarmes, ce que Talon fit à contrecœur. Marion examina, à la lumière, les cheveux bruns mouillés et collés entre eux, coupés au carré. Une étiquette cousue sur l'envers indiquait qu'ils étaient en vinyle véritable « Made in China ». Quelqu'un remarqua que la perruque paraissait récente malgré les désagréments qu'elle avait subis.

Marion suggéra alors au chef Allard de lancer une diffusion régionale pour retrouver la Jeep, ce qu'il approuva sans discuter. Un homme qui tenait un téléphone à la main le tendit au gendarme. Celui-ci écouta quelques instants puis se tourna vers Marion.

— C'est l'hôpital de Dax, dit-il. Quitterie Lorca a repris du poil de la bête. Le médecin pense qu'on peut l'interroger…

— Je m'en charge, dit Marion avant que le chef Allard ne la contrarie.

Elle s'engagea vers la sortie de la clairière et s'arrêta brusquement. Elle adressa à Allard un sourire charmeur :

— Vous pourriez faire conduire Lavot à Mont-de-Marsan par un de vos hommes ?

Le gradé acquiesça en retenant la question qui lui venait naturellement. Pourquoi, Mont-de-Marsan ? Lavot s'interrogeait aussi. Marion l'attira à l'écart :

— Le torero blessé. Manolito II. Il doit être sorti d'affaire à présent. Je suis sûre qu'il a des choses à nous dire.

— À cette heure-ci ?

— Y a pas d'heure…

— Je sais, bougonna Lavot.

39

Luna laissa se calmer son corps et ses sens frustrés. Elle n'avait trouvé aucun plaisir, aucune jubilation à toréer le flic. Il était déjà à moitié mort de peur en arrivant à Baque-Morte et la drogue avait eu sur lui des effets désastreux. Luna n'avait même pas eu le goût de s'en servir, comme elle l'avait fait avec les autres, avant de les tuer. Elle n'avait pas eu davantage envie de le mettre à mort. Affalée dans le fauteuil de cuir râpé, elle se concentra pour identifier le motif de sa contrariété. Elle se repassa le film de l'après-midi, lentement, en détaillant chaque séquence. En revivant l'épisode de la chapelle, puis la scène de l'habillage dans la chambre de l'*Hôtel des Arènes*, elle trouva ce qu'elle cherchait : son immense frustration, c'était Manolito II. C'est lui qu'elle aurait dû toréer ce soir, pas ce flic minable qui râlait encore dans la chambre de Stefano. Et d'ailleurs Stefano ne le connaissait pas, ne l'avait jamais vu. Ce flic ne lui avait rien fait, il ne pouvait donc prendre aucune revanche à le voir ainsi couché, avec ses banderilles dans le dos. L'évocation de Manolito fit monter en Luna une vague de colère et de haine.

Une bouffée qui la fit trembler des pieds à la tête et couvrit son corps de sueur.

En quelques secondes, sa décision fut prise.

Manolito II rêvait. À moitié abasourdi par les calmants, il voguait sur une eau apaisée. Le flux et le reflux lui montraient par intermittence une silhouette vêtue de rouge dont la peau incroyablement douce allait l'envelopper et l'emporter dans les étoiles. Il perçut un cliquetis de verre manipulé sans précaution et souleva une paupière. Une infirmière cinquantenaire bricolait la perfusion pour en contrôler le contenu. Puis, penchée vers le torero, elle vérifia les sangles qui l'immobilisaient sur le lit étroit.

— Si vous avez besoin de moi, je suis à côté, dit-elle sans douceur. Et ne vous agitez pas inutilement. L'interphone est branché, je vous entendrai. Reposez-vous.

Fatigué, Manolito ferma les yeux. Il voulait savoir ce qu'on lui avait fait, comment s'était passée l'opération de sa jambe, quand il pourrait se tenir debout, quand il pourrait descendre de nouveau dans l'arène. Mais il était trop épuisé et d'ailleurs la femme était déjà partie. Il entendit ses talons claquer dans le couloir, une porte battit au loin.

La sensation d'une chaleur proche et d'un parfum qu'il connaissait le tira brutalement de la torpeur dans laquelle il venait de se laisser glisser. Le visage penché sur lui n'était plus celui de l'infirmière revêche. Ce visage de madone, il l'aurait identifié, parmi des milliers d'autres, à ses contours délicats et à la finesse du grain de sa peau. Il murmura quelques syllabes indistinctes. Un doigt fin se posa sur sa bouche pour le faire taire puis des lèvres tendres le remplacèrent, parcoururent son visage, excitant les nerfs de ses paupières, de ses joues, de son menton. Une main glissa le long de son torse emprisonné, effleura ses bras pris dans les sangles sur lesquelles elle s'arrêta comme pour en éprouver la solidité. Quand elle parvint à son ventre, Manolito se tendit, autant qu'il pouvait. Ses lèvres laissèrent fuser un gémissement que musela de nouveau la bouche experte. Sous les doigts habiles, sa virilité prit forme. Caressé, manipulé, il se livra corps et âme, prisonnier ébloui.

À l'approche du plaisir, il s'offrit un peu plus à la main qui, pour différer la montée de l'orgasme, ralentit ses mouvements. C'est du moins ce qu'il crut, jusqu'à ce qu'une pointe froide effleure sa poitrine, déchire d'un geste sec la chemise de papier vert dont il était vêtu. Elle se posa sur sa peau, naviguia une seconde entre ses côtes, à la recherche d'un itinéraire praticable. Il voulut se dresser, se rebiffer, repousser la mort qu'il sentait à présent s'infiltrer près de son sternum, transpercer sa chair. Il perçut la chaleur du sang qui ruisselait sur sa peau tandis que la main qui tenait son sexe reprenait son rythme. Plus vite et plus fort, de plus en plus vite, de plus en plus fort. Il crut que son membre allait être arraché, déchiqueté. Il ne pensait plus à la jouissance qu'il avait espérée, il habitait ce sexe que la main pressait de toutes ses forces pour le faire éclater. La brûlure s'y fit plus grande, insupportable, la bouche si douce mordit ses lèvres au sang pour bâillonner ses cris tandis qu'une pression sèche et décidée expédiait dans son thorax la pointe qui le tuait.

40

Entre le journal télévisé et le film du dimanche soir, Abel Lafon tenta à plusieurs reprises de joindre Marion. Mais le numéro du téléphone portable le renvoyait inlassablement à une messagerie vocale dont les sons numérisés déformaient la voix de la commissaire, le faisant douter d'être réellement en contact avec elle. L'homme avait les répondeurs en horreur. Il ne savait jamais quoi leur dire, aussi décida-t-il de ne pas parler à celui-ci.

Marion devrait donc attendre pour savoir que le conseiller rentrait d'une patrouille du côté de Baque-Morte. Il n'avait pas plu sur la forêt de Salles, aucun orage n'était annoncé et la sécheresse persistait, inquiétant les autorités du département. L'après-midi même, bien que l'on fût dimanche, le préfet avait pris un arrêté interdisant toute circulation de véhicules à moteur sur les pistes forestières. Abel Lafon, exempté au titre de ses responsabilités à la DFCI, avait saisi ce prétexte pour aller vérifier sur place l'application du règlement.

Il avait longé à petite vitesse le grand carré de pins sylvestres, tassés au bord de la voie de chemin de fer. Son regard de professionnel avait fouillé les rangées d'arbres tassés les uns contre les autres, plus branchus que les pins maritimes, moins hauts et à la ramure plus dense. Au bout de la parcelle, là où s'arrêtait aussi le pare-feu, Baque-Morte offrait au soleil couchant sa façade morne et abandonnée. Abel était resté un moment à contempler les formes encore belles de l'ancien relais forestier puis avait repris sa route en direction de la voie ferrée.

Il avait alors surpris le ronflement d'un moteur et sursauté d'indignation : un intrépide avait bravé l'interdiction préfectorale ! Tendant l'oreille, il avait déterminé que cela venait de l'airial de Baque-Morte et il avait fait demi-tour pour s'en assurer et sévir. La maison était toujours aussi déserte et rien alentour n'avait confirmé ses soupçons sinon, au loin, le bruit étouffé d'un véhicule, s'éloignant par la piste des Espieds. Pour lever le doute, il avait fait à pied le tour de l'airial, examiné l'arrière de la maison et constaté que la porte de la remise était grande ouverte. Si le local était vide, en revanche, des traces de roues étaient imprimées dans le sol sableux, constellé de morceaux d'écorces de pin. De même, les herbes folles qui envahissaient l'ancien potager étaient écrasées, suivant une trajectoire qui coupait l'airial en deux jusqu'à la piste. Un véhicule était bien venu là et reparti. Abel Lafon en avait conclu que, puisqu'il ne stationnait pas dans l'enclos à son arrivée, c'est qu'il était caché dans la remise.

Au bord de la piste, il s'était penché pour ramasser un bout de chiffon noir abandonné, rouspétant in petto contre le laisser-aller constaté au quotidien dans les zones forestières que l'on prenait pour une décharge publique. Le tissu soyeux et finement ajouré dégageait un arôme subtil. Il ne s'agissait pas d'un vulgaire bout de tissu mais d'une mantille de dentelle, précieuse et délicate, empreinte d'un parfum de luxe.

C'est alors que le conseiller avait décidé d'appeler Marion.

41

Quitterie Lorca reposait sur son lit d'hôpital dans une chemise de coton blanc surpiqué de bleu. Marion examina avec curiosité le visage raviné de la grand-mère de Marie-Sola. De longues mèches blanches s'échappaient de son chignon à moitié défait et elle observait le plafond avec une fixité intense, comme si sa vie dépendait de ce qu'elle lirait dans les fissures. On lui avait retiré ses dentiers et ses lèvres disparaissaient, avalées par sa bouche d'où jaillissait, à intervalles réguliers, une langue pâle et craquelée.

— Elle va bien, dit le médecin qui accompagnait Marion et Talon au chevet de la vieille femme, du moins aussi bien qu'on peut aller à son âge. Elle est presque centenaire, cette grand-mère. Elle avait seulement besoin d'un bon bain et d'un repas. N'en abusez pas quand même !

— Elle ne parle pas, objecta Marion. Vous avez une idée, docteur, de la façon dont on peut communiquer avec elle ?

Le médecin était un jeune interne blond, dégarni, au regard piquant, affublé d'une inutile barbe rousse qui le vieillissait. Il se pencha vers Quitterie :

— Comment ça, elle ne parle pas ? Bien sûr qu'elle cause, n'est-ce pas grand-mère ?

La vieille cligna des yeux une fois et reprit sa contemplation immobile.

— Les gens du domaine des Chartreux disent qu'elle n'a pas prononcé un mot depuis des années, insista Marion. Elle a été victime d'un accident vasculaire cérébral : elle ne marche ni ne parle.

— Elle parle, je vous assure, s'obstina le médecin.

Marion s'assit sur l'unique chaise, approcha son visage de celui de la vieille Quitterie dont elle respira au passage l'odeur, un mélange de cheveux sales et d'haleine aigre. Elle recula instinctivement.

— Madame, vous m'entendez ?

Les paupières de la vieille dame clignèrent.

Elle entrouvrit sa bouche édentée, proféra une série de sons indistincts, incompréhensibles. Surmontant son dégoût, Marion se pencha.

La vieille émit un nouveau gargouillis. Marion leva les yeux vers Talon qui avait contourné le lit et se courbait à son tour sur le visage creusé. Il saisit la main squelettique et se mit à parler, avec une douceur qui surprit Marion. Quitterie se détendit peu à peu, elle parvint même à tourner légèrement la tête vers l'officier :

— Lufi, bafouilla-t-elle.

— Lufi ? répéta Marion, c'est quoi ça ?

— Lucie ? proposa Talon.

La vieille dame cligna des yeux.

— Lucie ? C'est la jeune fille qui s'occupe de vous ? suggéra Talon.

Nouveau battement de paupières. Quitterie crachouilla :

— Fait Luna.

— C'est Luna ? traduisit Talon.

La mère de José Lorca approuva.

— Ben voilà, vous avez tout compris ! apprécia le médecin qui avait observé la scène sans mot dire. Je vous la laisse. Une demi-heure, pas plus.

Ils poursuivirent leur travail de patience et, plus les mots sortaient de Quitterie, moins Marion comprenait. Des bribes de phrases et quelques noms arrachés, incohérents. La vieille avait fini par s'endormir sur ses secrets. Car Marion en était sûre : Quitterie Lorca ne disait pas tout ce qu'elle savait.

— J'ai besoin de votre aide, dit-elle au chef Allard, une fois qu'ils furent revenus à la brigade de Saint-Sever.

Des hommes surveillaient la *Bodega* et les environs du domaine des Chartreux. Anita et Jules avaient été transportés à la morgue de l'hôpital de Dax et la PJ de Bordeaux n'était toujours pas arrivée bien qu'il fût déjà vingt-trois heures. Lavot avait appelé Marion en quittant l'hôpital de Mont-de-Marsan : Manolito II était sous calmants, il n'avait pas pu lui parler. L'infirmière de nuit lui avait interdit de pénétrer dans la chambre mais elle avait promis de le prévenir dès que le torero serait en état de s'exprimer.

À Saint-Sever, les bars étant tous fermés, une femme de gendarme avait fait des casse-croûte pour tout le monde. Marion buvait une bière au goulot.

Le chef Allard attendit qu'elle ait terminé.

— Il me faudrait un ou deux véhicules tout-terrain et quelques hommes en civil, dit-elle enfin, c'est possible ?

— Tout de suite ?

Marion hocha la tête :

— Demain.

Le chef Allard claqua des doigts, fit signe à un gendarme qui mastiquait un sandwich au pâté.

— Tu t'en charges, Louis ? Le Mercedes et le Peugeot. Quatre hommes, ça suffira ? Quoi d'autre, commissaire ?

Marion se mit à arpenter la salle de rapports de la brigade, les mains dans le dos, préoccupée :

— Vous tenez une main courante dans votre brigade ?

Le chef Allard écarta les bras pour confirmer ce qu'il considérait comme une évidence. Marion poursuivit :

— Et ces registres sont archivés, je suppose ?

— Évidemment. On ne jette jamais rien dans l'armée.

— Vous pouvez me trouver ceux de l'année 1982 ?

Allard se tourna encore du côté du gendarme Louis qui sortit sans un mot. Marion eut pitié de son air intrigué :

— Quitterie Lorca nous a parlé de façon peu compréhensible, hachée et confuse, expliqua-t-elle. Malgré l'indéniable talent du lieutenant Talon pour confesser les vieillards...

Ce dernier, occupé à consigner les déclarations de Quitterie Lorca, justement, leva la tête :

— J'ai une grand-mère, dit-il simplement.

— Je croyais que Quitterie Lorca avait perdu l'usage de la parole, s'étonna Allard.

— Tout le monde le croyait. Le médecin estime qu'elle a toujours été capable de parler mais qu'elle s'est arrêtée de le faire d'elle-même. Curieux, non ? Lucie, cela vous dit quelque chose ?

— Lucie ? Non, je ne vois pas.

Le gendarme Louis revenait avec un gros bouquin à couverture noire qu'il posa sur la table.

— Lucie, dit-il avec une lueur d'intérêt dans ses yeux bruns, c'est la fille qui s'occupe de la mère Lorca.

— Parfaitement, dit Marion. Que savez-vous d'elle ?

Le gendarme se troubla un instant, puis proféra, comme pris en faute :

— Rien de particulier ! Elle est arrivée il y a trois, quatre mois, à peu près, à Saint-Pierre. Je l'ai personnellement vue une fois près du domaine, lors d'une patrouille de routine, et une fois ici, la semaine dernière. Elle est venue présenter son permis de conduire. Cela faisait suite à un contrôle routier des collègues de Dax pour excès de vitesse.

Marion se souvint de la jolie fille dans la Golf blanche, de son profil et de ses jambes, avec l'impression énervante qu'elle était tout près de quelque chose qui persistait obstinément à lui échapper. « Lucie c'est Luna », disait la vieille. Mais qui était Luna ? Et cette Lucie, avec ses cheveux auburn qui la faisaient ressembler à Marie-Sola... Marion tiqua, arrêtée par un soupçon irritant. Elle lança à Louis qui attendait :

— Une jolie brune... Beau brin de fille, non ?

Le gendarme approuva en rougissant.

— Vous avez son identité complète ? demanda-t-elle.

Il ouvrit un registre posé sur une étagère, identique à celui qu'il avait apporté des archives quelques secondes plus tôt.

— Lucie Carlo. Née le 25 juillet 1970 à Bordeaux. Domiciliée à Bayonne où sa voiture est immatriculée. Profession : aide familiale.

Marion aurait juré, vu le physique et l'allure de la fille, que ce métier n'était qu'une façade, une activité ponctuelle, ou de circonstance.

— Elle est la maîtresse de Lorca ?

Le gendarme confirma d'un signe de tête.

— Mais ce n'est qu'une rumeur, dit-il en hâte.

— Vous pourriez faire vérifier l'identité et le domicile de cette Lucie Carlo ? suggéra Marion.

Allard acquiesça et Louis retourna vers la porte.

— Quitterie nous a parlé d'une certaine Luna. J'ai compris qu'il s'agissait d'une fille qui a vécu au domaine. Cela vous dit quelque chose ?

— Rien du tout. Mais peut-être que Louis...

Mais Louis ne voyait pas, ni ne pouvait interpréter les affirmations de la vieille Quitterie selon lesquelles la mystérieuse Luna et Lucie n'étaient qu'une seule et même personne. Cette Luna aurait, si Talon avait correctement interprété les bafouillages, été associée au sort d'une femme prénommée Louisa, quinze ans plus tôt. Louisa, la femme de Stefano Sanchez. Marion avait bien compris que la vieille évoquait le mayoral et sa femme infidèle, éclipsés un soir avec leur fille – cette mystérieuse Luna ? – et jamais revus par ici.

— Cela voudrait dire, réfléchit Marion à haute voix, que cette jeune femme que nous avons vue au domaine pourrait être la fille des Sanchez.

Cerise sur le gâteau, Quitterie avait baragouiné que, si Lucie était Luna, en revanche Luna n'était pas celle qu'on croyait. Le chef Allard se prit la tête entre les mains :

— On n'est pas sortis de l'auberge !

— Elle a parlé d'une certaine Sola, reprit Marion. Sans doute fait-elle allusion à Marie-Sola Lorca, sa petite-fille. Quoique là, c'était encore plus embrouillé. C'est curieux d'ailleurs, vous ne trouvez pas, chef ? Sola et Luna. Le soleil et la lune...

— Incompréhensible, se lamenta Allard. Elle est un peu sénile, Quitterie Lorca, je ne vois pas ce que l'on peut tirer de tout ça. Je ne sais que vous dire, commissaire.

Marion s'acharnait, pourtant, à essayer de comprendre.

— Elle prétend que son mari, César Lorca, a été assassiné. Par son propre fils, José.

— C'est du délire !

— Elle l'a répété trois ou quatre fois.

— Doux Jésus ! murmura Allard, impressionné.

— J'aimerais savoir si vous avez quelque chose à ce sujet. S'il y a eu un accident, on doit en retrouver la trace et une procédure.

Le chef Allard désigna du doigt le registre extrait des archives.

— Je vais vérifier... En tout cas, dès que José Lorca sera de retour, il faudra qu'il s'explique. C'est incroyable, les accusations de sa mère, si longtemps après...

Marion acquiesça distraitement, apostropha Talon :

— Il faut aller à la mairie de Saint-Pierre ! Marie-Sola Lorca est née au domaine, dans cette commune... Son père aussi. On apprend toujours beaucoup des registres d'état civil.

Le chef Allard se rangea à cet avis :

— J'appellerai la secrétaire de mairie demain matin.

— On ne peut pas faire ça maintenant ?

Marion ne supportait pas de devoir attendre. Pour le coup, cette hâte se justifiait : le temps pressait, les morts se multipliaient. Un mauvais présage faisait peser sur son estomac le sandwich trop vite avalé. Elle insista auprès d'Allard, autant par impatience que pour s'assurer qu'elle avait affaire à un vrai soldat.

— D'accord, céda-t-il, je vais la réveiller. Mais j'irai moi-même, avec votre lieutenant, le maire pourrait prendre ombrage d'une intrusion nocturne dans sa mairie...

— Merci, dit Marion.

Alors qu'Allard s'emparait du téléphone, le gendarme Louis passa la tête par la porte. Il avait l'air d'un gamin pris en faute.

— Je... j'ai... enfin... chef ! bredouilla-t-il.

Le chef Allard dévisagea l'homme par-dessus ses lunettes de presbyte :

— Une bourde ?

— J'ai vérifié à la préfecture des Pyrénées-Atlantiques. La Golf...

Il s'interrompit, les yeux en l'air, au supplice.

— Quoi, la Golf ?

— Elle appartient à une congrégation religieuse, dit Louis très vite. Je ne comprends pas.

— Elle est signalée volée ?

— Non, chef.

— Vous avez bien vérifié l'authenticité de la carte grise que la fille a présentée ? l'acheva Marion.

— Bien sûr ! s'offusqua le gendarme. Je sais ce que je fais !

— Tu as regardé la carte grise ou les yeux de la fille ? Son décolleté, peut-être ?

330

Allard semblait furieux.

Louis baissa les yeux en se récriant qu'il était sûr de lui : la carte grise était établie au nom de la fille. Lucie Carlo.

— Et cette congrégation se trouve où ? demanda Talon.

— À Saint-Ange-des-Monts, dans les Pyrénées Atlantiques. Le couvent des sœurs de la Visitation.

— Fichtre ! s'exclama Marion de plus en plus larguée.

— Il existe de nombreuses étapes de ce genre dans la région, expliqua le chef Allard. C'est sûrement sur la route de Saint-Jacques-de-Compostelle ou pas loin. Ça ne nous dit pas quel rapport il y a entre ce couvent et cette... Lucie.

— Vous avez vérifié son adresse à Bayonne ?

— Vous avez vu l'heure qu'il est ! objecta Louis.

Le regard noir de Marion et celui courroucé de son chef firent avorter ses protestations. Il fila en vitesse exécuter les ordres.

— Ces jeunes ! soupira Allard. À peine sortis des jupes de leur mère, ils sont affectés dans des brigades rurales. Couchés tôt, levés tard. Ça peut pas faire des champions...

Il composa un numéro sur un vieil appareil à cadran et attendit longuement avant de pouvoir se confondre en excuses. Après avoir raccroché, il agita la main comme s'il s'était brûlé :

— Elle est pas contente, la dame... On y va, monsieur Talon ?

Il désigna les registres alignés sur la table :

— Je vous laisse faire ? Vous avez tout le temps et n'hésitez pas à appeler Louis à la rescousse.

Lavot fit son entrée alors que Marion se disposait à se mettre au travail. Avant qu'il ait pu dire un mot, il avait déjà trois jours de travail devant lui. Il ronchonna en se rendant dans la pièce voisine pour y écumer les archives en utilisant et croisant toutes les identités apparues dans les différentes enquêtes en cours. Marion ferma la porte et, avec un soupir, ouvrit le gros bouquin noir.

42

Quand Luna s'installa au volant de sa voiture, son rythme cardiaque était celui d'un sportif de haut niveau. À croire qu'au lieu de débrider son cœur l'assouvissement de ses pulsions de mort l'apaisait. Elle revint à vive allure à Baque-Morte, après avoir laissé la Golf à la grange des Espieds et récupéré la Jeep.

Un moment plus tard, elle se glissa dans la vieille maison et sentit la fatigue l'assaillir. Une formidable envie de dormir la fit se lover dans le fauteuil de cuir, ses bras resserrés contre son buste. Alors qu'elle allait sombrer dans le sommeil, un léger bruit, peut-être un frôlement ou les pas d'un animal en chasse, la fit sursauter. Elle se dressa, les sens en alerte, le souffle suspendu : quelqu'un rôdait autour de Baque-Morte. Du moins le crut-elle et elle en éprouva une sensation désagréable. Elle avait déjà eu peur qu'on ne la surprenne lorsqu'elle était venue estoquer ce minable flic dont les cris de souffrance révoltée, à la troisième paire de banderilles, avaient fait jaillir ses souvenirs comme une source malodorante.

Louisa s'est couchée sur le côté. Ses seins blancs sont couverts de sang. Elle s'est évanouie à deux reprises. La troisième paire de banderilles l'a ranimée et replongée dans l'horreur. Les hommes se sont tus quand le maître a ordonné l'estocade. Jules Dante, dégrisé et hébété, vacille, cloué au sol par la trouille. C'est Manuel Bianco, Manolito qui s'avance. Il claque des doigts en direction de son valet d'épée. L'atmosphère est chargée des relents de vin et de sueur. Les hommes terrorisés essaient de gagner la porte mais le maître ordonne que tout le monde reste sur place. Il faut aller au bout de la tierce. Le valet pose la boîte à épées sur la table après avoir repoussé les assiettes et les verres sales de son avant-bras replié.

Les murmures reprennent tandis que Manolito s'avance. Anita a remis du vin dans les pichets, des verres sur son plateau. Elle les remplit en encourageant les hommes à boire. Elle hait Louisa depuis toujours. Louisa est belle et bonne, Anita est laide et acrimonieuse. Elle voudrait épouser Jules mais lui, comme les autres, ne voit que Louisa. Manuel Bianco a saisi l'épée. Il avale d'un trait le verre tendu par Anita. Il se prépare, lève la lame.

Dans le grenier, la fillette retient un cri. Elle regarde sa compagne qui ne bouge pas et dont les yeux vides n'expriment qu'indifférence et mépris.

Un mouvement se fait du côté de la porte. Stefano entre, vêtu de ses habits du dimanche, d'un grand chapeau noir qu'il retire pour s'approcher du maître. Il pose sur Louisa à terre un regard froid, dénué de pitié. Puis il se plante devant Manuel Bianco :

— Tu ne peux pas estoquer dans cette tenue, tu es un torero, il te faut mettre l'habit. Laisse-moi faire.

Alors la fillette bondit. Elle se détend comme un ressort, court à travers le grenier, heurtant des objets tapis dans l'ombre. Elle dévale les marches jusqu'au pied de l'escalier où Esmeralda et Quitterie sont embusquées. Les femmes semblent terrifiées, mais elles ne peuvent pas s'en mêler, c'est une affaire d'hommes. Sauf que Louisa est la mère de Toine. Et que, lui, jamais il n'aurait fait une chose pareille. Toine torée les taureaux, pas les femmes sans défense. « Louisa est une traînée », clame le chœur des femmes. « Et Toine n'est pas le fils de Stefano, il n'est le fils de personne. C'est un bâtard, un moins que rien comme sa mère. Jamais il n'aurait pu être torero, à cause de son mauvais sang. » La fillette crie sa fureur, les larmes jaillissent de ses yeux mordorés. C'est Quitterie qui lui donne le coup de grâce : le matin de la mort de Toine, elle lui a dit la vérité sur sa naissance. Il l'avait défiée, affirmant qu'il serait un grand maestro, une gloire, une grande figure, sans l'aide de personne. Elle s'est moquée de lui : il n'est qu'un bâtard et le maître ne le laissera jamais toréer. Alors Toine est allé dans le pré, défier le toro. Paul a ouvert la porte du coral mais n'est-ce pas Toine qui l'a voulu, à cause du secret de sa mère, de son péché ? Ils ont tué Toine. Ce n'est pas un Cameron, un Catalan, un Fusilito ou un de leurs frères, mâles toros braves, qui l'ont fait mourir. Les tueurs sont là, derrière la porte. Et parmi eux, Louisa, sa mère. La haine dévaste le cœur de la fillette, une voile rouge explose devant ses yeux dorés. Toine est mort à cause de Louisa et de ses fautes.

Alors elle se jette en avant, franchit le barrage des femmes. Leurs mains se tendent en vain. Elle court, elle est déjà dans la grande salle. Avec un rugissement sauvage, elle dévore l'espace. Sa longue chevelure pâle vole derrière elle. Elle ne voit rien, ni personne, ni les mains qui se tendent, ni les bouches ouvertes sur des cris muets, ni les verres qui explosent sur son passage au souffle de sa colère. Stefano se trouve sur sa route, l'épée dans les mains. Elle la lui arrache avec une force terrible. Il résiste, les mains en avant. L'épée transperce sa main droite, effleure son bras, zèbre sa joue. Il recule sous l'assaut. Les hommes statufiés se taisent brutalement. Seuls les cris de Luna emplissent le silence et la voix du maître qui tonne : « Empêchez-la ! Va-t'en ! Sors d'ici ! » Mais la fillette se déchaîne, fouettée par la voix qu'elle exècre. Elle est aveuglée, elle ne sait pas si c'est par la haine ou les larmes. Sa vue se brouille, les sons autour d'elle se déforment. Elle aperçoit Louisa, gros tas informe baigné de sang. Elle se rue, l'épée en avant.

Le flic hurlait par saccades. La musique couvrait à peine ses cris de bête à l'agonie. Luna jubilait, tremblante d'excitation. Le flic pouvait toujours gueuler, personne ne l'entendrait grâce aux couches superposées de l'isolant qui couvrait les murs de la chambre. C'est alors que Luna avait remarqué la porte de la chambre restée entrouverte. Le rôdeur, peut-être ce sale gamin qui torturait les animaux à longueur de temps, avait-il entendu des bruits inhabituels ? Depuis l'apparition de la policière blonde, elle accumulait les erreurs qui pouvaient sonner le glas de son projet. La nuit dernière, dans la forêt, elle avait arraché sa perruque pour défier Jules et Anita et après, elle l'avait cherchée en vain dans le sous-bois gorgé d'eau. Pour aller à la corrida, elle avait dû se bricoler une coiffure décente avec sa mantille et un postiche acheté en toute hâte dans un supermarché. Ce soir, elle avait perdu la mantille et le postiche, mais elle était incapable de se souvenir du moment où c'était arrivé. Au chevet de Manolito II, c'est le descabello qu'elle lui avait enfoncé dans le cœur qu'elle avait oublié.

Elle écouta dehors de toutes ses forces, ne capta que le grondement de son sang contre ses tympans. Sans bruit, elle glissa jusqu'à une fenêtre et hasarda un œil par la fente d'un contrevent. De l'autre côté de l'airial, au bord de la piste, il y avait le Toyota rouge. Le cœur de Luna s'emballa.

Le vieux bonhomme de la forêt était revenu ! Et peut-être n'était-il pas seul, mais escorté de gendarmes et de flics qui allaient investir Baque-Morte, emmener Luna, l'enfermer. Son corps se révolta à cette pensée. La sueur la mouilla tout entière.

Puis elle crut entendre la voix, lointaine, de sa mère, Esmeralda : « Si telle est la volonté de Dieu... va jusqu'au bout ! » Elle devait terminer ce qu'elle avait commencé. Avec Anita et Jules, faute de préparation et de matériel, elle avait bâclé le travail, exécuté l'affaire de travers. Elle se sentit piégée dans cette maison, elle en perçut brusquement le froid, l'humidité, les relents pestilentiels qui sortaient de la chambre. Elle la trouva hostile, ennemie. D'un seul coup, elle scella le sort de la vieille baraque. Quand elle partirait demain, elle la brûlerait. Car, à présent, dans l'obscurité qui faisait naître les ombres bruissantes des premières chauves-souris, elle se sentit en grand danger. Il fallait en finir. Partir de Baque-Morte et aller où son chemin devait se terminer : au domaine des

Chartreux, tuer le maître. Elle avait fait tout ce chemin pour ça, seulement pour ça. Demain, il reviendrait avec la dépouille de l'usurpatrice et il l'enterrerait. Au village, dans le caveau de la famille ? Ou sous les grands pins au fond du parc ? Une autre séquence surgit du passé.

L'épée a transpercé le cou de Louisa. La carotide tranchée, elle a basculé sur le dos dans un ultime soubresaut. Son sang coule en rigoles jusqu'aux pieds de la fillette, muette, encore tremblante de rage meurtrière. Les hommes l'ont attrapée mais elle s'est débattue et elle reste là à contempler le cadavre de la femme impudiquement offerte aux regards des autres. Personne ne songe à rabattre sur ses cuisses la robe maculée de sang. Le maître claque des doigts en se levant lourdement de son siège. Il appelle Pierre et Roger et d'autres encore. Il se tient au milieu d'eux, les dévisage sans mot dire, l'un après l'autre. Il s'arrête sur la face ravagée de Stefano qui triture son chapeau de mayoral, plus pâle que le cadavre de sa femme. Le maître pose sa main épaisse sur l'épaule de l'homme qui ne baisse pas les yeux. La fillette surprend, dans le regard de Stefano, l'étincelle de haine, le feu qui va, à n'en pas douter, le dévorer vivant de l'intérieur.

— Il ne s'est rien passé ici, martèle le maître à voix contenue, rien. Tu m'as compris, Stefano ?

Le mayoral essaie de répondre, il cherche son souffle au fond de sa poitrine. Il s'étrangle, aucun son ne sort.

— Rien, Stefano, il ne s'est rien passé. Et vous autres, vous n'avez rien vu.

Il se tourne vers les hommes qui baissent les paupières, contemplent le sol, obstinément.

— Vous savez ce qui vous attend si vous pro-
noncez un seul mot. Pierre, Roger, allez creuser
un trou. Dans l'enclos des sementales. Sous les
étalons, c'est la meilleure place pour une femelle
en chaleur.

Le maître émet un rire, proche du rugissement,
qui égratigne les oreilles de la fillette.

Les hommes obéissent, se saisissent du corps de
Louisa. Son sang a cessé de couler en même temps
que la mort la prenait. Elle est lourde et ils peinent
à la porter au-dehors.

Le maître reprend la parole, s'adresse encore une
fois à Stefano :

— Stefano, cette femme n'était rien. Comme toi.
Comme elle.

Sans la regarder, il désigne du doigt dans son dos
la fillette aux cheveux pâles.

— Vous n'êtes rien.

La petite regarde son dos massif. Elle est à son
image, faite du même bois dur, lisse comme celui
du toro qui fixe le sol de Baque-Morte de ses yeux
morts. Ils ont le même sang, un sang froid d'êtres
implacables, loin des humains. La fillette sait ce
qu'il pense, à cet instant, et ce qu'il va faire : il va
tuer ceux qui lui résistent, ceux qui le menacent.
Il va tuer Stefano puis, la tuer, elle.

Demain, le maître va mourir. Luna en a décidé
ainsi au sortir de son souvenir. Elle a été la faille
du monstre comme, il y a longtemps, Toine avait
été la sienne. Un monstre ne faillit pas mais si,
par malheur, cela arrive, il s'en souvient toujours
comme d'une blessure inguérissable. Demain, le
maître se souviendrait.

Mais avant demain, il y a ce soir.

Elle s'efforça de réfléchir. Que pouvait soupçonner le bonhomme des bois ? Qu'avait-il vu ? La Jeep dans la remise ? Avait-il repéré des traces de ses passages à Baque-Morte ? Avait-il entendu la musique, les cris du flic agonisant ?

Elle attendit, longtemps. Tendue vers l'extérieur, elle s'habitua au silence peuplé de craquements, de cris aigus d'oiseaux de nuit et des « vlouf » des chauves-souris qui frôlaient son crâne en accomplissant d'étranges ballets sans fin sous les tuiles. Un choc plus fort du côté de la remise la fit se dresser, des picotements envahirent le dos de ses mains. Le vieux bonhomme était là, derrière le mur.

Il était plus de vingt-deux heures et la nuit n'en finissait pas de tomber. La forêt sombrait doucement dans une torpeur tranquille qui gommait les formes, aplatissait les cimes des arbres, allongeait leurs ombres. Les chauves-souris avaient déjà entamé leur ballet silencieux au-dessus du toit de la ruine et les oiseaux diurnes s'étaient tus. Le Toyota abandonné à bonne distance, Abel Lafon marcha avec précaution dans l'airial en direction de la grange. Pas un bruit, pas un mouvement. Parvenu au fond de l'enclos, il ressentit les lieux comme une menace. La sueur dégoulinait dans son dos et son cœur battait trop vite. Il tenta de se représenter ce qu'il dirait si quelqu'un survenait. Il invoquerait les risques d'incendie car, dans l'immédiat, c'était ce qui lui importait : vérifier que des inconscients ne faisaient pas des choses interdites. Le reste, ce n'était pas ses affaires. Il scruta les environs. Rien ne bougeait que quelques invisibles oiseaux de nuit froissant les feuilles des grands chênes. Aucune présence humaine décelable, aucun bruit insolite. Il parvint à la remise, une inutile torche au bout du bras : on y voyait presque comme en plein jour. La grande maison dressait ses murs aveugles dans une fixité absolue. Abel Lafon se sentit oppressé, se demandant pourquoi il était revenu jusque-là.

Il n'eut pas à s'interroger longtemps. Au moment où il éclairait sa torche pour regarder à travers les planches de la remise, le ciel lui tomba sur la tête tandis que le sol sautait brusquement jusqu'à son visage. La lampe s'éteignit en heurtant la terre en même temps qu'il perdait connaissance.

43

À deux heures du matin, alors qu'elle venait de sombrer dans un sommeil sans rêves, Marion fut réveillée brutalement par une furie qui la braquait avec un revolver sous la lumière crue du plafonnier. Elle cilla violemment, incapable d'identifier la personne qui s'agitait à contre-jour. La femme ricana :

— Ah ! la belle commissaire, elle est pas terrible, dans cette tenue !

Marion reprit très vite ses esprits. Elle était ainsi faite qu'elle pouvait sortir d'un sommeil profond en quelques dixièmes de seconde. Son arme de service était hors de portée, mais elle se dit que son interlocutrice n'en voulait pas à sa vie. Sinon elle l'aurait exécutée dans le noir, sans préavis. Elle fit un effort pour accommoder sa vision mais avant même d'y parvenir, elle reconnut la voix de sa visiteuse.

— Où est-il ? cracha la ravageuse Janita Moreno.

Marion s'assit le plus calmement qu'elle put, sans geste brusque. Elle croisa les bras sur sa poitrine, secoua les mèches qui lui tombaient dans les yeux.

— Sous le lit peut-être ! ironisa-t-elle, sans douter un instant de qui il était question.

Janita s'agenouilla, pencha le buste en avant tout en gardant son arme braquée sur Marion.

Elle se redressa, bredouille.

— Dans le placard ? suggéra Marion.

L'arme toujours pointée sur Marion, Janita alla ouvrir le placard, passa la main à l'intérieur, remuant les quelques vêtements suspendus sur des cintres en fil de fer.

— Vous êtes grotesque ! affirma la commissaire. Et rengainez votre artillerie, ça peut être dangereux.

— Ne me provoquez pas ! Je suis capable de vous buter.

Marion bâilla ostensiblement.

— Vous me fatiguez, lieutenant Moreno. Donnez-moi ça !

Janita Moreno baissa les bras sans lutter davantage. Elle se métamorphosa, s'assit sur le bord du lit. Sa lèvre inférieure se mit à trembler. Cadaux méritait le pire mais pas qu'une femme pleure sur son sort. « Elle l'a vraiment dans la peau », songea Marion à qui une chose pareille n'était jamais arrivée. Elle avait été amoureuse, plusieurs fois, intensément, passionnément, sans mesure. Mais jamais elle ne s'était sentie prête à tout, folle de jalousie au point de perdre son âme et sa dignité. Jamais elle n'avait supplié, comme le faisait le lieutenant Moreno, qu'on lui rende son homme, qu'on lui dise au moins où il était pour qu'elle puisse aller le chercher, le ramener, l'étouffer de son amour.

— Je le croyais avec vous, en train de baiser, hoqueta Janita en se tassant un peu plus.

— Désolée, dit Marion, glaciale.

— Je le cherche depuis ce matin. Il est sorti acheter des croissants à huit heures et... pfft... envolé. Je l'ai attendu toute la soirée. Le procureur de Dax aussi. Pour le double meurtre des Chartreux. Finalement on a dû rappeler le permanent. J'ai menti au magistrat, j'ai affirmé que Philippe était déjà sur place...

— Il n'a pas disparu, je l'ai vu à Mont-de-Marsan, cet après-midi. À la corrida. Ensuite je ne sais pas.

Janita se dressa, son regard flamboyait de nouveau :

— Avouez que vous avez couché avec lui ! cria-t-elle.

Avouer ce genre de chose à une femme ivre de jalousie et de rage était bien la dernière bêtise à faire. Elle avait appris de son premier chef de service, un homme expérimenté, sage et avisé, qu'en matière d'adultère ou de coucherie il ne fallait jamais rien reconnaître, même l'évidence. Car, plus les gens sont jaloux, plus ils veulent savoir. L'enfer commence juste après.

— Lâchez-moi avec ce connard ! dit Marion sèchement. Cadaux ne m'intéresse pas. Et si j'ai un conseil à vous donner, reposez-vous et laissez-moi dormir. Demain...

Lavot s'encadra dans la porte, l'empêchant de poursuivre :

— Besoin d'aide, patron ?

— Manquait plus que lui, marmonna Janita, en se tournant vers l'officier qui dominait les deux femmes de son impressionnante carrure.

Marion remarqua que, spontanément, Janita Moreno avait cambré la taille et tendu la poitrine.

Malgré la torture que lui infligeait son amant infidèle, la présence d'un mâle réactivait aussitôt ses bas instincts.

— Je connais un truc infaillible, dit Lavot, tout sourire. Quand on se fait faire marron par un mec, il faut lui rendre la pareille tout de suite.

— Et tu es volontaire, je parie ? gouailla Janita. Vous devriez dire à ce singe de rentrer dans sa cage, ajouta-t-elle à l'adresse de Marion.

Lavot, en jeans et tee-shirt, ses boots aux pieds, avança d'un pas, orageux. Marion intervint avant que les choses ne se gâtent :

— Vous n'étiez pas encore couché ?

Lavot fit la grimace.

— J'attendais que Talon revienne de la mairie. J'avais pas sommeil. Je me suis demandé même si j'allais pas retourner à l'hosto à Mont-de-Marsan attendre le réveil de l'autre pingouin. Enfin, je savais pas trop...

Il consulta sa montre.

— D'ailleurs je me demande où il est, Talon...

— Il est là, dit l'intéressé en pénétrant dans la chambre qui parut brusquement insuffisante à les contenir tous.

Marion avait décidé de maintenir leur base à *La Bodega* dont les gendarmes avaient perquisitionné le café et la maison d'habitation et gardaient les abords. La bâtisse paraissait sinistre sans ses occupants habituels, mais trouver un autre logis au milieu de la nuit n'était pas envisageable.

Talon était pâle de fatigue, il se figea à la tête du lit, considérant sa patronne d'un air morne, indifférent à sa tenue de nuit, un débardeur aux tons passés qui bâillait sur ses seins.

— Alors ? lança Marion, complètement réveillée. Intéressant ?

— Si on veut.

— Asseyez-vous, ajouta-t-elle en désignant le lit d'un geste large.

Talon hésita, chercha autour de lui. Quelques effets vestimentaires et l'arme de service de Marion encombraient l'unique chaise. Il repoussa les vêtements et s'assit sur le bord du siège. Puis il tira une liasse de papiers de son cartable. Lavot profita de la situation pour se coller à Janita qui le laissa faire sans broncher. Talon toussota :

— J'ai relevé de nombreuses données d'état civil concernant la famille Lorca, implantée dans la région et le village de Saint-Pierre depuis plusieurs générations. La secrétaire de mairie connaît tout le monde, mais elle n'est pas commode. Il y a chez tous ces gens une réserve terrible comme s'ils avaient toujours peur d'en dire trop.

— C'est l'effet Lorca, affirma Marion.

— César Lorca, le père de José, est né, s'est marié, avec Quitterie, et il est mort à Saint-Pierre. José Lorca est né et s'est marié à Saint-Pierre.

— Il a des frères, des sœurs ?

— Une sœur morte à la naissance, un an avant lui. Il est donc, *de facto*, fils unique. Il s'est marié en 1966 avec Esmeralda Sanchez, espagnole de naissance, sœur de Stefano Sanchez, le mayoral. C'est elle qui l'a fait venir aux Chartreux avec sa femme, Louisa-Dolores. À leur arrivée, ils avaient déjà un fils, Antoine. Il avait trois ans. Il est mort en 1982. Deux autres enfants sont nés au domaine, Manuel en 1968 et Maria en 1970. Les Lorca, comme vous le savez, n'ont eu qu'une fille, née en 1970 aussi. D'ailleurs, il y a, à ce propos, une coïncidence étonnante. Les deux fillettes sont nées pratiquement en même temps, en juillet 1970, à un jour d'écart. Elles ont été toutes les deux baptisées Marie, enfin Marie et Maria.

— Ah ! rêva Marion, la voilà, la fille de Stefano Sanchez. Celle qui a disparu avec ses parents, il y a quinze ans. Pas de Luna ou de Lucie ?

— Non, rien de ce genre.

— Je ne comprends pas, murmura Marion, déçue.

— Les filles ont été élevées ensemble, reprit Talon, elles étaient inséparables, selon la femme de la mairie.

— Et Sola ? interrogea Marion. Pourquoi Sola alors que cela ne figure pas sur le registre ? Ce sont des surnoms ?

— Je l'ignore. Personne ne sait. José Lorca devrait pouvoir éclairer notre lanterne.

Il n'y avait rien d'autre à dire sinon que la secrétaire de mairie avait vraiment ronchonné d'avoir été tirée de son lit au milieu de la nuit et d'avoir dû déballer une telle quantité de registres pour un si maigre résultat.

— Et vous, patron ? s'enquit Talon. Vous avez du nouveau ?

Marion bâilla.

— J'ai lu la procédure concernant la mort du père Lorca, César. Selon les conclusions, il s'agit bien d'un accident. Toutefois le seul témoin sur lequel repose cette hypothèse c'est son fils José qui était avec lui au moment des faits. Mais pour inverser le cours des choses et rouvrir ce dossier, il faudrait un événement majeur... Une enquête figure aussi dans le registre de 1982, suite au décès accidentel d'Antoine Sanchez, tué par un taureau dans un pré du domaine. Contrairement à ce qu'a prétendu Anita, il y eut deux témoins, Paul Demora et Marie Lorca. Nous ne saurons jamais pourquoi Anita n'a pas dit la vérité. En tout cas les deux enfants furent incapables de donner une version cohérente des faits. La fillette était en état de choc. Au passage, on remarquera qu'elle est mentionnée sous le nom de Marie et non de Marie-Sola. Sola doit donc bien être un ajout. La disparition de la famille Sanchez, cette même année 1982, n'est pas mentionnée dans la main courante. Du moins pas comme telle. José Lorca a seulement envoyé quelqu'un signaler qu'on lui avait volé une voiture et les gendarmes ont associé ce vol au départ des Sanchez. Ils ont enquêté, bien sûr, mais personne ne semblait au courant de rien et ils n'ont jamais retrouvé les disparus. À mon avis, les gens se sont tus.

— A propos de quoi ? s'étonna Talon.

— Je ne sais pas, dit Marion. Il est possible que des faits graves se soient passés et qu'il se soit instauré une sorte de loi du silence autour.

— Quel rapport avec nos affaires ? marmonna Lavot.

— Peut-être quelque chose qui revient sur le tapis aujourd'hui. La mort du vieux Lorca, celle du fils Sanchez, Toine… Ou bien la fuite des Sanchez. Allez ! vous devriez aller vous coucher, conclut Marion, épuisée. Les troupes pas fraîches ne sont bonnes à rien. On a besoin de toutes nos forces, demain.

Lavot se retourna vers Janita. Ils se reluquèrent sans équivoque.

— Je n'ai pas sommeil, dit Talon en quittant brusquement sa chaise. Je vais aller faire un tour au domaine.

Marion hésita. Pour quoi faire, en pleine nuit ? se demanda-t-elle en sentant ses forces l'abandonner.

— Je vais juste renifler l'ambiance, précisa l'officier.

— D'accord, dit-elle, faites comme vous voulez, mais soyez prudent. Et prenez mon portable !

Puis elle sombra dans le sommeil comme on s'évanouit.

44

Surgissant de derrière la montagne, le soleil incendia d'un seul coup le couvent des sœurs de la Visitation, accroché au flanc du pic des Crécelles. Le front collé à la vitre sertie de plomb, Esmeralda ressentit la même émotion profonde qui la gagnait à chaque fois qu'elle assistait à ce spectacle. Le premier rayon, la première seconde de lumière qui frappait son regard d'humain émerveillé par le miracle du monde, était son cadeau quotidien depuis quinze ans. Un présent divin. Esmeralda baissa les yeux vers la vallée. La brume et la nuit noyaient encore le village de Saint-Ange-des-Monts mais, bientôt, la camionnette de Gérard allait en jaillir dans les toussotements de son moteur poussif, exténué par la montée raide et des années de grimpette jusqu'aux sœurs, enfermées dans leur nid d'aigle et leurs prières, recluses loin du monde et de sa chienlit.

Au moment où elle s'y attendait, à l'heure très précise où ils arrivaient tous les lundis matin, Gérard et son vieux Berliet débouchèrent sur l'esplanade. Ils s'arrêtèrent devant le portail de bois sombre ponctué d'énormes têtes de clous et surmonté de flèches acérées, des fois que des audacieux auraient voulu s'en prendre à la vertu de la vingtaine de religieuses quinquagénaires, déjà en prière depuis le milieu de la nuit.

Esmeralda essuya ses mains à son tablier, délaissant pour quelques minutes l'épluchage des légumes pour courir au-devant de Gérard, sa seule distraction de la semaine. Tous les lundis, le livreur apportait le ravitaillement, il ne restait que quelques minutes, le temps autorisé par la mère supérieure pour déposer ses cageots, ses caisses et ses bidons. Après quoi il remontait dans son camion et redescendait vers la civilisation. Esmeralda sortit de sa cuisine, dévala les quelques marches qui menaient à la cour pavée, ouvrit le portail et sourit à Gérard qui répondit à son salut par un grognement. Il disparaissait presque entièrement derrière un gros carton de victuailles et il marmonna une de ses mauvaises pensées du lundi. Il y était question du prix des légumes qui ne cessait d'augmenter et du gouvernement, un ramassis d'incapables. Précédant l'homme, petit et trapu, Esmeralda pénétra dans la cuisine, une vaste pièce au plafond bas, inondée de soleil. Elle se précipita vers le grand fourneau où se tenait au chaud une cafetière en aluminium poli par des années d'usage quotidien. Avec un sourire de connivence, elle se pencha sur la réserve de bûches, déplaça un gros rondin qui dissimulait une bouteille pleine d'un liquide translucide. Elle retira le bouchon, versa une rasade de marc dans un grand bol qu'elle posa sur la table. Gérard effectuait son troisième et dernier voyage pour apporter la livraison et il n'avait pas encore prononcé un mot. Esmeralda lui tendit le bol fumant que l'homme huma brièvement avant d'y plonger le nez. Il but à longs traits sous l'œil passionné de la femme, claqua la langue avec une satisfaction gourmande puis essuya sa moustache grisonnante d'un revers de manche.

— Quelles sont les nouvelles ? interrogea la femme avec une avidité mal dissimulée.

— Des morts, des drames, un accident d'avion, pas grand-chose, éructa Gérard.

— Je voulais dire, en bas...

— Tu veux dire, la corrida ! grimaça le livreur d'un air entendu. Pas de quoi se taper le cul par terre. Sauf que le drôle s'est fait « prendre »...

Un silence pesant tomba entre eux. Esmeralda comprit, à l'air sombre de Gérard, que l'issue n'avait pas été favorable au « drôle », Manolito II.

— J'ai entendu à la radio qu'on l'a retrouvé mort cette nuit à l'hosto. C'est pas la cornada qui l'a tué, c'est quelqu'un qui est rentré dans sa chambre. C'est fou.

Il plongea la main dans la poche intérieure de sa veste en velours informe, élimé jusqu'à la trame, et en retira un exemplaire de *Sud-Ouest* roulé menu.

— Tu liras, dit-il avec sobriété, mais fais gaffe à la mère supérieure, hein ! Tu sais qu'elle m'interdit de monter le journal.

— Je sais, dit Esmeralda, je le brûlerai dans la cuisinière quand j'aurai fini de le lire.

Gérard n'avait pas eu le temps de refermer la bâche de son camion que déjà Esmeralda s'était jetée sur les nouvelles. Pressée d'aller à ce qui l'intéressait, elle ne remarqua même pas les photos d'Anita Mano et de Jules Dante qui s'étalaient en première page. D'ailleurs, l'eût-elle fait qu'elle ne les aurait peut-être pas reconnus vu que les quinze dernières années les avaient marqués, dans tous les sens du terme. Elle tourna les feuillets avidement, l'oreille tendue vers l'intérieur du bâtiment pour y guetter les murmures des sœurs et s'assurer que la mère supérieure ne lui tomberait pas dessus à l'improviste. La photo lui sauta au visage. À côté d'un médaillon représentant Manolito comprimant à deux mains sa jambe blessée, le visage pâle crispé par la douleur, une vue du public des arènes exhibait en gros plan un visage de madone superbe. La courbe parfaite des traits, la forme de la bouche pleine, l'éclat incomparable des yeux, cette lueur, assassine, dans le regard… Le doute n'était pas permis. Esmeralda fut saisie de vertige. La cuisine se mit à tourner autour d'elle et les battements désordonnés de son cœur lui firent redouter une de ces crises de tachycardie qui la terrassaient parfois, à deux mille mètres d'altitude. Elle resta longtemps prostrée, hésitant sur la conduite à tenir. Puis elle referma le journal, lissa de la main les pages froissées, s'arrêta par hasard sur la première. Le nom du lieu, où était survenue ce qu'un journaliste appelait la « macabre découverte », lui sauta au visage, bien avant les noms des victimes. Elle lut à toute allure, les yeux agrandis d'épouvante, au fur et à mesure qu'elle découvrait l'étendue des dégâts. Elle apprit pêle-mêle, et telles que l'article les relatait en vrac, les morts d'Anita Mano et de Jules Dante et, sans respirer, celle de Marie-Sola. Le journaliste en profitait pour rappeler les circonstances de la disparition tragique de Manuel Bianco. Esmeralda vacilla, se rattrapa à la table où elle resta agrippée, le temps de retrouver l'équilibre et son souffle. Puis, le journal sous le bras, elle fonça à la recherche de la mère supérieure, oubliant toute prudence et les mises en garde de Gérard.

Mère Thérèse fronça ses sourcils broussailleux et croisa les bras sur son énorme poitrine à la vue de sa cuisinière-bonne à tout faire, échevelée et rouge de confusion, en proie à un désordre incongru dans un lieu de prière et de recueillement.

— Ma mère, souffla Esmeralda en montrant le journal, je crois qu'on l'a retrouvée.

La religieuse s'empara du journal avec une grimace mécontente et une brusquerie qui signait sa réprobation. Esmeralda était en possession d'un journal, que, comble d'infamie, elle avait lu !

— Vous avez désobéi, vous serez punie, Esmeralda ! dit-elle avec une sévérité non feinte.

Elle posa un regard rapide sur la photo, tendit le journal à la cuisinière.

— Lisez l'article en première page, ma mère, je vous en prie !

Mère Thérèse lut du bout des yeux les horreurs décrites avec complaisance par un journaliste sans imagination, s'attarda quelques secondes sur la photo des victimes, se signa. Elle ordonna, sans rendre le journal :

— Ma fille, il faut téléphoner aux gendarmes de Saint-Sever. Prenez le vélomoteur et allez jusqu'au village.

45

Au petit matin, Marion connut le deuxième réveil en fanfare d'une nuit animée. Des coups répétés frappés à la porte de la chambre de la *Bodega* et une voix d'homme qui l'appelait « commissaire », comme dans les mauvais films, mirent un terme à un rêve embrouillé dans lequel Janita Moreno et Talon jouaient un rôle. Comme elle ne reconnaissait pas la voix de ses hommes, elle pressentit une tuile ou une mauvaise nouvelle et se vêtit en hâte avant d'aller ouvrir.

Le gendarme Louis se tenait sur le seuil, les yeux au milieu de la figure, pâle et les joues mangées par une barbe sombre qui creusait ses pommettes. Marion se dit qu'il ne devait pas souvent passer la nuit sur une affaire et que, Allard avait raison, il avait encore du chemin à faire avant d'être un champion.

— Je m'excuse de vous déranger, commissaire, dit-il confus, mais l'adjudant-chef demande si vous pouvez venir jusqu'à la brigade.

— Que se passe-t-il ?

— Manolito II.

— Quoi, Manolito II ?

— On l'a trouvé mort dans son lit. Un descabello dans la poitrine.

Marion fit un effort pour rameuter ses connais-
sances tauromachiques. Le descabello, c'était cette
courte pointe qu'une croix séparait du manche,
avec laquelle les toreros achèvent les toros.

— Assassiné ? s'exclama-t-elle, incrédule.

— C'est tout ce que je sais, se hâta de préciser
le gendarme avant que Marion ne le bouscule de
questions.

Le jour était à peine levé et une bruine poisseuse
et tiède s'insinuait dans le cou de Marion. Elle
frissonna. Entre Saint-Pierre et Saint-Sever, les
arbres se découpaient sur un ciel morose, lourd
de nuages gorgés d'eau.

— Je peux vous poser une question, madame la
commissaire ? s'enhardit le gendarme qui conduisait sa 4L avec sagesse. Ça concerne la fille, ajouta-
t-il sans attendre son acquiescement. J'ai repensé
à ce qu'on s'est dit hier soir...

— Oui, alors ?

— Vous avez parlé d'une jolie brune...

— Exact, fit Marion, tout à coup intéressée.

— Lucie Carlo n'a pas toujours été brune. La
première fois que je l'ai vue au domaine elle était
blonde, très blonde même avec des cheveux longs,
presque blancs...

Le chef Allard n'avait pas beaucoup dormi non
plus mais il avait l'air néanmoins plus frais que
son jeune gendarme.

— Désolé de vous avoir réveillée mais j'ai pensé
qu'il valait mieux ne pas attendre.

Marion n'avait pas pris le temps d'une douche ni d'un coup de peigne et elle avait sauté dans son jeans de la veille dont la blancheur n'était plus qu'un lointain souvenir. Elle avait quand même eu le réflexe de récupérer son arme. Elle disciplina d'une main ses mèches rebelles en écoutant le chef Allard lui expliquer que le torero avait été poignardé alors qu'il était sanglé sur son lit sans que l'infirmière de nuit ait vu ni entendu quoi que ce soit. Pour elle, le seul événement notable de la soirée était la visite de Lavot escorté d'un gendarme. Manolito était seul dans une chambre de réveil dotée d'un interphone qui ne l'avait pas alertée. Soit le tueur avait été d'une efficace discrétion, soit il l'avait débranché et rebranché une fois son crime accompli.

— J'allais partir pour Mont-de-Marsan, ajouta Allard. J'ai pensé que vous voudriez venir aussi, profiter du spectacle...

— Je préfère que vous emmeniez Talon. Si cela ne vous ennuie pas.

Le chef Allard se frappa le front du plat de la main :

— Ah, justement, Talon...

L'estomac de Marion se contracta. Elle avait oublié que Talon était parti dans la nuit à bord de sa voiture ! Le gendarme remarqua son air soudain préoccupé.

— Il y a une demi-heure, la rassura-t-il, le lieutenant Talon m'a appelé. Il avait essayé *La Bodega*, sans succès. Il était quelque part par là-bas. (Il désignait la direction de Saint-Pierre.) Il a reçu un appel sur votre portable.

Marion releva la tête, soulagée. D'un geste, elle invita Allard à continuer.

— L'appel venait d'une dame Lafon, de Salles. Son mari a disparu depuis hier, vingt-trois heures. Ce M. Lafon avait essayé de vous joindre dans la soirée car, selon elle, il avait des choses à vous dire. En fin de compte, il est reparti dans la forêt et il n'est pas rentré. J'ai noté son numéro de téléphone.

— Il doit être en train de surveiller un feu ou une hypothèse de feu, rétorqua Marion. Il est obsédé par le feu, cet homme. Sa femme n'a qu'à appeler les gendarmes du coin. Pourquoi moi ?

— Je ne sais pas mais vous devriez peut-être la contacter, quand même. Avant de partir dans les bois, son mari a parlé d'une Jeep qu'il avait aperçue, je n'ai pas compris où. La dame s'en est souvenue car il a insisté et il a dit qu'il devait vous parler au plus vite... Vous croyez...

Marion avait bondi sur ses pieds. Elle arracha le papier des mains d'Allard et saisit le téléphone.

— Il faut réveiller Lavot. C'est urgent !

Marion leva la tête sur le chef Allard dont l'allure pourtant toujours impeccable commençait à connaître le relâchement des petits matins qui ne chantent pas.

— Ils n'ont pas de prénom, vos gars ?

— Pardon ?

— Vos officiers, vous ne les appelez que par leurs patronymes. Ils n'ont pas de prénom ?

Marion devint lointaine comme quelqu'un qui réfléchit sérieusement à une importante question.

— C'est drôle, dit-elle en jouant avec un coupe-papier posé sur le bureau, je dois faire un effort pour m'en souvenir. Dans la police, on s'appelle par nos noms ou par nos grades. C'est une règle rarement enfreinte. Chez vous aussi, non ?

— Bien sûr. Mais avec une femme au milieu, je pensais...

— Les policiers sont des êtres asexués, affirma-t-elle.

— Vous le pensez vraiment ?

— Intellectuellement, c'est plus confortable. Pour moi en tout cas.

Elle pensa à Talon, à son homosexualité qu'il trimballait comme une maladie honteuse, à Lavot et Janita qu'elle avait aperçus par la porte entrouverte de la deuxième chambre à louer de la *Bodega* : nus et endormis sur un des lits étroits, les membres mêlés, collés l'un à l'autre. À Cadaux en train de se perdre quelque part entre les bras d'une créature inconnue après lui avoir affirmé, à elle, Marion, qu'elle était la femme de sa vie. À tous les hommes qu'elle avait côtoyés dans le travail et qui étaient prêts à lui tenir la même promesse d'éternité. Les policiers, des êtres asexués...

Marion but à petites gorgées le café que Louis venait d'apporter. Fort et brûlant. Les événements se précipitaient depuis la veille. Elle recompta les morts en se disant que la liste n'était pas close. Et Mme Lafon, dont la voix trahissait une anxiété excessive, avait amplifié son malaise. Si le conseiller était allé quelque part, de son plein gré, ce ne pouvait être qu'à Baque-Morte ou dans ses environs immédiats. Sans y mettre toute la conviction nécessaire, Marion avait suggéré à son épouse qu'Abel se trouvait dans un coin de forêt, à surveiller un reste d'incendie, mais qu'elle allait quand même prévenir les gendarmes de Belin-Beliet. Elle l'invita à mobiliser quelques amis et, parmi eux, les pompiers, avec lesquels Abel Lafon était en contact quotidien. Talon avait rappelé juste après.

— Qu'est-ce que vous foutez ? Où êtes-vous ?

— Je suis au domaine des Chartreux, dit-il de la voix de quelqu'un qui se cachait pour parler. J'ai eu raison de planquer. José Lorca vient de rentrer. Seul, en taxi. Il est dans la maison. Je présume que le fourgon mortuaire qui transporte sa fille arrivera plus tard. Qu'est-ce que je fais ?

Il était moins de huit heures, pas encore une heure décente pour se présenter au domicile d'un citoyen, auquel on n'avait, a priori, rien à reprocher.

— Je vous rejoins. Ne bougez pas.

Le téléphone déchira le silence. Le dos rond, l'air harassé, Allard se traîna jusqu'à l'appareil.

Il s'expliqua un moment avec son interlocuteur et, soudain, Marion le vit se redresser de toute sa taille modeste.

— Ne quittez pas, madame, s'il vous plaît.

Il posa la main sur le combiné, l'agita en direction de Marion, l'air tout excité.

— J'ai une certaine Esmeralda, la cuisinière du couvent de la Visitation. Elle appelle de Saint-Ange-des-Monts. Je crois que ce qu'elle raconte va vous intéresser.

46

Luna avait emprunté la piste forestière, encore mouillée par les pluies nocturnes, qui longeait le domaine des Chartreux, à l'opposé de l'entrée principale. Personne n'arrivait plus jamais par là ni ne s'intéressait depuis longtemps à l'ancien parc à moutons comme on en construisait autrefois. Elle y avait amené la Jeep, puis était restée tapie dans la vieille construction faite de planches irrégulières, de boue séchée mélangée à de la paille de seigle et recouverte d'un toit de chaume plus troué qu'une écumoire, les sens aux abois. Aucun mouvement ne troublant le domaine encore assommé par les festivités dominicales, elle se glissa dehors sans bruit, légère, aérienne dans sa longue robe noire qui la fondait dans l'obscurité. Dessous, elle était nue et le contact de la matière soyeuse électrisait sa peau comme une caresse d'homme ou les baisers d'un amant passionné.

Elle longea l'enclos des sementales, salua Louisa mentalement. Passant derrière l'arène de tienta, elle fit un détour pour se faufiler le long de la haie d'hibiscus, courbée pour se dissimuler aux improbables regards des hommes, invisibles mais déjà présents, elle le savait, elle les sentait. La pensée de Brise, et de ses yeux de vieille jument aux portes de la mort, la troubla un instant mais elle la repoussa. Elle ne devait pas s'y laisser prendre, pas s'attendrir même si elle savait que Brise était le seul être au monde qu'elle était encore capable d'aimer. Ses pas la conduisirent derrière la petite maison basse où sans doute Quitterie avait déjà rendu son âme au diable. Elle eut la tentation d'aller s'en assurer mais trouva plus voluptueux de l'imaginer agonisant dans ses excréments.

Elle ouvrit la porte de la souillarde, descendit deux marches. L'odeur de moisi et d'humidité l'assaillit. Sous les poutres noircies par les fumées de la cheminée, elle retrouva intactes ses sensations de fillette que Toine entraînait là pour lui faire découvrir des plaisirs interdits. Des plaisirs terrestres qui la faisaient s'envoler au-dessus des nuages, dans un grand bleu pur comme le paradis, brûlant comme l'enfer.

Elle ouvrit la porte basse qui grinça dans le silence presque parfait, hésita devant l'obscurité de la maison du maître. Sans doute ce passage secret, que Toine avait découvert un jour derrière l'escalier, n'avait-il pas servi depuis des années. Peut-être y avait-on disposé un meuble ou l'avait-on muré. Sa main tendue rencontra une matière douce et molle, un tissu tendu devant l'étroit corridor, sous les marches. Elle l'écarta doucement et, sans difficulté, pénétra dans la maison.

Lentement, à pas feutrés, sans faire plus de bruit qu'un chat, Luna se dirigea vers la chambre du maître.

— Accélérez le mouvement, s'il vous plaît, on n'est pas en vacances ! s'énerva Marion en posant un peu trop vivement la cafetière brûlante sur la table. Du café gicla, éclaboussant sa main. Elle la secoua en grimaçant :

— Aïe, merde !

— Vous dites, patron ?

Lavot était assis, pas rasé et pas frais, vêtu d'un tee-shirt chiffonné et de son inévitable holster. Si Marion ne l'avait pas entrevu, nu, quelques minutes plus tôt, elle aurait pu croire qu'il avait dormi ainsi.

— Rien, je me brûle, maugréa-t-elle.

— Vous êtes de mauvais poil ?

— Non, juste une petite gueule de bois.

— Vous avez picolé ? Avec l'adjudant-chef ?

— Ça m'étonnerait ! s'exclama Janita en franchissant la porte.

Fraîche, dispose, propre comme un sou neuf, elle s'empara de la cafetière et versa le café dans les trois bols posés au milieu de la table. Moqueuse, elle sourit à Marion :

— Allard ne boit que de l'eau. Il est triste comme la pluie.

— Comment tu le sais ? s'enquit Lavot sans lever les yeux de son café.

Janita haussa les épaules :

— J'en sais rien, ça se voit.

Marion la dévisagea sans aménité :

— Et Cadaux ?

— Je suis guérie, la défia le lieutenant avant d'envelopper Lavot d'un regard ardent.

Marion serra les dents. Cette femme n'était qu'une séductrice hystérique qui jetait les hommes comme des mouchoirs en papier. Une malade sexuelle qui, cette nuit, hurlait son amour pour un homme infidèle et s'envoyait en l'air, une heure après, avec un autre auquel elle était prête, ce matin, à jurer une passion éternelle. Elle précisa, sèchement :

— Je me fiche de votre vie sentimentale, Janita. Je disais « Et Cadaux ? » parce que je trouve qu'il est un peu léger sur ce coup. Il devrait être arrivé, maintenant, tout de même !

— Je ne suis pas chargée de le surveiller, maugréa le lieutenant.

— C'est votre patron, et même un peu plus, je crois, non ?

— On est censés faire quoi, patron, à une heure aussi indue ? intervint Lavot qui, jusque-là, dégustait son café sans se mêler de la discussion.

Marion s'adossa à sa chaise en songeant que son collaborateur était de la même trempe que Janita : un cœur d'artichaut, une luciole qui aimait le temps d'un flash et pensait déjà à sa prochaine conquête.

— Je vais au domaine, dit-elle après quelques secondes de rumination. J'interrogerai José Lorca avec l'assistance des gendarmes pendant que Talon se rendra, avec Allard, à Mont-de-Marsan, voir le corps de Manolito II. Vous deux, vous allez filer à Saint-Ange-des-Monts.

— Super ! s'exclama Janita en posant la main sur le biceps de Lavot.

— C'est uniquement parce que vous avez une voiture, la doucha Marion.

Lavot retira son bras, gêné :

— C'est quoi, ce bled ? Qu'est-ce qu'on va faire là-bas ?

— Je vais vous expliquer, dit-elle.

48

Luna dardait sur le maître ses yeux mordorés. Elle détaillait sans complaisance ses formes
épaisses, avachies dans un sommeil qui agitait
ses paupières closes. Bouche ouverte, il soufflait
bruyamment et l'air expiré faisait trembler la toi-
son blanchissante de son thorax. Son abdomen
découvert par son pantalon dégrafé se soulevait
par saccades et il sembla à Luna qu'il avait encore
grossi. Ses pieds nus étaient pâles, des poils gris
frisant sur le dessus et les orteils. Luna sentit le
dégoût la submerger. Elle avait beau se concentrer, elle ne se trouvait rien de commun avec cet
homme. Physiquement, en tout cas.

Elle fit rapidement le tour de la pièce et n'y
vit que des objets sans intérêt. Très peu, en fait,
le maître se fichait du décor et la chambre avait
gardé l'empreinte d'Esmeralda, cette bigote qui
cultivait le dépouillement et rêvait de vivre dans
une cellule monacale. La mémoire de Luna réagit.

*La cellule du couvent de la Visitation est humide
et froide, sur l'eau de la cuvette une mince pellicule de glace s'est formée. Lasse, épuisée par les*

tremblements et les claquements de dents, la jeune fille a réussi à s'endormir sous la couverture, trop mince pour la protéger du froid polaire. Elle ouvre les yeux, le jour est levé.

Sur la couche étroite, son corps mince a presque chaud. Elle ne veut pas se lever, pas encore. Elle ne veut pas quitter cette tiédeur fragile.

La porte s'ouvre à la volée. Esmeralda est en colère. L'heure de la prière est passée, Luna encore couchée. Celle-ci a vite refermé les yeux, elle fait semblant de dormir. Esmeralda pardonnera peut-être un sommeil trop profond, pas un accès de paresse.

Mais Esmeralda ne pardonne rien. Elle n'a jamais rien pardonné. Elle n'aime personne, que Dieu. Elle sort de la cellule, revient bientôt. La jeune fille n'a pas bougé. Elle sait ce qui l'attend. Autant gagner quelques secondes. Savourer le temps, petit bonheur précaire, de rester au chaud.

Esmeralda tient le martinet dans la main droite, la règle en fer dans la gauche. Après deux douzaines de coups qui fouettent la peau délicate de ses cuisses, la jeune fille s'agenouille sur la règle posée à même les dalles de pierre glaciales. « Demain, tu n'oublieras pas l'heure de la prière », assure Esmeralda.

Luna sentit une bouffée de haine remonter du tréfonds de son cerveau. Elle poursuivit l'inspection de la chambre, méthodiquement. Le maître ronflait à petits coups comme pour économiser l'effort de respirer trop fort. Au-dessus de la tête du lit, Luna repéra enfin ce qu'elle cherchait.

La brume s'effilochait lentement au milieu des troncs énormes et interminables de pins que les coupeurs avaient épargnés et de chênes aux feuilles luisantes, lavées dans la nuit par une rosée abondante. La lumière cascadait en couches successives, sombres ou claires selon la densité des arbres, telles les marches d'un escalier géant posé sur l'horizon. Le soleil avait déjà franchi les cimes et irisait les dernières gouttes d'eau encore accrochées aux branches.

Marion abaissa la vitre de la voiture de gendarmerie pour respirer l'odeur de la forêt, mélange d'effluves forts d'humus des feuillus, plus délicats et piquants des résineux. Elle allait être privée de son footing, elle en ressentit de la frustration. Derrière, un deuxième véhicule, un Peugeot tout-terrain, était occupé par deux militaires.

Talon attendait un peu avant l'entrée du territoire Lorca, dans un renfoncement naturel de la piste. Il sortit du véhicule, vint à la rencontre de Marion.

— Rien ne bouge, dit-il. À croire que j'ai rêvé. Pourtant, je vous assure qu'il est rentré.

— Seul ?

— Seul. Pas de Lucie, si c'est à elle que vous pensez.

Marion observa, de loin, la façade de la maison. Les contrevents rouge sang étaient clos, rien ne bougeait ni dedans ni dehors. En quelques mots, elle mit Talon au courant des derniers événements.

— Connaissant votre goût pour les cadavres, grinça-t-elle, je vous laisse celui de Manolito II. Moi, je vais m'occuper de José Lorca. Je garde ma voiture et le 4 × 4 des gendarmes. Et rendez-moi mon portable !

Talon s'exécuta.

— Vous avez une idée derrière la tête ? s'inquiéta-t-il, devinant à quoi Marion comptait utiliser ce 4 × 4. Vous n'allez pas retourner à Baque-Morte ?

— Les gendarmes ont vérifié l'adresse figurant sur la carte grise de la Golf, esquiva-t-elle. Comme on pouvait s'y attendre, aucune personne du nom de Lucie Carlo n'y habite. C'est un ancien hôtel de passe, fermé depuis un an. Cette Lucie nous balade et un gendarme affirme qu'avant d'être brune elle était blonde. Elle aurait coupé et coloré ses cheveux pour une raison mystérieuse.

Elle guetta la réaction de Talon. Malgré sa nuit blanche, il était, à son habitude, serein, et semblait avoir surmonté son début de déprime de la veille.

— Les cheveux blonds, dans la forêt ! s'exclama-t-il, c'est à ça que vous pensez !

— Oui, et à ceux qu'on a trouvés dans la chambre de Manuel Bianco, sans compter la fille qu'a aperçue Conception Mirales peu avant la disparition de Marie-Sola Lorca... Il faut mettre la main sur cette fille. Elle a prétendu aller rendre visite à son père mais, comme tout ce qu'on a sur elle, ça sonne faux...

— Si c'est bien elle, elle serait la fille de Stefano Sanchez...

— Vous savez où il est, vous ?

Talon n'était pas en mesure de répondre à la question. Il remua les épaules ce qui, chez lui, équivalait à un sursaut :

— Mais alors, la perruque, dans le fossé...

— Lucie, Luna, Maria, sont une seule et même personne. Elle change d'apparence, de nom.

— Je ne vois pas le lien entre cette fille, qui change d'aspect comme elle respire, et la forêt de Salles, des hôtels lyonnais...

— Il est ici, le lien ! Et on devrait se grouiller avant que la série continue.

Talon sembla se souvenir d'autre chose :

— Et cette communauté religieuse, au fait ? Qu'est-ce que ça donne ?

— Elle existe bien, s'en mêla un militaire à la moustache noire. Ce sont les sœurs elles-mêmes qui nous ont appelés ce matin. Plus exactement, leur femme de service. Elle connaît la fille qui roule avec leur voiture. A priori, il ne s'agirait pas d'un vol mais plutôt d'un... emprunt.

— Cette femme, enchaîna Marion, une certaine Esmeralda, a vu la photo de la fille dans le journal *Sud-Ouest* de ce matin et elle prétend qu'elle s'appelle Marie Lorca.

— Seigneur ! gémit Talon. Ça devient inextricable, cette histoire.

— Complètement ! Une Lucie Carlo qui est en fait Luna, que l'on pensait être la fille des Sanchez et qui s'appelle Marie Lorca ! De quoi y perdre son latin. J'ai envoyé Lavot et Janita Moreno à Saint-Ange-des-Monts pour interviewer les sœurs.

Talon affecta un air entendu qui agaça Marion. Ces affaires de corne-cul, ainsi qu'elle nommait les histoires de fesse, commençaient à la contrarier sérieusement. L'officier se hâta de changer de registre :

— Vous n'auriez pas apporté le journal en question, par hasard ?

— Bien sûr que si, dit-elle en se penchant à l'intérieur de la voiture.

Elle tendit le quotidien à Talon qui se mit à examiner la une :

— Ils n'ont pas perdu de temps, dit-il, l'air contrarié à la vue des portraits de Julot et Anita.

— Les fouille-merde arrivent toujours très vite, comme les mauvaises nouvelles.

À la page des sports, il ne put retenir une exclamation.

— Quoi ? s'écria Marion en le contournant pour regarder aussi.

Une vue des arènes, Manolito allongé dans son sang, quelques spectateurs exprimant divers sentiments, une fille au second plan. Talon pointa le doigt sur elle :

— Sauf erreur de ma part, c'est la fille que j'ai vue partir hier avec Cadaux ! D'ailleurs regardez, là !

Il désigna la fille avec sa mantille de dentelle noire flanquée, à droite, d'une femme d'âge mûr, à gauche d'un homme dont on ne distinguait qu'une étroite partie du visage. Il était impossible de l'identifier mais on voyait bien son épaule et son bras posé sur la barrera.

— La chemise et la montre, s'exclama Talon. Ça c'est Cadaux, à tous les coups !

Marion se pencha. Mais, elle devait le reconnaître, elle n'avait pas fait cas de la montre de Cadaux, guère plus de ses vêtements.

— C'est possible, admit-elle. À mon avis, il a dragué cette fille pendant la corrida et il l'a embarquée dès qu'il a pu.

— Il est peut-être venu aux arènes avec elle ? objecta Talon.

— Quand il s'est pointé près du patio, il était seul et il avait la ferme intention de nous coller au train. Non, je suis sûre qu'il a fait cette rencontre par hasard. Ou alors, il connaissait déjà cette fille et l'a trouvée là, sur son chemin. En tout cas, ça fait beaucoup de coïncidences, vous ne trouvez pas ?

Marion semblait perdue subitement. Le domaine était d'un calme absolu. C'est à peine si, de loin en loin, les bêtes se manifestaient par des beuglements brefs et quelques raclements de sabots. Seuls les oiseaux menaient leur habituel vacarme. Il n'y avait pas âme qui vive à l'horizon, mais, pas très loin, dans l'un des bâtiments près des écuries, le bruit lancinant d'une machine. Alors qu'elle hésitait encore à y entrer, elle vit le nom écrit sur le portail. Lorca. Mais évidemment, sursauta-t-elle. Lorca, l'anagramme de Carlo...

50

Luna suspendit son geste, en émoi. Quelqu'un tambourinait à la porte d'entrée avec insistance et sans retenue.

José Lorca dut percevoir les coups sur le bois car il remua dans son sommeil. Ses paupières frémirent et ses globes oculaires se mirent à rouler à toute vitesse. Il finit par ouvrir les yeux tandis qu'une douleur aiguë, propulsée jusqu'à son cerveau par ses neurones assoupis, fouillait la base de sa glotte. Il capta la présence d'un intrus au pied de son lit avant de l'avoir vu, de même qu'il comprit, de manière fulgurante, que cet intrus allait le tuer avec l'épée qui commençait à transpercer son cou.

Dans un réflexe, il repoussa la lame avec la main, s'entaillant profondément la paume. Du sang coula de son cou et de ses doigts. Il se dressa sur le lit et la vit.

— Lucie ? Mais qu'est-ce que tu fais ?

Une coulée glaciale inonda son dos. Il recula jusqu'à la tête de lit, les yeux rivés sur ceux de la fille qui lui faisait face. Il identifia la haine, la folie, la volonté de tuer.

Les coups redoublèrent à la porte, de plus en plus fort. Puis ils cessèrent brusquement. José Lorca entendit une voix de femme qui criait son nom. Il espéra de toutes ses forces que ce soit la policière, celle qu'il avait cavalièrement éconduite. Il la supplia en silence de venir le délivrer. La lame força un peu plus sur son cou.

— Si tu cries, je te tue ! dit Lucie.

La blessure le cuisait comme une brûlure et l'odeur du sang qui rougissait le drap lui soulevait le cœur.

— Regarde-moi ! Regarde-moi bien, José Lorca !

Cette furie sèche et déterminée, ce n'était pas Lucie, ce n'était pas la fille au corps somptueux, voluptueux, érotique qui le faisait crier de plaisir… C'était…

— Qui êtes-vous ? demanda-t-il, la voix méconnaissable.

— Tu as cinq secondes pour t'en souvenir, dit la fille, le visage fermé mais le regard enflammé.

Dehors les voix s'étaient tues. Puis, de nouveau, quelques coups retentirent, faisant vibrer les contrevents.

Le loquet de la porte vibra mais résista. José Lorca se sentit prisonnier dans sa propre maison comme dans un cul-de-basse-fosse. Submergé par une terreur ignoble, il ouvrit la bouche pour crier.

— Je ne te le conseille pas, assura celle qu'il appelait Lucie. Alors, tu as trouvé ?

José Lorca la dévisagea le plus intensément qu'il pouvait. Il fouilla sa mémoire mais rien ne vint.

La fille retira l'épée, prit la position de l'estocade. Un éclair de panique traversa le regard du maître.

— Je suis Marie. Marie-Luna.

Elle avait détaché chaque syllabe, posément. Lorca déglutit avec difficulté. La peur le tétanisait, ce qu'il entendait de la bouche de cette fille l'horrifiait. Il la scruta encore, farouchement. La vérité lui sauta au visage. Marie-Luna ! Il eut la vision d'une gamine gracile et indomptable, aux longs cheveux pâles, argentés comme des rayons de lune, aux yeux dorés comme le miel. L'image qui s'imposa fut celle du dernier jour où il l'avait vue. Elle lui apparut, comme maintenant, avec son regard halluciné, l'épée au bout de ses doigts crispés, le sang coulant en rigoles sur son bras mince.

— Oui, cher maître, c'est avec Marie-Luna, ta fille, que tu couches depuis trois mois...

Alors, d'autres voix se firent entendre au-dehors. Luna sortit de l'état second dans lequel elle se laissait dériver, savourant sa vengeance, assouvissant la haine féroce qui l'avait ramenée auprès de ce père qui, une nuit, l'avait reniée, condamnée à mort. Elle était arrivée au bout du chemin, même si elle avait laissé encore trop d'ombres de son passé sur le bord. Ils étaient trop nombreux ceux qui avaient tué Toine, qui l'avaient détruite, elle et son enfance.

Une fois le maître mort, elle irait se reposer, murée pour toujours dans le nid d'aigle. Elle se sentit prise de nausée, vacilla, comme la veille au soir quand elle avait traîné le corps du bonhomme de la forêt. Elle capta l'éclat mauvais dans les yeux du maître, elle le devina prêt à reprendre l'avantage dans un formidable sursaut pour survivre. Elle assura sa prise sur le pommeau de l'épée, ferma un œil et plongea en avant.

Le craquement du larynx du maître explosa dans la moiteur de la chambre. De l'autre côté des murs, le calme était revenu.

Marion, les poings sur les hanches, recula pour essayer d'apercevoir ce qui se passait dans la maison. Mais tout semblait mort, à croire que les occupants se cachaient. Elle ronchonna :

— Je suis sûre qu'il le fait exprès.

Elle imagina José Lorca à l'affût derrière sa fenêtre, s'amusant de leur insistance et de son irritation. Elle rejoignit le porche envahi de glycine et se remit à cogner le bois en appelant le maître des lieux par son nom.

— On fait ouvrir ? demanda le gendarme à moustaches, s'attirant les protestations de ses deux collègues.

Bien que séduite par cette perspective, Marion tempéra. Elle avait repéré, adossée à la maison principale, une construction plus basse, à moitié dissimulée par de la vigne grimpante. Avec un peu de chance, les deux maisons communiquaient entre elle. Elle secoua la poignée de la porte mais celle-ci était fermée à clef, de même que les contrevents. Elle s'apprêtait à revenir sur ses pas pour ordonner l'effraction de la propriété de Lorca quand un mouvement attira son attention du côté des écuries. Quelqu'un s'éloignait le long de la haie d'hibiscus, en direction du fond du domaine. Enfin un signe de vie dans cette désolation ! Elle entrevit une silhouette de femme, légère, vêtue d'une longue robe noire fluide, le visage dissimulé sous un grand chapeau. Elle l'apostropha de loin. Il se passa alors une chose étonnante. La femme marqua un temps, se retourna brièvement avant de démarrer comme si elle avait le diable à ses trousses. Elle s'élança en direction d'un vieux bâtiment dont Marion aperçut les formes tassées au fond du domaine et disparut derrière le dernier arbuste de la haie.

Marion eut tout à coup l'intuition d'un événement capital. Elle sut que la fille qu'elle cherchait était là, à trois cents mètres. Elle s'élançait à son tour dans l'allée d'hibiscus quand le ronflement énervé d'un moteur vrilla le silence.

Nom de Dieu, elle se tire !

Elle regarda autour d'elle, ne vit pas les gendarmes qui, sûrement, surveillaient la demeure de José Lorca en attendant sa décision. En revanche, elle aperçut les 4 × 4, stationnés à deux pas.

Au moment où elle se jetait dans le plus proche, le militaire moustachu arriva en courant. Elle lui cria :

— Une urgence ! J'ai pas le temps de vous expliquer !

— Mais où allez-vous ? protesta le gendarme alors qu'elle lançait le moteur.

— Allez défoncer la porte de Lorca ! Et magnez-vous !

— Mais vous n'avez pas le droit ! C'est un véhicule de la gendarmerie !

Marion ne l'écoutait plus. Sans un regard pour son expression horrifiée, elle lança le 4 x 4 à toute allure dans l'allée fleurie, soulevant derrière elle un épais nuage gris.

À l'entrée de la zone dissimulée par l'ancien parc à moutons, Marion ne distingua plus rien. Il n'y avait plus de chemin, plus de piste, seulement, à quelques mètres, une clôture électrifiée qui courait à perte de vue. Elle aperçut, au pied d'un groupe d'arbres, trois gros taureaux qui l'observaient. Elle sortit du véhicule tout-terrain et s'avança vers le fil électrique. Les bovins s'arrêtèrent de mastiquer, la fixant placidement. Marion examina les environs, déroutée. La prairie, plate comme la main, semblait démesurée et sans issue. Elle grimpa sur le capot du véhicule et laissa filer son regard vers l'horizon. Au loin une légère brume en mouvement fit accélérer son souffle.

— Elle est là ! murmura-t-elle en redescendant prestement de son perchoir.

Elle fut tout aussitôt saisie d'angoisse : pour la forêt et les pistes sablonneuses, le 4 × 4 était idéal. Encore fallait-il savoir l'utiliser. Elle longea la clôture sur une centaine de mètres avant de trouver l'échappée, entre deux lignes de fils électrifiés, qu'elle n'avait pas remarquée jusque-là. Le nuage de sable avait disparu quand elle s'y engagea et, quelques minutes plus tard, elle se retrouva dans la forêt. Au sol herbeux et plutôt dur des prairies succéda une piste d'abord souple puis de plus en plus molle. Le Peugeot perdit de la vitesse et Marion dut s'arrêter une nouvelle fois. Penchée sur la console centrale, elle repéra le petit levier de vitesse en retrait de la commande de la boîte principale.

Le temps d'en comprendre le fonctionnement, elle repartit, constatant qu'ainsi elle progressait beaucoup plus facilement. Elle roula un long moment, toute trace de celle qu'elle poursuivait disparue. A un carrefour, une demi-douzaines de pistes se présentèrent, certaines profondément creusées. Devant, à gauche, à droite, les chemins de sable se perdaient à l'infini entre des murs de fougères roussies. Les bruyères d'un rose violacé en tapissaient les bords laissant voir, par endroits, les racines rampantes des pins. Désorientée, elle se remémora les réflexions de Lavot sur la monotonie de la forêt landaise et la maudit.

— C'est un coup à se perdre, gronda-t-elle.

Elle lorgna sur la radio de bord, prête à lancer un appel au secours. Mais, renoncer, c'était abdiquer. Pas question. Elle coupa le moteur, sortit dans l'air tiède qui brassait encore l'humidité du déluge de la veille. Elle se concentra comme un chasseur à l'affût, se baissa pour humer les vibrations du sol, tel un indien sur le sentier de la guerre. Elle perçut, enfin très loin devant, le ronflement d'un moteur. Elle repartit, droit devant.

Elle roulait sur une piste rectiligne, interminable, quand la sonnerie de son portable la fit sursauter.

À l'autre bout, Mme Lafon, morte d'inquiétude. Les gendarmes de Belin-Beliet n'avaient pas retrouvé son mari, les pompiers patrouillaient de leur côté sans résultat, et elle ne savait plus à quel saint se vouer. Marion avait-elle une autre idée ?

La commissaire fit en sorte de calmer la femme du conseiller qui mettait en doute les compétences des gendarmes et l'accusait, elle, à mots à peine voilés, d'avoir entraîné son mari dans une affaire qui ne le concernait pas. Une histoire pleine de morts, c'était écrit dans le journal. Elle imaginait le pire, Abel assassiné par le « tueur de la forêt »… Marion s'efforça de la rassurer tout en conduisant, avec la sensation de s'enfoncer de plus en plus dans la forêt. Un autre carrefour se présenta, cette fois ce n'étaient plus six mais une dizaine de pistes qui s'offraient à elle.

— Je viens vous voir, promit-elle à la femme du conseiller, mais je crois que je suis perdue...

— Allez du côté du soleil ! conseilla Mme Lafon d'une voix angoissée. Et faites vite, par pitié !

51

Luna parvenait difficilement à contenir son trouble. Elle avait misé sur la mort du maître mais n'était plus sûre du tout, à présent, que c'était la bonne thérapie. Elle avait la bouche amère du dégoût de ces mauvais souvenirs qui dévoraient son énergie, pillaient sa mémoire, exacerbaient ses émotions. Pourquoi étaient-ils remontés ainsi après des années de silence radio, de vide sidéral, de mort cérébrale ? Au volant de la Jeep, arc-boutée sur le volant, elle regarda ses mains, des mains fines et fortes qui avaient connu les travaux les plus durs et les coups de règle en fer sur les doigts quand Esmeralda décrétait qu'elle avait franchi un interdit, mais aussi la peau des hommes, celle de Toine, sa chair intime. À la place des siennes, elle vit les mains de Stefano.

Ses mains calleuses et noueuses crochées au volant de la Jeep, Stefano fixe la nuit, droit devant lui. La fillette se retourne fréquemment pour s'assurer que personne ne les suit. Mais la nuit se referme sur eux inexorablement, avalant les arbres et la poussière de la piste.

Les hommes ont creusé un rectangle profond dans l'enclos des sementales, une tombe où ils ont déposé le cadavre de Louisa enroulée dans son châle de coton multicolore frangé de noir qu'elle mettait sur ses épaules pour aller prendre le frais au bord de l'arène de tienta. Ils ont refermé le trou, posé les pelles, épongé leurs fronts en silence. Quitterie observe de loin. Elle marmonne des prières, des imprécations plutôt, contre ceux par qui le scandale est arrivé : Louisa, Toine, et pour finir, Luna.

Chassée de la maison de son père, la fillette attend de savoir quel sera son sort. Sa mère, Esmeralda, l'a repoussée comme une pestiférée. « Assassine, assassine. » Elle siffle les mots à la manière d'un serpent prêt à mordre. Elle se signe aussi sans arrêt, implorant Dieu de la débarrasser d'un fardeau aussi pesant. Elle dit au maître qu'il faut éliminer le mal que la fillette porte en elle. José acquiesce. Et pour ce faire, il ne connaît qu'un moyen. Stefano attend, lui aussi, le retour du maître. Quand il le voit apparaître, il ordonne à la fillette d'aller se cacher.

Stefano soutient le regard de José. Le mayoral réclame vengeance, il refuse d'écouter les paroles qui évoluent de l'apaisement à la menace. Il dit qu'il ne veut pas continuer à vivre ici, avec, imprimé à jamais sur ses rétines, le corps dévasté de Louisa, dans les oreilles ses cris. « C'était ma femme et je l'aimais. » Le maître sort, rouge de colère. Il ordonne aux hommes de surveiller Stefano et de trouver la fillette.

Stefano vient la chercher, il pose un doigt sur ses lèvres pour lui intimer le silence. Il l'entraîne vers le fond de sa maison de mayoral. La porte de la cuisine est entrouverte. Stefano glisse un œil dehors. La courette, ornée d'un vieux prunier dépenaillé, est déserte. La Jeep est là. Stefano fait monter la fillette. Ils s'enfuient dans la nuit d'été par le fond du domaine, laissant derrière eux le vieux parc à moutons.

Des larmes montèrent aux yeux de Luna, piquèrent ses paupières, comme des milliers de dards. La Jeep fit une embardée au sortir d'un virage trop serré. Luna tenta vainement de refouler le sanglot qui nouait sa gorge. Pourquoi était-elle soudain si fragile ? Parce que le maître était mort ? Parce que la vengeance était enfin consommée ? Et où allait-elle ainsi ? Où irait-elle demain ? Elle savait où son parcours prendrait fin. Elle savait qu'elle devrait revenir dans le nid d'aigle, retrouver les sœurs et mère Thérèse. Et Esmeralda, sa mère que jamais elle n'avait appelée maman. Sa mère, qui ne l'avait pas aimée. Elle attendrait là-haut qu'elle soit vieille pour la regarder mourir à petit feu. Ou, peut-être l'y aiderait-elle avant, s'il y avait encore assez de haine en elle.

Luna reprit le chemin de Baque-Morte. Elle avait de l'ouvrage à terminer là-bas. Et, par-dessus tout, elle devait rejoindre Stefano, lui apporter l'épée du maître, celle qu'elle avait décrochée du mur et qu'elle aurait reconnue entre toutes. Celle qui avait tué Louisa et défoncé la gorge de Lorca.

52

Marion finit par arriver à Salles. En suivant le soleil et en ayant l'impression de rouler pendant des heures. Après avoir cahoté sur des pistes parfois défoncées par les engins de débardage, elle était sortie de la forêt, sans avoir revu celle qu'elle poursuivait. Les gendarmes s'égosillaient dans la radio pour la faire revenir aux Chartreux et comme il n'en était pas question, elle avait décidé de couper court à leurs protestations en éteignant le récepteur.

Elle suivit une piste qui lui fit traverser Bilos et se retrouva bientôt près du pont de Sillac. Elle croisa un véhicule des pompiers dont les occupants la gratifièrent d'un long regard étonné. Forcément, une jeune femme seule à bord d'un 4 × 4 de la gendarmerie ! Elle s'arrêta une fois franchi le pont, et se laissa glisser sur la piste défoncée. Les premiers pins sylvestres du grand carré qui longeait Baque-Morte apparurent et le Peugeot commença à patiner dans le sable mou de la passe. Elle actionna, à l'arrêt, la commande de boîte courte pour enclencher les quatre roues motrices et redémarra. Mais sans doute était-elle trop peu expérimentée ou le terrain était-il trop meuble, car le véhicule lui échappa, dérapa dans le sable. Elle eut le mauvais réflexe d'accélérer, ce qui eut pour effet de faire tourner les roues encore plus vite, creusant de grosses poches où elles s'enfoncèrent. Le moteur toussa puis, dans un râle, cala.

Elle le remit en marche sans le brusquer mais elle eut beau le prendre par la douceur, puis le menacer, rien n'y fit, le 4 x 4 refusa d'avancer. Marion contempla le décor forestier autour d'elle. Elle pouvait traverser la voie ferrée et se rendre au Grand-Lagnereau pour chercher de l'aide. Ou appeler les pompiers depuis son portable. Elle imagina leurs têtes et leurs sourires goguenards. Elle tâta son arme coincée dans sa ceinture, s'avança dans la passe, le téléphone à la main, le nez sur les chaussures, contrariée. Un grondement sourd déchira soudain la paix du petit matin, s'amplifia. Un TGV bleu et gris apparut derrière les arbres qui bordaient la voie, lancé comme une flèche argentée sur la grande ligne droite. Il fracassa le silence en mugissant de tous ses bogies qui projetaient, par à-coups, des gerbes d'étincelles sur le ballast. Marion sentit le souffle du convoi bousculer l'air déjà chaud. Ses cheveux s'envolèrent, son tee-shirt se plaqua contre sa poitrine, elle se sentit perdre l'équilibre. Le train était passé depuis longtemps qu'elle était encore plantée dans la passe, complètement assourdie.

En se retournant pour reprendre sa route, elle eut un choc : Baque-Morte, immobile et revêche, se laissait caresser par un soleil déjà haut tandis que le vent – mais peut-être n'était-ce que le déplacement d'air provoqué par le TGV – agitait les chênes américains. En approchant de la ruine, elle ressentit un mélange de malaise, de curiosité et d'appréhension. Son intuition l'entraînait vers cette masure car là, elle en avait la conviction, se trouvaient les réponses à ses questions. Pourtant, un petit lutin intérieur lui soufflait qu'elle avait tort de se lancer seule dans cette aventure. Elle résolut de se fier à la première et d'ignorer le second. Un peu oppressée, elle entra dans l'airial de Baque-Morte.

53

Après une attente raisonnable et malgré l'opposition de ses collègues qui exigeaient des instructions de leur chef avant d'agir, le gendarme moustachu donna l'ordre d'ouvrir la porte de la maison de José Lorca. Convaincu par l'assurance de Marion dont, au passage, il admirait l'audace, il usa de menace pour convaincre le mayoral, un jeune type agressif et suffisant, de lui apporter le double des clefs. Dès l'entrée, il eut l'intuition que la mort était passée par là. Suivi de l'intendant renfrogné, il examina une à une les pièces du rez-de-chaussée. Dans celle du fond, une chambre au décor dépouillé, José Lorca gisait, la gorge ouverte, la bouche tordue, un rictus apeuré sur son visage exsangue, le pantalon dégrafé. Le gendarme tâta son pouls, toucha la peau de son ventre velu dans lequel ses doigts laissèrent une trace en creux. Il estima, bien que ce ne fût pas sa spécialité, que la mort remontait à un peu plus d'une heure.

54

Penchée sur Abel Lafon, ligoté et bâillonné au fond de la resserre, Luna se demanda comment elle allait faire pour le transporter. Elle hésitait à le tuer sur place. Elle ne l'avait pas mis à mort la veille au soir et elle était bien incapable de dire pourquoi. Était-ce son regard, franc et bon, plein de douceur et de commisération, qui l'avait fait flancher ? Était-ce le souvenir de Stefano qui lui était revenu en pleine figure quand elle avait ligoté les mains calleuses et fortes, couvertes de ces infimes et innombrables traces de vie, de coupures, de petites croûtes, de marques laissées par des échardes ou des épines, de durillons gagnés sur les outils qui abîmaient les mains autant qu'ils cassaient les reins ?

Elle l'avait laissé en vie et, à présent, elle se demandait ce qu'elle allait faire de lui. Déjà qu'elle avait le flic à évacuer ! Lui, il devait être mort à présent. Il n'avait pas eu droit à l'estocade, il n'en était pas digne, mais les banderilles l'avaient amoché et sûrement vidé de son sang, lentement, inexorablement.

Elle eut tout à coup l'éclair, l'idée. Elle allait désentraver l'homme de la forêt. Sous la menace de l'épée, elle le ferait entrer dans la maison. Puis elle l'enfermerait dans la chambre de Stefano, avec le corps du flic. Enfin, elle ferait ce qu'elle avait décidé : elle brûlerait Baque-Morte. Les deux hommes partiraient en fumée avec les souvenirs d'une partie de sa vie. Elle s'attaqua au nœud qui immobilisait les poignets d'Abel en lui parlant doucement, sans le regarder. Elle lui expliqua qu'elle allait le libérer de ses entraves et qu'il devrait faire ce qu'elle demanderait. Faute de quoi, elle devrait le tuer immédiatement. Elle plaça l'épée sous les yeux de l'homme dont l'expression ne changea pas tant il paraissait à bout de forces. La corde se détendit, libérant le flux sanguin dans les artères comprimées du conseiller. Il grimaça de douleur alors que des milliers de fourmis investissaient ses mains.

Un bruit de bois déchiré résonna dans le silence ambiant tel le feulement d'un animal sauvage pris au piège. Un craquement plus fort suivit. Luna se dressa d'un bond, l'air farouche d'une guerrière, son épée au bout du bras. Elle repéra immédiatement Marion et ce qu'elle vit la révulsa. La femme flic était en train de fracturer un des contrevents vermoulus pour pénétrer dans Baque-Morte !

Instantanément, Luna fut aveuglée par une terrible colère. Elle n'avait pas oublié la policière blonde. Comment l'aurait-elle pu ? Elle ne cessait de la trouver sur ses talons depuis deux jours ! La flic la pistait avec obstination, sans relâche et sans pitié, accrochée à elle comme un pou à un crâne. Luna la détesta violemment.

Sans bruit, aussi souple et silencieuse que les lézards familiers des murs de Baque-Morte, elle bondit derrière les planches disjointes de la resserre. Abel Lafon émit un grognement sourd. Elle lui fit face, les yeux fous, tendit l'épée dans sa direction. Affolé par l'expression de ce regard, l'homme prit le parti de se taire.

Luna attendit que le bois blanchi par la pluie et le soleil ait complètement cédé, que Marion ait cassé une vitre et ouvert la fenêtre. Qu'après un regard circulaire de professionnelle aguerrie elle ait enjambé l'appui recouvert de poussière et de gravats tombés du toit et qu'elle ait disparu à l'intérieur de la maison. Alors, sans bruit, légère comme le vent, discrète comme la mort, Luna sortit de sa cachette.

Marion avança avec précaution dans la maison délabrée où régnait une atmosphère fraîche et humide aux relents de suie froide et de sang. Elle repéra le taureau de bois posé sur son socle au milieu d'un décor pauvre et abandonné. La seule trace humaine décelable était un châle de dentelle accroché à une corne. Marion constata que la maison paraissait moins ruinée à l'intérieur malgré les signes visibles d'une destruction en marche. Près de la cheminée landaise, elle avisa une porte fermée. Le bois en était récent et la poignée, un modèle moderne, parfaitement déplacée dans le contexte. Irrésistiblement, Marion fut attirée par cet élément incongru. Une fois devant, la main sur le métal, elle hésita. Les pulsations de son cœur accélérèrent, une fine couche de sueur recouvrit ses épaules et sa nuque.

Machinalement, elle tâta la crosse rassurante de son arme de service et son téléphone qu'elle avait éteint pour éviter une sonnerie intempestive. Elle songea à le remettre en marche mais le silence de la maison lui parut trop respectable pour être troublé.

Le petit lutin la mit en garde avec insistance mais, parce qu'elle avait envie de le contredire, elle pesa sur le loquet et poussa la porte. Dans la clarté sourde apportée par l'ouverture, elle reçut d'abord en plein visage le scintillement des milliers de paillettes dorées d'un habit de lumière. Tel qu'il était, on aurait pu le croire occupé par un corps et il lui fallut faire un effort d'accommodation pour s'apercevoir qu'il était drapé sur un mannequin, identique à ceux qui ornent les vitrines de mode. Aussitôt après, elle vit le corps allongé sur le côté, à même le sol, et le papier blanc et rouge des banderilles fichées dans son dos. Il était nu et elle comprit d'emblée qu'il s'agissait de Philippe Cadaux. Elle se précipita, s'agenouilla près de l'homme qu'elle avait détesté sans le connaître vraiment. Yeux clos, narines pincées, bouche entrouverte. La base de la partie temporale de son crâne n'était qu'un magma sanguinolent et Marion retint un hoquet horrifié en comprenant que ce qu'elle avait sous les yeux était le résultat d'une mutilation sauvage. Philippe Cadaux n'avait plus d'oreilles. Le spectacle de son visage exsangue, ravagé par une souffrance qui avait dû être terrible, la révolta. Aucun être humain, même le plus détestable, ne méritait un tel châtiment. Elle eut la certitude que l'individu qui avait commis un acte aussi barbare ne pouvait pas être loin. Simultanément, elle perçut un mouvement dans son dos, un froissement imperceptible d'étoffe et de cuir. Elle se figea, submergée par la panique. Stupide, le cerveau vidé, elle se retourna lentement, un voile gris devant les yeux, les sens en déroute. À contre-jour, encadrée par la porte restée ouverte, une silhouette se découpait, immobile. Une longue forme fine, moulée dans une robe noire, le crâne à nu. Marion ne distinguait pas les traits de son visage mais elle sut à qui elle avait affaire. Aussi sûrement elle comprit que Lucie, Luna ou Marie, était là devant elle, déterminée à l'inscrire sur la liste de son mystérieux holocauste. La fille bougea légèrement, arrachant un éclat métallique à la longue lame qui prolongeait son bras droit. Dans un réflexe de survie désespéré, Marion porta la main à son arme et l'arracha de sa ceinture.

Luna capta le mouvement de la femme flic, le geste précis et fulgurant qui fit apparaître un revolver dans sa main tandis qu'elle se dressait comme un ressort en le braquant sur elle. En une seconde la situation devint irréversible. L'une des deux allait détruire l'autre. Les deux mourraient, peut-être, puisqu'il y aurait combat, nécessairement, inéluctablement. Luna ne pouvait se laisser prendre sans lutter et la femme flic n'était pas du genre à se rendre, à se coucher devant l'ennemi, à le laisser passer sur son corps sans résister jusqu'à l'ultime limite de ses forces.

— Lâchez ça ! intima Marion en la braquant. Posez cette épée devant vous ! Doucement !

Sans quitter des yeux la silhouette toujours statufiée, Marion essaya de se souvenir de ce qu'elle avait fait de son portable. Elle se revit accroupie près de Cadaux, se revit poser l'appareil près du corps. Elle baissa les yeux une fraction de seconde, le temps d'estimer la distance et les gestes à exécuter pour le récupérer, actionner la mise en marche...

Luna n'attendit pas davantage. Elle avait perçu l'instant fugace où le regard de Marion s'était désuni. Ses antennes l'avertirent qu'il fallait l'anéantir sur-le-champ avant que le revolver ne crache le feu et la mort. Elle bondit dans la pièce, l'épée en avant.

Marion n'eut pas le temps de comprendre. Une masse sombre obscurcit son champ de vision. La lumière avare de la vieille baraque arracha quelques éclairs furtifs à l'épée que la fille brandissait devant elle, effectuant en fin de course de brefs zigzags nerveux. Marion hésita à faire usage de son arme. C'était un acte grave auquel elle ne s'était jamais laissée aller sans répugnance. La fille, en face, avait manifestement moins de scrupules. Son épée zébra l'air tout près du visage de Marion, effectua un retour fulgurant sur son bras qui tenait le flingue. Il sembla à Marion que le fil de la lame l'effleurait seulement, pourtant elle sentit sa chair s'ouvrir comme un morceau de viande sur le billot d'un boucher. Presque aussitôt, une sensation de brûlure insupportable la terrassa. Elle replia son bras pour le protéger de l'assaut suivant tandis que le sang dégoulinait déjà de la blessure. Elle s'arc-bouta sur la crosse de son arme, appelant sa main gauche à la rescousse.

La détonation l'assourdit. En même temps que la flamme crachée par le canon, elle nota le recul brutal de la fille qui s'arc-bouta, comme frappée d'un violent coup de poing. Mais, au lieu de lâcher l'épée, elle parut au contraire l'assurer dans sa main. La lame brandie devant elle, elle revint à la charge. Au moment de frapper, elle se baissa et ramassa le téléphone de Marion avec une promptitude qui laissa la commissaire sur place.

Marion la vit reculer vers la porte, sans songer à doubler son tir. Elle se demanda où elle avait pu la toucher, comment et si, d'ailleurs, elle l'avait atteinte. Le chien n'étant pas à l'armé, elle avait tiré en double action et la douleur ankylosait déjà son bras. La fille, en tout cas, avait renoncé à charger encore. Marion fit un pas vers la porte. L'autre bondit en arrière, se ruant vers la lumière de la grande pièce. Comme dans un cauchemar, Marion vit le jour disparaître alors que le claquement du battant parvenait jusqu'à son cerveau. La clef tourna dans la serrure, deux fois, puis des pas précipités indiquèrent que la tueuse quittait les lieux. Le silence revint dans la chambre. Marion en ressentit d'abord un immense soulagement. Puis elle prit conscience de son enfermement, du sang qui coulait le long de son bras. Elle se jeta dans le noir, à tâtons, mains en avant. Incapable de mesurer la distance qui la séparait de la porte, elle heurta le mur avec violence. L'onde de choc ébranla son bras blessé. Elle cria de douleur et le son de sa voix lui parvint, étouffé. De sa main valide, elle effleura le mur, toucha, du bout des doigts, un revêtement lisse ponctué de bouts de métal qu'elle identifia comme étant de grosses agrafes. Puis elle trouva la porte, en explora les contours, chercha la poignée. Elle ne trouva qu'une surface plane, sans rebord, nue. Sans poignée. Des picotements odieux investirent son corps. Elle savait ce qu'ils signifiaient : l'horreur d'être enfermée dans une pièce capitonnée, insonorisée, sans issue. Elle comprit que cette chambre obscure était une tombe.

55

Talon appela Marion une bonne dizaine de fois sur son portable sans rien obtenir que la messagerie. Au onzième essai, il éructa :

— Commissaire Marion, pouvez laisser un message, nasilla-t-il en imitant la voix numérisée de Marion. C'est chiant !

— Elle a dû couper, avança Allard, pragmatique mais soucieux.

Ils étaient revenus ensemble au domaine des Chartreux, à tombeau ouvert, dès l'annonce de l'assassinat de José Lorca. L'adjudant-chef était exténué, dépassé par les événements et, pour finir, contrarié par l'initiative de Marion qui, non contente d'avoir piqué un de ses véhicules, avait pris la poudre d'escampette. Et, maintenant, en prime, elle était injoignable. Radio de bord et téléphone coupés.

— Je vais appeler mes collègues de Belin-Beliet, décida-t-il. Ils sauront peut-être où elle est.

Talon acquiesça en laissant courir un regard las sur l'équipe de la PJ de Bordeaux qui avait pris le relais des gendarmes et s'affairait dans la maison de Lorca. Ils allaient de catastrophes en calamités.

Manolito II, José Lorca. Marion avait raison : la liste s'allongeait. Et les hommes de la PJ n'avaient pas apporté de bonnes nouvelles. Cadaux restait introuvable. Toutefois, sa voiture avait été retrouvée près des arènes de Mont-de-Marsan. Comme celle de Paul Demora, deux semaines plus tôt. En outre, et ce n'était pas le plus rassurant, les clichés des moulages de pneus, comparés dans la nuit, étaient révélateurs : la Jeep qui avait tué Céline Duroc avait circulé dans la forêt des Chartreux, tout près de l'endroit où avaient été retrouvés les corps de Jules Dante et d'Anita Mano. Talon aurait pu parier, sans risque, que les autres indices concorderaient. Il pensa à Marion, à sa théorie sur Lucie-Luna-Marie, à ces morts qui s'amoncelaient et qu'elle avait prédites, à son obsession de Baque-Morte. L'angoisse le terrassa.

56

Luna roulait doucement, tenant son volant d'une seule main, la bouche tordue de douleur. Les cahots de la piste lui arrachaient des gémissements de petit chien privé de sa mère. Son bras gauche pendait sur le côté, coincé entre la portière et le siège de cuir éventré, inerte sous son épaule blessée. Elle déboucha sur la route, faillit emboutir un véhicule de pompiers qui circulait à petite vitesse à la sortie du pont de Sillac. Elle stoppa, les jambes tremblantes, le cœur en déroute. La camionnette rouge, haute sur pattes, passa son chemin après avoir fait un écart pour l'éviter. Les deux hommes à bord lui jetèrent un regard distrait et le véhicule disparut dans la forêt, en direction de Sanguinet. Luna respira avec application, à petits coups précautionneux. Une pointe acérée lui fouilla l'épaule, tandis que des milliers de points lumineux voilaient son regard. Puis le paysage s'assombrit d'un coup et elle crut s'évanouir. Plantée entre la passe et la route, elle dut attendre que se calment les désordres de son pouls, que recule l'odieux élancement qui engourdissait son bras et refroidissait sa main, privée de sang et de mouvement. Elle rejeta la tête en arrière, exténuée, le visage livide. Son regard accrocha le rétroviseur extérieur. Baque-Morte s'y mirait, lointaine, inaccessible, posée sur le bord de la passe tel un vaisseau fantôme. Muette comme le reproche. Elle la contempla longuement, scrutant le ciel pour y déceler les premiers signaux de fumée. Mais il devait être encore trop tôt, elle ne décela que quelques vols d'hirondelles ponctuant la façade de leurs vols semblables à des virgules prises de folie.

Lentement, les gestes mesurés d'une vieille femme, elle passa la première, accéléra avec quelques à-coups involontaires, et se lança sur la route en direction du sud.

57

Abel Lafon remua ses mains engourdies. Il avait entendu démarrer la Jeep sans pouvoir esquisser le moindre geste. La fille l'avait abandonné ! Affolé à la pensée de se retrouver ainsi au fond de cette remise qui sentait la poussière et les excréments de chauves-souris, à moitié étouffé par son bâillon, il se demanda qui aurait l'idée de venir le chercher là. Cette fille était le diable en jupons. Elle avait disparu un long moment. En son absence, le conseiller avait capté quelques bruits inquiétants, des cris, des chocs et le son caractéristique d'une déflagration. Puis, elle était revenue. Plus blanche qu'une morte, la main droite crispée sur son épaule ensanglantée. Toujours accrochée à son épée comme à une bouée de sauvetage.

Elle lui avait dédié un regard dégoûté et sans doute se demandait-elle ce qu'elle allait faire de lui. Elle s'était avancée en titubant. Penchée sur le conseiller, elle avait commencé par resserrer la cordelette qui liait ses mains. Dans un réflexe désespéré, il avait bandé ses muscles tétanisés par l'ankylose, gonflé au maximum ses poignets et ses mains. La fille avait marmonné quelques mots d'où il avait retenu que le feu allait le détruire. Elle avait ajouté quelque chose qui l'avait glacé d'effroi. Puis elle avait tourné les talons et disparu, zigzaguant comme une femme ivre.

Abel relâcha la tension de ses mains, tenta de détendre ses muscles crispés. Il sentit revenir les fourmis et s'il avait eu assez d'air dans les poumons, il aurait crié de douleur. Il patienta un instant, se demandant comment il pourrait se libérer et se sortir de là. Il songea à Marion qui aurait dû être arrivée depuis longtemps, se demanda pourquoi elle n'était pas venue le délivrer. Elle...

Il remua les phalanges avec précaution. Le sang se remit à circuler jusqu'au bout de ses doigts engourdis. Les yeux mi-clos, il s'appliqua à détendre ses muscles. Il s'aperçut que la cordelette se relâchait petit à petit autour de ses poignets. Pas assez encore pour libérer ses mains, cependant. Dans la lumière glauque de la cabane, il les contempla, ses fortes pognes entravées en se disant, avec désespoir, que jamais elles ne pourraient passer par ce misérable trou. Il considéra le nœud, jura tout ce qu'il savait en entamant un lent va-et-vient pour faire tourner la corde. Il reprit son mouvement de friction pour étirer sa main droite vers l'arrière. Pas trop vite, pas trop fort, afin de ne pas resserrer le nœud. Il sentit son dos se mouiller ainsi que ses paumes.

Après d'interminables efforts, méthodiques et avisés, il put toucher enfin le nœud avec son index. En même temps, une odeur qu'il ne connaissait que trop parvint à ses narines. La fumée ! Quelques crépitements joyeux de bois qui brûle lui arrachèrent un frisson d'horreur. Le feu ! Il y avait le feu dans la maison ! Dans la maison où

se trouvaient « des gens que vous connaissez... »,
avait dit la fille. Mais qui ? Décomposé mais sti-
mulé par la panique, Abel Lafon reprit la lente
reptation de ses mains. Quand il put poser son
pouce gauche sur le nœud de la corde, juste au-
dessus de son index droit, il marqua une pause,
les yeux inondés de sueur et de larmes d'effort. Les
craquements du bois martyrisé par les flammes
fouettèrent son envie de sortir de là.

Marion s'exhorta au calme et s'obligea à réfléchir. Elle était enfermée, soit. Elle ne pouvait pas
sortir de cette pièce noire comme un puits mais
elle n'avait pas encore exploré les lieux en détail.
Elle fit le vide dans sa tête, se livra à quelques
exercices respiratoires pour faire reculer la douleur cuisante dans son bras. Elle avait comprimé
les chairs au-dessus de la blessure et le sang avait
cessé de couler.

Folle, ma vieille, tu es folle, s'engueula-t-elle pour
être venue seule se fourrer dans la gueule de la
louve. Elle avait remis son arme à la ceinture.
Elle ne lui était d'aucun secours puisqu'il n'y avait
même pas une serrure dans laquelle elle aurait pu
tirer, comme dans les polars de série B. Et même
plus de téléphone pour appeler au secours.

Elle se replaça face à la porte, décidée à trouver un moyen de quitter sa prison. Elle entreprit
de faire le tour de la pièce en explorant chaque
centimètre des murs. Au passage, elle débusquait,
sous ses doigts, des objets, des matières qu'elle
s'évertuait à identifier. Un poste de radio posé à
même le sol. Elle se demanda comment cet engin
pouvait fonctionner puisqu'il n'y avait sûrement
pas le courant électrique dans cette ruine. Elle

appuya au jugé sur les touches et brutalement la musique explosa. Elle lâcha l'appareil, affolée par la violence des sons et des rythmes de flamenco. Pour arrêter le massacre de ses tympans, elle s'accroupit et chercha le poste à tâtons. Ce furent les pieds de Cadaux qu'elle heurta, ses jambes qu'elle toucha, pour constater qu'il était froid. Révulsée, elle retira vivement sa main. Quand elle mit enfin la main sur l'appareil de radio, elle dut essayer plusieurs boutons dans l'obscurité avant de retrouver le silence. Ses oreilles, écorchées par la musique insupportable, bourdonnèrent longtemps après que le calme fut revenu. La suite de ses recherches ne lui apporta rien et le découragement s'abattit sur elle. Alors qu'elle retournait vers le fond de la pièce, à l'opposé de la porte, elle buta contre un tas de chiffons formant une sorte de monticule. L'espoir revint et Marion entreprit de le fouiller, espérant y trouver un objet ou une arme, une pelle, une pioche, une masse, n'importe quoi dont elle aurait pu se servir pour attaquer les murs de sa geôle. Elle explora méthodiquement les objets. Ses doigts heurtèrent une forme rigide, enveloppée dans un vêtement de velours côtelé. Elle tâta le renflement des poches, le métal des boutons sur lesquels un dessin était imprimé en relief. Au-dessus de la veste, sa main tomba sur un objet rond et dur qu'elle explora avec précaution. Du bout des doigts, elle identifia les orbites creuses, les dents irrégulières, la peau sèche et plus cassante que du papier déshydraté. Un crâne ! Elle avait sous les doigts un crâne humain desséché, à la chair racornie, à la peau parcheminée. Dans le prolongement du crâne, un cou et la forme d'un squelette humain. Marion retira sa main, tomba à la renverse sur un cri horrifié.

Avalé par l'isolation des murs, son hurlement se mua en sanglot. Prise de tremblements, elle se mit à hoqueter comme un enfant terrifié.

C'est alors qu'un autre événement se produisit. Dans cette chambre-prison, parmi les effluves nauséabonds, une odeur nouvelle s'imposa.

La fumée ! proféra Marion tout haut en rampant vers la porte. La senteur caractéristique du bois brûlé se fit plus présente quand elle arriva contre le vantail. L'oreille collée au bois, elle s'évertua à comprendre ce qui se passait de l'autre côté. Des craquements ténus, puis plus forts, ne lui laissèrent plus aucun doute. Le feu !

Epuisée, sans forces, elle eut la conviction qu'elle allait mourir là, prise au piège comme un rat dans une ratière. C'était profondément injuste, elle n'avait pas encore vécu, en tout cas pas assez. Un film en accéléré lui fit revivre quelques morceaux de sa vie qui avaient laissé des traces dans sa mémoire. Son père et son sourire rassurant. Sa mère et ses émois qui la révoltaient. Les hommes de sa vie. Puis, incongrument, Nina, la petite orpheline[1].

L'air déjà se raréfiait dans la pièce hermétiquement close et Marion, en s'agitant, avait consommé trop d'oxygène. Une bouffée de fumée âcre filtrant par l'infime ligne de démarcation entre la porte et le sol s'engouffra dans ses poumons, déclenchant une quinte de toux qui lui arracha d'autres larmes. Quand elle retrouva son souffle, elle constata qu'elle respirait de plus en plus de

1. *Le Sang du bourreau, op. cit.*

fumée. Ce n'était peut-être que de l'autosuggestion, mais elle perçut aussi la chaleur intense à travers le battant.

De guerre lasse, elle se laissa glisser contre la porte.

58

Les deux pompiers s'étaient arrêtés devant la maison du Grand-Lagnereau avec leur camion tout-terrain. Ils écoutèrent un moment les échanges radio. Quelqu'un demanda sur les ondes si on avait des nouvelles : personne n'en avait, le conseiller Lafon restait introuvable.

Ils n'avaient plus qu'à faire demi-tour. Alors qu'ils abordaient le carré de pins sylvestres, ils aperçurent le 4 × 4 de la gendarmerie, qu'ils avaient croisé un peu plus tôt, abandonné au beau milieu de la passe. Ils s'approchèrent pour constater qu'il était ensablé, portières verrouillées, personne à bord ni à proximité. Alors qu'ils allaient retourner sur la route, ils détectèrent un léger panache de fumée au-dessus des pins sylvestres. Ce n'était encore qu'une échappée brumeuse qui brouillait le bleu cru du ciel mais pour eux, en alerte constante et obsédés par le feu, c'était assez.

— Allons voir ! intima le chauffeur.

Abel Lafon lutta de longues minutes contre un bout de corde qui refusait de se laisser dénouer. Il relâchait à intervalles réguliers ses muscles tétanisés et ses doigts lui faisaient un mal de chien. Puis il se laissait aller en arrière pour détendre son dos et sa nuque, douloureusement contractés. Les craquements du bois se faisaient maintenant plus présents et des traînées de fumée s'engouffraient par les interstices des planches de la remise. Le bâillon réduisait la capacité d'Abel à respirer et il songea avec désespoir que, lui qui s'était battu toute sa vie pour protéger sa chère forêt de la dévastation, il allait périr dans les flammes. Il se surprit à prier fugitivement un Dieu trop longtemps oublié. Prier pour que quelqu'un passe par là. Que les vigies censées scruter la forêt sans relâche tournent enfin leurs regards du côté de Baque-Morte. Que les pompiers arrivent et le rendent à sa femme, sûrement affolée d'inquiétude. Il eut la vision soudaine de personnes enfermées, emmurées dans l'ancien relais forestier. Il vit les flammes lécher ces inconnus, les envelopper, noircir leur chair, fondre leurs yeux comme elles l'avaient fait de ce cadavre calciné découvert un jour de grand soleil dans la forêt. Il lui sembla qu'il y avait une éternité de cela.

Dans un sursaut, il reprit sa besogne. La prise de ses doigts se raffermit enfin autour du nœud. Il banda ses muscles et tira avec une énergie venue du fond de ses tripes et de sa volonté de vivre. Le bout de Nylon bougea. Abel insista, les doigts douloureux au-delà du supportable, détachés de son corps. Le nœud se détendit d'un seul coup, libérant un long morceau de corde. Ses poignets se décollèrent enfin l'un de l'autre et, avec d'infinies précautions, le conseiller réussit à libérer sa main gauche. Dressé sur son séant, il considéra un moment ses mains libres, incrédule. Il remua les doigts comme un pianiste à l'échauffement. Puis il eut enfin l'idée d'ôter son bâillon. Il toussa, cracha, aspira l'air avidement.

Les pieds désentravés, il se mit debout. Mais ses jambes trop ankylosées refusèrent d'obéir. Il retomba assis et dut s'y reprendre à deux fois pour retrouver son équilibre.

Un instant plus tard, il était dehors, les yeux levés vers le ciel, incroyablement bleu, et il se crut rendu au paradis. Un avion passait juste au-dessus, traçant, sur l'azur, une double ligne blanche. Abel abaissa le regard et vit Baque-Morte lâchant des volutes de fumée par ses tuiles éclatées et ses huisseries closes. Déjà quelques flammèches léchaient les chevrons décapés par l'usure.

La démarche hésitante, il contourna la maison, trouva la porte principale verrouillée par un gros cadenas. Il revint sur ses pas, examina les fenêtres également closes. Il allait retourner dans la remise chercher un outil ou un bout de bois pour ouvrir un des contrevents quand il aperçut celui de la dernière fenêtre, entrebâillé. En l'ouvrant tout à fait, il libéra un gros nuage de fumée grise qui le fit reculer. Dans le même temps, il perçut la chaleur intense qui se dégageait de l'intérieur. Il enleva sa veste, s'en couvrit la tête, prit une longue inspiration et, enjambant l'appui de la fenêtre, se jeta dans le ventre brûlant de Baque-Morte.

Marion flottait entre un ciel plombé de nuages et la terre en flammes. La chaleur intense qui en sourdait excita sa blessure, avivant la douleur. Elle refit surface un court instant et fut tentée de hurler sa détresse. Mais ses poumons brûlaient, la pièce était à présent emplie de fumée. Elle fut prise d'une quinte de toux violente et retomba dans une léthargie qui lui ouvrit une brusque perspective sur le néant. Aussitôt après, elle entendit les anges qui l'appelaient. Ils avaient une grosse voix et leurs cris résonnaient comme des coups sur la peau épaisse d'un tambour.

Abel Lafon ne vit personne dans la pièce envahie de fumée et cernée de flammes. L'odeur infecte du vieux bois qui brûlait le prit à la gorge, rendant aléatoires ses efforts pour attraper un peu d'air. Il repéra la porte du fond et s'y précipita, la tête dans les épaules, crevant de chaud sous sa veste. Du côté de la cheminée, les flammes grondaient plus fort, attisées par le tirage du conduit. Il découvrit la poignée et la serrure, mais pas de clef. Aveuglé, à moitié asphyxié, il se mit à cogner contre la porte comme un fou. Aucune réponse ne lui parvint, aucun son, aucun cri laissant supposer qu'il y eût quelqu'un de vivant de l'autre côté. Il frappa encore, les yeux pleins de larmes, la gorge en feu, sans plus de résultat. Au moment où il allait renoncer, il entendit des voix au-dehors, des gens qui s'apostrophaient avec l'accent gascon, fort et rugueux. Il tourna la tête vers la fenêtre ouverte et la lumière du jour accrocha un objet qu'il aurait reconnu entre tous. Un casque doré, astiqué et rutilant. Une allégresse profonde monta en lui. Les pompiers, *ses* pompiers étaient là.

Talon reçut la nouvelle que la voiture *empruntée* par Marion à la gendarmerie nationale avait été retrouvée vide près de Baque-Morte alors qu'il assistait à la levée du corps de José Lorca, au milieu d'une scène parfaitement sinistre. Le fourgon contenant le cercueil de Marie-Sola stationnait dans la cour, le chauffeur désemparé attendant des instructions que personne ne semblait en mesure de lui donner. Les quelques employés présents au domaine avaient été réunis autour du mayoral qui avait beaucoup perdu de sa superbe. Dans un silence consterné, ils suivaient les allées et venues des policiers et gendarmes. Mobilisés et retenus pour les besoins de l'enquête, tous semblaient inquiets de ce qu'ils allaient devenir.

— J'étais sûr qu'elle irait là-bas, marmonna Talon.

— La maison brûle, ajouta le gendarme de Belin-Beliet. Comme on ne l'a pas trouvée à proximité, on suppose qu'elle est à l'intérieur.

— Merde, s'écria Talon, perdant tout contrôle.

C'était bien le genre de Marion d'aller affronter, seule, une situation pourrie ! S'il avait pu prévoir ! Mais prévoir quoi ? Les gendarmes qui se trouvaient avec elle quand elle était partie n'avaient rien compris à ce départ précipité.

— Je trouve une voiture et j'arrive, dit-il.

— Pas la peine, lieutenant, répondit son interlocuteur, les pompiers sont sur place avec la moto-pompe. On va être fixés dans quelques minutes.

— Et M. Lafon ? s'exclama Talon alors que l'autre allait raccrocher.

— C'est bon, on l'a trouvé. Fatigué, mais ça ira. Il a été évacué sur l'hôpital d'Arcachon.

Accablé, Talon s'en fut d'un pas harassé en direction de l'arène de tienta. La nuit blanche pesait sur ses épaules ainsi que le poids d'événements qui se précipitaient, hors de contrôle. Il aperçut, creusée dans le mur chauffé à blanc par le soleil, une petite niche dans laquelle une statue de la Vierge penchait la tête sur sa poitrine, les yeux clos et les mains écartées en signe de compassion. Il eut envie de se blottir dans les bras de cette femme et de pleurer contre son sein. Il la supplia longuement de sauver Marion.

Marion avait posé sa tête sur le sol, épuisée. Elle flotta un instant entre deux eaux puis renonça à lutter. Elle se laissa partir, le corps allégé, toute douleur envolée. Un tunnel lumineux s'ouvrit devant ses yeux d'où les larmes avaient cessé de couler. Un long couloir clair et doux l'aspira. Elle s'y engouffra, soulagée de tout. À l'extrémité, une silhouette immense se découpa contre la lumière intense. Elle la reconnut immédiatement. Son père était venu la chercher. Elle courut vers lui et il la prit dans ses bras, la souleva de terre comme un petit enfant. Il reprit le tunnel en sens inverse et elle sentit une grande chaleur l'environner. Elle ne voyait pas le visage de son père mais elle savait que c'était lui. Il était pourtant étrangement vêtu, la tête surmontée d'un couvre-chef brillant, étincelant, qui mirait des formes dansantes, incandescentes. À la sortie du passage, il la déposa doucement sur le sol dont le contact lui parut frais, agréable. Une bouche se posa sur la sienne, insufflant un air tiède dans sa gorge. Des mains fortes appuyèrent plusieurs fois sur sa poitrine et elle expulsa de la fumée mêlée de poussière.

Marion ouvrit les yeux sur un visage noir et rouge, au nez fort, aux yeux petits enfoncés dans les orbites. Elle fut saisie de panique et hurla de toutes ses forces en se débattant.

— C'est bon, chef ! dit le pompier, triomphant. Elle est sauvée !

Luna fut tentée plusieurs fois de renoncer à aller au terme de son parcours. Elle souffrait le martyre, le sang coulait de sa blessure et elle avait dû s'arrêter sur une aire de stationnement pour se reposer. Des gens l'avaient regardée avec curiosité et elle était repartie en vitesse. Les dents crochées sur sa douleur, un cerne blanc autour de la bouche, elle luttait contre l'envie de dormir, de tout lâcher pour s'enfoncer dans la nuit. Ses yeux se fermaient malgré elle, ses forces l'abandonnaient. La Jeep traversa la ligne blanche continue, roula sur le bas-côté, heurta un panneau de signalisation. Luna s'arrêta, épuisée, prise d'une crise de palpitations qui la couvrit de sueur. Elle posa sa tête sur le volant, incapable de maîtriser les tremblements de sa main valide. L'autre, elle ne la sentait plus du tout. Le sang avait dégouliné sur le plancher de la Jeep, formant une mare qui coagulait lentement. Il continuait à suinter de son épaule et coulait en goutte-à-goutte au bout de ses doigts.

Après un temps dont elle n'aurait su estimer la durée, elle releva la tête et posa le regard sur le panneau qu'elle avait heurté. Elle y lut qu'elle était arrivée à Saint-Ange-des-Monts. Au bout du chemin.

59

— J'ai envie, affirma Janita Moreno sur un ton sans réplique.

Lavot rougit en jetant un regard furtif dans le rétroviseur. Sur le pas de la porte monumentale, la mère supérieure et Esmeralda les regardaient s'éloigner du couvent, statues de la réprobation en noir et blanc. Blanche pour la religieuse, noire pour sa domestique. Après les deux heures passées en compagnie du couple de policiers, il leur faudrait des années de prière pour effacer de leur mémoire la sensualité explosive de la satanique Janita et du grand mâle qui l'escortait.

— Arrête ! intima Lavot qui s'était installé d'autorité au volant et sentait la main de sa collègue ramper sur sa cuisse, de plus en plus haut.

Mais il en fallait plus pour contenir Janita. Elle poursuivit sa progression, un sourire non équivoque sur ses lèvres entrouvertes.

— T'es obsédée ! protesta Lavot alors que l'attouchement se faisait plus précis.

La voiture fit une embardée.

— Tu devrais t'arrêter, murmura Janita, la voix rauque.

— Pas question, dit Lavot pourtant de moins en moins résistant. Il faut qu'on appelle Marion depuis le village.

— Juste un moment ! dit Janita.

— Non, on trouve d'abord un bigophone. Faut qu'on raconte l'histoire à Marion sans attendre.

Janita se rejeta en arrière, mécontente. Sa main quitta la braguette de Lavot. Elle bougonna :

— Elles pourraient pas avoir le téléphone comme tout le monde, ces connes de sœurs !

L'officier ne releva pas, se contentant d'accélérer pour satisfaire au plus vite son exigeante compagne sans fâcher sa non moins exigeante patronne. La route virait sec entre les roches à pic de la montagne et le ravin qui plongeait dans le fond de la vallée. Les pneus crissèrent, projetant un vol de gravillons derrière eux.

Au détour d'un virage, la Jeep leur sauta au capot et ils ne durent qu'à un formidable réflexe du conducteur de ne pas s'y encastrer. Il pila et la voiture se mit en travers tandis que la Jeep continuait sa course pour aller se planter violemment contre la glissière qui séparait la route du grand plongeon. Janita poussa un cri. Elle avait déjà la main sur la poignée de la portière pour se précipiter au-devant de l'automobiliste en difficulté quand Lavot, d'instinct, la retint :

— Attends !

Luna reprit ses esprits très vite. La tête lui tournait mais elle eut le temps d'apercevoir les deux occupants de la voiture blanche qu'elle avait failli emboutir. Son estomac remonta dans sa gorge et le sang se retira de son visage. Elle reconnaissait la femme, une brune qui était venue rôder dans

414

la forêt avec le flic qu'elle avait exécuté à Baque-Morte. Elle aussi était flic. Et l'autre, c'était un des compagnons de la femme blonde qui, à présent, devait être réduite en cendres. Que fichaient-ils sur la route de la Visitation ? Comment pouvaient-ils être arrivés jusqu'ici ? Qui leur avait dit ? Elle essaya d'oublier toutes les douleurs qui broyaient son corps pour trouver la réponse. Mais c'était trop dur, elle n'en pouvait plus. Sur le point de renoncer, elle ne comprit qu'une chose : ils étaient venus la prendre. Ils l'avaient devancée et ils lui barraient le passage pour l'empêcher de monter se reposer.

Pas question de les laisser faire ! Elle lança son bras droit en arrière, tâtonna à la recherche de l'épée. La lame avait glissé vers le fond de la Jeep et elle dut se pencher pour l'attraper. La douleur de son épaule blessée lui arracha un cri, une nausée lui retourna l'estomac et un flot rouge sortit de sa bouche. Horrifiée, elle vit le sang se répandre sur ses genoux, éclabousser le volant et le tableau de bord. La balle de la flic blonde avait fait plus de dégâts qu'elle n'avait cru. Elle avait un poumon perforé, elle hoquetait son sang comme les toros braves vomissaient le leur quand l'épée d'estocade déviait de sa course.

Ce constat la révulsa. Stimulée par l'imminence d'une mort qu'elle redoutait sans y croire encore, elle saisit le pommeau de l'épée et tira l'arme à elle.

Lavot entrevit, comme dans un songe, la portière de la Jeep s'ouvrir. D'instinct, sans la reconnaître formellement, il sut qu'il avait devant lui l'insaisissable Willys aperçue devant *La Bodega*. Aucun doute non plus que la fille au crâne rasé qui en descendait était celle dont Esmeralda Lorca, la domestique des sœurs de la Visitation, leur avait parlé pendant deux heures.

Il descendit de voiture sans geste brusque et sans quitter la fille des yeux après avoir ordonné à Janita de ne pas bouger.

La créature irréelle s'avançait lentement, en titubant, ployée en avant, tel un roseau dans la tourmente. Au bout de son bras, l'épée. Lavot s'arrêta, hésitant. À tout hasard, il tira de son dos son Smith et Wesson deux pouces. La fille fit un pas de plus avant de s'immobiliser à son tour. Face à face, chacun portant une arme, ils ressemblaient aux héros de westerns spaghettis prêts au duel final. Le temps parut s'arrêter, lui aussi. Le vent agita les branches des arbustes autour d'eux.

Luna parut alors frappée d'un mal soudain. Ses jambes ployèrent, elle tourna sur elle-même et, sans lâcher son épée, s'effondra doucement au sol.

Lavot marcha jusqu'à elle, sur ses gardes. D'un coup de pied, il fit voler l'épée. En se penchant, il capta le regard déjà voilé de la fille au visage de madone. Il y lut de la haine et un désespoir infini.

La vie se retirait de Luna comme la vague à marée basse. Un calme étrange l'enveloppa. Le faciès penché sur elle n'était pas hostile, pas laid non plus. Ce n'était qu'un visage d'homme. Elle eut envie de tendre la main pour le toucher mais son regard se troublait et elle n'eut plus en face d'elle que les traits de Toine, exsangues et froids dans sa boîte de bois. Les yeux clos, les narines pincées, il l'appelait du plus loin qu'elle pouvait l'entendre dans le ciel pur de l'été. La face barbue du flic obscurcit le paysage. Ses lèvres remuèrent mais elle ne comprit rien. Elle le haït d'être là, de lui voler l'image de Toine.

— Mon Dieu, pria-t-elle, donne-le-moi. Je le veux. Rends-moi Toine et je te donne ma vie.

Et pour une fois, Dieu l'entendit et obéit.

60

— Quel gâchis !

Abel Lafon hocha la tête, le regard droit devant lui. Sous un ciel peuplé de nuages bas, Baque-Morte tendait ses vestiges calcinés, ses toitures effondrées noyées par les trombes d'eau déversées par les pompiers. Autour de l'airial, le feu avait gagné la forêt et détruit quelques hectares de pins envahis de broussailles. Un arbre, tombé sur la voie, avait même interrompu pendant plusieurs heures la circulation des trains. Il gisait à présent sur le bord de la passe et Marion s'y était assise, le bras droit en écharpe, pâle et un peu faible encore.

Elle était sortie de l'hôpital la veille après sept jours de soins. On avait recousu son bras déchiré sur huit centimètres de long et deux de profondeur mais, plus encore que cette blessure spectaculaire, ses poumons agressés par les émanations de fumée lui avaient valu de substantiels désordres.

Elle réprima une quinte de toux, s'éclaircit la voix, les larmes aux yeux :

— Vous parlez de cette maison ? demanda-t-elle à tout hasard.

Mais elle savait bien qu'Abel Lafon englobait la maison, la forêt menacée par le feu et les nombreuses morts qui leur seraient, à tout jamais, associées.

Elle avait tenu à revenir à Baque-Morte avant de reprendre la route de Lyon. Emportée par une ambulance et maintenue à l'écart de la fin de l'enquête, elle n'avait pu assister à la lutte des hommes du feu, ni aux constatations criminelles qui avaient suivi. Elle avait juste eu le temps, dans un sursaut et entre deux suffocations, de signaler qu'il restait un homme, peut-être encore en vie, dans la maison en flammes. Grâce à elle, Philippe Cadaux avait été retiré in extremis de l'enfer, en piteux état, mais vivant. Marion l'avait vu à l'hôpital, derrière une vitre du service de réanimation, immobile sous les appareils, les yeux clos sur le spectacle d'horreur dont il avait été l'involontaire acteur, piégé par son incorrigible besoin de conquête. Il était au-delà du miroir, inaccessible. Janita était venue le voir, elle aussi. Son air apitoyé, mais déjà indifférent, disait plus qu'un long discours son détachement d'un homme qu'elle avait cru aimer à jamais. Un homme maintenant défiguré, mutilé, gravement traumatisé et enfoncé dans un coma qui laisserait des séquelles, si toutefois il en sortait un jour. Janita appartenait au monde des vivants. Elle aimait les corps chauds, les champions. Marion savait qu'elle le laisserait là et continuerait sa route sans se retourner. Lavot, lui, était rentré à Lyon, une fois les actes de procédure terminés, pour y attendre d'autres nouvelles de sa femme et son retour prochain. Dans sa vie à lui, il n'y avait pas de place pour une Janita.

419

Marion laissait dériver ses pensées sans avoir la force d'en interrompre le cours. Il faisait à peine chaud, la température avait chuté brusquement et la pluie, ininterrompue pendant les deux jours qui avaient suivi l'incendie de Baque-Morte, avait fait reverdir le sous-bois, gorgeant d'eau les fossés qui bordaient les passes. La jeune femme coula un regard vers le conseiller. Elle devinait sa curiosité à fleur de peau, le besoin de savoir et de comprendre. De décrypter les événements qui avaient, un moment, pris place dans le décor d'une vieille maison abandonnée.

Elle n'avait guère la force de raconter toute l'histoire, de remettre les choses à leur place et les faits dans leur chronologie. Elle avait juste envie de rester là sans rien dire, avec l'homme des bois debout en face d'elle, silencieux et attentif. Pourtant, elle lui devait la fin de la tragédie et des événements qui en avaient tissé la trame.

Le fracas d'un train qu'elle n'avait pas entendu arriver lui arracha un tressaillement :

— Je ne m'y ferai jamais ! dit-elle en se redressant légèrement. Vous voulez bien vous asseoir, monsieur Lafon ?

Le conseiller s'exécuta, la casquette à la main. Marion, les yeux sur les ruines de Baque-Morte, se lança, presque à regret.

— C'est grâce à Esmeralda Lorca que nous avons compris l'histoire de cette jeune fille, Marie, Luna ou Lucie. Appelons-la Luna, c'est plus joli et ça lui ressemble, finalement. Nous avions cru qu'elle était la fille de Stefano Sanchez, en réalité, elle était celle de José Lorca. Esmeralda était donc sa mère et il a fallu plusieurs entretiens avec elle pour reconstituer cette pénible affaire de meurtres à répétition qui a pris racine voici quinze ans.

Marion reprit son souffle. Sa voix légèrement cassée lui donnait un charme supplémentaire. Le médecin lui avait dit de parler le moins possible pendant quelque temps mais autant le conseiller avait besoin d'entendre l'histoire, autant, elle s'en rendait compte, elle avait besoin de la raconter pour s'en débarrasser, l'expulser de sa mémoire.

— Esmeralda Sanchez-Lorca est née à Séville en 1946. Elle a rencontré José Lorca en 1966 à la feria de Madrid. Il était accompagné de Manuel Bianco, jeune torero plein d'avenir, et elle, de son frère, Stefano Sanchez, employé dans une ganaderia andalouse. Tous ces jeunes gens aimaient les taureaux et la corrida, cette passion commune et dévorante les a aussitôt rapprochés. Pourtant, ce n'est pas de Lorca qu'Esmeralda s'est éprise mais de Manuel Bianco qu'elle rejoint à Dax quelques semaines plus tard. Hélas, le torero est déjà marié et la famille Sanchez, très catholique, ne badine pas avec la morale. Esmeralda a enfreint une règle sacrée et on lui ordonne de rentrer en Espagne, séance tenante. José Lorca, attiré par la fortune des Sanchez plus que par une jeune fille trop pieuse à son goût, sauve la situation et la vertu d'Esmeralda. Il propose de l'épouser et fait ainsi d'une pierre deux coups : Esmeralda et Manuel Bianco ne seront pas séparés et lui, avec la fortune d'Esmeralda, pourra réaliser son rêve : créer une race de taureaux de combat et l'implanter en France, un défi alors incroyablement culotté auquel son père, César Lorca, avait opposé un veto formel. Stefano Sanchez s'y connaît en taureaux et Lorca n'a aucune peine à le convaincre du sérieux de son projet. José épouse donc Esmeralda et embauche Stefano. Quant à Manuel Bianco, il reste le singe savant de Lorca, son ombre dévouée. Mais le père, César Lorca, résiste : il ne donnera pas le domaine des Chartreux à José. Quelques mois plus tard, le vieil homme a la bonne idée de se faire écraser par une machine agricole sous les yeux de son fils. On sait à présent que ce drame a été provoqué par José Lorca et qu'il a eu un témoin : Manuel Bianco. Complètement dominé par son ami, le torero ne dit rien à personne et l'enquête des gendarmes conclut à l'accident, comme on le sait. Commence alors une époque bénie pour José Lorca. Rien ne lui résiste, ni les femmes qu'il séduit à la chaîne, ni les hommes qu'il soumet à sa loi tyrannique. Il réussit et s'enrichit, en usant de moyens pas toujours très nets. Esmeralda a connaissance de tout par les confidences intimes de Bianco auquel José Lorca abandonne son épouse par intermittence. Lui-même la délaisse, lui préférant les charmes de Louisa, la pulpeuse épouse de Stefano, laquelle les dispense assez généreusement, il faut le dire. Stefano est un homme taciturne, un bourreau de travail, qui arpente les torils et les prairies du matin au soir. S'il a connaissance des frasques de son épouse et de ses relations avec le « maître », il n'en laisse rien paraître.

« Quand Esmeralda est enceinte pour la première fois, José Lorca entre dans une grande colère. Elle lui a caché son état, elle n'est pas sûre de sa paternité. Lorca essaie de la convaincre d'avorter mais Esmeralda est croyante, elle refuse. Lorca la soumet à des privations, la frappe.

Bianco laisse faire, incapable de s'opposer à son ami. Battue et malade, Esmeralda met au monde un garçon mort-né. Un an plus tard, le même scénario recommence mais, cette fois, Esmeralda ne se laisse pas faire. Elle file, en secret, se placer sous la protection des sœurs de la Visitation, dans le couvent où elle a effectué un court noviciat avant de renoncer à une vocation trop incertaine. Elle y a été l'amie de sœur Thérèse qui deviendra plus tard la mère supérieure du couvent. Elle y passe le temps de sa grossesse et met au monde une petite Marie, sans que José Lorca ait réussi à lui remettre la main dessus. Aux Chartreux, Louisa Sanchez, déjà mère de deux garçons, Antoine et Marco, donne naissance à une fille qu'elle prénomme Maria. Quand Esmeralda revient au domaine avec son bébé, les deux mères constatent qu'elles ont accouché à un jour près de deux fillettes auxquelles elles ont, sans se consulter, donné le même prénom. José Lorca reçoit sa femme froidement et lui demande de s'installer avec l'enfant dans la petite maison contiguë à la sienne. Esmeralda n'est, dès lors, admise dans la maison du maître que pour y servir de domestique en chef. Quant à la fillette, il ne veut même pas la connaître, persuadé qu'elle est la fille de Bianco bien qu'elle porte le nom de Lorca. On sait, depuis l'autopsie de Bianco, que celui-ci souffrait d'azoospermie congénitale et qu'il ne pouvait en aucun cas être le père de Marie.

— Lorca était donc bien le père de Luna ? intervint Abel Lafon qui devinait ce qu'impliquait ce détail.

— Oui, c'est indéniable. Quant à Louisa, elle a habilement laissé croire à Lorca qu'il était celui de Maria, ce dont il s'est laissé convaincre. Les fillettes grandissent ensemble et deviennent inséparables. Marie Lorca est née la nuit, elle a le teint clair, les cheveux couleur de miel argenté, les yeux dorés. Maria Sanchez est née à midi, en plein jour, c'est une brune éclatante, de carnation mate. Elles symbolisent la lune et le soleil. Elles deviennent Marie-Luna et Marie-Sola, baptisées ainsi par Antoine, dit Toine, le fils aîné des Sanchez, un garçon intelligent et sensible, un peu rêveur. Les filles se ressemblent étonnamment malgré leurs différences fondamentales. Naturellement, elles adoptent les mêmes attitudes, les mêmes jeux. Ainsi, cette manie de faire de l'équilibre sur les barrières au bord des prairies ou sur le mur de l'arène de tienta. Elles sont élevées au domaine d'où elles ne sortent jamais. Elles ne fréquentent pas l'école de Saint-Pierre, ce sont les professeurs qui viennent à elles, car José Lorca protège jalousement ses biens et les âmes qui les occupent. Elles sont comme les deux moitiés d'une orange, indissociables et complices. Mais aussi férocement, mortellement rivales. Marie-Luna révèle très tôt des goûts morbides qui s'expriment à travers des actions macabres, dévoyées. Elle est facilement violente et sans scrupule. Sa grand-mère Quitterie en a peur, elle dit qu'elle incarne le mal. Esmeralda, sa mère, s'éloigne d'elle, la tient à distance, tel un être diabolique et malfaisant. José Lorca ne rate pas une occasion de la punir : il est comme elle est, amoral, violent, sans scrupule. La fillette est son souffre-douleur, de même qu'Antoine qui a pris la fâcheuse manie de lui tenir tête.

« Les deux filles révèlent une sexualité précoce. Notamment Marie-Luna, qui, plus encore que Marie-Sola et alors qu'elle est à peine âgée de huit ou neuf ans, aime jouer avec les jeunes garçons du domaine. Si sa mère, Esmeralda, est atterrée par les histoires qu'elle entend raconter sur sa fille, José Lorca continue de s'en désintéresser. La vieille Quitterie tente, de son côté, d'exorciser le mal chez la fillette, et se montre avec elle d'une grande sévérité, lui inflige des punitions et des séances de rédemption interminables. Puis Marie-Luna devient follement amoureuse de son cousin Toine. Ses jeux deviennent ceux d'une femme et le cousin adore ça. Tellement qu'en même temps que sa cousine il initie sa sœur Marie-Sola à ces ébats incestueux auxquels elle s'adonne en cachette et dans la honte. Seule Luna sait précisément ce que Sola et Toine font ensemble et leur rivalité devient paroxystique. Les adolescentes se défient en permanence tout en ne pouvant se passer l'une de l'autre. D'autres garçons essaient de se positionner dans le cœur et les amusements des deux filles, notamment le petit Marco Sanchez, sournois et fort précoce lui aussi, et Paul Demora, un gamin chétif au caractère faible. Comme les filles, les garçons se défient mais face à un autre danger : les taureaux. Quand ils enfreignent les règles imposées par le « maître », c'est toujours Antoine qui est puni. Il n'a pas peur de José Lorca et celui-ci en est ulcéré. Il multiplie les brimades et les punitions. À plusieurs reprises, les choses tournent mal. Stefano Sanchez est le seul à protéger Toine mais il ne fait pas le poids face au puissant Lorca. Toine a du respect et de l'amour pour Stefano bien qu'il ignore encore le pire : la dépravation de sa mère. Au cours des soirées qui suivent certains jours de corrida, elle est livrée aux hommes présents par le « maître » et elle y prend plaisir. Toine, en grandissant, nourrit des soupçons que la vieille Quitterie lui confirme en le laissant assister à une des scènes de luxure avec Louisa. Le choc est d'autant plus violent que la vieille affirme qu'il est un bâtard, un enfant dont le père peut être n'importe lequel des hommes des Chartreux, ou d'ailleurs. Quelques heures plus tard, Antoine Sanchez est tué par un taureau dans un pré. Les circonstances du décès sont mal connues. Selon les déclarations d'Esmeralda Lorca, il s'est agi alors d'un acte volontaire d'Antoine pour défier Lorca et le domaine tout entier.

« Après la mort de son cousin, Marie-Luna Lorca reste aphasique pendant des semaines. Elle observe les gens qui l'entourent, surveille les uns et les autres. Le reste du temps, elle le passe sur la tombe de Toine.

« Survient alors un événement qui s'avère déterminant, tant par sa nature que par ses conséquences. »

Marion se redressa complètement, se rassit un peu plus près d'Abel Lafon.

— Il faut vous accrocher, dit-elle, ce n'est pas une histoire facile.

Il acquiesça avec une appréhension visible à la manière dont il se mit à triturer sa casquette.

— L'après-midi qui précède la disparition de la famille Sanchez, poursuivit Marion, José Lorca a organisé une corrida privée dans son arène. Cette pratique est formellement interdite mais il passe outre régulièrement. Manuel Bianco a toréé deux taureaux pour un cercle restreint d'amateurs. Le soir, les spectateurs et quelques proches de Lorca participent au repas traditionnel qui clôt les festivités. De mémoire, Esmeralda Lorca cite, entre autres, la présence de Manuel Bianco, Jules Dante et, fait nouveau, du jeune Marco Sanchez, alors âgé de quatorze ans. Dans sa première version, elle avait prétendu qu'il était à Madrid, à l'école des toreros. Elle justifiait ainsi le fait que ses parents aient pu partir sans lui.

« Stefano Sanchez est au travail, il répugne à ces soirées de débauche. La vieille Quitterie s'occupe de la cuisine, Esmeralda et Louisa assurent le service. C'est Anita Mano, dont la mère tient le bar *La Bodega* à Saint-Pierre, qui sert à boire. À la fin du repas, Lorca renvoie Esmeralda chez elle. Les hommes sont ivres, tout comme Louisa, abondamment servie par Anita sur ordre du « maître ». Ce dernier ordonne à la femme de son mayoral de s'occuper des invités. Elle ne demande que cela. Esmeralda et Quitterie, dissimulées derrière la porte, ne perdent pas une miette du spectacle. Quand vient le tour de Jules Dante, les choses, subitement, tournent mal. Dante est alcoolique, il est fin saoul et confond la femme agenouillée devant lui avec un taureau. C'est du moins ce qu'il semble, puisqu'il se met en tête de lui placer des banderilles comme il le fait aux arènes, en tant que membre de la cuadrilla de Bianco. Au lieu d'intervenir, José Lorca l'encourage. Les autres sont trop sous sa coupe pour oser inverser le cours des choses. Jules Dante place trois paires de banderilles sur la malheureuse Louisa Sanchez sans que personne lève le petit doigt. En tauromachie, le combat entre l'homme et le taureau se termine par la mise à mort de l'animal. C'est ce qu'ordonne

José Lorca. C'est l'escalade. Lorca a perdu toute mesure, Jules Dante et Manuel Bianco sont trop ivres pour faire marche arrière. Bianco se propose pour l'estocade mais Stefano Sanchez, sorti d'on ne sait où, intervient. Il est probable qu'il ait été alerté par quelqu'un, Esmeralda peut-être, bien qu'elle affirme n'avoir, pas plus que sa belle-mère Quitterie, quitté son poste d'observation. Il est avéré, en revanche, que la jeune Marie-Luna Lorca a assisté à la scène, sans doute en compagnie de Marie-Sola, son inséparable rivale. Elle fait irruption à son tour dans la salle à manger. C'est elle qui, s'étant emparée d'une épée que tient Stefano Sanchez (on ignore pourquoi il a cet outil à la main), achève Louisa d'un violent coup de lame à travers la gorge.

« Deux témoins survivants ont confirmé cette version, Pierre Lopez et Roger Martin, des vachers qui ont quitté l'exploitation depuis. Ces deux hommes ont également reconnu avoir, sur ordre de José Lorca, enterré Louisa Sanchez dans un enclos où sont enfermés les animaux reproducteurs. Ces mêmes témoins prétendent avoir entendu Lorca menacer Stefano et Marie-Luna de leur faire subir le sort de Louisa. Stefano parce qu'il refusait de laisser impunis les assassins de sa femme et voulait alerter les gendarmes, Marie-Luna parce qu'elle échappait au contrôle du « maître » et qu'il disait n'en attendre que de graves ennuis. Stefano connaît José et s'en méfie. Il prend peur. Dans la nuit, il décide de se soustraire à sa colère et il s'enfuit avec Marie-Luna pour, semble-t-il, la mettre à l'abri des mauvais instincts de son père qui la hait. Stefano partageait avec elle l'amour d'Antoine. C'est sans doute la raison de cette attitude bienveillante avec une fillette qui vient de tuer sa femme. Lopez et Martin ont participé à la traque menée par Lorca pour les rattraper mais les fugitifs leur ayant échappé, aucun d'entre eux n'en entendit plus jamais parler. Les autres témoins présents à cette corrida humaine et susceptibles de confirmer ces allégations : José Lorca, Manuel Bianco, Jules Dante, Anita Mano, Manolito II, et enfin Marie-Sola Sanchez-Lorca sont tous décédés.

Épuisée par ce long exposé, Marion se laissa glisser au sol sur l'herbe clairsemée, rafraîchie par les pluies des jours précédents. Elle s'adossa au tronc d'arbre couché, y laissa reposer sa nuque, les yeux levés vers les nuages. Elle voulait penser à autre chose, à la maison des Lafon qui lui plaisait avec sa cheminée odorante, son jardin de curé où s'accrochaient les brumes matinales dans le vacarme des pigeons massés sur le toit pour réclamer leur pitance. Elle eut envie d'en avoir une à elle, ici, au milieu des pins et de leur parfum fort et sensuel. Et aussi des enfants qui joueraient dans l'airial avec des fusils de bois et d'innocents corbeaux noirs. Gagnée par une grande fatigue, elle offrit son visage à un rayon de soleil qui forçait les nuages. Le conseiller respecta son silence et ils restèrent ainsi jusqu'à ce qu'un train, aux couleurs bleues de la région, en casse le cours fragile. Marion reprit le fil de son récit.

— Dans les jours qui suivent cette soirée de cauchemar, Quitterie se rebiffe : elle n'a jamais digéré la mort de son mari. Elle n'accepte pas davantage que José Lorca ait condamné sa propre fille et qu'il n'envoie pas les gendarmes à sa recherche. Esmeralda assiste à une scène d'une rare violence entre la mère et le fils. José Lorca jette au visage de sa mère qu'il haïssait son père, reconnaissant implicitement son implication dans sa mort. Il réfute la paternité de Marie-Luna. En revanche, il revendique celle de Marie-Sola et décrète qu'à partir de maintenant Marie-Sola sera « sa » fille et qu'elle portera son nom. Pour tout le monde, la disparue, la fugueuse, ce sera Maria Sanchez. Quitterie décide ce jour-là de ne plus jamais parler à son fils ni à personne d'autre. José Lorca la punit en la reléguant dans la petite maison avec Esmeralda. Mais celle-ci représente un autre grand danger pour José Lorca. Elle ne cesse de réclamer son frère et sa fille. Elle convainc Manuel Bianco d'alerter les gendarmes de leur disparition. Lorca, mis au pied du mur, dépose plainte pour le vol de sa Jeep Willys avant d'entrer dans une terrible fureur. Il interdit dorénavant à Bianco toute relation avec Esmeralda et jusqu'à l'accès au domaine. Menacée, Esmeralda s'enfuit et vient s'enfermer au couvent de la Visitation pour échapper à son mari et aussi se punir de ce qu'elle a laissé faire sans intervenir. Selon elle, Lorca est ravi de s'isoler du monde avec Marie-Sola pour laquelle il nourrit une véritable passion. Il n'est d'ailleurs pas interdit de penser, selon certains témoignages non vérifiés, que cette passion n'est pas que paternelle. José Lorca aurait eu avec Marie-Sola des relations que l'on peut qualifier d'incestueuses dès lors qu'il est établi par l'étude des formules génétiques qu'il en était bien le géniteur. On trouve là sans doute l'origine de la première grossesse extra-utérine de Marie-Sola.

« Esmeralda reconnaît que sa fille, Marie-Luna, ne lui a guère manqué. Elle ne ressentait pour elle aucun amour maternel, elle l'a subie comme elle a subi sa vie et seule l'hypothèse d'une paternité de Bianco la liait à cet enfant. D'un seul coup, en quittant le domaine, elle a renoncé au torero et rayé sa fille de sa vie. Sauf que, événement inattendu, quatre ans après ce sinistre épisode, Marie-Luna, alors âgée de seize ans, frappe à la porte du couvent. C'est un lieu dont Esmeralda lui a parlé pendant son enfance et où elle est née, ne l'oublions pas. Pourquoi les sœurs la recueillent-elles ? Par charité, je suppose, bien que les explications d'Esmeralda restent floues sur ce point. L'adolescente est atteinte d'une forme d'aphasie. Murée dans le silence, elle est effrayée de tout et refuse de sortir, d'affronter le monde. C'est une sorte d'animal sauvage que les sœurs éduquent, sous le contrôle sévère et vigilant de sa mère. Environ un an avant les faits meurtriers de cet été, Marie-Luna se met à faire des cauchemars, devient agitée et difficile. Elle se rebelle, torturée, dérangée par des souvenirs venus de loin, indésirables. Elle manifeste l'envie de sortir et, un jour, la mère supérieure l'autorise à descendre au village sur le vélomoteur d'Esmeralda. À quelques semaines de là, la jeune fille disparaît en même temps que la voiture du couvent. Esmeralda n'explique pas comment la jeune fille est arrivée jusqu'à la Visitation ni comment elle a appris à conduire. Encore moins pourquoi la mère supérieure n'a pas cru bon d'avertir qui que ce soit de sa disparition.

Abel Lafon ne put retenir un frémissement. Il avait peine à croire ce qu'il entendait. Marion releva les paupières, cligna des yeux dans le soleil à présent haut dans le ciel et dont les rayons incendiaient les crêtes des nuages massés autour. Elle se frotta la nuque de sa main valide.

— Grands dieux ! murmura le conseiller. C'est...

— Horrible, oui.

— Le mot est faible.

À l'évocation de cette aventure, il ressentait un indicible malaise. Mais en même temps qu'une profonde curiosité, il éprouvait une fierté certaine d'avoir participé à l'affaire criminelle la plus retentissante que la région connaîtrait jamais. Les faits qui l'avaient précédée s'étaient déroulés presque sous son nez et il allait à présent figurer en bonne place dans les fichiers de la police ! Il lui restait à apprendre la fin, la vraie, pas celle que les journaux avaient relatée. Celle que Marion avait vécue, ici à Baque-Morte.

— Comme vous le savez, reprit-elle, la maison est la propriété de la commune de Salles depuis son abandon en tant que relais forestier par l'Inra. Elle a été louée à plusieurs reprises, le dernier occupant ayant été un certain Stefano Sanchez qui vivait là avec sa supposée fille. Ils ne côtoyaient personne et l'adolescente ne fréquentait pas l'école. Ils passaient dans le secteur pour des sauvages qui se cachaient dès que quelqu'un cherchait à leur parler. Ils élevaient quelques animaux et cultivaient des légumes. Ils ne quittaient Baque-Morte que très rarement. La commune a perçu un loyer pendant quatre ans, très régulièrement, puis les paiements ont cessé. La mairie a envoyé des courriers restés sans réponse, quelqu'un s'est déplacé. La maison était fermée et la Jeep, sous une bâche, dans une dépendance. Le maire a pensé que les occupants étaient partis en voyage et il s'est désintéressé de la question. La maison menaçait déjà ruine et il n'était pas envisagé ni de la relouer ni de la restaurer. La commune perdit définitivement tout intérêt pour Baque-Morte qui devint un lieu de rendez-vous pour les amoureux du coin. Du moins l'airial car la maison n'était pas accessible.

« Du temps de Stefano Sanchez, la grange servait aux animaux de ferme et à l'entreposage de quelques outils agricoles. Jouxtant ce bâtiment, la remise à bois, fermée par une porte à deux battants où Stefano Sanchez entreposait la Jeep Willys volée à José Lorca. La maison était sans aucun confort, ni salle de bains ni W-C. L'eau y était fournie par un puits et l'électricité, par un groupe électrogène. Au rez-de-chaussée, on a retrouvé, après l'incendie, un taureau en partie calciné, sculpture d'un mètre de haut et deux de long, munie de cornes véritables. Son origine n'est pas identifiable mais il s'agit sans doute d'un objet artisanal unique fabriqué par l'ancien mayoral. Sur les deux chambres du rez-de-chaussée, l'une était munie d'une porte moderne et entièrement équipée d'un isolant phonique composé de papier kraft et laine de verre. L'enquête a permis d'établir que ces travaux étaient anciens, et sans doute destinés à protéger les occupants du fracas des trains. Le sol était en terre battue et l'intervention rapide des services de lutte contre l'incendie a permis d'en préserver l'intégrité et d'y effectuer des constatations déterminantes.

Elle était arrivée au moment le plus difficile. Abel Lafon frémit : les journaux avaient dit qu'on avait trouvé une momie dans les décombres de Baque-Morte.

— Le corps desséché de Stefano Sanchez, confirma Marion. Le plus incroyable c'est que personne ne l'ait trouvé durant toutes ces années. Il y avait au moins dix ou vingt raisons pour que quelqu'un s'introduise dans cette baraque. Un cambrioleur, la mairie, des amoureux en mal de toit pour se cacher. Le rapport d'expertise indique qu'il s'agit bien de la dépouille du mayoral, momifié après onze années de confinement dans cette pièce, il est vrai presque hermétiquement close. Il est mort d'une forme fulgurante de cancer des os, sans blessure apparente ni sur la peau parcheminée ni sur les masses osseuses. Il était encore habillé de ses vêtements courants et à moitié assis sur le matelas où il dormait.

Marion avait encore sous les doigts la sensation de la peau craquelée et tendue sur des os cabossés, et dans le nez l'odeur du velours côtelé de la veste qui sentait la vieille guenille moisie. L'homme était sans doute mort dans son lit et avait été laissé sur place par la jeune fille qui partageait sa vie. Quand elle était revenue, dix ans plus tard, elle l'avait retrouvé au même endroit. C'était incroyable, mais c'était la seule explication que les enquêteurs avaient pu formuler. Abel Lafon resta un moment songeur, digérant la description glaciale et technique de ces horreurs.

— En fin de compte, dit-il après un temps, tout ce que vous avez reconstitué de la vie et des actes de cette Marie-Luna au cours des derniers mois ne repose que sur des déductions.

— C'est vrai, admit Marion. Tous les témoins sont morts. Elle est arrivée un beau jour au domaine. José Lorca cherchait quelqu'un pour s'occuper de sa mère, on le sait par la mairie de Saint-Pierre. Il n'est plus là pour nous raconter la suite. Non plus que Manolito II qui avait rendez-vous avec Marie-Luna après la corrida et qu'elle avait sans doute projeté d'amener à Baque-Morte. Même sa cornada ne l'a pas sauvé puisqu'elle est allée l'exécuter à l'hôpital.

— Et Philippe Cadaux ?

— Je ne sais pas s'il sera un jour en état de témoigner. Pauvre type...

— Pauvre type, sans doute, grimaça le conseiller, mais à force de jouer avec le feu !

Marion l'observa :

— Vous avez une dent contre lui, on dirait ?

— Moi, non ! Ma fille, Catherine, oui !

— Ah ! C'est donc ça ! J'avais senti comme un malaise entre eux...

— Ils étaient fiancés, il y a une dizaine d'années. À un mois du mariage, alors que tout était prêt, Catherine a présenté son témoin à Philippe... Hélène, sa meilleure amie. Une semaine plus tard, il rompait les fiançailles : il était tombé amoureux d'Hélène qu'il a du reste laissée choir au bout de six mois. Ma fille a perdu le même jour son fiancé et son amie d'enfance. Elle a eu un peu de mal à s'en remettre...

— Cela valait sans doute mieux pour elle, murmura Marion. On ne fait pas sa vie avec un homme comme lui. En tout cas, avec Luna, il est tombé sur un bec. À mon avis, il ne faisait pas partie de son programme, pas plus que vous ou moi. Nous nous sommes trouvés sur sa route, c'est tout. Les autres, c'est différent, elle les a exécutés délibérément.

— C'est de la folie pure...

— La haine, le chagrin, la douleur y conduisent souvent, soupira Marion. Marie-Luna a eu toutes les raisons d'y sombrer : sa naissance, ses années de petite enfance entre une mère qui ne l'aimait pas, un père qui la reniait et lui en préférait une autre. L'amour qui lui manquait, elle l'a trouvé auprès de Toine, son cousin. Il y a des femmes comme elle qui n'aiment qu'un seul homme dans toute leur vie. Elle l'a aimé au-delà de la raison et sa mort a été pour elle le plongeon dans l'abîme. Parmi les hypothèses qui expliquent la suite des événements, je retiens celle de Talon, à la fin de son rapport. Après la mort de Toine et la nuit qui a suivi celle de Louisa, Luna s'est retrouvée dans la forêt avec Stefano. Comment sont-ils arrivés ici ? Sans doute par hasard. La maison était disponible. Ils s'y sont installés grâce aux économies de Stefano et à quelques bricoles qu'il avait emportées. Luna était devenue muette après la mort de son cousin, le second choc avait sans doute aggravé son état et embrouillé sa mémoire. Ce sont des symptômes courants chez les enfants. Quand Stefano est mort à son tour dans la maison, elle est partie. S'est-elle souvenue du couvent ? A-t-elle retrouvé instinctivement le chemin qui conduisait à sa mère ? C'est à croire car, par la suite, beaucoup de ses actes ressemblent à des comportements que l'on retrouve chez certains animaux, les chats notamment.

— Vous parlez de ces objets qu'elle prenait à ses victimes et qu'elle a entassés à Baque-Morte ?

Marion approuva d'un signe de tête :

— Oui. Les chats rapportent de leurs chasses des souris, des mulots, des petits lapins ou des oiseaux. Ils les tuent la plupart du temps mais ne les mangent pas. Ils les offrent à leur maître en les déposant sur le seuil de la porte ou au pied du lit. Luna offrait sa vengeance à Stefano qui l'avait protégée et nourrie alors que tous la condamnaient. Mais c'était sûrement inconscient, je doute qu'elle ait programmé tout ça.

Marion énuméra :

— Une veste ayant appartenu à Manuel Bianco ainsi que son portefeuille, le sac de Marie-Sola, les clefs de son appartement parisien et une robe de soirée, les vêtements et les papiers de Paul Demora, le corsage et le cabas d'Anita Mano.

« La casquette de Jules Dante et – Abel Lafon eut un hoquet dégoûté – emballé dans un mouchoir en papier, un morceau de chair sanguinolente que le médecin légiste avait identifié comme étant l'appareil génital de l'ancien péon. À José Lorca elle avait pris ses deux épées entrecroisées à la tête de son lit, dont l'une avait servi à son exécution. Il y avait aussi les vêtements de Céline Duroc mais ils étaient déposés dans un autre coin de la chambre, dissociés des autres, comme pour montrer que la mort de Céline n'était pas de même nature. Elle était, en quelque sorte, accidentelle.

— Pauvre gamine... murmura le conseiller.

— Elle a sûrement été le seul témoin de ce qui se passait ici, regretta Marion. Je suis sûre qu'elle voyait tout et, même, qu'elle est entrée dans la maison. Vous vous souvenez de l'anneau d'or que vous avez trouvé dans la forêt ? Eh bien, il a été arraché de l'oreille de Luna, c'est un fait établi par les comparaisons de sang. Or cet anneau est le double de celui que portait Céline, le bijou que le père Ronquey lui a fait fixer à l'oreille. Il est vraisemblable qu'elle l'a volé dans la baraque ainsi que d'autres objets qu'elle disait trouver dans la forêt.

— Comme le dessin du vieux bonhomme barbu ?

— Ah oui, probablement ! rit Marion. À propos, Cabut l'a fait expertiser.

— Alors ?

— Il n'a pas encore les résultats définitifs car les experts ne sont pas d'accord entre eux. Si c'est vraiment un Goya, Cabut le rendra aux Ronquey ou le vendra et leur remettra l'argent. Esmeralda Lorca ne connaît pas ce tableau et personne ne sait d'où il sort. Peut-être était-il déjà à Baque-Morte avant l'arrivée de Stefano.

Abel Lafon en convint : parfois dans les campagnes les gens se transmettaient des trésors sans le savoir.

— Parfois aussi, dit Marion, ils se déchirent ou s'entretuent pour ce qu'ils croient être des trésors et qui ne sont que des copies ou des faux.

Elle se leva, s'étira. Sans se concerter, ils se mirent à marcher, côte à côte.

Marion ne jugeait pas nécessaire d'évoquer les éléments qui avaient permis de rapprocher les deux séries de meurtres de Lyon et des Landes : la comparaison entre les cheveux découverts dans la chambre d'hôtel de Manuel Bianco et ceux que Talon avait débusqués sur le pare-feu, la comparaison entre les éléments géologiques et végétaux découverts dans les poches du K-Way et l'environnement de Baque-Morte. Il était établi que ces homicides volontaires, exécutés de manière rituelle et identique pour deux d'entre eux, pouvaient être attribués à un seul et même auteur, une jeune fille blessée par balle et décédée sur une route de montagne entre Saint-Ange-des-Monts et le couvent de la Visitation. Balle tirée par elle, commissaire Edwige Marion, en état de légitime défense, fait établi par l'enquête et les examens balistiques. À quoi bon se torturer ?

Ils se dirigèrent, naturellement, vers la maison, enjambant la bande de plastique jaune qui cernait l'airial. L'odeur de bois calciné et mouillé se fit plus forte au fur et à mesure qu'ils s'en approchaient. En contournant les murs maculés de longues coulées brunes, ils arrivèrent en vue de la grange et de la remise. Les deux bâtiments avaient complètement brûlé. De la grange ne restaient que les moignons de quelques grosses poutres de chêne posées sur des cubes de ciment et une vieille charrue. La remise avait flambé comme un tas de paille sèche et la Jeep Willys n'était plus qu'une carcasse noircie et tordue par la violence des flammes.

— J'essaie d'imaginer la vie de cette petite fille, ici, seule avec le mayoral, rêva Marion. Sans mémoire, sans souvenirs et sans mots pour s'exprimer.

— C'était peut-être mieux pour elle. Elle aurait pu vivre comme ça toute sa vie mais si j'ai bien compris cela n'a pas été le cas ?

— Les experts qui travaillent sur son cas ont émis l'hypothèse qu'après des années de silence et d'oubli sa mémoire s'est remise à fonctionner. D'abord à travers des cauchemars – Esmeralda en a témoigné – puis de manière plus directe. C'était comme si elle avait été ramenée au moment où elle a quitté le domaine des Chartreux. Elle retrouvait intacts ses sentiments, ses sensations d'alors, sa haine et son désir de vengeance. Comme un rideau qui s'ouvre dévoile une scène de théâtre avec un décor et des personnages qui sortent de l'ombre. Elle revoyait les visages, les scènes de son passé. Tout ce qui l'avait submergée alors la submergeait de nouveau.

— Ça a dû être terrible. De revenir ici, toréer ces hommes, revêtir cet habit de lumière…

— Volé dans la malle du grenier de José Lorca, indiqua Marion. Il appartenait à Manuel Bianco. Cette fille si belle a dû vivre un calvaire. Jusqu'à faire le voyage à Lyon pour y retrouver Marie-Sola, la convaincre de son identité en dansant sur la rambarde du balcon et l'obliger à le faire à son tour puis la pousser dans le vide. Ensuite Bianco… Nous ne pouvions imaginer alors qu'une jeune fille seule pouvait avoir fait tout cela. Manipuler les corps, les traîner…

— Elle était très forte, confirma Abel Lafon. Je pèse quatre-vingt-cinq kilos, quand même…

Il n'y avait plus rien à dire. Le temps et la pluie qui menaçait de nouveau allaient laver les dernières traces du drame qui s'était joué dans ce coin de forêt si tranquille.

Marion, déjà, tournait le dos à Baque-Morte, prête à affronter d'autres coups aussi durs qui laisseraient des traces sur son corps et plus sûrement sur son âme. Elle progressa lentement jusqu'à la passe où se dessinait la silhouette du vieux Toyota rouge. Abel Lafon lui emboîtait le pas, tranquille, le regard errant sur *sa* forêt.

— Et vos gars ? demanda-t-il alors qu'ils passaient en sens inverse par-dessus la bande de plastique.

— Ça va, dit Marion. Ils sont rentrés au bercail. Ils m'attendent.

Elle n'eut pas besoin de dire au conseiller qu'ils l'attendaient avec leurs états d'âme, leurs soucis, leurs problèmes personnels et sentimentaux. L'homme des bois comprenait à demi-mot que Talon n'en finissait pas de se poser des questions sur la vie, la sienne en particulier, et que, vivant une vraie crise, il s'était mis en tête d'avoir un enfant pour l'exorciser. Il n'avait pas encore choisi la mère mais Lavot, bon prince, lui avait proposé son infirmière. Sa plus récente compagne, redevenue libre puisque sa femme revenait et qu'il allait se retrouver à la tête de deux petits... Abel Lafon sourirait sans doute aussi en apprenant que Cabut, un temps accaparé par le Goya du Grand-Lagnereau, allait craquer de nouveau pour une créature infidèle de retour au bercail.

— Vous devriez rester quelques jours avec nous, dit-il. Ça vous ferait du bien.

— Merci, dit Marion avec gratitude, mais j'ai encore une visite à rendre avant de rentrer.

À sa mimique, elle comprit qu'il brûlait d'envie de savoir à qui elle devait cette entrevue mais qu'il serait mort sur place plutôt que de poser la question. Il ouvrit la porte du Toyota et s'installa au volant.

Marion grimpa à son tour dans le 4 × 4 et dit, vivement :

— Au fait, je voudrais vous demander quelque chose, avant de partir. Est-ce que vous pourriez me conduire à une fontaine de sainte Quitterie ?

Le conseiller ne cacha pas sa surprise. Marion se mit à rire :

— Non, je ne deviens pas folle. Vous m'avez bien dit, vous aussi, que sainte Quittérie est la patronne des mères et que c'est elle qu'il faut prier si on veut un enfant ?

— Vous voulez un enfant ? s'exclama-t-il malgré lui.

Marion regarda au loin, les pins alignés à l'infini, immobiles, apaisants.

— C'est un tel pas à franchir, murmura-t-elle. Et pourtant c'est si simple de faire un enfant... Je n'arrive pas à me décider. Pourtant, il faut que je me jette à l'eau.

— Et pourquoi aujourd'hui ? s'étonna Abel Lafon avec un sourire attendri.

Elle embrassa, d'un geste large, le décor autour d'elle :

— À cause de tout ça, peut-être. À cause du poids que me laisse l'histoire de cette petite Luna, perdue dans un monde cruel. À cause d'une autre petite fille que je n'ai pas revue depuis un an. Je crois qu'elle m'attend et qu'il est temps que j'aille la voir.

— C'est à elle, la visite que vous devez rendre avant de rentrer ?

Marion acquiesça :

— Elle est à l'orphelinat de la Police, à Osmoy, elle s'appelle Nina.

Le conseiller de la mairie de Salles élargit son sourire. Le bruit du moteur du vieux Toyota gronda dans le silence de la forêt, effrayant une buse qui tournoyait sous le ciel bas à la recherche d'une proie. Il fit demi-tour dans la passe, dérapa sur quelques mètres dans le sable humide et s'éloigna en pétaradant. Comme un dernier salut, un TGV gris et bleu, majestueux et brillant, barra un instant l'horizon, faisant voltiger les premières feuilles lâchées par les grands chênes rouges de Baque-Morte.

11270

Composition
NORD COMPO

Achevé d'imprimer en Slovaquie
par NOVOPRINT SLK
Le 2 octobre 2016

Dépôt légal novembre 2016
EAN 9782290120361
L21EPNN000371N001

ÉDITIONS J'AI LU
87, quai Panhard-et-Levassor, 75013 Paris

Diffusion France et étranger : Flammarion